ASÍ HABLÓ ZARATUSTRA

Nietzsche

ASÍ HABLÓ ZARATUSTRA

Prólogo
DIEGO SÁNCHEZ MECA

Traducción
JUAN B. BERGUA

la esfera ⊕ de los libros

Primera edición: septiembre de 2011
Tercera edición: junio de 2024

Cualquier forma de reproducción, distribución, comunicación pública o transformación de esta obra sólo puede ser realizada con la autorización de sus titulares, salvo excepción prevista por la ley. Diríjase a CEDRO (Centro Español de Derechos Reprográficos, www.cedro.org) si necesita fotocopiar o escanear algún fragmento de esta obra.

© Del prólogo: Diego Sánchez Meca, 2011
© De la traducción: Ediciones Ibéricas, 1970
© La Esfera de los Libros, S. L., 2011
Avenida de Alfonso XIII, 1, bajos
28002 Madrid
Tel.: 91 296 02 00 • Fax: 91 296 02 06
www.esferalibros.com

Dirección de colección: Isabel Prieto
ISBN: 978-84-9970-014-4
Depósito legal: M. 23.413-2011
Fotocomposición: J. A. Diseño Editorial, S. L.
Fotomecánica: Unidad Editorial
Imposición y filmación: Preimpresión 2000
Impresión: Liber Digital, S.L.
Encuadernación: Liber Digital, S.L.
Impreso en España-Printed in Spain

Índice

Prólogo, por Diego Sánchez Meca 9

Así habló Zaratustra 17

    Primera parte 19
    Segunda parte 87
    Tercera parte 153
    Cuarta y última parte 233

Prólogo

Friedrich Nietzsche nace en 1844, hijo de un pastor protestante. Tras estudiar, primero, Teología en Bonn, cursó la carrera de Filología Clásica, y fue nombrado catedrático en la Universidad de Basilea a los veinticinco años. Diez años más tarde, a causa de varias enfermedades, dejó su cátedra y llevó una vida errante, residiendo en Suiza, Italia, Alemania y Francia y dedicándose por completo a la elaboración de su pensamiento y de su obra. Sus dos mayores influencias de juventud fueron la obra de Schopenhauer y su amistad con el músico Richard Wagner. En 1889 sufrió una parálisis cerebral y quedó en estado casi vegetativo hasta su muerte (1900). Lo más significativo de este pensador, seguramente, radica en el hecho de que sus ideas rebasan ampliamente su propio tiempo histórico y han ejercido una poderosa influencia en la configuración de la mentalidad contemporánea. En términos muy sintéticos podría decirse que su filosofía es, básicamente, una crítica a la cultura occidental desde la óptica *genealógica*, es decir, que juzga las teorías científicas y morales en función de su valor para la vida. Cristianismo y metafísica habrían sido, con sus ideales trasmundanos, los creadores del nihilismo, situación en la que el hombre occidental niega la vida en favor de un Dios y una felicidad ultraterrena. Nietzsche propone una nueva cultura, construida a ejemplo de la de los griegos presocráticos y basada en una comprensión de la vida como juego de fuerzas y del tiempo como eterno retorno.

Su pensamiento, por tanto, expresa la sospecha de que la cultura occidental, caracterizada por la herencia de la Antigüedad y dos mil años de cristianismo, habría recorrido un camino equivocado. Esta sospecha toma cuerpo en una crítica radical de la metafísica y de la moral, pero no para refutarlas conceptualmente con los instrumentos del análisis lógico, sino desvelando en ellas estimaciones de valor y tendencias vitales inspiradas por el miedo y la debilidad. Desde su perspectiva, pues, lo que la metafísica hace no es sino inventarse un mundo de ideas, de conceptos que no reflejan la realidad del mundo de la vida, sino que la contradicen, la oprimen, la debilitan y la atrofian. Se considera mejor el mundo ideal, permanente y seguro de las ideas, que el mundo de la vida con su movimiento incesante y su problematismo fuera de toda lógica. Este juicio es la proyección de un talante nihilista, es decir, incapaz de querer la vida como es y aceptarla sin subterfugios, que sería lo propio del individuo afirmativo, sano y fuerte. El movimiento nihilista, por antonomasia, es, por tanto, para Nietzsche, el cristianismo, «que necesita del pecado, de la culpa y del desprecio de esta vida, y nos anima a poner nuestros anhelos en un más allá». El ideal del pensamiento científico y la moral cristiana, la democracia y el socialismo son, a juicio de Nietzsche, los fenómenos en los que se resume el nihilismo, manifestaciones degenerativas de una humanidad que, sin embargo, en un tiempo (el de los griegos presocráticos) fue grande y fuerte.

Nietzsche propugna, pues, la implantación de un tipo de cultura construida a ejemplo de la cultura griega de la época trágica, anterior a Sócrates y Platón, con cuyas teorías racionalistas comienza la decadencia. El modo de invertir esta tendencia, según él, requiere, básicamente, dos cosas: 1. Olvidarse de todo «mundo verdadero», de todo trasmundo supuestamente situado más allá del mundo de la apariencia como lugar de los valores y de los ideales que representan nuestro deber-ser; en otras palabras, aceptar que «Dios ha muerto», y, con él, todo sentido y todo valor que no dependa de la propia voluntad creadora del hombre. 2. Aceptar un nuevo concepto del tiempo —el *eterno retorno*— que sustituiría la estructura lineal de la temporalidad metafísico-cristiana sobre la que se vertebra la separación entre ser y deber-ser, eje de la existencia nihilista. Esta aceptación no supone un cambio teórico referente a la sustitución de una teoría metafísica por otra, sino que implica, más bien, una decisión de la voluntad creadora del hombre que expresaría así su cualidad afirmativa, venciendo el nihilismo. Las consecuencias de tal decisión serían, por una parte, la trasvaloración de los antiguos valores por otros nuevos (los propios del superhombre u hombre posnihilista), y, por otra, un nuevo modo de existencia y de experiencia del mundo.

Nietzsche escribió y publicó varias obras, hoy ya muy difundidas y conocidas, entre las que destacan, por ejemplo, *El nacimiento de la tragedia* (1872), *Humano, demasiado humano* (1878), *Aurora* (1881), *La gaya ciencia* (1882), *Más allá del bien y del mal* (1886), *Genealogía de la moral* (1887), *Crepúsculo de los ídolos* (1888), *El anticristo* (1888), *Ecce Homo* (1889), y dejó escritos gran número de apuntes y notas publicados después bajo el título de *Fragmentos póstumos* (1869-1889). La más famosa, sin discusión, es *Así habló Zaratustra* (1883-1885), en la que lo primero que llama la atención es su estilo, entre poético, bíblico, sinfónico o, como dice el propio Nietzsche, «algo nuevo para lo que aún no existe un nombre». Y es que el lenguaje de esta obra está animado por el deseo de romper la neutralidad de los conceptos abstractos para hacer posible una comunicación más directa. Para ello no sólo utiliza el lirismo y el ditirambo, sino también la ironía y la parodia. Nietzsche da así a esta obra una estructura literario-narrativa en la que inserta libremente poemas, y otorga a su protagonista, Zaratustra, la condición, entre otras cosas, de poeta. El poeta es, para Nietzsche, un «loco» (*narr*), término que en alemán significa también bufón e insensato. Su locura consiste en experimentar con el lenguaje y con sus posibilidades expresivas produciendo metáforas, acuñando alegorías, parábolas y símbolos con los que dar a los significados una luz distinta a la que proyecta el discurso racional. Y ésta es una de las cosas que, de forma más inmediata, se puede apreciar en este intenso y extenso trabajo con el lenguaje que Nietzsche lleva a cabo en esta obra.

Pero Nietzsche da también a Zaratustra la condición de profeta. Esto es lo que confiere a sus capítulos cierta semejanza con los textos sagrados, especialmente con los Evangelios. No obstante, en todo caso tendríamos que calificar al Zaratustra de Nietzsche de contra-evangelio, pues sus parábolas y sus resonancias bíblicas son, en casi todos los casos, parodias del Nuevo Testamento, del que imita pasajes pero invirtiendo su sentido. Pues el lenguaje parodista no es el que dice las cosas directamente, sino el que se sirve de la alusión para retorcer el sentido de un determinado mensaje y así producir en el destinatario una impresión más viva: «¿El que quiere conmover a la multitud no deberá ser el comediante de sí mismo?». Otra «buena nueva» pues, en efecto, pero que anuncia un reino de este mundo, un reino sin trascendencia. No se debe confundir la doctrina de Zaratustra con una nueva religión, pues esa religión implicaría necesariamente algún tipo de metafísica o teología, y eso es incompatible con el pensamiento de Nietzsche: «¡Guardémonos de enseñar semejante doctrina como una religión improvisada!».

Por lo demás, la figura misma de Zaratustra no es simplemente un personaje poético y profético «inventado». Nietzsche elige como protagonista al semilegendario filósofo persa Zaratustra, «el primero —nos dice en *Ecce homo*— en advertir que la auténtica rueda que hace moverse las cosas es la lucha entre el bien y el mal, la trasposición de lo moral a lo metafísico, como fuerza, causa, fin en sí... Zaratustra creó ese error, el más fatal de todos; en consecuencia, también tiene que ser él el primero en reconocerlo». Es decir, el Zaratustra histórico habría sido el primero en identificar el orden cosmológico con el orden moral. Ahora la experiencia histórica ha refutado ese pretendido orden metafísico-moral del mundo, descubriendo la falsedad de aquella trasposición, pues los seres vivos no podríamos existir sin la muerte de otros seres vivos y, por tanto, del sufrimiento, la injusticia, la violencia, etc. Todas estas condiciones «inmorales» son inherentes al hecho mismo de vivir. Nietzsche elige, en resumen, la figura de Zaratustra como símbolo de la autosuperación de la moral mediante el reconocimiento de que un mundo donde triunfara sólo el bien y la bondad, tal y como la moral lo imagina, no es más que una imposibilidad absurda. Es preciso, pues, promover unas tablas nuevas, abrir la perspectiva de una nueva moral que parta de la aceptación de la vida y de su afirmación tal como es. Por esta razón, la obra se abre con el tema de la «muerte de Dios» y, con ella, la desaparición de todo fundamento y garantía del orden moral y de la tabla de valores vigentes en Europa desde el final del mundo antiguo. «Dios ha muerto», en boca del hombre loco que habla con Zaratustra, significa que la finalidad moral inherente a la vida, afirmada por el cristianismo y por la metafísica occidental, no era más que una invención al servicio del predominio de un determinado tipo de individuos, a saber, la casta sacerdotal y el poder eclesiástico cristiano. Ahora debe ser el hombre, como tal, el que libremente dé otro sentido a su vida. Y ese nuevo sentido es el superhombre: el anuncio y la posibilidad de este superhombre es el reto con el que se construye toda la obra. Esencialmente, con el término «superhombre» (*übermensch*), Nietzsche designa un nuevo tipo de hombre forjado sobre la base de un ideal moral nuevo, y que sería el resultado de una superación del hombre. La misión de Zaratustra es incitar a los hombres a comprometerse en la tarea de hacer posible su advenimiento. Para ello les describe al «último hombre», el individuo gregario y nivelado por los irresistibles procesos de racionalización, igualación y organización extremas propios de las sociedades tecnificadas y democráticas avanzadas. Es sintomático, no obstante, que los oyentes de Zaratustra, para decepción de éste, le respondan: «¡Danos ese último hombre, Zaratustra! ¡Haz de nosotros esos últimos hombres! ¡El superhombre te lo regalamos!». Y es que el superhombre, tal como Nietzsche lo concibe, no puede representar, en modo alguno, una «meta» como adquisición evolutiva automática de un estado superior por parte de la humanidad, bien se la entienda desde el punto de vista biológico o histórico. Nietzsche habla siempre y únicamente de autosuperación (*selbstüberwindung*) como transformación de cada individuo en el sentido de lograr una mayor elevación, distancia, magnanimidad, experiencias y perspectivas inéditas. El superhombre, por tanto, en el que él piensa no tiene nada que ver con una evolución de tipo darwinista, sino que se basa en una noción diferente de la vida en la que la idea dominante es la de creatividad: «Todos los seres han creado hasta ahora algo por encima de sí mismos, ¿y queréis ser vosotros el reflujo de este gran flujo y retroceder al animal mejor que superar al hombre?».

Esto explica su actitud contraria al igualitarismo y al socialismo en cuanto que, para él, la igualdad social y política impide las diferencias entre unos individuos y otros. En la mentalidad socialista, los individuos son educados para profundizar en una aplicación cada vez más exhaustiva de la igualdad entendida como «justicia social». Frente a eso, la propuesta de Nietzsche es la de formar personalidades fuertes e independientes mediante el cultivo de la naturaleza y las cualidades individuales de cada uno, en vez de que todos sean obligados a moldearse de acuerdo con un ideal único. Esto no tendría por qué conducir a la guerra generalizada por la imposición de la ley del más fuerte y al caos social pues, en el pensamiento de Nietzsche, el hombre fuerte y sano (opuesto al animal de rebaño como nihilista reactivo y decadente) entiende su vida como proceso de autosuperación en el que su esfuerzo se concretiza en disciplina o imperativo que él se impone a sí mismo. Como trasfondo ideológico de muchos de los cantos de esta obra, Nietzsche discute que el progreso del orden social consista en el predominio de los impulsos altruistas sobre los egoístas, y de los imperativos universales sobre los individuales. Para él, es el individuo el que ha de hacerse fuerte frente a otros individuos y frente a la sociedad burocratizada, tecnificada y mercantilizada, en contra de lo que defienden las teorías morales del positivismo sociológico (J. Stuart Mill y H. Spencer) y en contra de los intentos de armonizar los intereses individuales con los de la sociedad, como defiende el utilitarismo.

Existe, pues, como puede apreciarse a partir de esta última afirmación, una estrecha conexión entre la idea del superhombre y ese otro concepto capital del pensamiento de Nietzsche que es el de «voluntad de poder». La expresión «voluntad de poder» aparece como tal, por primera vez, en esta obra, y pretende expresar la idea de que la vida no aspira sólo a su conservación, sino a su autosuperación mediante la conquista, la dominación y el logro de más fuerza y más poder. El espíritu es sólo una instancia más de esta dinámica vital, que se pone de manifiesto mediante el análisis genealógico en las esferas del arte, la religión, la moral, la ciencia, la política y, en resumen, en todo lo que llamamos cultura. Por ejemplo, en la moral los valores que se profesan y se defienden reflejan el tipo de voluntad de poder de quienes los proclaman, y son síntomas de su vida ascendente o descendente, de su fuerza o de su debilidad. En suma, la voluntad de poder es, en todos los seres vivos, a la vez su impulso de autoafirmación y de autosuperación.

Finalmente, y estrechamente vinculada a las nociones de superhombre y voluntad de poder, aparece también, de forma muy importante en *Así habló Zaratustra*, su pensamiento más secreto y profundo, el más «abismal», la doctrina del eterno retorno. Con ella Nietzsche retoma la inspiración de Heráclito y su afirmación de la inocencia del devenir que continuamente crea y destruye los mundos, y desarrolla su comprensión juvenil del mensaje de las tragedias griegas, según el cual toda la plenitud de la vida, su riqueza y sobreabundancia se revelan precisamente mediante la muerte del héroe, de modo que creación y aniquilación, vida y muerte, no pueden disociarse. Ahora el eterno retorno representaría la suprema afirmación de la vida, tanto en sus aspectos positivos como negativos, en la medida en que el dolor, la decadencia, lo débil, lo mezquino y la muerte forman parte también de la vida, que no sería posible sin ellos. El eterno retorno sería, pues, la respuesta más radical que se puede oponer al finalismo cristiano y metafísico, basado en la temporalidad lineal. En el cosmos del eterno retorno no caben ni la creación ni la escatología, por lo que vuelve a recuperarse la idea de la vida como ser último de nuestra existencia que es la del cosmos, sin principio ni fin. Se proyecta de este modo también el criterio básico para la nueva moral, en la que libertad y necesidad no estarían en conflicto. Pues al venir de un pasado eterno cada uno de nuestros actos estaría sometido a la necesidad, pero a la vez sería libre en cuanto decisivo para una cadena infinita de repeticiones futuras. Se tendría entonces que vivir cada momento de modo que se lo quisiera seguir viviendo repetido infinitas veces. Ésa es, por tanto, la fórmula del imperativo moral nietzscheano, que abre al individuo a una experiencia dionisíaca del mundo desde la que comprende y siente, bajo una luz nueva, los aspectos verdaderamente importantes de la vida.

Diego Sánchez Meca
Catedrático de Historia
de la Filosofía Moderna de la UNED

ASÍ HABLÓ ZARATUSTRA

Primera parte

PRÓLOGO

I

Cuando Zaratustra cumplió treinta años abandonó su patria y el lago de su patria y se fue a la montaña, donde gozó de su espíritu y de su soledad sin cansarse de hacerlo durante diez años. Mas por fin llegó un día en que su corazón se transformó, y una mañana se levantó cuando la aurora comenzaba a mostrarse en oriente, y dirigiéndose al Sol le habló de esta manera:

«¡Óyeme, astro grandioso! ¿Cuál sería tu felicidad si no tuvieras a quienes prodigar tu luz? Diez años hace que subes diariamente a mi caverna; si no hubiera sido por mí, por mi águila y por mi serpiente, te habrías cansado de tu luz y de este camino.

»Pero nosotros te esperábamos todas las mañanas, te aliviábamos del exceso de tu luz y por ella te bendecíamos.

»¡Mira! Estoy asqueado de tu sabiduría, como la abeja que ha libado demasiada miel, y necesito unas manos que se ofrezcan.

»Quisiera regalar y repartir hasta que los sabios de entre los hombres vuelvan a alegrarse de su locura y los pobres de su riqueza.

»Para esto tengo que descender a las profundidades, como haces tú al anochecer, cuando vas al otro lado de los mares llevando tu claridad al mundo inferior, ¡oh, astro pródigo de riquezas!

»Como tú tengo que desaparecer, que ponerme, como dicen los hombres, hasta quienes quiero descender. Bendíceme pues, ojo tranquilo, que sin envidia puedes contemplar una felicidad inmensurable.

»Bendice la copa que va a derramarse para que de ella se vierta, dorada, el agua, y lleve a todas partes el reflejo de tus delicias.

»¡Mira!, esta copa quiere vaciarse de nuevo y Zaratustra quiere volver a ser hombre».

Así comenzó el ocaso de Zaratustra.

II

Zaratustra descendió solo de la montaña sin encontrar a nadie en su camino, pero cuando penetró en los bosques se vio de repente ante un anciano que había salido de su santa choza para buscar raíces en la espesura. Y de esta manera habló el anciano a Zaratustra:

«No me eres desconocido, caminante; hace ya algunos años que pasaste por aquí. Te llamabas Zaratustra, pero de entonces acá te has transformado.

»Entonces subiste a la montaña llevando tu ceniza; ¿quieres llevar hoy tu fuego al valle? ¿No temes el castigo que amenaza a los incendiarios?

»Sí, te reconozco, Zaratustra. Tu mirada es límpida y en tu boca no se dibuja ningún gesto de asco. ¿No vienes como si bailaras?

»Zaratustra, te has transformado; Zaratustra, eres como un niño que acaba de despertar. ¿Qué es lo que quieres de los que duermen?

»Vivías en la soledad como si vivieras en el mar y el mar te llevara. ¡Ay de ti! ¿Quieres ahora aterrar?

»¿Quieres, ¡desdichado!, volver a arrastrar tú mismo tu cuerpo?».

Zaratustra respondió: «Amo a los hombres».

«¿Por qué —dijo el santo— me refugié yo en el bosque y en el desierto? ¿No fue porque amé demasiado a los hombres?

Ahora amo a Dios; a los hombres, ya no. El hombre para mí es algo imperfecto. El amor del hombre me mataría».

Zaratustra respondió:

«¡Qué dije de amor! ¡Un regalo es lo que traigo a los hombres!».

«No les des nada —dijo el santo—. Si acaso quítales algo y que te ayuden a llevarlo: esto es lo que más les aprovechará, con tal que a ti te aproveche también. Y si quieres darles algo, dales únicamente una limosna, y espera aún a que te la pidan».

«No —contestó Zaratustra—, no doy limosnas; no soy bastante pobre para eso».

El santo se rio de Zaratustra y le dijo:

«Entonces procura que acepten tus tesoros. Pero te advierto que no se fían de los anacoretas ni creen que les vamos a ver para regalarles algo.

»Nuestros pasos les suenan de una manera extraña en las calles, y cuando de noche, desde sus lechos, oyen andar a un hombre mucho antes de que salga el Sol, se preguntan seguramente: ¿adónde irá ese ladrón?

»No vayas en busca de los hombres y quédate en el bosque. ¡Prefiere volver a estar entre los animales!

»¿Por qué no quieres ser como yo, oso entre los osos, pájaro entre los pájaros?».

«¿Y qué haces, santo, en el bosque?», preguntó Zaratustra.

El santo respondió: «Compongo canciones y las canto; y cuando las invento me río, lloro y murmuro, y así alabo a Dios. Cantando, riendo, llorando y murmurando alabo al Dios que es mi Dios. Pero ¿qué nos traes de regalo?».

Cuando Zaratustra oyó estas palabras saludó al santo y dijo: «¿Qué podría yo daros...? Dejadme alejarme muy deprisa, no vaya a quitaros algo».

Y así fue como se separaron el anciano y el hombre, riéndose como se ríen los niños.

Pero cuando Zaratustra volvió a encontrarse solo habló así a su corazón: «¿Será acaso posible que este viejo santo no haya oído decir todavía en su bosque que Dios ha muerto?».

III

Cuando Zaratustra llegó a la ciudad más inmediata a los bosques encontrose con la muchedumbre congregada en el mercado, porque se le había anunciado que vería a un volatinero. Y Zaratustra habló al pueblo diciéndole:

«Voy a enseñaros al superhombre. El hombre es algo que tiene que ser superado. ¿Qué habéis hecho vosotros para superarle?

»Todos los seres hasta ahora crearon algo superior a ellos, y ¿vosotros preferís ser el reflejo de esta gran marea retrocediendo hasta el animal en vez de superar al hombre?

»¿Qué es el simio para el hombre? Un motivo de risa o una dolorosa vergüenza, y esto es precisamente lo que para el superhombre debe ser el hombre: un motivo de risa o una dolorosa vergüenza. Habéis recorrido el camino que va desde el gusano hasta el hombre, y mucho del gusano existe todavía en vosotros. Un día fuisteis simios, y hoy sigue el hombre siendo más simio que cualquier simio.

»El más sabio entre vosotros no es más que una discordancia, híbrido de planta y de fantasma. Pero ¿os he dicho acaso que os convirtáis en plantas y fantasmas?

»Prestadme mucha atención, porque voy a deciros cómo es el superhombre.

»El superhombre es el sentido de la Tierra. Que vuestra voluntad diga: ¡que el superhombre sea el sentido de la Tierra!

»Os conjuro, hermanos míos, a que seáis fieles a la Tierra y a que no creáis a quienes os hablan de ultraterrenas esperanzas. Conscientes o inconscientes, son unos envenenadores.

»Y unos despreciadores de la vida, unos moribundos que se han envenenado ellos mismos, de ellos está cansada la Tierra, ¡ojalá pasen pronto!

»Antes era la blasfemia contra Dios el mayor sacrilegio, pero Dios murió, y con él murieron también estos blasfemadores. Lo más terrible es blasfemar de la Tierra y estimar más las entrañas de lo inescrutable que el sentido de la Tierra.

»Antes miraba el alma con desprecio al cuerpo, y nada entonces era tan sublime como este desprecio; le quería demacrado, horrible, consumido de hambre.

»Así pensaba poder huir de él y de la Tierra.

»Y esta alma estaba también demacrada, era horrible y se moría de hambre, y la crueldad era para ella una voluptuosidad.

»Vosotros, que también sois mis hermanos, decidme: ¿qué es lo que vuestro cuerpo os hace saber de vuestra alma? ¿No es vuestra alma miseria, basura y una despreciable voluptuosidad?

»En verdad os digo que el hombre es un río impuro de cieno y que es preciso ser un océano para recibir sin mancharse un río tan cenagoso.

»¡Escuchadme!, ved que os estoy mostrando al superhombre, que es este océano en el que puede sumirse vuestro gran desprecio.

»¿Qué más sublime puede sucederos? La hora del gran desprecio, la hora en que vuestra felicidad también os asquee, lo mismo que vuestra inteligencia y vuestra virtud.

»La hora en que digáis: ¡qué me importa mi felicidad si no es más que pobreza, basura y una despreciable voluptuosidad! Pero la felicidad debería justificar la existencia misma.

»La hora en que digáis: ¡qué me importa mi inteligencia! ¿No está tan ávida de ciencia como el león codicioso de carne? No es más que pobreza y basura y sólo puede proporcionarme una despreciable satisfacción.

»La hora en que digáis: ¡qué me importa mi virtud! Todavía no ha conseguido hacerme delirar. ¡Qué cansado estoy de lo bueno y de lo malo que hay en mí! Todo eso no es más que pobreza y basura y un miserable placer.

»La hora en que digáis: ¡qué me importa mi justicia! No veo que yo sea ascuas y llamas, y el justo tiene que ser ascuas y llamas.

»La hora en que digáis: ¡qué me importa mi compasión! ¿No es la compasión la cruz en la que clavan al que ama a los hombres? Pero mi compasión no es una crucifixión.

»¿Lo habéis dicho ya? ¿Lo habéis gritado ya? ¡Ojalá os hubiera oído gritarlo!

»¡No es vuestro pecado, sino vuestra templanza la que clama al cielo! ¡Vuestra avaricia misma en vuestro pecado es la que clama al cielo!

»Y ¿dónde está el rayo que os lamerá con su lengua de fuego? ¿Dónde la locura que os debería haber inoculado?

»Escuchad, que os estoy enseñando quién es el superhombre: ¡es ese rayo, es esa locura!».

Después que Zaratustra hubo hablado así gritó a una el gentío:

«¡Ya hemos oído bastante del titiritero!; ¡ahora que trabaje!». Y todos se rieron de Zaratustra. Pero el volatinero, creyendo que se habían referido a él, se dispuso a trabajar.

IV

Zaratustra, sorprendido y extrañado, miró al gentío y en seguida habló así:

«El hombre es una cuerda tendida entre el animal y el superhombre..., una cuerda sobre un abismo.

»Un paso peligroso del uno al otro; un peligroso alto en el camino; muy peligroso mirar atrás, vacilar..., todo es peligroso.

»Lo grande que hay en el hombre es que es un puente y no un fin; lo que puede ser amado en el hombre es que es un tránsito y un descenso.

»Amo a los que no saben vivir más que para desaparecer, porque son los que pasan al otro lado.

»Amo a los grandes despreciadores, porque son los grandes adoradores, las flechas del ansia de la otra orilla.

»Amo a los que no buscan detrás de las estrellas un pretexto para perecer u ofrecerse en sacrificio, pero sí a los que ofrendan a la Tierra para que ésta pertenezca un día al superhombre.

»Amo a aquel que vive para conocer y que quiere conocer para que llegue un día en que viva el superhombre, porque así es como quiere su perdición.

»Amo a aquel que trabaja y descubre que trabaja para construir una morada al superhombre y para preparar la tierra, los animales y las plantas a su venida, porque así es como quiere su propia perdición.

»Amo a aquel que ama su virtud, porque la virtud es una voluntad de perecer y una flecha del anhelo.

»Amo a aquel que no guarda para sí mismo ninguna cosa de su espíritu, pero que quiere ser todo el espíritu de su virtud porque así, como espíritu, pasa el puente.

»Amo a aquel que hace de su virtud su inclinación y su destino, porque así por su virtud querrá vivir todavía y no vivir más.

»Amo a aquel que no quiere tener muchas virtudes. Una virtud es más que dos virtudes, porque es más nudo al que el destino se sujeta.

»Amo a aquel cuya alma se prodiga, que no quiere agradecimiento y no lo devuelve, porque siempre regala y para sí nada guarda.

»Amo a aquel que se avergüenza cuando el dado cae a su favor y se pregunta después: ¿si seré un fullero...?, porque quiere perecer.

»Amo a aquel que arroja palabras de oro al paso de sus hechos y que siempre cumple más de lo que ofrece, porque ése quiere su perdición.

»Amo a aquel que justifica a los futuros y redime a los pasados, porque quiere sucumbir a los presentes.

»Amo a aquel que castiga a su dios porque ama a su dios y tiene que encontrar su perdición en la cólera de su dios.

»Amo a aquel cuya alma es profunda en la herida y al que el menor suceso puede hacer perecer, porque sin vacilar pasará el puente.

»Amo a aquel cuya alma se desborda tanto que se olvida de sí misma y todas las cosas están en él, porque así serán todas las cosas su perdición.

»Amo a aquel que es libre de espíritu y libre de corazón, porque su cabeza es sólo las entrañas de su corazón, pero su corazón le empuja a la perdición.

»Amo a todos los que son como pesadas gotas que caen de una nube muy negra suspendida sobre los hombres, porque anuncian que llega el rayo y por anunciarlo corren a su perdición.

»¡Mirad! Soy el profeta del rayo, una pesada gota que cae de la nube negra, y este rayo se llama el superhombre».

V

Cuando Zaratustra hubo dicho estas palabras volvió a mirar de nuevo a la gente y calló; después dijo a su corazón:

«Ahí están y se ríen; no me comprenden; no soy, no, la boca que hace falta a sus oídos. ¿Habrá que romperles los oídos para que aprendan a oír con los ojos? ¿Habrá que hacerles tanto ruido como los címbalos y atabales o los predicadores en cuaresma? ¿O darán crédito únicamente a los tartamudos?

»Tienen algo de lo que se enorgullecen. ¿Cómo llaman a eso de que están tan envanecidos? Lo denominan cultura y es lo que los distingue de los cabreros.

»Por esto se disgustan cuando oyen que al hablar de ellos se pronuncia la palabra desprecio. Por esto quiero hablar a su orgullo.

»He aquí por qué les hablaré de lo más despreciable que existe: del último hombre».

Y así habló Zaratustra al gentío:

«Ya es hora de que el hombre se fije un objetivo. Ha llegado la hora de que el hombre plante el germen de su esperanza suprema.

»Su tierra todavía es bastante fértil para ello, pero llegará un día en que este suelo será pobre y su seno no podrá ya engendrar ningún árbol grande.

»¡Oh, dolor! Ya se acerca el tiempo en que el hombre no podrá lanzar la flecha de sus ansias más allá del hombre y en que los nervios de su arco se olvidarán de vibrar.

»Os digo que es preciso tener todavía caos dentro de sí para poder engendrar una estrella danzarina. Os digo que en vuestro interior tenéis todavía caos.

»¡Oh, dolor! Llegará un día en que el hombre no podrá ya engendrar una estrella. ¡Oh, dolor! Llegará el día del hombre tan despreciable que ya no podrá despreciarse a sí mismo.

»¡Mirad, que os estoy enseñando lo que será el último hombre!

»"¿Qué es amor? ¿Qué es creación? ¿Qué son ansias y anhelos? ¿Qué es estrella?", así pregunta, dormidos los ojos, el último hombre.

»La tierra se ha vuelto pequeña y sobre ella andará a saltos el último hombre, que, por donde va, todo lo empequeñece. Su descendencia es indestructible como el pulgón; el último hombre es el que vive más.

»"Hemos inventado la felicidad", dicen los últimos hombres, y parpadean.

»Han abandonado las comarcas donde la vida era dura, porque necesitan calor. Todavía se profesa cariño al vecino, y uno se acerca a él porque necesita calor.

»Caer enfermo y desconfiar les parece pecaminoso; se anda con tiento. Muy loco tiene que estar quien todavía tropieza con las piedras y con los hombres.

»Un poco de veneno de cuando en cuando hace soñar plácidamente, y muchos venenos, finalmente, para morir deliciosamente.

»Todavía se trabaja porque el trabajo es una distracción, pero se tiene cuidado de que la distracción no dañe.

»Ya no se empobrece ni enriquece nadie; ambas cosas son molestas. ¿Quién quiere gobernar todavía? ¿Quién obedece todavía? Ambas cosas son demasiado molestas.

»¡Sin pastor y un rebaño! Cada uno quiere lo mismo: todos son iguales; quien siente de otro modo va voluntariamente al manicomio.

»"Antes estaba todo el mundo loco", dicen los más perspicaces guiñando un ojo.

»Se es prudente y se sabe todo lo que ha sucedido, así no tiene fin la burla. Todavía disputa la gente, pero se reconcilia muy pronto..., porque si no, se puede estropear el estómago.

»Se tiene de día su poquito de alegría y su poquito de alegría por la noche, pero se respeta la salud.

»"Hemos inventado la felicidad", dicen los últimos hombres, y parpadean».

Aquí terminó el primer discurso de Zaratustra, al que también se le ha denominado el «prólogo», porque al llegar a este pasaje le interrumpieron la algarabía y la alegría de la muchedumbre. «¡Danos este último hombre, Zaratustra —gritaba el populacho—; haznos parecidos a estos últimos hombres y te regalaremos el superhombre!». Y todo el gentío jubiloso hacía castañetear la lengua. Pero Zaratustra se entristeció y dijo a su corazón: «No me comprenden: ¡no soy la boca para esos oídos!

»He vivido demasiado tiempo en la montaña y prestado demasiada atención a los arroyos y a los árboles y ahora les hablo como a los cabreros.

»Mi alma está plácida y clara como la montaña antes del mediodía, pero ellos se imaginan que soy frío, y un bufón cuyas burlas son siniestras.

»Y ahora me miran y se ríen, y además de reírse de mí me odian. En su risa hay hielo».

VI

Pero entonces ocurrió algo que hizo enmudecer todas las bocas y fijar todas las miradas, porque entretanto había empezado a trabajar el titiritero que había salido por una puertecita y andaba sobre la cuerda tendida entre dos torres, por encima de la plaza pública y de la muchedumbre. Cuando justamente se hallaba a mitad del camino volviose a abrir la puertecita, dejando paso a un ridículo personaje de abigarrada vestimenta, semejante a un payaso, que con rápido paso fue tras el volatinero. «¡Deprisa, pata coja, gritó su terrible voz; deprisa, holgazán, contrabandista, cara descolorida! ¡Procura que no te haga cosquillas con mis talones! ¿Qué estás haciendo aquí entre estas dos torres? En una de ellas deberían haberte tenido encerrado, porque estás impidiendo el paso de uno que vale mucho más que tú!». Y a cada palabra que decía se acercaba más y más al volatinero; cuando se hallaba a un paso de distancia nada más de él, se produjo lo terriblemente espantoso, que hizo enmudecer todas las bocas y paralizó las miradas; el extraño ser lanzó un grito estridente que pareció salido de la garganta de un demonio, y saltó por encima de quien le impedía el paso, el cual, al verse vencido por su rival, perdió la serenidad y la cuerda; el balancín se le escapó de las manos y más rápidamente que éste cayó a la profundidad convertido en un remolino de piernas y brazos. El mercado y el gentío se asemejaron al mar cuando la tempestad se adueña de él; todos huyeron dispersándose en todas direcciones, sobre todo los inmediatos al sitio sobre el cual tenía que estrellarse el cuerpo del infeliz.

Zaratustra fue el único que permaneció inmóvil, y precisamente a su lado cayó maltrecho y roto, aunque todavía no muerto, aquel cuerpo. Al cabo de un rato recobró el conocimiento el caído y al abrir los ojos vio a Zaratustra de rodillas a su lado:

«¿Qué haces aquí? —pudo decir por fin—; hace ya tiempo que sabía que el demonio me armaría una zancadilla, y ahora me va a arrastrar al infierno. ¿Quieres impedírselo?».

«Por mi honor, amigo mío —le respondió Zaratustra—, no hay nada de lo que estás diciendo: no hay demonio ni existe infierno. Tu alma morirá aun antes que tu cuerpo. ¡Nada temas, pues!».

El hombre le miró con desconfianza. «Si lo que dices es verdad —dijo—, nada pierdo al perder la vida. Soy apenas algo más que un animal, al que a fuerza de palos y poco que comer le han enseñado a bailar».

«Esto no —contestó Zaratustra—; hiciste del peligro tu profesión y nadie puede despreciarte por ello, y ahora sucumbes víctima de ella. Por esto te prometo enterrarte con mis manos».

El moribundo no contestó ya a las palabras de Zaratustra, pero agitó las suyas como si buscara las de Zaratustra para darle las gracias.

VII

Entretanto sobrevino la noche y el mercado quedó oculto en la oscuridad; el pueblo fue desapareciendo, porque hasta del pavor y de la curiosidad llega a cansarse. Pero Zaratustra continuaba sentado sobre el suelo junto al muerto, olvidándose del tiempo. Por fin cerró del todo la noche y un viento helado hizo estremecerse al solitario, que se puso en pie y habló así a su corazón:

«En verdad, ¡bonita pesca has hecho hoy, Zaratustra! No has pescado ningún hombre, pero sí un cadáver.

»¡Qué pavorosa es la vida humana, siempre desprovista de sentido: un payaso puede serle fatal!

»Quiero enseñar a los hombres el sentido de su existencia, que es el superhombre, el rayo de la negra nube hombre.

»Pero todavía estoy muy lejos de ellos y mi espíritu no habla a sus sentidos. Para los hombres sigo siendo todavía el término medio entre un loco y un cadáver.

»La noche es sombría y sombríos son los caminos de Zaratustra. ¡Vamos, helado y yerto compañero! Voy a llevarte al lugar en que mis manos te enterrarán».

VIII

Después de hablar así a su corazón cargó Zaratustra el cadáver a la espalda y se puso en marcha. No habría andado ni siquiera cien pasos cuando un hombre se acercó cautelosamente a él y murmuró a su oído... y aquel hombre era el payaso de la torre. «Abandona, Zaratustra, esta ciudad —le dijo—. Hay aquí demasiados que te odian. Te odian los buenos y los justos, que te llaman su enemigo y su despreciador; te odian los verdaderos creyentes que te llaman un peligro para las masas. Has tenido la suerte de que se hayan reído de ti, porque hablaste verdaderamente como un payaso. Has tenido también la suerte de asociarte al perro muerto, y rebajándote así te salvaste por esta vez. Pero sal de esta ciudad..., o si no, saltaré mañana por encima de tu cadáver». Después de haberle dicho esto desapareció el hombre, y Zaratustra continuó su camino por las calles oscuras.

En la puerta de la ciudad encontró a los enterradores, que aproximando sus antorchas a su cara reconocieron a Zaratustra y se burlaron de él. «Zaratustra se lleva al perro muerto; ¡bravo!, Zaratustra se ha hecho enterrador, de lo que nos felicitamos, porque nuestras manos están demasiado limpias para este asado. Zaratustra parece que quiere robar al diablo su comida; pues si es así, que le haga buen provecho. Pero mucho cuidado con el diablo, porque si es más hábil ladrón que Zaratustra los robará a los dos para comérselos». Y se echaron a reír juntando sus cabezas.

Zaratustra no les dijo ni una palabra y continuó su camino; después de haber estado andando más de dos horas por bosques y a lo largo de ciénagas, oyó tantos aullidos de lobos hambrientos que advirtió que también él tenía hambre, lo que le hizo detenerse ante la puerta de una casa aislada en la que brillaba una luz.

«El hambre se apodera de mí, como un bandolero. En medio de los bosques y de las ciénagas se apodera el hambre de mí en la noche oscura.

»Mi hambre tiene extraños caprichos. A veces la siento solamente después de comer y hoy no la he sentido en todo el día; ¿dónde habrá estado?».

Y hablando así, llamó Zaratustra a la puerta de la casa. Un anciano se presentó muy pronto, llevando una luz, y en seguida preguntó: «¿Quién viene a mí y a mi mal sueño?».

«Un vivo y un muerto —dijo Zaratustra—. Dame de comer y de beber, porque durante el día me olvidé de ello. Quien da de comer al hambriento conforta su propia alma, dice la sabiduría».

El anciano se retiró para volver en seguida ofreciendo a Zaratustra pan y vino. «Mala comarca es ésta para los hambrientos —dijo—. Por esto vivo aquí. Hombres y animales vienen a buscarme, a buscar al solitario. Pero invita a tu compañero a que coma y beba, porque está más cansado que tú».

Zaratustra contestó: «Mi compañero está muerto; difícilmente podría convencerle de que comiera».

«Me es igual —dijo el anciano gruñendo—. Quien llama a mi puerta debe aceptar lo que le ofrezco. ¡Comed y que os vaya bien!».

Zaratustra prosiguió su marcha durante dos horas más, confiado en el camino y en la luz de las estrellas, porque estaba acostumbrado a deambular de noche y gustaba de mirar en la cara a todos los durmientes. Cuando comenzó a amanecer se encontró en un bosque profundo en el que no se veía huella de camino alguno. Colocó el cuerpo dentro de un árbol hueco, a la altura de la cabeza, para protegerlo contra los lobos, y se acostó sobre el musgo, cansado el cuerpo, pero tranquila el alma.

IX

Zaratustra durmió mucho tiempo y no sólo la aurora pasó por su rostro, sino también la mañana. Por fin se abrieron sus ojos y, sorprendido, dirigió Zaratustra una mirada al bosque y al silencio y, sorprendido, miró en su alma. Después se levantó rápidamente, como un marino que de repente descubre la tierra en el horizonte, y lanzó un grito de alegría, porque acababa de descubrir una nueva verdad. Y habló a su corazón y le dijo:

«Se me han abierto los ojos: necesito compañeros, pero vivos, no compañeros muertos y cadáveres, que llevo conmigo adonde me plazca.

»Pero compañeros vivos son los que necesito que me sigan, porque quieren seguirse a sí mismos... a todas partes adonde yo vaya.

»Se me han abierto los ojos: no es al gentío al que debe hablar Zaratustra, sino a compañeros. Zaratustra no debe ser el pastor y el perro de guarda de un rebaño.

»He venido a llevarme muchas ovejas del rebaño. El gentío y el rebaño me tendrán rabia; Zaratustra quiere llamar ladrón de ganado al pastor.

»Digo pastores, pero ellos se llaman los buenos y los justos. Digo pastores, pero ellos se llaman los creyentes de la verdadera fe.

»¡Mirad los buenos y los justos! ¿A quién odian ellos más? Al que rompe sus tablas de valores, al destructor, al criminal; pero éste es el creador.

»¡Mirad los fieles de todas las creencias! ¿Quién es al que más odian? Al que rompe sus tablas de valores, al destructor, al criminal; pero éste es el creador.

»Compañeros busca el creador y no cadáveres, rebaños o creyentes. Compañeros de creación como él, que inscriban nuevos valores en las nuevas tablas.

»Compañeros busca el creador y cosecheros que cosechen con él, porque donde él está todo está maduro para la cosecha.

Pero le faltan las cien hoces, por lo cual, encolerizado, arranca las espigas.

»Compañeros busca el creador, pero compañeros que sepan afilar las hoces. Se los llamará destructores y menospreciadores de lo bueno y lo malo, pero ellos serán los que cosechen y los que celebren las fiestas.

»Creadores busca Zaratustra, de los que cosechan y celebran las fiestas: ¡qué tiene que ver él con rebaños, pastores y cadáveres!

»Y tú, mi primer compañero, ¡descansa en paz! Bien sepultado te dejo en tu árbol hueco, bien resguardado de los lobos.

»Pero me separo de ti porque mi tiempo ha pasado. Entre dos auroras he visto nacer una nueva verdad.

»No debo ser pastor ni sepulturero. Jamás volveré a hablar con el gentío y por última vez hablo con un muerto. Quiero asociarme a los creadores, a los que cosechan y a los que se regocijan; quiero enseñarles el arcoíris y todos los escalones que conducen hasta el superhombre.

»Cantaré mi canto a los solitarios. Cantaré mi canto a los solitarios y a los que siendo dos comparten la soledad, y a quienquiera tenga oídos para lo inaudito le agobiaré el corazón con mi felicidad.

»Marcho hacia mi objetivo siguiendo mi ruta, pasando por encima de los que titubeen y se retrasen. ¡Sea, pues, mi marcha su perdición!».

X

Esto fue lo que dijo Zaratustra a su corazón cuando el Sol llegó a su cénit; después dirigió sus miradas a las alturas porque oyó el grito agudo de un ave. Un águila volaba por encima de él, describiendo arcos en el aire, y colgada de ella iba una serpiente, pero no como presa, sino como amiga, porque estaba enroscada al cuello de la reina del aire.

«¡Son mis animales! —exclamó gozoso Zaratustra—. El animal más altivo bajo el Sol y el animal más astuto bajo el astro, que han salido en reconocimiento.

»Han querido saber si Zaratustra vive aún. ¿Vivo todavía verdaderamente? Más peligros he encontrado viviendo entre hombres que entre animales. Peligrosos caminos recorre Zaratustra. Que mis animales me sirvan de guías».

Cuando Zaratustra hubo hablado así se acordó de las palabras del santo allá en el bosque, suspiró y dijo a su corazón:

«¡Ojalá fuera más prudente! ¡Ojalá fuera tan astuto desde el fondo de mi corazón como mi serpiente! Pero pido imposibles; ruego, pues, a mi soberbia que acompañe siempre a mi prudencia. Y si mi prudencia me abandonase, porque, ¡ay!, le gusta volar, pueda al menos volar mi soberbia con mi locura».

Así comenzó el ocaso de Zaratustra.

LOS DISCURSOS DE ZARATUSTRA

Las tres metamorfosis

«Voy a nombraros tres metamorfosis del espíritu: cómo se convierte el espíritu en camello, el camello en león y cómo finalmente el león en niño.

»Hay muchas cargas pesadas para el espíritu, para el sufrido y vigoroso espíritu en el que domina el respeto; su vigor reclama una carga pesada, la más pesada.

»"¿Qué es más pesado?", pregunta el sufrido espíritu cuando se arrodilla como un camello y quiere que le carguen más.

»¿Qué es lo más pesado, héroes —pregunta el espíritu robusto—, para que me carguen con ello y me regocije de mi fuerza?

»¿No es humillarse para que sufra el orgullo? ¿Hacer brillar su locura para burlarse de su sabiduría?

»¿O bien desertar de una causa en el momento en que celebra su victoria? ¿Subir a una elevada montaña para tentar al tentador?

»¿O alimentarse de bellotas y de la hierba del conocimiento y sufrir hambre en el alma por amor a la verdad?

»¿O estando enfermo despedir a los que puedan consolar y hacerse amigo de los sordos, que nunca oyen lo que uno quiere?

»¿O sumergirse en agua sucia, si es el agua de la verdad, y no alejarse de las frías ranas y los repugnantes sapos?

»¿O amar a los que nos desprecian y tender la mano al fantasma cuando nos quiera infundir miedo?

»El espíritu vigoroso soporta todas estas pesadas cargas sobre su lomo, y semejante el camello, que apenas cargado se apresura a partir al desierto, corre también a su desierto.

»Pero en lo más recóndito del desierto se verifica la segunda metamorfosis: allí se convierte el espíritu en león, quiere conquistar la libertad y ser el señor de su propio desierto.

»Allí buscará a su último señor, del que quiere ser enemigo, como es enemigo de su último dios; quiere luchar para conseguir la victoria sobre el gran dragón.

»¿Quién es ese gran dragón al que el espíritu ya no quiere llamar ni dios ni señor? *Debes* se llama el gran dragón, pero el espíritu del león dice: "Quiero".

»*Debes* le acecha en el camino, reluciente de oro, un animal escamoso, en cada una de cuyas escamas brilla en letras doradas "Debes".

»Valores milenarios brillan en estas escamas, y el más poderoso de todos los dragones dice: "Todo el valor de las cosas brilla en mí".

»Todo lo que es valor ha sido ya creado y yo represento todos los valores creados. En verdad no debe haber más "quiero". Así habla el dragón.

»Hermanos míos, ¿para qué hace falta el león del espíritu? ¿Por qué no hemos de tener bastante con el animal vigoroso que se abstiene y es respetuoso?

»Crear nuevos valores —el león no es capaz de ello todavía—; pero procurar ser libre para nuevas creaciones sí que puede la fuerza del león.

»Hacerse libre y formular un rotundo y santo "No" hasta ante el deber: para esto, hermanos míos, hace falta ser león.

»Conquistar el derecho de crear nuevos valores es la más terrible conquista para un espíritu sufrido y respetuoso. Ello es para él, verdaderamente, un acto de ferocidad propia de una fiera salvaje.

»Antes amaba al "Debes" como lo más sagrado para él y ahora tiene que buscar la ilusión y la arbitrariedad hasta en lo más sagrado, para hacer a expensas de su amor la conquista de su libertad. Para esta conquista, que es un robo, hace falta un león.

»Pero, decidme, hermanos míos, ¿qué puede hacer el niño que no lo pueda también el león? ¿Por qué hace falta que el león raptor se convierta en niño?

»El niño es inocencia y olvido, una renovación, un juego, una rueda que rueda sobre sí misma, un primer movimiento, una santa afirmación.

»Para el juego de la creación, hermanos míos, se necesita una santa afirmación: el espíritu quiere ahora su propia voluntad, y el que ha perdido el Mundo quiere ganar su propio mundo.

»Os he nombrado tres metamorfosis del espíritu: cómo se convierte el espíritu en camello, cómo en león el camello y cómo, en fin, se convierte el león en niño».

Así habló Zaratustra, que entonces habitaba en la ciudad llamada la Vaca multicolor.

De las cátedras de la virtud

Delante de Zaratustra ponderaron a un sabio que sabía hablar muy bien del sueño y de la virtud; por ello se le reverenciaba mucho y se le recompensaba, y todos los jóvenes se congregaban alrededor de su cátedra. Zaratustra fue adonde él explicaba y lo mismo que los jóvenes tomó asiento delante de su cátedra. Y el sabio habló de esta manera:

«¡Honrad y respetad el sueño! Es lo primero de todo. Evitad encontrar en vuestro camino a los que duermen mal y de noche están despiertos.

»El mismo ladrón se siente intimidado en presencia del sueño. De noche anda siempre procurando no hacer ruido. El vigilante nocturno, en cambio, no tiene vergüenza y con desvergüenza toca su cuerno.

»No es cosa tan fácil saber dormir; es preciso para ello saber estar despierto durante el día.

»Diez veces al día tienes que superarte a ti mismo, lo que te producirá una buena fatiga, que será una adormidera del alma.

»Diez veces has de reconciliarte diariamente contigo mismo, porque si es amargo reconciliarse, en cambio el que no se ha reconciliado duerme mal.

»Diez verdades tienes que encontrar diariamente; de otra forma tienes que seguir buscando la verdad durante la noche y con tu alma aún hambrienta.

»Diez veces tienes que reírte y estar alegre durante el día; de otro modo, no te dejará dormir tu estómago, este padre del mal humor.

»Pocos saben esto, pero hay que poseer todas las virtudes para dormir bien. ¿Levantaré algún falso testimonio? ¿Cometeré adulterio? ¿Desearé a la sirvienta de mi prójimo? Todo esto no se compaginaría bien con un sueño tranquilo.

»Y aun poseyendo todas las virtudes hace falta todavía saber bien una cosa: mandar dormir a tiempo a las mismas virtudes.

»Es preciso que estas lindas damitas no disputen entre sí, y sobre todo no por tu causa, ¡desgraciado!

»Paz con Dios y con el prójimo, así lo exige el buen sueño. Y paz también, además, con el diablo del vecino, porque de lo contrario se te aparecerá por la noche.

»¡Honor y obediencia a la autoridad, aunque cojee! ¡Así lo quiere el buen sueño! ¿Tengo yo acaso la culpa si la autoridad cojea?

»Aquel que lleva su oveja para que paste en el prado más verde es para mí el mejor pastor; así lo exige el buen sueño.

»No quiero ni muchos honores ni grandes tesoros, porque irritan el bazo; pero sin una buena fama y un pequeño tesoro se duerme mal.

»Me place más la compañía de unos pocos que una mala compañía, pero es preciso que venga y se retire en el momento oportuno. Así lo exige el buen sueño.

»Mucho me agradan también los pobres de espíritu, porque incitan al sueño. Son unos bienaventurados, sobre todo cuando siempre se les da la razón.

»Así transcurre el día para los virtuosos. Cuando llega la noche me guardo muy bien de evocar el sueño. Él, que es señor de todas las virtudes, el sueño, no quiere ser evocado.

»Pero recapacito acerca de lo que he hecho y pensado durante el día. Rumiando mis pensamientos me pregunto con la paciencia de una vaca: ¿cuáles han sido las diez victorias sobre ti mismo? Y ¿cuáles las diez reconciliaciones, las diez verdades y las diez carcajadas que regalaron tu corazón?

»Pensando en todo esto y mecido por cuarenta ideas me sorprende de repente el sueño que no he llamado, el señor de las virtudes.

»El sueño me toca los ojos, y los párpados se me vuelven pesados. El sueño me toca la boca y la boca se me queda entreabierta.

»En verdad, viene muy quedo y con paso muy leve el ladrón preferido y me roba los pensamientos, y yo me quedo tan tonto como esta cátedra.

»Pero no permanezco mucho tiempo así, porque muy pronto me acuesto...».

Cuando Zaratustra oyó hablar de esta forma al sabio se rio su corazón, porque en él se había encendido una luz. Y habló a su corazón, diciéndole:

«Este sabio con sus cuarenta pensamientos me parece un loco, pero creo que comprende bien lo que es el sueño.

»¡Bienaventurado el que habite cerca de este sabio! Un sueño como el suyo es contagioso y hasta a través de una pared gruesa tiene que contagiar.

»En su cátedra reside un misterioso encanto. Y no en vano se congregaban los jóvenes a los pies del predicador de la virtud.

»Su sabiduría dice: velar para dormir bien. Y en verdad, si la vida no tuviera un sentido y yo tuviera que elegir un disparate, este disparate me parecería el más digno de elección.

»Ahora comprendo claramente lo que con preferencia a todo se buscaba antes al buscar maestros de la virtud. Se buscaba un buen sueño y virtudes con guirnaldas de adormideras.

»Para todos estos alabados sabios de las cátedras la sabiduría era dormir sin soñar; no conocían un mejor sentido de la vida.

»Todavía quedan actualmente algunos como este predicador de la virtud, mas no siempre son tan honrados como él; pero su tiempo pasó ya. Y no estarán mucho tiempo despiertos sin tardar en dormirse.

»¡Bienaventurados los soñolientos, porque no tardarán en quedarse dormidos!».

Así habló Zaratustra.

De los alucinados de un mundo pretérito

Un día arrojó Zaratustra sus ilusiones más allá de los hombres, asemejándose a los alucinados del pasado. El Mundo le pareció entonces la obra de un dios, sufriente y atormentado.

«El Mundo me pareció ser un sueño y la invención de un dios; algo como vapores de colores ante los ojos de un divino descontento.

»El bien y el mal, alegría y penas, y Yo y Tú creí yo que eran los vapores de colores ante los ojos de un creador. El creador quiso apartar los ojos de sí mismo, y entonces creó al Mundo.

»Para todo el que sufre es un goce embriagador dejar de ver sus propios sufrimientos y olvidarse de sí mismo. Goce embriagador y olvido de sí mismo me pareció un día el Mundo.

»Este Mundo perennemente imperfecto, imagen imperfecta de una eterna contradicción, una alegría embriagadora para su imperfecto creador, es lo que un día me pareció el Mundo.

»Por esto arrojé muy a lo lejos mis ilusiones, más allá de los hombres, como todos los alucinados del pasado. ¿Verdaderamente más allá de los hombres?

»¡Ah, hermanos míos! Este dios que creé era una obra de humanos y de la locura humana, como todos los dioses.

»Hombre era y sólo un pobre fragmento de hombre y de "Yo"; salido de mis propias ascuas y cenizas vino a mí ese fantasma, y en verdad no me vino de un más allá.

»¿Qué sucedió entonces, hermanos míos? Me sobrepuse a mí mismo, al doliente; llevé mis propias cenizas a la montaña e inventé para mí una llama más clara, y... ¡el fantasma se alejó de mí!

»Creer ahora en tales fantasmas sería para mí un sufrimiento y un tormento, una verdadera humillación, para el que ya está curado. Por esto me dirijo a los alucinados de un mundo que ya pasó, de un mundo pretérito.

»Eran sufrimientos e impotencias creadas por mundos pretéritos como la breve locura de felicidad que sólo conocen los que más sufren.

»La fatiga que de un solo salto quiere llegar hasta lo último, de un salto mortal, una pobre fatiga ignorante que ni siquiera quiere ya querer; ésta es la que creó a todos los dioses y a todos los mundos que ya pasaron.

»¡Creedme, hermanos míos! Fue el cuerpo el que desesperó del cuerpo; a tientas de los dedos del perturbado espíritu siguió a lo largo de los últimos muros.

»¡Creedme, hermanos míos! Fue el cuerpo el que desesperó de la tierra: él oyó hablar al vientre del Ser.

»Y quiso pasar la cabeza a través de los últimos muros, y no solamente la cabeza: quiso pasar al "mundo del más allá".

»Pero "aquel mundo del más allá", aquel mundo completamente deshumanizado e inhumano, que es una nada celestial, está muy oculto a los hombres, y el vientre del Ser no habla al hombre más que como hombre.

»En verdad difícil de demostrar es todo el Ser y difícil hacerle hablar.

»Decidme, hermanos míos, ¿no son las cosas más extrañas las que parecen mejor demostradas?

»Sí; este "Yo" y la contradicción y la confusión de este "Yo" son los que hablan más lealmente de este "Yo" que crea, quiere y da la medida y el valor de las cosas al cuerpo. Y este lealísimo Ser, el Yo, habla del cuerpo y quiere todavía al cuerpo hasta cuando sueña y se exalta agitando sus alas rotas.

»Este "Yo" aprende a hablar cada vez más lealmente y mientras más aprende, más palabras encuentra para alabar al cuerpo y a la tierra.

»Mi "Yo" me ha hecho conocer un nuevo orgullo que enseño a los hombres; no ocultar más su cabeza en la arena de las cosas celestes, sino llevarla muy alta, una cabeza terrestre que crea el sentido de la tierra.

»Enseñó a los hombres una nueva voluntad: seguir voluntariamente el camino que ciegamente siguieron los hombres, considerarlo bueno y no apartarse sigilosamente de él, como los enfermos y los decrépitos.

»Los enfermos y los decrépitos han sido los que menospreciaron el cuerpo y la tierra e inventaron lo celestial y las gotas de sangre redentora, y de la tierra y del cuerpo fue de donde tomaron estos dulces y lúgubres venenos.

»Quisieron escapar a su miseria y las estrellas les parecieron demasiado lejanas. Entonces comenzaron a suspirar: "¡Ojalá hubiera caminos celestiales para podernos introducir en otro Ser y hallar otra felicidad!". Y entonces fue cuando inventaron sus artificios y sangrientas bebidas.

»Y los ingratos se lisonjeaban de haberse arrancado de su cuerpo y de esta tierra. Sin embargo, ¿a quién debieron los espasmos y delicias de este arrancamiento? A su cuerpo y a esta tierra.

»Zaratustra es indulgente con los enfermos. En verdad no se enoja de sus maneras de consolarse ni de su ingratitud. Ojalá se curen y se dominen y puedan crearse un cuerpo mejor.

»Tampoco se enoja Zaratustra con el convaleciente si éste mira con ternura sus ilusiones perdidas y yerra a medianoche alrededor de la tumba de su dios; pero en sus lágrimas no veo más que enfermedades y un cuerpo enfermo.

»Muchos enfermos hubo siempre entre los que sueñan y languidecen buscando a Dios; con furor detestan al que busca el conocimiento y a la más joven de las virtudes, la llamada lealtad.

»Siempre dirigen la vista hacia atrás, hacia tiempos oscuros; entonces, es cierto, eran otra cosa la locura y la fe. El furor de la razón estaba considerado como la semejanza a Dios y la duda era un pecado.

»Demasiado bien conozco a éstos que se asemejan a Dios; quieren que se crea en ellos y que la duda sea pecado. Demasiado bien sé qué es lo que ellos creen.

»No es en verdad en mundos que ya pasaron ni en gotas de sangre redentoras; en lo que más creen es en su propio cuerpo, que consideran como la cosa en sí.

»Pero el cuerpo es para ellos algo enfermizo, por lo cual de buena gana saldrían de su piel. Por esto escuchan a los predicadores de la muerte y ellos mismos predican los mundos pretéritos.

»¡Escuchadme, hermanos míos! La voz del cuerpo cura y es una voz más leal y más pura.

»El cuerpo sano el cuerpo completo y cuadrado de pies a cabeza, habla con más lealtad y más pureza, y habla del sentido de la Tierra».

Así habló Zaratustra.

De los despreciadores del cuerpo

«A los despreciadores del cuerpo quiero decirles mi opinión. No deben cambiar de procedimientos de enseñanza ni de aprender, sino solamente decir adiós a su propio cuerpo... y de esta manera enmudecer.

»"Cuerpo soy y alma", así habla el niño. Y ¿por qué no se ha de hablar como hablan los niños? Pero el que está despierto y consciente dice: soy cuerpo por entero y nada más fuera de esto; el alma no es más que una palabra para algo del cuerpo.

»El cuerpo es una gran razón, una multiplicidad con un solo sentido, una guerra y una paz, un rebaño y un pastor.

»Un instrumento de tu cuerpo es también tu pequeña razón, a la que denominas tu espíritu, hermano mío, un pequeño instrumento y juguete de tu gran razón.

»"Yo", dices, y te enorgulleces de esta palabra. Pero lo que es mayor —y en lo que no quieres creer— es tu cuerpo y su gran razón; esta razón no dice: "Yo", pero es "Yo".

»Lo que los sentidos experimentan y el espíritu reconoce nunca tiene fin en sí. Pero los sentidos y el espíritu querían convencerte de que son el fin de toda cosa; tan orgullosos son.

»Los sentidos y el espíritu no son más que instrumentos y juguetes tras de los cuales se oculta el "Sí". El "Sí" busca también con los ojos de los sentidos y escucha con los oídos del espíritu.

»El "Sí" siempre escucha y busca, compara, somete, conquista y destruye. También reina y domina al "Yo".

»Detrás de tus pensamientos y sentimientos, hermano mío, está un poderoso señor, un sabio desconocido, que se llama "Sí". Habita en tu cuerpo y es tu cuerpo.

»Hay más razón en tu cuerpo que en tu mejor sabiduría. Y ¿quién sabe para qué tiene necesidad tu cuerpo de tu mejor sabiduría?

»Tu "Sí" se mofa de tu "Yo" y de sus orgullosas cabriolas. "¿Qué son para mí estos saltos y estos vuelos del pensamiento? —se dice—. Un rodeo hacia mi objetivo. Soy los andadores del 'Yo' y el apuntador de sus ideas".

»El "Sí" le dice al "Yo": "¡Siente dolor!", y éste sufre y reflexiona cómo podrá no sufrir, y para esto precisamente debe pensar.

»El "Sí" le dice al "Yo": "¡Siente placer!", y éste se alegra y piensa en regocijarse aún más a menudo, y precisamente para esto debe pensar. A los que desprecian al cuerpo quiero decirles una palabra. Que desprecien, porque esto les hace ser estimados. ¿Qué es lo que creó la estimación y el desprecio, el valor y la voluntad?

»El "Sí" creador creó para sí mismo la estimación y el desprecio, la alegría y la pena. El cuerpo creador creó para sí mismo el espíritu como una mano de su voluntad.

»Hasta en vuestra locura y en vuestro desprecio servís a vuestro "Sí", despreciadores del cuerpo, y yo os digo que vuestro «Sí» mismo quiere morir y se aparta de la vida.

»Ya no puede hacer lo que con preferencia a todo haría: crear sobrepujándose. Éste es su mayor deseo, lo que quiere con todas sus ansias.

»Pero ya es demasiado tarde para ello: por esto quiere perecer vuestro "Sí", despreciadores del cuerpo. Porque tampoco podéis ya crear sobrepujándoos.

»Y por eso tenéis rencor a la vida y a la Tierra. En la mirada bizca de vuestro desprecio se ve una envidia inconsciente.

»No marcho por vuestro camino, despreciadores del cuerpo. Para mí no sois puentes que conducen al superhombre».

Así habló Zaratustra.

De las alegrías y de las pasiones

«Hermano mío: si tienes una virtud y ésta es tu virtud, no la tienes en común con nadie.

»Tú quieres, naturalmente, llamarla por su nombre y acariciarla; quieres tirarle de la oreja y divertirte con ella.

»Y ¡mira! Ahora tiene en común con el pueblo el nombre que le das, y tú, con tu virtud, te has convertido en pueblo y rebaño.

»Harías mejor en decir: "Inexpresable y sin nombre es lo que constituye el tormento y la dulzura de mi alma y también es el hambre de mis entrañas".

»Que tu virtud esté tan alta que no pueda permitir la familiaridad de las denominaciones, y si te es preciso hablar de ella no te avergüences de balbucir.

»Habla, pues, y balbucea: "Éste es mi bien, al que amo, el que me place por completo, y sólo así quiero yo el bien. No lo quiero como un mandato de un dios ni como una ley o necesidad humana, ni quiero que me sirva de guía a tierras superiores ni a paraísos. Lo que yo amo es una virtud terrestre; poca sabiduría hay en ella y aun menos sentido común. Pero este pájaro ha construido su nido muy cerca de mí: por eso le quiero y acaricio; ahora está a mi lado incubando sus huevos de oro".

»Así debes balbucir y alabar tu virtud.

»Antes tuviste pasiones y las llamaste males. Pero ahora no tienes más que tus virtudes, nacidas de tus pasiones.

»Llevaste a estas pasiones tus más altos objetivos insinuándolos a su corazón, y así se convirtieron en tus virtudes y alegrías.

»Y aunque fueras un colérico o un voluptuoso, un fanático o un rencoroso, todas tus pasiones acabarían por convertirse en virtudes y todos tus demonios en ángeles.

»Antes tenías perros feroces en tu bodega, pero finalmente se convirtieron en pájaros y amables cantores.

»Con tus venenos te preparaste tu bálsamo: ordeñaste tu vaca "Aflicción", y ahora bebes la dulce leche de sus ubres.

»De ti nada malo puede ya nacer, como no sea el mal que nace de la lucha de las virtudes.

»Hermano mío: si eres feliz, es señal de que tienes una virtud y nada más; así pasas más fácilmente por el puente.

»Tener muchas virtudes es una gran distinción, pero también una mala suerte; ¡cuántos han ido al desierto a matarse cansados de ser batalla y campo de batalla de sus virtudes!

»Dime, hermano mío: ¿crees que la guerra y las batallas son males? Son males necesarios; la envidia, la desconfianza y la calumnia son necesarias entre tus virtudes.

»Mira cómo cada una de tus virtudes aspira a lo sublime; quiere monopolizar tu espíritu para que sea su heraldo, como quiere toda la fuerza de tu ira, de tu odio y de tu amor.

»Toda virtud tiene celos de las demás, y los celos son algo terrible. También hay virtudes que pueden perecer de celos.

»El que se ve envuelto por las llamas de los celos acabará como el alacrán, volviendo contra sí mismo su venenoso aguijón.

»¿Has visto alguna vez, hermano mío, que una virtud se calumnie y destruya ella misma?

»El hombre es algo que tiene que ser superado, y por esto debes amar tus virtudes, porque perecerás por tus virtudes».

Así habló Zaratustra.

Del pálido criminal

«¿No queréis matar, jueces y sacrificadores, mientras el animal no haya inclinado la cabeza? Mirad, el pálido criminal la ha inclinado ya; en sus ojos habla el mayor de los desprecios.

»Mi "Yo" es algo que tiene que ser dominado; mi "Yo" es mi gran desprecio de los hombres. Esto dicen los ojos del criminal.

»Su momento supremo fue aquél en que se juzgó él mismo: no consintáis que ya que se ha sublimado descienda de nuevo a su bajeza.

»Para el que de tal manera sufre de sí mismo no existe más redención que una muerte rápida.

»Vuestro homicidio, jueces, debe ser compasivo y no vindicatorio. Y cuando matéis ved de justificar la vida.

»No es bastante vuestra reconciliación con el que matáis. Que vuestra tristeza sea el amor al superhombre y así justificaréis la continuación de vuestra vida.

»Decid "enemigo", pero no "malvado"; decid "enfermo", pero no "miserable"; "insensato", pero no "pecador".

»Y tú, juez rojo, si dijeras en alta voz todo lo que ya has cometido con el pensamiento, harías que todos gritaran: "¡Apartad esta inmundicia y este veneno!".

»Pero una cosa es pensar y otra hacer, y otra la imagen de la acción. La rueda de la razón no gira entre estas cosas.

»Una imagen es la que hace palidecer a este hombre pálido. Cuando llevó a cabo su acción estuvo a la altura de ella, pero no soportó su imagen después de haberla llevado a efecto.

»Siempre se veía como el autor de una sola acción. A esto lo llamo locura, porque la excepción se ha convertido en regla de su ser.

»Una raya hipnotiza a la gallina; el rasgo del criminal fascinó su pobre razón: es la locura después del hecho.

»¡Escuchadme, jueces! Todavía existe otra locura y es la que precede al hecho. ¡Ay, no profundizasteis bastante en esta alma!

»Y así habla el juez rojo: "¿Por qué mató este criminal? Quiso robar". Pero yo os digo que su alma quería sangre y no robar; ¡estaba sediento de la felicidad del cuchillo!

»Pero su pobre razón no comprendió esta locura y le convenció. "¿Qué importa la sangre? —le dijo—. ¿No quieres al menos aprovecharte de ella para robar? ¿Para vengarte?".

»Y él prestó oído a su pobre razón. Como plomo pesaron en él sus palabras, y robó cuando mató. Y no quería avergonzarse de su locura.

»Y ahora vuelve de nuevo a pesar sobre él el plomo de su delito, y otra vez está su pobre razón embotada, paralizada y pesada.

»Si al menos pudiera sacudir la cabeza caería al suelo la carga que le agobia, pero ¿quién sacudirá esa cabeza?

»¿Qué es este hombre? Un cúmulo de enfermedades, que por el espíritu penetran en el mundo exterior, donde quieren conquistar un botín.

»¿Qué es este hombre? Un nudo de serpientes venenosas enroscadas, que raras veces están tranquilas, pero se desenroscan, separan y van al Mundo en busca de un botín.

»¡Mirad este pobre cuerpo! Su pobre alma trató de comprender lo que sufría y ansiaba, y creyó que anhelaba la codicia y el placer sanguinarios de la felicidad del cuchillo.

»Quien ahora se enferma se ve asaltado por el mal que es el mal del momento; quiere hacer daño con lo que a él le duele. Pero ha habido otros tiempos, otro bien y otro mal.

»Hubo otros tiempos en que la duda y la ambición personal fueron crímenes.

»El enfermo se volvía entonces hereje y brujo, y como hereje y brujo sufría y quería que sufrieran los demás.

»Pero no me queréis escuchar, porque, según me decís, os perjudicaría. Y a mí, ¿qué me importa que seáis buenos?

»Mucho de lo bueno que tenéis me asquea, y no por cierto lo malo. Quisiera que tuvierais una locura a la que sucumbierais, como este pálido criminal.

»En verdad, digo que quisiera que su locura se llamara verdad, fidelidad o justicia; pero tienen una virtud que los hace vivir mucho tiempo y en un estado deplorable de propia satisfacción.

»Soy un pretil a orillas del río; ¡el que pueda que se agarre a mí!, pero no soy una muleta...».

Así habló Zaratustra.

Del leer y del escribir

«De todo lo que se ha escrito, lo único que me gusta es lo que uno ha escrito con su propia sangre. Escribe con sangre y sabrás que la sangre es espíritu.

»No es fácil comprender la sangre ajena; detesto a todos los perezosos que leen.

»El que conoce al lector no hace ya nada por él. Un siglo más de lectores, y hasta el mismo espíritu olerá mal.

»El que todo el mundo tenga derecho a aprender a leer estropea a la larga no sólo el escribir, sino también el pensar.

»Hubo un tiempo en que el espíritu fue Dios, luego se hizo hombre y finalmente populacho.

»Quien escribe máximas con su sangre no quiere ser leído, sino aprendido de memoria.

»En las montañas, el camino más corto es el que va de cumbre a cumbre, pero para seguirlo hacen falta piernas largas. Las máximas deben ser cumbres y aquéllos a quienes se habla, ser hombres grandes y robustos.

»El aire ligero y puro, el peligro próximo y el espíritu lleno de alegre malicia; así estarán de acuerdo.

»Quiero duendes a mi alrededor, porque no soy cobarde. El valor que ahuyenta los fantasmas se crea sus propios duendes, el valor quiere reírse.

»No comparto ya vuestros sentimientos: esta nube que veo a mis pies, esta negrura y esta pesadez, de las que me río, esto precisamente es vuestra nube tempestuosa.

»Cuando aspiráis a elevaros miráis hacia arriba, y yo miro hacia abajo porque estoy en las alturas.

»¿Quién de vosotros puede oír y estar al mismo tiempo en las alturas?

»Quien asciende a los montes más elevados se ríe de todas las tragedias representadas y vividas.

»Despreocupados, burlones y violentos nos quiere la sabiduría: es hembra y sólo ama al guerrero.

»Me decís: "La vida es difícil de sobrellevar". Si no fuera así, ¿para qué tendríais vuestro orgullo por las mañanas y vuestra resignación por las noches?

»La vida es dura de sobrellevar, pero no por esto os pongáis tan tiernos. Todos somos asnos y burras cargados de peso.

»¿Qué tenemos en común con el capullo de una rosa, que tiembla porque pesa sobre él una gota de rocío?

»Es verdad: amamos la vida, no porque estemos habituados a vivir, sino porque estamos acostumbrados a amar.

»Siempre hay un poco de locura en el amor y siempre un poco de razón en la locura.

»Y a mí, que profeso cariño a la vida, me parece que las mariposas y las burbujas de jabón y lo parecido a ellas entre los hombres son los que más conocen la felicidad.

»Cuando Zaratustra ve revolotear a estas pequeñas almas tan ligeras e inquietas, tan alocadas y encantadoras, siente tentaciones de llorar y cantar.

»Yo creería en un dios que supiera bailar.

»Cuando vi a mi diablo lo encontré serio, grave, profundo y solemne; era el espíritu de la pesadez, que hace que se caigan todas las cosas.

»No es la cólera la que mata, sino la risa; matemos, pues, al espíritu de la pesadez.

»He aprendido a caminar; desde entonces corro. He aprendido a volar; desde entonces no quiero que me empujen para cambiar de lugar.

»Ahora soy ligero, ahora vuelo, ahora veo debajo de mí, ahora baila un dios en mí».

Así habló Zaratustra.

Del árbol sobre la montaña

Los ojos de Zaratustra vieron que un joven huía de él. Y un atardecer, cuando se paseaba solo por los montes que rodean la ciudad denominada la Vaca multicolor, encontró a aquel joven, sentado al pie de un árbol en el que se recostaba mirando con aire cansado el valle a sus pies. Zaratustra rodeó el árbol con sus brazos y dijo así:

«Si quisiera sacudir con mis manos este árbol no lo conseguiría. En cambio, el viento que no vemos lo mueve y cimbrea a su antojo. De igual manera nos cimbrean y agitan manos invisibles».

El joven se levantó estupefacto diciendo:

«Oigo a Zaratustra cuando precisamente estaba pensando en él».

Y Zaratustra contestó:

«¿Por qué te asustas? Al hombre le pasa lo mismo que al árbol. Mientras más aspira a las alturas y a la luz, más profundamente penetran sus raíces en la tierra, en las tinieblas y el abismo... en el mal».

«¡Sí, en el mal! —exclamó el joven—. ¿Cómo es posible que hayas descubierto mi alma?».

Zaratustra se sonrió y dijo: «Hay almas que no se descubrirán nunca, a menos que no se hayan inventado».

«¡Sí, en el mal! —repitió el joven—. Dijiste la verdad, Zaratustra. Desde que aspiro a las alturas he dejado de tener confianza en mí mismo y nadie, tampoco, tiene confianza en mí... ¿a qué será debido esto?

»Me transformo demasiado deprisa; mi Hoy contradice a mi Ayer; a menudo, cuando subo, salto escalones... y los escalones no me lo perdonan.

»Cuando llego a lo más alto me encuentro siempre solo. Nadie me habla y el frío de la soledad me hace tiritar. ¿Qué es lo que busco en las alturas?

»Mi desprecio y mis anhelos crecen juntos; mientras más subo, mayor es el desprecio que me infunde el que sube. ¿Qué busca ése en lo alto?

»¡Cómo me avergüenzo de mi ascensión y de los tropezones que doy! ¡Cuánto me burlo de mi respiración jadeante! ¡Cuánto odio al que emprende la huida! ¡Qué cansado me encuentro en lo alto!».

Calló el joven. Zaratustra contempló el árbol junto al cual estaban y dijo:

«Este árbol se eleva solitario en estas alturas creciendo muy por encima a los hombres y a los animales.

»Y si quisiera hablar nadie le entendería, tanto es lo que ha crecido.

»Y espera y espera...; pero ¿qué es lo que espera? Habita demasiado cerca de la morada de las nubes; ¿estará esperando quizá el primer rayo?».

Cuando el joven oyó decir esto a Zaratustra exclamó con vehemencia:

«Sí, Zaratustra, dices la verdad. Queriendo escalar las alturas deseé mi caída, y tú eres el rayo que esperaba. Mírame y dime: ¿qué soy desde que te has aparecido a nosotros? ¡La envidia que me inspiras es la que me ha matado!». Así habló el joven llorando amargamente. Zaratustra le cogió por la cintura y se lo llevó consigo.

Y cuando hubieron marchado unos minutos volvió a hablar Zaratustra y dijo:

«Al oírte se me destroza el corazón. Con más elocuencia que tus palabras me dicen tus ojos el peligro que corres.

»Todavía no eres libre, todavía buscas la libertad. Tus pesquisas te han convertido en noctámbulo y te han hecho demasiado lúcido.

»Aspiras a llegar libremente a las alturas y tu alma tiene sed de las estrellas. Pero también ansia de libertad tus malos instintos.

»Tus perros salvajes quieren ser libres y ladran de alegría en su encierro, cuando tu espíritu trata de abrir todas las cárceles.

»Para mí eres todavía un preso que sueña con la libertad; el alma de tales presos aprende a ser prudente, pero también a ser astuta y mala.

»El que ha libertado su espíritu tiene todavía que purificarse; todavía conserva mucho olor a cárcel y a podredumbre, y es preciso que hasta sus ojos se purifiquen.

»Sí: conozco el peligro que te amenaza, pero por mi amor y mi esperanza te conjuro: ¡no deseches tu amor y tu esperanza!

»Todavía te sientes noble y por noble te tienen todavía los demás, que no te quieren bien y te miran con malos ojos. Sabe que todos encuentran en su camino a alguno que es noble.

»También los buenos encuentran un noble en su ruta, y aunque le llamen bueno quieren echarle fuera del camino.

»El hombre noble quiere crear algo nuevo y una nueva virtud. El hombre bueno desea lo antiguo y que se conserve lo antiguo.

»El peligro que amenaza al hombre noble no es el volverse bueno, sino insolente, burlón y destructor.

»¡Ay!, también he conocido hombres nobles que perdieron su suprema esperanza, y desde entonces calumniaron a todas las más elevadas esperanzas.

»Desde entonces viven llenos de cortos deseos sin apenas fijarse de un día para otro un objetivo.

»"El espíritu es también voluptuosidad", decían, y entonces se le rompieron las alas a su espíritu; por esto se arrastran ahora y ensucian lo que devoran.

»Antes soñaban ser héroes; hoy sólo son libertinos. La imagen del héroe les aflige y asusta.

»Pero por mi amor y mi esperanza te conjuro a que no deseches lejos de ti al héroe que habita en tu alma. ¡Santifica tu suprema esperanza!».

Así habló Zaratustra.

De los predicadores de la muerte

«Existen predicadores de la muerte, y el Mundo está lleno de ellos, a los que hay que predicar que se aparten de la vida.

»Llena está la Tierra de superfluos y la vida estropeada por los que sobran. ¡Ojalá se los pueda arrancar de esta vida con el cebo de "la vida 'eterna'!".

»"Amarillos" llama la gente y también "negros" a los predicadores de la muerte. Pero yo además os los quiero hacer ver con otros colores.

»Los más temibles son los que llevan dentro de sí el animal salvaje y que en todo sólo eligen los placeres o las mortificaciones. Y sus placeres son precisamente mortificaciones.

»Ni siquiera han llegado a ser hombres estos temibles seres: ¡que prediquen, pues, la aversión a la vida y se marchen!

»También están los tísicos del alma, que apenas acaban de nacer empiezan ya a morir y aspiran a las disciplinas del cansancio y de la renunciación.

»Desearían estar muertos y que nosotros diéramos nuestra sanción a su voluntad. ¡Guardémonos bien de despertar a estos muertos y de estropear estos ataúdes vivientes!

»Si encuentran a un anciano, a un enfermo o bien un cadáver, se apresuran a decir: "¡La vida está fracasada!".

»Y son ellos los que están fracasados, lo mismo que su mirada, que no ve más que un solo aspecto de la existencia.

»Envueltos en una densa melancolía y ansiosos de pequeñas casualidades que puedan aportar la muerte, esperan apretando los dientes.

»O tienden las manos hacia las golosinas burlándose al mismo tiempo de su chiquillada; se aferran a la vida como a una paja y se burlan de estar asidos a esa paja.

»Su sabiduría dice: "Loco es quien continúa viviendo y nosotros somos verdaderamente unos locos. Y ésta es precisamente la mayor locura de la vida".

»"La vida no es más que sufrimientos", pretenden y no mienten; ¡hagamos, pues, de manera que cesemos de ser! ¡Hagamos cesar la vida, que no es más que un sufrimiento!

»He aquí la enseñanza de vuestra virtud: "¡Tienes que matarte tú mismo! ¡Debes huir de ti mismo!".

»"La lujuria es un pecado —dicen unos predicando la muerte—; ¡apartémonos y no engendremos hijos!".

»"Parir es doloroso —dicen otros—; ¿por qué, pues, continuar pariendo? Sólo se paren desgraciados". Y éstos también son predicadores de la muerte.

»"Hace falta compasión —dicen los terceros—. ¡Tomad lo que tengo! ¡Tomad lo que soy! ¡Y así estaré menos ligado a la vida!".

»Si su piedad les saliera del fondo de su corazón amargarían la vida a su prójimo. Ser malos, ésta sería su verdadera bondad.

»Pero quieren desembarazarse de la vida: ¿qué puede importarles si con sus cadenas y regalos atan a otros más fuertemente?

»Y también vosotros, cuya vida es trabajo duro e inquietudes, ¿no estáis ya muy cansados de la vida? ¿No estáis ya muy maduros para la predicación de la muerte?

»¡Vosotros todos los que amáis el trabajo duro y todo lo que es rápido, nuevo, extraño, os soportáis mal a vosotros mismos, vuestra actividad es una huida y la voluntad de olvidaros de vosotros mismos.

»Si creyerais más en la vida os abandonaríais menos al momento. Pero para esperar no tenéis bastante en vosotros, ni siquiera para ser perezosos.

»Por doquier resuena la voz de los que predican la muerte, y la tierra está llena de otros a quienes es necesario predicar la muerte.

»O la vida eterna —que para mí es lo mismo—, con tal de que vayan sin demora».

Así habló Zaratustra.

De la guerra y de los guerreros

«No queremos que nuestros mejores enemigos nos guarden consideraciones ni que nos lisonjeen los que amamos con todo nuestro corazón. ¡Dejadme, pues, que diga la verdad!

»¡Hermanos míos en la guerra! Os amo con todo mi corazón; soy y fui siempre uno de los vuestros. Yo soy también vuestro mejor enemigo. ¡Dejadme, pues, que os diga la verdad!

»Conozco el odio y la envidia de vuestro corazón. No sois bastante grandes para no conocer el odio y la envidia. Sed, pues, bastante grandes para no avergonzaros de ello.

»Y si no podéis ser los santos del conocimiento, sed al menos sus guerreros. Éstos son los compañeros y los precursores de esta santidad.

»Veo muchos soldados: ¡ojalá pudiera ver muchos guerreros! "Uniforme" se llama lo que llevan: ¡ojalá no sea "uniforme" lo que bajo aquello se esconde!

»Vosotros debéis ser para mí de aquéllos cuyos ojos siempre buscan un enemigo —vuestro enemigo—. Y en algunos de vosotros se descubre el odio a primera vista.

»Debéis buscar a vuestro enemigo, hacer vuestra guerra, una guerra por vuestros pensamientos. Y si vuestros pensamientos sucumben en la contienda, que vuestra lealtad al menos cante victoria.

»Tenéis que amar la paz como medio para una nueva guerra. Y una paz corta con preferencia a una larga.

»No os aconsejo el trabajo, sino la lucha. No os aconsejo la paz, sino la victoria. ¡Que vuestro trabajo sea una lucha y vuestra paz una victoria!

»Sólo se puede callar y tener tranquilidad cuando se dispone de flechas y un arco: de otro modo lo único que se hace es charlar y disputar. ¡Que vuestra paz sea una victoria!

»¿Decís que una buena causa hasta santifica la guerra? Os digo que una buena guerra es la que santifica todas las causas.

»La guerra y el valor han hecho más grandes obras que el amor al prójimo. No ha sido vuestra compasión, sino vuestro valor quien hasta ahora ha salvado a las víctimas.

»"¿Qué es el bien?", preguntáis. Ser valiente es lo que es el bien. Dejad que las jovencitas digan: "Bien es lo que al mismo tiempo es bonito y conmovedor".

»Os llaman insensibles; y vuestro corazón es verdadero y yo gusto del pudor de vuestra cordialidad. Os avergonzáis de vuestro flujo y a otros los hace enrojecer su reflujo.

»¿Sois feos? Pues bien, hermanos míos, ¡envolveos en lo sublime, en el manto de la fealdad!

»Y si vuestra alma se engrandece, se hace violenta y en vuestro engrandecimiento hay maldad, os conozco.

»En la maldad se encuentra el violento con el débil. Pero no se comprenden. Os conozco.

»No debéis tener más enemigos que a los que podáis odiar y no despreciar. Debéis estar orgullosos de vuestro enemigo, y entonces sus éxitos serán también los vuestros.

»La rebelión: ésta es la nobleza del esclavo. ¡Que vuestra nobleza sea la obediencia! ¡Que vuestros mismos mandatos sean obediencia!

»A un buen guerrero le suena mejor al oído "debes" que "quiero". Debéis hacer que os manden siempre todo lo que os place.

»Que vuestro amor a la vida sea el amor de vuestra sublime esperanza y que vuestra sublime esperanza sea el pensamiento más elevado de la vida.

»Permitidme que os ordene cuál debe ser vuestro pensamiento más alto.

»¡Vivid así vuestra vida de obediencia y de guerra! ¡Qué importa una vida muy larga! ¡Qué guerrero quiere que se le tenga lástima!

»No os lisonjeo; os amo con todo mi corazón, hermanos míos en la guerra».

Así habló Zaratustra.

Del nuevo ídolo

«En alguna parte existen todavía pueblos y rebaños, pero no entre nosotros, hermanos míos: entre nosotros hay Estados.

»¿Estados? ¿Qué es eso? ¡Ea, abrid bien los oídos, porque voy a hablaros de la muerte de los pueblos!

»Estado es el nombre del más frío de todos los monstruos fríos. Fríamente miente; he aquí la mentira que sale arrastrándose de su boca: "Yo, el Estado, soy el pueblo".

»¡Es una mentira! Creadores fueron los que crearon los pueblos infundiéndoles una fe y un amor: así servían a la vida.

»Destructores son los que tienden lazos al gran número y llaman a eso un Estado; suspenden sobre ellos una espada y cien apetitos.

»Donde todavía hay pueblo no comprende éste al Estado y le aborrece como al mal de ojo y como a un atentado contra las costumbres y los derechos.

»Escuchad esta advertencia: cada pueblo tiene su lenguaje del bien y del mal; su vecino no lo comprende.

»El pueblo inventó este lenguaje para sus costumbres y sus derechos. Pero el Estado miente en todas las lenguas, del bien y del mal, y miente en todo lo que dice, y todo lo que tiene lo ha robado.

»En él todo es falso; con dientes robados muerde el intratable. Hasta sus entrañas son falsas. Una confusión de lenguas del bien y del mal; os doy este signo como signo del Estado. En verdad que este signo representa la voluntad de la muerte, como en verdad llama a los predicadores de la muerte.

»Nace demasiada gente: ¡el Estado ha sido inventado para los superfluos! ¡Mirad cómo atrae a los superfluos, cómo los estrecha y cómo los masca y rumia!

»"Nada hay en la Tierra tan grande como yo; soy el dedo ordenador de Dios", ruge el monstruo. Y no son sólo los de largas orejas y los de vista baja quienes ante mí se postran de rodillas.

»También, ¡ay!, almas grandes murmuran sus sombrías mentiras en vuestros oídos. También, ¡ay!, adivina cuáles son los corazones generosos que gustosos se prodigan.

»También os adivina a vosotros, ¡vencedores del dios antiguo! Os fatigasteis en la lucha y vuestro cansancio sirve de provecho al nuevo ídolo.

»El nuevo ídolo quisiera rodearse de héroes y de hombres honorables; y gusta de calentarse al sol de buenas conciencias: ¡el frío monstruo!

»Quiere daros todo el nuevo ídolo con tal de que le adoréis: así se compra el brillo de vuestra virtud y la mirada altanera de vuestros ojos.

»Quiere que le sirváis de cebo para los superfluos. Sí, para ello se inventó un truco infernal, un corcel de la muerte brillante de adornos de honores divinos.

»También se inventó para muchos una muerte que se vanagloria de ser vida; en verdad, una prueba de amor para todos los predicadores de la muerte.

»Llamo Estado al lugar de reunión de todos los que beben venenos, los buenos y los malos: el Estado donde todos labran su propia perdición, lo mismo los buenos que los malos; el Estado, donde el lento suicidio de todos se denomina "la vida".

»¡Mirad a esos superfluos! Roban las obras de los inventores y los tesoros de los sabios, y a este robo le dan el nombre de civilización, y todo se les convierte en enfermedades y contrariedades.

»¡Mirad a esos superfluos! Siempre están enfermos, vomitan sus bilis, y a eso le llaman periódicos. Se devoran unos a otros y no pueden ni siquiera digerirse.

»¡Mirad a esos superfluos! Adquieren riquezas y cada vez son más pobres. Ansían el poder y, ante todo, la palanca que lo mueve, mucho dinero. ¡Estos impotentes!

»¡Mirad cómo trepan esos ágiles simios! Trepan los unos por encima de los otros y acaban por derribarse en el cieno y en el abismo. Hasta el trono quieren llegar todos: ésta es su locura. ¡Como si la felicidad se encontrase en los tronos! A menudo hay barro en el trono, y a veces también está el trono en el cieno.

»Todos me parecen locos, ágiles simios y atolondrados. Su ídolo, el frío monstruo, huele mal; todos estos idólatras huelen mal.

»¡Hermanos míos! ¿Queréis morir ahogados en el hálito de sus fauces y de sus apetitos? Romped antes los cristales de la ventana y saltad al aire libre.

»¡Huid de ese mal olor! ¡Alejaos del culto idolátrico de los superfluos! ¡Huid de esa pestilencia! ¡Alejaos del humo de estos sacrificios humanos!

»Todavía pueden encontrar libertad en la Tierra las almas grandes. Muchos sitios hay todavía vacíos para los solitarios o para quienes de dos en dos aspiren a la soledad, sitios envueltos por el olor de mares tranquilos. Una vida libre se abre todavía a las almas grandes. En verdad, quien menos posee menos poseído es; ¡bendita sea la pequeña pobreza!

»Solamente donde el Estado termina comienza el hombre que no es superfluo; allí comienza la canción de la necesidad, la única e irremplazable melodía, la que no tiene igual.

»Donde el Estado termina —¡mirad, pues, hermanos míos!—, ¿no veis el arcoíris y los puentes del superhombre?».

Así habló Zaratustra.

De las moscas del mercado

«¡Huye, amigo mío, a tu soledad! Te veo aturdido por el ruido que arman los grandes hombres y acribillado por los aguijones de los pequeños.

»El bosque y las rocas saben callar dignamente en tu compañía. Vuelve a asemejarte al árbol de largas ramas, tu predilecto, que escucha silencioso suspendido sobre el mar. Donde termina la soledad comienza el mercado o la plaza pública, y donde empieza la plaza pública comienza también el ruido de los grandes comediantes y el zumbido de las moscas venenosas.

»Las cosas mejores no tienen valor en el Mundo mientras no haya uno que las represente: a estos representantes los llama el pueblo grandes hombres.

»El pueblo apenas comprende lo grande, es decir, lo que crea; en cambio, tiene un gran sentido para todos los representantes, para todos los comediantes de las cosas grandes.

»Alrededor de los inventores de nuevos valores gira el Mundo: gira invisiblemente. Pero alrededor de los comediantes giran el pueblo y la gloria; así "se mueve el Mundo".

»El comediante tiene espíritu, pero poca conciencia del espíritu. Siempre cree en aquello en lo que con más fuerza hace creer, en lo que hace que crean en él mismo.

»Mañana tendrá una nueva fe y pasado mañana otra. Tiene el espíritu pronto como el pueblo, y cambios muy variables.

»Derribar: a eso le llama él demostrar. Volver loco: es lo que él denomina convencer. Y la sangre le parece el mejor de los argumentos.

»A una verdad que sólo penetra en oídos delicados la llama él mentira y nada. En verdad, sólo cree en dioses que hacen mucho ruido en el Mundo.

»El mercado está lleno de payasos solemnes, y el pueblo se vanagloria de sus grandes hombres, que para él son los dueños del momento.

»Pero el momento les mete prisa; por eso te meten prisa ellos. También de ti quieren un sí o un no. ¡Desgraciado de ti si se te ocurre colocar tu silla entre un pro y un contra!

»No tengas nunca celos de estos impacientes ni de los incondicionales, ya que eres un amante de la verdad. Nunca ha ido la verdad colgada del brazo de un intransigente.

»Vuelve a tu seguridad por culpa de estos inquietos; únicamente en la plaza pública es donde asaltan a uno con un "¿sí?" o un "¿no?".

»Lo que pasa en las fuentes profundas pasa con suma lentitud; mucho tiempo tienen que esperar hasta que llegan a saber qué es lo que cayó en su profundidad.

»Todo lo que es grande ocurre lejos de la plaza pública y de la gloria; lejos de la plaza pública y de la gloria habitaron siempre los inventores de nuevos valores.

»¡Huye, amigo mío; huye a tu soledad! Te veo acribillado por moscas venenosas. ¡Huye adonde soplan los vientos fuertes y duros!

»¡Huye a tu soledad! Has vivido demasiado cerca de los insignificantes y de los viles. ¡Huye de su invisible sed de venganza, porque sólo quieren vengarse de ti!

»¡No levantes el puño contra ellos! Son incontables, y tu destino no es convertirte en un espantamoscas.

»Innumerables son estos insignificantes y viles; a más de un soberbio edificio le bastaron unas gotas de lluvia y unas malas hierbas para derrumbarse.

»No eres una piedra, pero ya te han corroído numerosas gotas. Más gotas numerosas te resquebrajarán y acabarán por romperte.

»Te veo cansado por las moscas venenosas; te veo picado y sangrando en cien sitios, y tu orgullo ni siquiera se enoja.

»Las moscas quisieran como lo más natural del mundo chuparte la sangre; sangre reclaman sus almas exangües; y por eso pican, como si fuera lo más natural del mundo.

»Pero tú, que eres profundo, sufres demasiado profundamente aunque tus heridas sean pequeñas, y antes de que te hayas curado pasarán por encima de tu mano sus larvas venenosas.

»Eres demasiado orgulloso, me parece, para matar a esas golosas. Pero ten cuidado, no vaya a ser que sea tu destino el soportar todas sus venenosas injusticias.

»Están zumbando en derredor tuyo, lisonjeándote, y sus elogios son importunidades. Lo que quieren es estar cerca de tu piel y de tu sangre. Te adulan como si fueras un dios o un diablo y lloriquean delante de ti, como si fueras un dios o un diablo. Mas ¡qué importa! Al fin y al cabo no son más que unos aduladores y unos llorones.

»A veces se muestran muy amables para granjearse tus simpatías. Ésta es la táctica de los cobardes. Sí; los cobardes saben ser prudentes. Su alma estrecha se ocupa mucho de ti, que siempre les eres sospechoso. Todo lo que hace reflexionar demasiado resulta sospechoso. Te castigan por todas tus virtudes, y desde el fondo de su corazón sólo te perdonan tus errores.

»Porque eres bueno y de recto sentir dices: "Son inocentes de su pequeña existencia". Pero su alma mezquina piensa: "Toda gran existencia es culpable".

»Hasta cuando te muestras benévolo con ellos se sienten despreciados por ti y te devuelven tus bondades con disimulados daños.

»Tu callado orgullo es algo que va contra su gusto, y no ocultan su júbilo cuando te muestras demasiado modesto para ser vanidoso.

»Todo lo que percibimos en un hombre lo inflamamos en él. ¡Guárdate, pues, de los pequeños! Frente a ti se sienten pequeños, y su bajeza arde contra ti en una invisible sed de venganza.

»¿No observaste cómo se callaron cuando te acercaste a líos y cómo les abandonaron sus fuerzas, como el humo que abandona un fuego que se extingue?

»Sí, amigo mío; eres la mala conciencia de tu prójimo, porque no es digno de ti. Por esto te aborrece y quisiera sorberte la sangre.

»Tu prójimo será siempre una mosca venenosa; todo lo grande que hay en ti le vuelve más venenoso y más parecido a las moscas.

»¡Huye, amigo mío, a tu soledad, allí donde sopla un viento fuerte y duro, porque no es tu destino servir de espantamoscas!».

Así habló Zaratustra.

De la castidad

«Amo el bosque. En las ciudades se vive mal: hay muchos que están encelados. ¿No es más preferible caer en manos de un asesino que en los ensueños de una mujer ardiente?

»¡Mirad a estos hombres! Sus ojos atestiguan que no conocen nada que supere en la Tierra a compartir el lecho de una mujer. Tienen cieno en el fondo del alma y ¡desgraciados de ellos si su cieno tiene espíritu! ¡Si al menos fuerais animales perfectos! Pero para ser animal hace falta la inocencia.

»¿Os aconsejo acaso que matéis vuestros sentidos? Lo que aconsejo es la inocencia de los sentidos. ¿Os aconsejo acaso la castidad? En algunos es la castidad una virtud, pero en otros muchos es casi un vicio.

»Unos son quizá continentes; pero la envidiosa y perra "sensualidad" se delata en todo lo que hacen. Hasta en las cumbres de su virtud y en lo interno de su helado espíritu les sigue este monstruo con su discordia.

»Con qué graciosa habilidad sabe mendigar la perra "sensualidad" un pedazo de espíritu cuando se le niega un pedazo de carne.

»¿Os placen las tragedias y todo lo que desgarra el corazón? Pues yo desconfío de vuestra perra. Vuestros ojos me parecen demasiado crueles y miran con avidez a los que sufren. ¿No se habrá disfrazado vuestra lubricidad para que puedan llamarla compasión?

»Voy a daros también una pequeña parábola: no han sido pocos los que queriendo expulsar sus demonios fueron a parar a las pocilgas.

»Si a alguien le pesa su castidad hay que desaconsejársela, para que no le sirva de camino al infierno; es decir, que no sea demasiado cieno en la época del celo del alma.

»¿Os hablo de cosas sucias? No son las que me parecen peores. No es cuando la verdad está sucia, sino enturbiada, cuando al buscador del conocimiento le desagrada entrar en su agua.

»En verdad, hay castos que lo son desde el fondo de su corazón; ésos son más dulces de corazón que vosotros y más amantes de la risa que vosotros. También se ríen de la castidad y preguntan: "¿Qué es la castidad?". ¿No es una locura la castidad? Pero esta locura ha venido a nosotros y no somos nosotros los que fuimos a ella.

»Ofrecimos a ese extranjero la hospitalidad de nuestro corazón: ahora vive con nosotros, ¡que continúe viviendo todo el tiempo que quiera!».

Así habló Zaratustra.

Del amigo

«"Uno sólo es siempre demasiado a mi alrededor". Así piensa el solitario. "Siempre una vez uno acaba por ser dos".

»"Yo" y "Mi Yo" mantienen demasiado asiduas conversaciones: ¿cómo podría soportarse esto si no hubiera un amigo?

»Para el solitario es el amigo siempre el tercero; es el corcho que impide que el coloquio de los otros dos se hunda en la profundidad.

»¡Ay!, para todos los solitarios existen demasiadas profundidades. Por esto ansían tanto tener un amigo y estar a la altura de un amigo.

»Nuestra fe en otros delata el porqué de nuestra fe en nosotros mismos. Nuestro deseo de tener un amigo es nuestro delator.

»Muchas veces se quiere que el amor nos sirva para pasar por encima de la envidia, y a menudo se ataca y se busca un enemigo para ocultar que se es atacable.

»"¡Sé al menos mi enemigo!", dice el verdadero respeto, el que no se atreve a solicitar amistad.

»Si se quiere tener un amigo es preciso querer hacer la guerra por él; y para hacer la guerra hace falta poder ser enemigo.

»Es preciso honrar al enemigo en el amigo. ¿Puedes acercarte a tu amigo sin pasar a su lado? En su amigo debe verse siempre al mejor enemigo. Cuando luches con él es cuando has de procurar estar más cerca de su corazón.

»¿No quieres fingir delante de tu amigo? Tu amigo tiene que considerar un honor que te entregues a él como eres, piensas tú. Pues precisamente por esto te enviará con mil diablos.

»El que no sabe disimular indigna; por esto se debe temer la desnudez. Si fuerais dioses podríais ciertamente avergonzaros de vuestras vestiduras. Nunca te vestirás demasiado para tu amigo, porque debes ser para él un dardo y un anhelo del superhombre.

»¿Viste ya a tu amigo durmiendo para conocer su verdadero aspecto? ¿Cómo es el rostro de tu amigo? Tu propia cara vista en un espejo vasto e imperfecto.

»¿Viste ya a tu amigo durmiendo? ¿No te asustaste al verle? ¡Oh, amigo mío!, el hombre es algo que debe ser dominado.

»El amigo debe ser un maestro adivinando y callando. No has de querer ver todo: soñando debe delatarte tu sueño lo que hace despierto tu amigo.

»Es preciso que tu compasión sea una adivinación para que puedas saber si tu amigo quiere ser compadecido. Quizá ame en ti tus ojos serenos y tu mirada en la eternidad.

»Has de ocultar bajo una dura corteza la compasión que te inspire tu amigo, y si quieres romperla déjate en ella un diente. Así tendrá tu compasión finezas y dulzuras.

»¿Eres aire puro y soledad, pan y medicinas para tu amigo? Hay algunos incapaces de romper sus cadenas, y, sin embargo, para sus amigos son unos redentores.

»¿Eres un esclavo? Entonces no puedes ser un amigo.

»¿Eres un tirano? Entonces no puedes tener amigos.

»Durante demasiado tiempo se ha ocultado en la mujer un tirano y un esclavo. Por esto no es apta todavía la mujer para la amistad: sólo conoce el amor.

»En el amor de la mujer hay injusticia y ceguedad hacia todo lo que ella ama. Y en el amor consciente de la mujer se encuentran siempre sorpresas, relámpagos y la noche al lado de la luz.

»La mujer no está apta todavía para la amistad; gatos siguen siendo las mujeres, gatos y pájaros, y en el mejor de los casos, vacas. Todavía no está apta la mujer para la amistad. Pero decidme, hombres, ¿quién de vosotros está capacitado para la amistad?

»¡Malditas sean vuestra pobreza, hombres, y la avaricia de vuestra alma! Cuanto deis a vuestro amigo será lo que yo dé a mi enemigo, y no por esto seré más pobre.

»Hay camaradas: ¡ojalá haya amigos!».

Así habló Zaratustra.

De los mil y un objetivos

«Muchos países y muchos pueblos ha visto Zaratustra, descubriendo mucho bueno y mucho malo en los pueblos; pero no descubrió en la Tierra poder alguno mayor que el del bien y el del mal.

»Ningún pueblo puede vivir si no sabe evaluar los valores; pero si quiere subsistir no debe evaluar al igual del vecino.

»Mucho que a un pueblo le pareció bien ha sido en concepto de otro oprobio y vergüenza; eso he descubierto. Mucho que aquí se llama malo lo he visto en otras partes envuelto en purpúreo manto. Nunca se comprendieron los vecinos; el alma del uno se extrañó siempre de la locura y de la maldad del vecino.

»Encima de cada pueblo han suspendido una tabla con la enumeración de sus bienes; es la tabla de lo que ha vencido, es la voluntad de su voluntad de poder.

»Lo honorable es lo que le parece difícil; lo que es indispensable y difícil se denomina el bien, y lo que libra de la extrema necesidad, esto tan extraño y difícil al extremo, es lo que se santifica.

»Lo que hace que reine y venza y brille y excite la envidia y el horror de su vecino es lo que considera más importante, lo primero y lo que da la medida y el sentido de todas las cosas.

»En verdad, hermano mío, reconoce primero las necesidades de un pueblo, su país, su cielo y sus vecinos, y entonces adivinarás la ley de sus victorias sobre sí mismo y por qué por tales peldaños asciende hasta su esperanza.

»"Siempre has de procurar ser el primero y aventajar a los otros. Tu alma celosa no debe amar a nadie, como no sea el amigo". Esto hizo temblar al alma de un griego y seguir el camino que conduce a lo grande.

»"Hablar la verdad y manejar bien el arco y la flecha" es lo que parecía caro y difícil al pueblo del que procede mi nombre, este nombre que simultáneamente me es caro y difícil.

»"Honrar padre y madre y estarles sometido hasta las raíces del alma" fue lo que escribió un pueblo, en una tabla suspendida sobre él después, y obedeciendo lo de las victorias sobre sí mismo escrito, fue poderoso y eterno.

»"Ser leal y por la lealtad exponer su sangre y su honor hasta por cosas malas y peligrosas": obedeciendo esta máxima se supo dominar un pueblo y se preñó de grandes esperanzas.

»En verdad, los hombres se dieron ellos mismos el bien y el mal. No los tomaron, no los encontraron y no los escucharon como a una voz del cielo.

»El hombre asignó valor a las cosas para conservarse; fue el que creó el sentido de las cosas, un sentido humano. Por esto se llama "hombre", es decir, el que evalúa.

»Evaluar es crear, ¡oídlo bien, vosotros los creadores! Evaluar es convertir en tesoros y joyas las cosas evaluadas. El valor de las cosas sólo existe por su evaluación; sin la evaluación resultaría vacía la nuez de la existencia. ¡Oídlo bien, vosotros los creadores!

»Los valores cambian como cambian los creadores. Quien tiene que crear tiene también que destruir.

»Al principio fueron los pueblos los que crearon, y sólo más tarde los individuos; en realidad, el individuo es la más reciente de las creaciones.

»Los pueblos suspendían antes encima de ellos una tabla del bien. El amor que quiere dominar y el amor que desea obedecer se juntaron para crearse tales tablas.

»El placer del rebaño es anterior al placer del "Yo": y mientras la buena conciencia se llama rebaño, no dice la mala conciencia más que "Yo".

»En verdad, el astuto "Yo", desconocedor del amor, quiere encontrar sus ventajas en las ventajas de los demás; esto no es el origen del rebaño, sino su perdición.

»Siempre fueron los que amaban y los creadores los que crearon el bien y el mal. El fuego del amor y el fuego de la cólera arden en todos los nombres de las virtudes.

»Muchos países y muchos pueblos vio Zaratustra: ningún poder mayor que la obra de los que aman: su nombre es "bien" y "mal".

»En verdad es un monstruo el poder de estas alabanzas y de estas censuras. Decidme, hermanos míos, ¿quién me dominará a este monstruo? Decidme, ¿quién echará una cadena sobre las mil nucas de esa bestia feroz?

»Mil objetivos ha habido hasta ahora, porque hasta ahora ha habido mil pueblos. Sólo falta la cadena de las mil nucas, sólo falta ese objetivo. Todavía carece de objetivo la Humanidad.

»Pero decidme, hermanos míos, si a la Humanidad le falta todavía el objetivo, ¿no falta también ella misma?».
Así habló Zaratustra.

Del amor del prójimo

«Siempre os interesáis por el prójimo, y para justificaros tenéis muy buenas palabras. Pero yo os digo que vuestro amor al prójimo es vuestro mal amor a vosotros mismos.

»Huyendo de vosotros mismos buscáis a vuestro prójimo, y quisierais hacer de ello una virtud; pero yo veo muy claro a través de vuestro "desinterés".

»El "Tú" es más antiguo que el "Yo"; el "Tú" ha sido ya santificado, pero el "Yo" todavía no: así se interesa el hombre por su prójimo.

»¿Os aconsejo acaso el amor al prójimo? Antes os aconsejaría la huida del prójimo y el amor a lo lejano. Por encima del amor al prójimo está el amor a lo lejano y futuro; para mí vale más que el amor a los hombres el amor a las cosas y a los fantasmas. Este fantasma que te precede corriendo, hermano mío, es mucho más hermoso que tú. ¿Por qué no le das tu carne y tus huesos? Pero tienes miedo y huyes en busca de tu prójimo.

»No podéis soportaros a vosotros mismos y no os amáis bastante; por esto quisierais seducir con vuestro amor a vuestro prójimo y doraros con su error.

»Quisiera que no pudierais transigir con toda clase de prójimos y sus vecinos, porque así os veríais obligados a crearos de vosotros mismos un amigo de corazón exuberante.

»Cuando queréis hablar bien de vosotros mismos invitáis a un testigo, y cuando le habéis seducido para que piense bien de vosotros, entonces pensáis también vosotros bien de vosotros mismos.

»No miente solamente el que habla contra su conciencia, sino aún más el que habla contra su inconsciencia. Y así habláis vosotros de vosotros mismos con los que tratáis y os servís de vosotros mismos para engañar al vecino.

»Y dice así el loco: "El trato de los hombres estropea el carácter, sobre todo cuando no se tiene ninguno".

»El uno acude a su vecino porque se busca, y el otro porque quisiera no encontrarse. Vuestro mal amor a vosotros mismos os convierte la soledad en una cárcel.

»Los más lejanos son los que pagan vuestro amor al prójimo, y cuando sólo os reunís cinco tiene siempre que morir un sexto.

»Tampoco gusto de vuestras fiestas: demasiados comediantes encontré en ellas y hasta los espectadores se conducían a menudo como comediantes.

»No os enseñó el prójimo, sino el amigo. Que el amigo sea para vosotros la fiesta de la Tierra y un presentimiento del superhombre.

»Os enseñó el amigo y su corazón desbordante. Pero hay que saber ser una esponja, si se quiere ser amado de este corazón desbordante.

»Os enseñó el amigo que lleva dentro de sí un mundo acabado, la corteza del bien, el amigo creador, dispuesto siempre a regalar un mundo acabado.

»Y lo mismo que el Mundo se desenvolvió para él, vuelve a envolverse otra vez, como la formación del bien por el mal y del objetivo por la casualidad.

»Que lo porvenir y lo más lejano sean la causa de tu hoy; en tu amigo ama al superhombre como tu razón de ser.

»Hermanos míos: no os aconsejo el amor al prójimo; os aconsejo el amor de lo más lejano».

Así habló Zaratustra.

Del camino del creador

«¿Quieres ir, hermano mío, al aislamiento? ¿Quieres encontrar el camino que conduce hasta ti mismo? Piénsalo todavía un poco y escúchame.

»"El que busca se pierde fácilmente él mismo. Todo aislamiento es una falta", dice el rebaño. Y tú has formado parte del rebaño durante mucho tiempo. Todavía tiene que resonar en tus oídos la voz del rebaño. Y cuando digas: "Mi conciencia y la vuestra no son las mismas", serán tus palabras una queja y un dolor.

»Mira: la conciencia común engendró ella misma este dolor y el último destello de esta conciencia brilla todavía en tu aflicción.

»Pero ¿tú quieres seguir la senda de tu aflicción, que es la misma que conduce a ti mismo? Pruébame entonces que te asisten para ello el derecho y la fuerza.

»¿Eres una nueva fuerza y un nuevo derecho? ¿Un primer movimiento? ¿Una rueda que gira sobre sí misma? ¿Puedes también obligar a las estrellas a que giren en derredor tuyo?

»¡Hay tanta codicia de las alturas! ¡Hay tantos ambiciosos convulsivos! ¡Pruébame que no eres un codicioso ni un ambicioso!

»Hay muchos grandes pensamientos que sirven lo mismo que un fuelle; se hinchan y se hacen aún más vacíos. ¿Te llamas libre? Quiero que me digas tu pensamiento dominante y no que te has escapado de un yugo.

»¿Eres acaso alguno de los que tienen derecho a escapar de un yugo? Hay quienes pierden sus últimos valores al perder su sujeción.

»¿Libre de qué? ¿Qué le importa esto a Zaratustra? Tus ojos claros son los que deben decirme: ¿para qué libre?

»¿Puedes darte tú mismo tu mal y tu bien y suspender sobre ti tu voluntad como si fuera una ley? ¿Puedes ser al mismo tiempo juez de ti mismo y vengador de tu ley?

»Terrible es estar sólo con el juez y vengador de su propia ley. Es lo mismo que si se arrojara una estrella a los espacios solitarios dejándola en el hálito helado de la soledad.

»Todavía hoy día sufres tú, el único, del mal de los muchos; hoy todavía conservas tu ánimo y tus esperanzas. Llegará un día en que tu orgullo se rebelará y tu ánimo rechinará los dientes, un día en que gritarás: "¡Estoy solo!". Un día en que no verás tu altura de miras y en cambio verás demasiado cerca tu bajeza; tu altura te asustará, como si fuera un fantasma; un día en que gritarás: "¡Todo es falsedad!".

»Hay sentimientos que quisieran matar al solitario, y si no lo consiguen, por fuerza deben perecer. Pero ¿podrás ser tú un asesino?

»¿Conoces ya, hermano mío, la significación de la palabra "desprecio"? ¿Y lo que tiene que sufrir tu justicia al ser justo con los que te desprecian?

»Obligas a muchos a que cambien de opinión cuando se trata de ti, y te lo tendrán muy en cuenta. Pasaste cerca de ellos y seguiste de largo. No te lo perdonarán nunca.

»Los aventajas subiendo a las alturas, pero no olvides que mientras más te eleves, más pequeño te verán los ojos de los envidiosos. El más detestado es el que vuela más alto.

»"¡Cómo podríais ser justos tratándose de mí!". Así deberíais hablar, y yo escogería vuestra injusticia como la parte que me corresponde.

»Arrojan contra el solitario basura e injusticias, pero tú, hermano mío, si quieres ser estrella, es preciso que a pesar de todo brilles para ellos.

»Guárdate bien de los buenos y justos, que de buena gana crucificarían a los que se inventan sus propias virtudes; odian al solitario.

»¡Guárdate también de la santa ingenuidad! Todo lo que no es simple resulta para ella una impiedad; gusta mucho de jugar con el fuego de las hogueras.

»¡Guárdate también de los impulsos de tu amor! El solitario tiende demasiado deprisa la mano al que encuentra en su camino.

»A mucha gente, en vez de darles la mano, deberías darles los pies, y yo quisiera que tus pies tuvieran garras.

»Pero el peor enemigo con quien puedes encontrarte serás siempre tú mismo; tú mismo te estás acechando en las cavernas y en los bosques.

»¡Solitario! Sigues el camino que conduce a ti mismo. Y tu camino pasa por delante de ti y de tus siete demonios. Serás un hereje de ti mismo, un brujo y un augur, un loco y un escéptico, un impío y un malvado.

»Has de querer arder en tu propia llama; ¿cómo querrías renovar tu ser sin haberte convertido antes en cenizas?

»¡Solitario! Estás siguiendo el camino del creador; quieres crearte un dios con tus demonios. Solitario: sigues el camino del amante; te amas a ti mismo y por esto te desprecias, como sólo desprecian los que aman.

»El amante quiere crear porque desprecia: ¡qué sabe del amor el que no debería despreciar lo que ama!

»Vete con tu amor y tu creación a tu aislamiento, hermano mío, y más tarde te seguirá cojeando la justicia.

»Vete a tu aislamiento, hermano mío, llevándote mis lágrimas: amo a quien quiere crear lo superior a él y así perece».

Así habló Zaratustra.

De la anciana y la joven

«¿Por qué te escurres tan furtivamente en el crepúsculo, Zaratustra? ¿Y qué es lo que ocultas tan cuidadosamente bajo tu capa? ¿Es un tesoro que te han regalado? ¿O un niño nacido de ti? ¿O sigues tú mismo ahora los senderos de los ladrones, tú el amigo de los malos?».

«En verdad te digo, hermano mío —contestó Zaratustra—, que es un tesoro que me han regalado; lo que llevo es una pequeña verdad. Pero es tan traviesa como un niño pequeño y si no le tapo la boca gritará hasta aturdirnos.

»Cuando, solitario, seguía hoy mi camino encontré en la hora del crepúsculo vespertino a una ancianita, que habló a mi alma en esta forma:

»"Muchas veces habló ya Zaratustra con nosotras, las mujeres; pero nunca nos habló de la mujer".

»Y yo le contesté: "De la mujer únicamente se debe hablar a los hombres".

»"Háblame también de la mujer —repuso—; soy bastante vieja para olvidarme en seguida de lo que me digas".

»En la mujer todo es un enigma y todo en la mujer tiene una solución que se llama el embarazo. El hombre es para la mujer un medio; la finalidad es siempre el niño. Pero ¿qué es la mujer para el hombre?

»Dos cosas quiere el hombre verdadero: el peligro y el juego. Por esto quiere a la mujer, que es el más peligroso de los juguetes.

»El hombre debe ser educado para la guerra y la mujer para el descanso del guerrero. Todo lo demás es una locura.

»Frutos demasiado dulces no son del agrado del guerrero. Por esto gusta de la mujer; a la mujer más dulce le queda siempre algo amargo en el sabor.

»La mujer comprende mejor a los niños que el hombre; pero el hombre es más niño que la mujer. En el verdadero hombre se esconde siempre un niño. A ver, mujeres, si descubrís el niño que hay en todo hombre.

»Que la mujer sea un juguete puro y fino, semejante a una piedra preciosa, iluminado por las virtudes de un mundo que no existe todavía.

»¡Que el brillo de una estrella resplandezca en vuestro amor! Que vuestra esperanza diga: "¡Ojalá pudiera yo dar a luz al superhombre!".

»¡Que haya valor en vuestro amor! Fuertes de vuestro amor, no temáis a quien os inspire temor.

»¡Que vuestro amor sea todo honor! Por lo demás, la mujer entiende muy poco del honor. Pero que también sea vuestro honor amar más de lo que os amen y no ocupar jamás el segundo lugar.

»El hombre debe temer a la mujer que ama, que entonces es capaz de todos los sacrificios y todo lo demás le parece sin valor.

»El hombre debe temer a la mujer que odia; porque en el fondo del alma el hombre no es sino malo, y la mujer malvada.

»¿A quién aborrece más la mujer? El hierro dijo al imán: "Te aborrezco porque atraes; pero no eres lo bastante fuerte para retener".

»La felicidad del hombre es: yo quiero. La de la mujer: él quiere. "¡Mira: ahora es cuando el Mundo es perfecto!", piensa una mujer cuando, verdaderamente enamorada, obedece. Y es preciso que la mujer obedezca y encuentre una profundidad a su superficie. El alma de la mujer es superficie, una capa de agua movediza y agitada sobre un remanso.

»Pero el alma del hombre es profunda, y su corriente ruge precipitándose en cavernas subterráneas; la mujer sospecha la fuerza del hombre, pero no la concibe nunca.

»Y la viejecita me dijo: "Muchas galanterías dijo Zaratustra, principalmente para las que son bastante jóvenes para entenderlas. Lo extraño es que conociendo tan poco Zaratustra a las mujeres tenga razón cuando habla de ellas. ¿Será acaso porque en las mujeres nada es imposible? Y en agradecimiento toma una pequeña verdad, porque soy bastante vieja para decírtela. Envuélvela bien y tápale la boca, porque si no, gritará esta pequeña verdad".

»"Dame tu pequeña verdad, mujer", dije.

»Y la viejecita me dijo:

»"¿Vas adonde hay mujeres? ¡No olvides el látigo!"».

Así habló Zaratustra.

De la mordedura de la víbora

Una tarde se quedó dormido Zaratustra a la sombra de una higuera porque hacía calor, y se cubrió el rostro con los brazos. Una víbora se le acercó y le mordió en el cuello, y el dolor de la mordedura despertó a Zaratustra, que lanzó un grito. Al separar el brazo de su rostro vio a la serpiente, que reconociendo también los ojos de Zaratustra quiso alejarse huyendo torpemente.

«No te vayas todavía —dijo Zaratustra—, porque aún no te he dado las gracias. Me has despertado a tiempo; todavía me queda bastante camino que recorrer».

«Poco camino te queda que recorrer —dijo tristemente la víbora—: mi veneno mata».

Zaratustra se sonrió. «¿Cuándo oíste decir que un dragón muriera del veneno de una serpiente? —dijo—. ¡Recoge tu veneno! No eres lo suficientemente rica para regalármelo».

Inmediatamente se arrolló la víbora a su cuello y lamió la herida.

Cuando Zaratustra refirió este sucedido a sus discípulos, le preguntaron: «¿Cuál es, Zaratustra, la moraleja de tu historia?».

Y Zaratustra respondió:

«Destructor de la moral me llaman los buenos y los justos: mi historia es inmoral. Pero si tenéis un enemigo no le devolváis bien por mal, porque le humillaríais. Probadle, en cambio, que os ha hecho un beneficio.

»Preferid encolerizaros antes que humillar. Y si se os maldice no me gustaría veros bendecir. Mejor será que también maldigáis un poco.

»Y si se os inflige una gran injusticia, apresuraos a añadir a ésta cinco pequeñas. Es horrible ver a uno al que sólo oprime la injusticia.

»¿Sabíais ya esto? Que una injusticia compartida es un semiderecho y que el que puede soportar la injusticia debe cargar con ella.

»Una pequeña venganza es más humana que la renuncia a vengarse. Y aunque el castigo no sea un derecho ni un honor concedidos al trasgresor, no quiero tampoco vuestro castigo.

»Es más noble atribuirse la culpa que tener razón, sobre todo cuando se tiene razón. Pero para esto hace falta ser bastante rico.

»No me gusta vuestra fría justicia: en los ojos de vuestros jueces veo siempre al verdugo y su fría cuchilla.

»Decidme: ¿dónde se encuentra una justicia que sea amor con los ojos clarividentes?

»Inventadme, pues, un amor que lleve consigo no sólo todos los castigos, sino también todas las culpas. Inventadme también una justicia que absuelva a todos menos a los que juzgan.

»¿Queréis que todavía os diga esto? En el que quiere ser justo en el fondo de su alma, hasta la mentira misma se convierte en filantropía.

»¡Cuánto quisiera ser justo en el fondo de mi alma! ¿Cómo podría dar a cada uno lo suyo? Que esto me baste: dar a cada uno lo mío.

»Por último, hermanos míos, guardaos de ser injustos con los solitarios. ¿Cómo podría olvidar un solitario? ¿Cómo podría corresponder?

»El solitario se parece a un pozo muy profundo. Facilísimo es dejar caer en él una piedra; pero cuando llegue al fondo, decidme, ¿quién querrá sacarla y subirla a la superficie?

»Guardaos mucho de ofender al solitario; pero si le ofendierais, ¡matadle también!».

Así habló Zaratustra.

Del hijo y del matrimonio

«Tengo una pregunta para ti solo, hermano mío; una pregunta que, como si fuera una sonda, dejo caer en tu alma para conocer su profundidad.

»Eres joven y deseas mujer e hijo. Y yo te pregunto: ¿eres un hombre que puede permitirse desear un hijo? ¿Eres el victorioso, el vencedor de ti mismo, el dueño de tus sentidos y de tus virtudes? Esto es lo que te pregunto.

»¿O será tu deseo la voz del animal y de la necesidad?

»¿O el temor al aislamiento? ¿O el descontento de ti mismo?

»Quiero que tu victoria y tu libertad sientan el anhelo de un hijo. Monumentos vivientes son los que debes erigir para conmemorar tu victoria y tu liberación.

»Tus construcciones deben ser más elevadas que tú, pero antes debes ser construido tú mismo, cuadrado de cuerpo y alma.

»No sólo has de propagar tu raza a lo lejos, sino también elevándola. ¡Que el jardín del matrimonio te ayude en la empresa!

»Debes crear un cuerpo superior, un primer movimiento, una rueda que gire sobre ella misma. Debes crear un creador.

»Matrimonio: así denomino yo la voluntad de dos para crear un uno que sea más que los que lo han creado. Respeto mutuo es lo que es el matrimonio respecto de los que quieren con tal voluntad. ¡Sea esto el sentido y la verdad de tu matrimonio! Pero a lo que tantos inútiles y superfluos llaman matrimonio, ¿qué nombre le daré?

»¡Ah, qué pobreza de alma la de estos dos! ¡Ah, qué impureza de alma la de estos dos! ¡Ah, qué miserable contento el de estos dos!

»A todo esto lo denominan matrimonio, y dicen que su unión ha sido sellada en el Cielo.

»Pues bien: ¡yo no quiero este Cielo de los superfluos! ¡No, no quiero a estos animales apiolados en redes celestiales! ¡Lejos de mí ese Dios que viene cojeando a bendecir lo que no unió!

»¡No os riais de semejantes matrimonios! ¿Qué hijo habrá que no tenga motivo para llorar por sus padres?

»Este hombre me pareció digno y maduro para el sentido de la Tierra; pero cuando vi a su mujer me pareció la Tierra una casa de locos.

»Quisiera que la Tierra se estremeciera convulsa cuando un santo y una gansa se aparean.

»Éste marchó como un héroe en busca de verdades y sólo capturó una mentirijilla muy bien adornada, y a eso le llama su matrimonio.

»Uno mostrose muy reservado en su trato de gentes y sumamente dificultoso para escoger; pero de golpe estropeó toda su sociedad, y a eso le llama su matrimonio.

»Otro buscaba una sirviente con las virtudes de un ángel; pero de repente se convirtió en la sirviente de una mujer, y ahora le haría falta convertirse además en un ángel.

»Siempre he visto que los compradores son muy precavidos y que todos tienen astucia en los ojos. Pero hasta el más astuto entre ellos compra todavía a su mujer en un saco precintado.

»Muchas breves locuras son lo que vosotros llamáis amor. Y vuestro matrimonio, que es una larga tontería, pone fin a muchas breves locuras.

»¡Ojalá sean compasivos los velados dioses que sufren vuestro amor a la mujer y el amor de la mujer al hombre! En todo caso, casi siempre adivina un animal al otro.

»Sin embargo, vuestro mejor amor no es más que una metáfora extasiada y un doloroso ardor. Es una antorcha que deberá guiaros iluminándoos los caminos superiores.

»Tenéis que amar un día más allá de vosotros mismos. ¡Aprended, pues, a amar! Y para ello apurad el cáliz amargo de vuestro amor.

»Hasta en el cáliz del mejor amor encontrarás amargura, que despertará en ti el anhelo del superhombre y la sed del creador.

»Sed del creador, flecha y anhelo del superhombre: habla, hermano mío, ¿es ésta tu voluntad del matrimonio?

»Santos llamo yo a una voluntad semejante y a un tal matrimonio».

Así habló Zaratustra.

De la muerte voluntaria

«Muchos mueren demasiado tarde y algunos demasiado temprano. Todavía produce extrañeza la máxima: "¡Muérete en el momento adecuado!".

»"¡Muérete en el momento adecuado!", enseña Zaratustra. Claro está que quien no vive a tiempo no podrá naturalmente morir a tiempo. ¡Más le valiera no haber nacido! Esto es lo que aconsejo a los superfluos.

»Pero también los superfluos presumen cuando se trata de su muerte; la nuez vacía también quiere que la partan.

»Todos dan importancia a la muerte, sin que para ellos signifique todavía la muerte una fiesta. Los hombres ignoran aún cómo se consagran las fiestas más hermosas.

»Voy a mostraros la muerte que consagra, que para los vivientes debe ser un aguijón y una promesa. Quien cumplió su misión muere triunfante y rodeado de los que esperan y prometen.

»Así es como debería aprenderse a morir y no debería haber fiesta alguna sin que un moribundo semejante santificara las promesas de los vivientes.

»Morir así es lo mejor, y después morir combatiendo esparciendo un alma muy grande.

»Pero tan odiosa es al combatiente como al victorioso vuestra muerte, que haciendo muecas se acerca cautelosamente como un ladrón y, sin embargo, viene como dueña.

»La muerte que os elogio es la mía, la muerte voluntaria que viene a mí porque quiero.

»Y ¿cuándo querré? El que tiene un objetivo y un heredero quiere que la muerte a tiempo sea su objetivo y heredero. Y por respeto a su objetivo y heredero cesará de colgar en el santuario de la vida coronas marchitas.

»En verdad, no quiero asemejarme a los cordeleros, que tirando a lo largo de sus hilos andan siempre hacia atrás.

»Algunos envejecen demasiado para sus verdades y sus victorias: una boca desdentada no tiene ya derecho a todas las verdades.

»Y todo el que aspira a la gloria debe despedirse a tiempo del honor y ejercer el difícil arte de marcharse a tiempo.

»Hay que cesar de dejarse comer cuando se tiene mejor gusto, como saben los que quieren ser amados mucho tiempo.

»Hay manzanas agrias cuyo destino quiere que esperen hasta el último día del otoño; y simultáneamente maduran, amarillean y se arrugan.

»A unos les envejece primero el corazón y a otros el espíritu. Y algunos son viejos en la juventud; pero cuando se tarda mucho en ser joven se permanece joven muchísimo tiempo.

»A algunos les falla la vida: un gusano venenoso les roe el corazón. Que procuren que al menos la muerte les resulte mejor.

»Muchos no llegan nunca a madurar, porque ya en verano se pudren. La cobardía los mantiene pegados a la rama.

»Muchos viven demasiado tiempo y otros permanecen demasiado tiempo colgados de las ramas. ¡Ojalá viniera una tempestad que hiciera caer del árbol todo lo podrido y comido por los gusanos!

»¡Vengan los predicadores de la muerte rápida! Ellos serían las verdaderas tempestades que sacudirían los árboles de la vida. Pero no oigo predicar más que la muerte lenta y la paciencia con todo lo que es "terrestre".

»¡Ay! ¿Vosotros predicáis la paciencia de lo que es terrestre? Esto terrestre es lo que tiene demasiada paciencia para soportaros, ¡blasfemadores!

»En verdad murió demasiado pronto aquel hebreo, al que veneran los predicadores de la muerte lenta; y para muchos fue fatal que muriera demasiado pronto.

»Este hebreo, Jesús, sólo conocía las lágrimas y la melancolía del hebreo y el odio de los buenos y los malos: de repente le asaltó el anhelo de la muerte.

»¡Ojalá se hubiera quedado en el destierro y lejos de los buenos y los justos! Quizá hubiera aprendido a vivir y a amar la tierra, y también la risa.

»¡Creedme, hermanos míos! Murió demasiado pronto: él mismo habría sido el refutador de sus doctrinas si hubiera llegado a alcanzar mi edad. ¡Era lo suficientemente noble para retractarse! Pero todavía no había madurado. El amor del joven carece de madurez y por esto aborrece al hombre y a la tierra. Todavía no ha desplegado las pesadas alas del espíritu y del carácter.

»Pero el hombre tiene más del niño que el joven y menos melancolía: el hombre comprende mejor la muerte y la vida.

»Libre para la muerte y libre en la muerte un divino negador, cuando ya no es tiempo de decir que así comprende él la muerte y la vida.

»Que vuestra muerte no sea un blasfemar del hombre y de la tierra, amigos míos lo imploro de la miel de vuestra alma.

»Que en vuestra muerte brillen todavía vuestro espíritu y vuestra virtud como arreboles alrededor de la tierra; si no, os habrá resultado mal la muerte.

»Así es como deseo morir, a fin de que por mi muerte améis más a la tierra; y a la tierra quiero volver para tener el eterno descanso en aquella que me engendró.

»En verdad tenía un objetivo Zaratustra, que ha lanzado su pelota: vosotros sois los herederos de mi objetivo, a vosotros os arrojo la pelota dorada.

»Más que todo en el Mundo me agrada veros lanzar la pelota dorada, amigos míos. Por esto quiero permanecer todavía un poco más tiempo en la Tierra: ¡perdonádmelo!».

Así habló Zaratustra.

De la virtud dadivosa

I

Cuando Zaratustra se hubo despedido de la ciudad que tanto amaba y cuyo nombre es la Vaca multicolor, le siguieron muchos que se decían sus discípulos dándole acompañamiento. Cuando llegaron a un cruce de caminos les dijo Zaratustra que en adelante quería marchar solo, porque era amigo de las marchas solitarias. Sus discípulos le ofrecieron entonces un bastón cuyo puño de oro representaba una serpiente arrollándose alrededor del Sol. Zaratustra se alegró del regalo y se apoyó en el bastón; después habló así a sus discípulos:

«Decidme: ¿por qué representa el oro el mayor valor? Porque es raro e inútil y brilla con suaves reflejos y porque siempre se da.

»Sólo como símbolo de la virtud más excelsa alcanzó el oro su tan alto valor. Con el brillo del oro reluce la mirada del que da. El brillo del oro sella la paz entre la Luna y el Sol.

»Muy rara e inútil es la mayor de las virtudes y suave y deslumbrador su brillo: una virtud que da es la más excelsa de las virtudes.

»En verdad os adivino, discípulos míos: como yo aspiráis a la virtud que da. ¿Qué tenéis en común vosotros con los gatos y los lobos?

»Vuestra sed de volveros ofrendas y presentes; y por eso tenéis sed de amasar todas las riquezas en vuestras almas.

»Insaciablemente desea vuestra alma tesoros y joyas, porque vuestra virtud es insaciable queriendo dar.

»Forzáis todas las cosas para que se os aproximen y entren en vosotros, a fin de que broten de vuestro manantial como dones de vuestro amor.

»En verdad, un amor tal que da tiene por fuerza que convertirse en ladrón de todos los valores; pero yo llamo sano y sagrado a este egoísmo.

»Hay otro egoísmo demasiado pobre y hambriento que siempre quiere robar: es el egoísmo de los enfermos, el egoísmo enfermo. Con ojos de ladrón mira todo lo que brilla, con avidez de hambriento mide al que puede comer hasta hartarse, y siempre da vueltas alrededor de la mesa del que da.

»Una envidia tal es la voz de la enfermedad y de una invisible degeneración. El ansia codiciosa de este egoísmo es testimonio de un cuerpo enfermo.

»Decidme, hermanos míos, ¿qué es lo que consideramos la cosa peor para nosotros y la peor para todos? ¿No es la degeneración? Y siempre deducimos que existe la degeneración cuando falta el alma que da.

»Nuestro camino nos dirige a las alturas, de la especie a la especie superior. Pero nos estremecemos de pavor cuando el sentido degenerado nos dice: "¡Todo para mí!".

»Nuestro sentido vuela a las alturas: así es un símbolo de nuestro cuerpo, el símbolo de una elevación. Los símbolos de estas elevaciones son los nombres de las virtudes. Así pasa el cuerpo por la historia: uno que está formándose y un luchador. Y el espíritu, ¿qué es para el cuerpo? Heraldo de sus victorias y combates, su compañero y su eco.

»Todos los nombres de lo bueno y lo malo son símbolos: no hablan, solamente hacen señas. Loco es quien les pide sabiduría.

»Prestad atención a las horas en que vuestro espíritu quiere hablar simbólicamente: son el origen de vuestra virtud. Entonces es cuando vuestro cuerpo se ha elevado y resucitado: con su felicidad encanta al espíritu haciendo de él un creador para que evalúe y ame y sea un bienhechor de todas las cosas.

»Cuando vuestro corazón borbota ampliamente semejante a un caudaloso río, bendición y peligro para los ribereños, entonces tiene origen vuestra virtud.

»Cuando os elevéis sobre los elogios y las censuras y vuestra voluntad quiera mandar a todas las cosas, como la voluntad del hombre que ama, entonces tendrá origen vuestra virtud.

»Cuando menospreciéis las cosas agradables, el mullido lecho, y cuando no podáis reposar más que lejos de la molicie, será esto el origen de vuestra virtud.

»Cuando no tengáis más que una única voluntad y este cambio de todas las penas se llame para vosotros necesidad, será éste el origen de vuestra virtud.

»En verdad, es un nuevo bien y un nuevo mal. En verdad, un nuevo profundo murmurar del agua y la voz de un nuevo manantial.

»Esta nueva virtud es el poder; un pensamiento dominante envuelto en un alma prudente: un sol dorado rodeado por la serpiente del conocimiento».

II

Calló Zaratustra un instante y miró con cariño a sus discípulos. Después continuó hablando y su voz se había transformado:

«¡Sed siempre fieles a la Tierra, hermanos míos, con todo el poder de vuestra virtud! ¡Que vuestro amor que da y vuestro conocimiento sirvan al sentido de la Tierra! Os conjuro y suplico a que así sea.

»No dejéis que vuestra virtud volando se aleje de las cosas terrestres y que bata las alas contra los muros eternos. Ha habido siempre, ¡ay!, tanta virtud perdida...

»Volved a traer, como yo, a la Tierra esa virtud perdida; sí, volvedla al cuerpo y a la vida, a fin de que dé su sentido a la Tierra, un sentido humano.

»Hasta ahora se ha perdido de mil maneras distintas y equivocado tanto espíritu como virtud. ¡Ay!, en nuestro cuerpo habitan todavía ahora tanta locura y tanta equivocación: se han convertido en cuerpo y voluntad.

»De mil maneras distintas se han ensayado y perdido el espíritu y la virtud. Sí, el hombre fue un ensayo. Cuánto error y cuánta ignorancia han venido por desgracia a integrar nuestro cuerpo.

»No sólo la razón de milenarios, sino también su locura se manifiesta en nosotros. ¡Qué peligroso es ser heredero!

»Todavía luchamos paso a paso con el gigante casualidad, pues sobre toda la Humanidad reinaba hasta ahora la insensatez, la falta de sentido.

»¡Que vuestro espíritu y vuestra virtud sirvan al sentido de la Tierra, hermanos míos; y que el valor de todas las cosas sea renovado por vosotros!

»¡Por esto tenéis que ser combatientes! ¡Por esto tenéis que ser creadores!

»El cuerpo se purifica por el saber; ensayando la ciencia se eleva; todos los instintos del que conoce se santifican y el alma del que se eleva se regocija.

»¡Médico, ayúdate a ti mismo y así ayudarás a tu enfermo! Que sea su mejor auxilio ver con sus propios ojos al que se cura a sí mismo.

»Mil sendas hay que todavía no han sido recorridas; mil taludes y tierras ocultas de la vida. Todavía están por descubrir y agotar los hombres y la Tierra de los hombres.

»¡Vigilad y escuchad, solitarios!; del porvenir soplan vientos con secreto batir de alas; un alegre mensajero busca oídos delicados.

»Vosotros, los solitarios de hoy, los que vivís aislados, seréis un pueblo el día de mañana. De vosotros mismos que os habéis escogido saldrá un día un pueblo escogido: y de éste nacerá el superhombre.

»En verdad va a ser la Tierra todavía un lugar de curación. Y ya ahora se percibe un nuevo olor que la envuelve, un olor saludable, una nueva esperanza».

III

Cuando Zaratustra hubo hablado así calló, pero como quien todavía tiene algo más que decir, y durante largo rato estuvo meditando mientras parecía que sopesaba el bastón. Por fin volvió a hablar de esta manera, y su voz se había transformado:

«Ahora me voy solo, ¡discípulos míos! También vosotros partiréis solos. Así lo quiero. En verdad os aconsejo: ¡alejaos de mí y defendeos contra Zaratustra! Mejor aún: avergonzaos de él. ¡Quizá os engañó!

»El hombre que busca el conocimiento tiene que poder no sólo amar a sus enemigos, sino también odiar a sus amigos.

»Mal se recompensa con agradecimiento a un maestro cuando siempre se sigue siendo un discípulo. Y ¿por qué no queréis hacer trizas mi corona?

»Me veneráis; pero y ¿si vuestra veneración se derrumbara un día? Tened cuidado de que no os mate una estatua.

»¿Decís que creéis en Zaratustra? Mas, ¡qué importa Zaratustra! Sois mis creyentes, pero ¿qué importan todos los creyentes?

»Todavía no os habíais buscado cuando me encontrasteis. Así hacen todos los creyentes; por esto significa la fe tan poca cosa.

»Ahora os mando que me perdáis y que os encontréis vosotros mismos, y sólo cuando todos hayáis renegado de mí volveré a vosotros.

»En verdad os digo, hermanos míos, que buscaré con otros ojos a los que perdí y entonces os amaré con otro amor.

»Y un día llegaréis a ser mis amigos e hijos de una sola esperanza; entonces volveré a estar con vosotros por tercera vez para que celebremos reunidos el gran mediodía.

»Y éste será el gran mediodía en que el hombre se halle en la mitad de su camino, entre el animal y el superhombre, y celebre como su suprema esperanza la ruta que conduce a su ocaso, porque es el camino hacia una nueva mañana.

»Entonces el que desaparece se bendecirá a sí mismo para pasar al otro lado y el sol de su conocimiento estará en su cénit.

»"Todos los dioses han muerto; nosotros queremos ahora que viva el superhombre": ¡que un día sea ésta nuestra última voluntad el gran mediodía!».

Así habló Zaratustra.

Segunda parte

Y sólo cuando todos hayáis renegado de mí volveré a vosotros:
En verdad os digo, hermanos míos, que buscaré con otros ojos
a los que perdí y entonces os amaré con otro amor.
Así habló Zaratustra

El niño del espejo

Zaratustra volvió a la montaña y a la soledad de su caverna para aislarse de los hombres, parecido al sembrador que ha arrojado su semilla al surco del arado. Pero la impaciencia y el deseo de volver a ver a los que amaba llenaban su alma, porque todavía tenía muchas cosas que darles. Y no hay nada tan difícil como esto: cerrar por amor la mano abierta y guardar el pudor al dar.

Así transcurrieron para el solitario los meses y los años mientras su sabiduría aumentaba, llegando a hacerle sufrir su exuberancia.

Una mañana se despertó antes de la aurora, reflexionó largo tiempo en su lecho y acabó por decir a su corazón:

«¿Por qué me he asustado tanto soñando que me despertaba? ¿No se acercó a mí un niño que llevaba un espejo? Un niño que me dijo: "Mírate en este espejo, Zaratustra".

»Cuando me miré en el espejo lancé un grito y mi corazón sufrió violenta sacudida, porque no me vi en él, sino la mueca horrible de un demonio y su risa sarcástica.

»En verdad, demasiado bien comprendo la significación de mi sueño y lo que me advierte: mi doctrina está en peligro, la cizaña quiere convertirse en trigo.

»Mis enemigos se han hecho poderosos y han desfigurado la imagen de mi doctrina, a fin de que mis amados tengan que avergonzarse de los donativos que les hice.

»¡He perdido mis amigos: ha llegado la hora de buscar a los que perdí!».

Diciéndose estas palabras levantose Zaratustra sobresaltado, pero no como un angustiado, sino como un vidente y un bardo inspirado por el Espíritu. Sorprendidos le miraron su águila y su serpiente, porque semejante a la aurora se dibujaba en su rostro una incipiente felicidad.

«¿Qué me ha sucedido, animales míos? —dijo Zaratustra—. ¿No estoy transformado? ¿No ha venido a mí la felicidad como un huracán? Mi felicidad está loca y sólo dirá locuras: es demasiado joven todavía. ¡Sed indulgentes con ella! Mi felicidad me ha lastimado: ¡que todos los que sufren sean mis médicos!

»Ya puedo bajar al valle a reunirme con mis amigos y también con mis enemigos. Zaratustra puede volver a hablar y a prodigar el bien a sus bienamados. Mi amor impaciente se desborda como un torrente precipitándose a la profundidad desde oriente a poniente. Desde las montañas silenciosas y desde las tempestades del dolor baja mi alma borbotando al valle.

»Demasiado tiempo he languidecido en la contemplación de la lejanía; demasiado tiempo ha sido mi dueña la soledad: así me he olvidado del silencio.

»Todo yo me he convertido en una boca y en el mugido de un torrente que se despeña desde elevadas alturas: quiero precipitar mis palabras en los valles.

»¡Ojalá se precipite en lo impracticable el río de mi amor! ¿Cómo no encontraría un río, al final, el camino al mar?

»Bien hay en mí un lago solitario que se basta a sí mismo; pero mi río de amor lo arrastra consigo a la profundidad, al mar.

»Nuevos senderos son los que recorro y nuevas palabras acuden a mis labios; como a todos los creadores, me cansaron las lenguas antiguas. Mi espíritu ya no quiere correr con suelas gastadas.

»Demasiado lentamente corren para mí todas las palabras: ¡salto a tu carroza, tempestad! Y todavía te acuciaré con mi maldad.

»Quiero atravesar los amplios mares como una exclamación y un grito de alegría hasta encontrar las islas bienaventuradas, donde mis amigos residen. Y mis enemigos con ellos. ¡Cuánto amo ahora a todos con los que puedo hablar! De mi felicidad forman parte también mis enemigos.

»Cuando quiero montar el más salvaje de mis caballos me valgo de mi lanza, que me ayuda mejor que nadie; es la mejor servidora de mi pie.

»¡La lanza que arrojo contra mis enemigos! ¡Cuánto les agradezco a mis enemigos poder por fin lanzarla!

»Demasiada era la tensión de mi nube; entre risotadas de los relámpagos voy a arrojar a la profundidad descargas de granizo que hagan temblar.

»Mi pecho entonces se levantará formidable y formidable será el soplo de su tempestad en las montañas; así se aliviará.

»En verdad que vienen mi felicidad y mi libertad con la furia de la tempestad. Pero todos mis enemigos tienen que creer que es el genio del mal que pasa furioso por encima de sus cabezas.

»Sí, amigos míos; también vosotros os asustaréis de mi ciencia salvaje y posible será que huyáis de ella a la vez que mis enemigos.

»¡Ojalá pudiera yo volver a atraeros con mis caramillos! Ojalá aprendiera a rugir amablemente mi leona, mi sabiduría, mi ciencia. ¡Cuánto aprenderíamos juntos entonces!

»Mi sabiduría salvaje fue fecundada en las montañas solitarias: sobre las duras piedras dio a luz el menor de sus pequeños.

»Y ahora corre como loca por la aridez del desierto buscando blandos céspedes mi vieja sabiduría salvaje.

»Sobre el mullido césped de vuestros corazones, hermanos míos, sobre vuestro amor quisiera ella que reposara lo que más ama en el Mundo».

Así habló Zaratustra.

En las islas bienaventuradas

«Los higos caen del árbol: son dulces y sabrosos, pero al caer se les rompe su piel rojiza. Soy un viento del norte para los higos maduros.

»Parecidas a los higos caen sobre vosotros estas enseñanzas, amigos míos: bebed su dulce jugo y comed su carne exquisita. Estamos en pleno otoño, por la tarde, y el cielo es claro.

»¡Mirad la abundancia que nos rodea! Y desde la exuberancia es grato dirigir la vista a los mares lejanos.

»Antes se evocaba a Dios al mirar los mares lejanos; ahora os he enseñado a evocar otro nombre: el superhombre.

»Dios es una suposición; pero quiero que vuestra suposición no vaya más allá de vuestra voluntad creadora. ¿Sabríais crear un dios? ¡No me habléis, pues, de todos los dioses! Pero bien podríais crear el superhombre.

»No vosotros mismos quizá, hermanos míos, pero podríais transformaros en padres y antepasados del superhombre; ¡que ésta sea vuestra mejor creación!

»Dios es una suposición: pero quiero que vuestra suposición esté comprendida dentro de lo imaginable.

»¿Sabríais imaginar un dios? Pero que esto os signifique voluntad de lo verdadero y que todo se transforme en lo imaginable, visible y sensible al hombre. Vuestra imaginación debe llegar hasta el límite de vuestros sentidos.

»Y lo que llamabais mundo debe empezar por ser creado por vosotros: debiendo ser vuestra razón, vuestra imagen, vuestra voluntad y vuestro amor. Y será para vuestra felicidad ciertamente, la de los que buscáis el conocimiento.

»Y ¿cómo podríais soportar la vida sin esta esperanza, vosotros los que buscáis el conocimiento? Ni lo incomprensible ni lo irrazonable deben haber arraigado en vosotros.

»Pero tengo que abriros mi pecho sin reservas, amigos míos: si existieron dioses, ¿cómo podría vivir yo sin ser un dios? Por consiguiente, no hay dioses.

»Soy yo el que ha deducido esta consecuencia, que ahora me arrastra...

»Dios es una suposición: mas ¿quién soportaría sin morir todos los tormentos de esta suposición? ¿Habrá quien quiera quitar su fe al creador y al águila su vuelo a las lejanías propias de las águilas?

»Dios es una idea que tuerce todo lo derecho y hace girar a todo lo que se yergue. ¿Cómo? ¿Será posible que ya no exista el tiempo y que todo lo perecedero sea mentira?

»Tales pensamientos son torbellinos y vértigos de la osamenta humana que provocan las náuseas haciendo que el estómago vomite: a estas suposiciones las llamo yo la enfermedad del vértigo de los corderos.

»Perversas e inhumanas son todas estas doctrinas de un ser único y absoluto, inquebrantable, bastándose a sí mismo e inmutable.

»¡Todo lo que es inmutable no es más que un símbolo! Y los poetas mienten demasiado.

»Las mejores parábolas son las que hablan del tiempo y del porvenir: deben ser el elogio y la justificación de todo lo perecedero.

»¡Crear! Es la redención del dolor y la facilitación de la vida. Pero para que el creador tenga vida hacen falta muchos dolores y metamorfosis.

»Sí: muchas muertes amargas tiene que haber en vuestra vida, ¡creadores! Así seréis los abogados y justificadores de todo lo perecedero.

»Para que el creador sea él mismo la criatura que nace de nuevo, es preciso que también quiera ser la voluntad de la que da a luz y sentir los dolores del alumbramiento.

»En verdad seguí mi camino a través de cien almas y a través de cien cunas y dolores del parto. Algunas veces me he despedido; conozco las últimas horas que desgarran el corazón.

»Pero así lo quiere mi voluntad creadora, mi destino. O para hablar más francamente, este destino es precisamente... el que quiere mi voluntad.

»Todas mis facultades sensitivas sufren en mí y están presas, pero mi voluntad de querer viene siempre a ser mi libertadora y mensajera de alegrías.

»Querer libertad; ésta es la verdadera doctrina de la voluntad y de la libertad; así os la enseña Zaratustra. ¡No querer ya, no evaluar más y no crear ya! ¡Que este gran cansancio no sea jamás conmigo!

»Al buscar el conocimiento sólo siento todavía la alegría de la voluntad de crear y de pasar de un estado a otro, y si hay inocencia en mi conocimiento es porque en él existe mi voluntad creadora.

»Esta voluntad me alejó de Dios y de los dioses; porque ¿qué habría de crear si existieran dioses? Pero hacia los hombres me lleva incesantemente mi ardiente voluntad creadora del mismo modo que el martillo busca la piedra.

»¡Ay, hombres, sabed que para mí duerme en la piedra una estatua, la estatua de mis estatuas! ¡Qué dolor que tenga que estar dormida dentro de la piedra más dura y más fea!

»Ahora golpea furiosamente mi martillo la prisión de piedra de mi estatua. La piedra salta a pedazos, pero a mí ¿qué me importa?

»Quiero acabar mi estatua, porque he visto una sombra que vino a mí: lo más silencioso y ligero ha venido a mí.

»La belleza del superhombre ha venido a mí como una sombra. ¡Ah, hermanos míos, qué me importan ya los dioses!».

Así habló Zaratustra.

De los compasivos

«Amigos míos: a oídos de vuestro amigo han llegado palabras de burla: "¡Mirad a Zaratustra! ¿No pasa a nuestro lado como si fuéramos unos animales?".

»Pero mejor habría sido decir: "El que busca el conocimiento pasa al lado de los hombres como se pasa al lado de los animales".

»El que busca el reconocimiento designa así al hombre: el animal que tiene rojos los carrillos.

¿Por qué le ha dado este nombre? ¿No será porque ha tenido que avergonzarse demasiadas veces? ¡Oh, amigos míos! El que busca el conocimiento dice: vergüenza, vergüenza, vergüenza...: ésta es la historia del hombre. Por esto él, que es noble, se obliga a no avergonzar a los hombres y se impone el avergonzarse ante todos los que sufren.

»En verdad, no me gustan los misericordiosos para quienes su misericordia es su bienaventuranza: les falta mucho pudor. Si tengo que ser misericordioso no quiero que me lo llamen, y cuando lo sea, que sea desde lejos únicamente. Antes de que me reconozcan cubriré mi cabeza con un velo y huiré, y lo mismo os recomiendo que hagáis, amigos míos.

»¡Ojalá me ponga siempre mi destino en mi camino a quienes como vosotros no sufran y con los que pueda compartir esperanzas, la comida y la miel!

»En verdad hice esto y aquello por los que sufren, pero siempre me pareció mejor aprender a alegrarme.

»Desde que hay hombres se ha regocijado demasiado poco el hombre. Éste únicamente, hermanos míos, es nuestro pecado original. Cuando mejor aprendemos a regocijarnos es cuando desaprendemos el hacer daño a los otros e inventar dolores.

»Por esto me lavo las manos que ayudaron a los que sufren, y por esto también me enjugo el alma. Porque cuando vi sufriendo al que sufre me avergoncé de que él se avergonzara; y cuando le ayudé, le herí duramente en su orgullo.

»Muchos favores no incitan al reconocimiento, sino al deseo de venganza, y si no se olvida la pequeña amabilidad demostrada, acaba ésta por convertirse en un gusano roedor.

»¡Sed parcos aceptando! ¡Distinguid al tomar! Es el consejo que doy a los que no tienen nada que dar. Pero yo soy de los que dan; me complazco en dar como amigo a los amigos. Los desconocidos y los pobres tienen que coger por sí mismos la fruta de mi árbol; así humilla menos.

»Habría que suprimir por completo los mendigos. En verdad molesta el tener que darles y también el no darles.

»Y lo mismo digo de los pecadores y de las malas conciencias. Creedme, amigos míos, los remordimientos de conciencia enseñan a morder.

»Pero lo peor de todo son los pensamientos ruines. En verdad es mejor hacer daño que pensar mezquinamente.

»Decís, es cierto, que "la alegría de pequeñas maldades nos ahorra más de una mala acción grande". Mas éste es un caso en el que no se debe ahorrar.

»La mala acción es una especie de úlcera: pica, irrita y se manifiesta; se conduce honradamente. "Aquí estoy y soy una enfermedad", dice la mala acción, ésa es su honradez.

»El pensamiento mezquino se parece a un hongo: se oculta y esconde y no quiere estar en ninguna parte, hasta que todo el cuerpo está corroído y agostado por pequeños hongos.

»Al que está poseído del demonio le digo muy quedo al oído: "¡Mejor es que dejes crecer a tu demonio! Para ti también existe un camino que conduce a la grandeza".

»¡Ah, hermanos míos! De todos sabemos un poco demasiado. Y algunos hasta se vuelven transparentes para nosotros, pero no por ello podemos pasar a través de ellos.

»Es difícil vivir entre los hombres por lo difícil que es guardar silencio. No nos mostramos injustos con los que nos son más antipáticos, sino con aquellos que nada nos importan.

»Sin embargo, si tienes un amigo que sufre, sé un asilo para su sufrimiento, pero al mismo tiempo un duro lecho, una cama de campaña: de esta manera es como le serás más útil.

»Y si un amigo te infiere algún daño dile: "Te perdono el mal que me has hecho; pero el que por otras partes hiciste, ¿cómo podría perdonártelo?".

»Así habla todo gran amor, que se sobrepone hasta al perdón y la compasión. Hay que contener con mano firme al corazón, porque si se le deja perderá muy pronto la cabeza.

»¿Quiénes han cometido en el Mundo locuras mayores que las de los misericordiosos? ¿Y qué ha habido en el mundo que haya originado más males que los debidos a las locuras de los misericordiosos? ¡Desgraciados todos los que aman sin tener una altura superior a su compasión!

»Un día me habló el diablo de esta manera: "También Dios tiene su infierno, que es su amor a los hombres". Y hace muy poco le oí decir: "Dios ha muerto; el compartir los dolores de los hombres ha matado a Dios".

»Ya estáis, pues, prevenidos contra la compasión, de la que procede una negra nube que se cierne sobre los hombres. En verdad os digo que conozco las señales del tiempo.

»No olvidéis tampoco estas palabras: todo gran amor está por encima de su compasión, porque quiere crear todo lo que ama.

»"Me ofrezco yo mismo a mi amor y también le ofrezco mi prójimo, como me ofrezco yo". Éstas son las palabras de todos los creadores. Pero todos los creadores son duros».

Así habló Zaratustra.

De los sacerdotes

Un día, yendo Zaratustra con sus discípulos, les habló de esta manera:

«He aquí unos sacerdotes: aunque son mis enemigos, pasad en silencio a su lado haciendo callar a vuestras espadas. También entre ellos hay héroes; muchos de ellos han sufrido demasiado; por esto quieren hacer sufrir a otros.

»Son enemigos peligrosos: nada hay que codicie tanto la venganza como su humildad. Muy fácilmente se mancha quien los ataca. Pero mi sangre es pariente de la suya: quiero que mi sangre sea respetada hasta en la suya».

Cuando hubieron pasado sintiose apenado Zaratustra; después de luchar un rato con su dolor empezó a hablar así:

«Me inspiran lástima estos sacerdotes, pero me son antipáticos; mas esto es para mí lo de menos importancia desde que estoy entre los hombres.

»Pero también sufrí y sufro con ellos; a mis ojos son unos presos y réprobos. Aquél a quien llaman Redentor los ha cargado de cadenas. ¡Cadenas de falsos valores y de palabras vanas! ¡Ojalá surgiera uno que los redimiera de su Redentor!

»Cuando el proceloso mar los llevaba sin rumbo creyeron arribar a una isla; pero resultó ser un monstruo dormido.

»Valores falsos y palabras vanas: los peores monstruos para los mortales; en ellos dormita hace mucho tiempo la fatalidad que los espera. Pero por fin llega, se acerca, come y traga las viviendas que sobre él se construyeron.

»¡Mirad las viviendas que estos sacerdotes se han construido! Las llaman iglesias y sólo son unas cavernas de empachosos olores dulzones.

»¡Oh, qué luz tan artificial, qué aire tan pesado! ¡No poder volar aquí donde el alma aspira a las alturas! Porque su fe les ordena: "¡Pecadores que sois, subid de rodillas la escalera!". En verdad prefiero ver al impúdico que los ojos de párpados caídos de los que se avergüenzan y rezan.

»¿Quién se ha creado tales cavernas y escaleras de penitencia? ¿No han sido los que querían ocultarse y que se avergonzaban del cielo puro?

»Cuando el cielo límpido vuelva a mirar a través de bóvedas rotas la hierba y las encendidas amapolas que crecen en los resquebrajados muros, sólo entonces volverá mi corazón a inclinarse ante las moradas de este Dios.

»Y llamaban Dios a lo que les contradecía y hacía daño: en verdad, su adoración tenía mucho de heroica. Y no conocían otra manera de amar a su Dios que clavando a los hombres en la cruz.

»Pensaron vivir como cadáveres y vistieron de negro su cadáver; hasta en sus discursos percibo todavía el olor malo de las cámaras mortuorias.

»Quien cerca de ellos habita, habita cerca de negros estanques, en los que deja oír su melancólico croar el sapo.

»Mejores cánticos tendrían que cantarme para que aprendiese a creer en su Redentor, y más redimidos tendrían que parecerme sus discípulos.

»Quisiera verlos desnudos, porque únicamente la belleza debería predicar la penitencia. Pero ¡quién convence a esta enmascarada tristeza!

»En verdad hay que decir que sus mismos redentores no procedían de libertad ni del séptimo cielo de la libertad. En verdad nunca marcharon sobre los tapices del conocimiento.

»El espíritu de estos redentores se componía de lagunas; pero en cada laguna colocaron su locura, su tapahuecos, al que llamaron Dios.

»Su espíritu se ahogó en su compasión, y cuando se hinchaban y desbordaban de compasión flotaba siempre sobre la superficie una gran locura.

»Gritando han empujado su rebaño por el sendero, como si no hubiera más que un sendero que condujera a lo por venir. En verdad me parece que también estos pastores formaban parte todavía de sus ovejas. Espíritus estrechos y almas espaciosas tenían estos pastores: pero ¡qué países tan estrechos han sido hasta ahora hasta las almas más espaciosas!

»El camino que seguían quedaba señalado con huellas de sangre y su locura enseñaba que la verdad se atestigua con sangre. Pero la sangre es el peor testigo de la verdad; la sangre envenena la doctrina más sana convirtiéndola en locura y en odio de los corazones.

»Y si uno se somete a la prueba del fuego por su doctrina, ¿qué prueba esto? Mucha más verdad es cuando del propio incendio surge la propia doctrina.

»Un corazón angustiado y la cabeza fría: cuando se encuentran se forma el torbellino, el "Redentor". En verdad ha habido hombres más grandes y de más elevado origen, y los pueblos llaman Redentores a estos violentos torbellinos. Y de muchos y muy superiores a todos los Redentores, tenéis que ser redimidos, hermanos míos, si queréis encontrar el camino de la libertad.

»Todavía no ha habido el superhombre. Desnudos he visto a ambos: al hombre más grande y al más insignificante de los hombres. Todavía se asemejan demasiado. En verdad, encontré también que el más grande era muy humano, ¡demasiado humano!».

Así habló Zaratustra.

De los virtuosos

«Con truenos y fuegos de artificio celestes hay que hablar a los sentidos relajados y dormidos. Pero la voz de la belleza habla queda: sólo se insinúa en las almas despiertas.

»Hoy vibró suavemente y tembló mi escudo: fue el escalofrío y la risa sagrada de la belleza. Era de vosotros, virtuosos, de quienes se rio hoy mi belleza. Y por eso llegó su voz hasta mí: "¡Todavía quieren que se les pague!".

»¡Queréis todavía que se os pague, oh, virtuosos! ¿Queréis recompensas por vuestra virtud, tener el Cielo en lugar de la Tierra y la eternidad en vez de vuestro hoy?

»¿Y ahora os enfadáis conmigo porque enseño que no hay pagador ni contador? Y en verdad que ni siquiera enseño que la virtud tiene su recompensa en ella misma.

»¡Ah, esto es lo que me aflige! Con picardía han introducido juntos en el fondo de las cosas la recompensa y el castigo y, por si no bastaba, también en el fondo de vuestras almas, virtuosos.

»Pero mi palabra, semejante al hocico del jabalí, va a desgarrar el fondo de vuestras almas; para vosotros quiero ser la reja del arado.

»Todos los secretos de vuestra alma deben aparecer a la luz del día, y cuando revuelto y destrozado vuestro interior yazgáis a la luz del Sol, vuestra mentira se separará de vuestra verdad.

»Porque vuestra verdad es esto: que estáis demasiado limpios para la suciedad de estas palabras: venganza, castigo, recompensa, represalia.

»Amáis a vuestra virtud como la madre ama a su hijo; pero ¿cuándo se oyó decir que una madre quisiera ser pagada por su amor?

»Vuestra virtud es vuestro mismo "yo", lo que más amáis. La sed del anillo os domina; para volver sobre sí mismo gira todo anillo.

»Semejante a una estrella que se apaga es toda obra de vuestra virtud: su luz está todavía en camino y sigue su marcha; y ¿cuándo no estará ya en marcha?

»También está en marcha la luz de vuestra virtud, aun después de terminada la obra. Que la obra esté olvidada y muerta: su rayo de luz sigue viviendo y marchando.

»Que vuestra virtud sea vuestro "yo" y no cualquier cosa ajena a vosotros, una epidermis o un manto: ésta es la verdad del fondo de vuestra alma, ¡virtuosos!

»Pero verdad es también que hay algunos para quienes la virtud es un espasmo después de un latigazo: y vosotros habéis escuchado los gritos de ésos.

»Otros hay que denominan virtud a la pereza de sus vicios; y cuando su odio y su envidia se desperezan, se despierta su justicia y se restriegan los adormidos ojos.

»Otros hay también a quienes les atrae lo bajo; sus demonios tiran de ellos. Pero mientras más se hunden mayor es el brillo de sus ojos y más codiciosos deseos tienen de su dios.

»También llegaron hasta vosotros, ¡oh, virtuosos!, los gritos de éstos: "Todo lo que no soy es lo que para mí son Dios y la virtud".

»Y también hay otros que avanzan pesadamente y chirriando, como carros que marchan cuesta abajo llevando piedras: hablan mucho de dignidad y virtud, y a su freno es lo que llaman virtud.

»Además, hay otros que se parecen a esos relojes de pared, a los que hay que dar cuerda diariamente; hacen su tictac y quieren que al tictac se le denomine virtud.

»En verdad éstos son los que me entretienen: dondequiera que encuentre estos relojes les daré cuerda con mi burla, y al mismo tiempo tendrán que zurrir.

»Otros se muestran muy orgullosos de su puñado de justicia y por ella blasfeman de todo: tanto que el Mundo se ahoga en su injusticia.

»La palabra "virtud" sale de sus bocas como una náusea. Y cuando dicen: "Yo soy justo", suena lo mismo que si dijeran: "¡Estoy vengado!".

»Con su virtud quieren sacar los ojos a sus enemigos: y si se elevan es únicamente para rebajar a otros.

»Todavía hay otros que se pudren en su ciénaga y hablan así desde los cañaverales: "La virtud consiste en estar quietos en la ciénaga. No mordemos a nadie y nos apartamos del camino de los que muerden; y en todo tenemos la opinión que se nos da".

»Y también hay otros que gustan de los gestos y piensan: la virtud es una especie de gesto. Siempre están hincados de rodillas y sus manos juntas son alabanzas de la virtud, pero su corazón no sabe nada de eso.

»Todavía quedan otros que creen que la virtud es decir: "La virtud es necesaria", pero en el fondo sólo creen que la policía es la necesaria.

»Y más de uno que no sabe ver lo que hay de elevado en el hombre habla de virtud cuando ve muy de cerca su bajeza; y por esto llama virtud a su mal ojo.

»Unos quieren verse edificados y elevados y llaman a esto virtud; otros quieren verse derribados, y a eso también lo llaman virtud.

»Y de esta manera creen casi todos tener alguna parte en la virtud; y cada uno por lo menos quiere ser conocedor del "bien" y del "mal".

»Pero Zaratustra no ha venido a decir a todos estos mentirosos y locos: "¡Qué sabéis vosotros de la virtud! ¡Qué podríais saber de la virtud!".

»Sino para que os canséis, amigos míos, de las palabras ya viejas que habéis aprendido de los embusteros y los locos. Para que os canséis de las palabras "recompensa", "castigo", "represalias", "venganza dentro de la justicia".

»¡Ay, amigos míos! Que vuestro "yo" sea en la acción lo que la madre es para el niño: ¡sea ésta vuestra palabra de virtud!

»En verdad os he quitado cien palabras y los juguetes más estimados de vuestra virtud; y ahora os enfadáis conmigo como se enfadan los niños.

»Jugaban a la orilla del mar; llegó una ola arrebatándoles sus juguetes y llevándoselos a la profundidad: y ahora lloran.

»Pero aquella misma ola les traerá nuevos juguetes y depositará a sus plantas conchas de variados colores.

»Así se consolarán y lo mismo os sucederá a vosotros, amigos míos, que os consolaréis y tendréis nuevas conchas de variados colores».

Así habló Zaratustra.

De la gentuza

«La vida es una fuente de placeres, pero donde vive la gentuza deja envenenadas las fuentes.

»Amo todo lo que es puro, pero no puedo ver las horribles muecas de las bocas de los impuros ni tampoco su sed.

»Dirigieron sus miradas al fondo del pozo: ahora veo su antipática sonrisa reflejada en el agua del pozo.

»Envenenaron el agua sagrada con su lubricidad; y cuando llamaron placeres a sus asquerosos sueños envenenaron también las palabras.

»Las llamas se indignan cuando acercan al fuego su corazón húmedo; hasta el espíritu hierve y humea cuando la gentuza se aproxima al fuego.

»La fruta se hace dulzona y se pasa en sus manos; y su mirada hace que la fruta se caiga del árbol o se seque antes de madurar.

»Muchos que se apartaron de la vida, de lo que huyeron fue de la gentuza solamente, porque no quisieron compartir el agua, la llama y la fruta con la chusma.

»Y más de uno de los que fueron al desierto, padeció de sed entre las fieras por no sentarse al lado de sucios camelleros alrededor de la cisterna.

»Y más de uno que llegó como un exterminador, lo mismo que el granizo que devasta las cosechas, sólo quería implantar su pie en la boca de la canalla para taparle el gaznate.

»Y no es éste el bocado más difícil de tragar: sabed que la vida misma tiene necesidad de enemistades, de muertes y de cruces de mártires: pero un día me pregunté y la pregunta casi me ahogó: ¿cómo, necesito la vida acaso de esa gentuza?

»¿Son necesarias las fuentes envenenadas, los fuegos pestilentes, los sueños indecorosos y los gusanos en el pan de la vida?

»No ha sido mi odio, sino mi asco, quien ha devorado mi vida. ¡Ay! A menudo me cansé de mi espíritu cuando encontraba que también la chusma podía ser espiritual.

»Y volví la espalda a los dominadores cuando vi lo que llaman dominar: traficar y regatear el poder ¡con la chusma!

»He vivido entre pueblos cerrando mi oído a su lenguaje, a fin de que el lenguaje de su tráfico y de su regateo por el poder me siguiera siendo desconocido.

»Y tapándome la nariz marché descorazonado a través del ayer y del hoy: en verdad ¡qué mal huele el ayer y el hoy!, huelen al populacho que escribe.

»Parecido a un impedido que se hubiera vuelto ciego, mudo y sordo, he vivido largo tiempo para no vivir con la canalla del poder, de la pluma y de los placeres.

»Penosa y precavidamente subió mi espíritu las escaleras; las limosnas de la alegría fueron su alivio; la vida del ciego transcurría apoyada en un bastón.

»¿Qué me sucedió entonces? ¿Quién me redimió de mi asco? ¿Quién rejuveneció mis ojos? ¿Cómo pude volar hasta las alturas donde ya no hay gentuza que se siente alrededor de la cisterna?

»¿Creáronme acaso alas mi asco y las fuerzas que presienten la proximidad de los manantiales? En verdad debí volar a lo más alto para volver a encontrar la fuente de la alegría.

»¡La he encontrado, hermanos míos! Aquí en lo más alto brotó para mí la fuente de la alegría. Y hay una vida en la que se mitiga la sed sin la canalla.

»¡Casi brotas con demasiada violencia, fuente de la alegría! Y a menudo viertes la copa porque quieres llenarla otra vez.

»Es preciso que aprenda a acercarme a ti más humildemente: mi corazón afluye a ti todavía con demasiada violencia.

»En mi corazón arde mi breve, cálido, melancólico y bienaventurado estío: ¡cómo ansía mi corazón estival tu frescura!

»¡Pasó la vacilante aflicción de mi primavera! ¡Pasó la maldad de mis copos de nieve en junio! Yo mismo me volví estival por entero un mediodía de verano.

»Un verano en las alturas mayores con fríos manantiales y una dichosa tranquilidad: venid, amigos míos, para que mi tranquilidad sea más dichosa.

»Porque ésta es nuestra altura y nuestra patria; nuestra morada es demasiado elevada y escarpada para que hasta ella lleguen los impuros y su sed.

»¡Mirad vuestros ojos límpidos en el espejo de la fuente de mi alegría, amigos, que no por eso se enturbiará su agua! Al contrario, su pureza os sonreirá.

»En el árbol del porvenir construiremos nuestro nido; las águilas nos llevarán la comida en sus picos a los solitarios.

»En verdad no serán alimentos que los impuros puedan compartir. Creerían que comían fuego y se quemarían las fauces.

»En verdad no tenemos aquí moradas para los impuros. Nuestra felicidad les parecería cavernas de hielo donde se congelarían sus cuerpos y su espíritu.

»Como si fuéramos fortísimos vientos queremos vivir por encima de ellos, en la vecindad de las águilas, vecinos de las nieves perpetuas y vecinas del Sol, como viven los fuertes vientos.

»Y semejante al viento soplaré entre ellos con mi porvenir.

»En verdad es Zaratustra un fuerte viento que barre todas las bajezas y a todos sus enemigos, y a los que escupen y vomitan les da este consejo: "¡Guardaos bien de escupir contra el viento!"».

»Así habló Zaratustra.

De las tarántulas

«¡Mira, ésta es la madriguera de la tarántula! ¿Quieres ver la tarántula? Aquí cuelga su tela: muévela un poco hasta que tiemble.

»Ya viene sin hacerse rogar: ¡bienvenida, tarántula! Sobre tu cuerpo veo tu signo triangular y negro y sé también lo que hay en tu alma.

»En tu alma anida la venganza: en todas partes que muerdas se forma una costra negra; el veneno de tu venganza es el que hace girar al alma.

»Empleo una parábola para hablaros, predicadores de la igualdad, que hacéis girar a las almas. Para mí sois tarántulas ansiosas de vengaros secretamente.

»Pero yo descubriré vuestras madrigueras y las exhibiré a la luz del día; por esto me río de vosotros en vuestra cara desde mis alturas.

»Por esto desgarro vuestra tela para que vuestra rabia os haga salir de vuestra caverna de mentiras, y que vuestra venganza surja de detrás de nuestra palabra "justicia".

»Porque es preciso que el hombre sea redimido de la venganza: para mí es éste el puente que conduce a la suprema esperanza, y un arcoíris, después de violentas tempestades.

»Pero las tarántulas no quieren que sea así: "Esto es precisamente lo que denominamos justicia: que el mundo se llene de las tempestades de nuestra venganza": así se dicen unas a otras.

»"Queremos vengarnos y mofarnos de todos los muchos que no nos son iguales", juran las tarántulas unas a otras.

»"Y voluntad de igualdad ha de ser en adelante el nombre de la virtud; y contra todo lo que sea poder dirigiremos nuestros gritos".

»Sacerdotes de la igualdad: la locura tiránica de vuestra impotencia exige a grandes gritos "igualdad"; vuestra más secreta concupiscencia tiránica se disfraza, pues, de palabras de virtud.

»Vanidad agriada, palabras reprimidas, quizá la vanidad y la envidia de vuestros mayores surgen de vosotros como llamas y locura de venganza.

»Lo que el padre calló lo divulga el hijo; y a veces encontré que el hijo era el secreto revelado del padre.

»Se asemejan a los entusiastas: pero no es el corazón el que los inflama, sino la venganza. Y cuando se vuelven fríos y refinados, no es el espíritu el que los enfría y refina, sino la envidia.

»Su envidia les conduce también por la senda de los pensadores; el signo de su envidia es que siempre van demasiado lejos, tanto que al final están tan cansados que acaban por quedarse dormidos sobre la nieve.

»En todas sus quejas se percibe la venganza y en todas sus alabanzas algo que hace daño; el poder actuar de jueces parece ser para ellos el colmo de la felicidad.

»Por esto os aconsejo, amigos míos, que desconfiéis de aquéllos en quienes el instinto de castigar se muestra poderoso.

»Son gente no recomendable y de mal origen: en sus rostros se ven el del verdugo y el sabueso.

»¡Desconfiad de todos aquellos que hablan mucho de su justicia! En sus almas no es la miel lo único que les falta.

»Y cuando al hablar de sí mismos se digan "los buenos y los justos", no olvidéis que para ser fariseos sólo les falta el poder.

»Amigos míos, no quiero que me mezclen ni me confundan con otros. Hay quienes predican mi doctrina de la vida y al mismo tiempo son predicadores de la igualdad y tarántulas.

»Escondidas en sus madrigueras y apartadas de la vida hablan sin embargo de la vida estas arañas venenosas, porque así es como quieren hacen daño.

»Esas arañas quieren perjudicar de este modo a quienes ahora ejercen el poder, porque a éstos es a quienes les es más familiar el sermón de la muerte.

»Si no fuera así procederían de otra manera las tarántulas, porque en otros tiempos fueron las mejores calumniadoras y atizadoras de hogueras para quemar herejes.

»No quiero que me mezclen ni confundan con estos predicadores de la igualdad. Porque la justicia me dice: "Los hombres no son iguales".

»Ni deben llegar a serlo. ¿Qué sería de mi amor al superhombre si yo hablara de otra manera?

»Mi gran amor me hace decir que por mil puentes y caminos se apresurarán a marchar en busca de lo por venir y será preciso poner entre ellos más guerras y desigualdades.

»Es preciso que sus enemistades les hagan ser inventores de estatuas y fantasmas a fin de que con sus estatuas y fantasmas libren entre ellos el mayor combate.

»Bueno y malo, rico y pobre, alto y bajo, todos los nombres de valores son otras tantas armas y símbolos sonoros para indicar que la vida siempre tiene que ser dominada.

»La vida misma quiere edificarse en las alturas con pilares y escalones a fin de poder descubrir lejanos horizontes, y más allá aún en busca de beatíficas bellezas, por eso necesita la altura.

»Y porque necesita altura, necesita escalones y la oposición a estos escalones; la oposición de los que se elevan. La vida quiere elevarse y, elevándose, dominarse.

»Y ¡mirad, amigos míos! Aquí donde está la madriguera de la tarántula se elevan las ruinas de un antiguo templo. ¡Mirad con ojos iluminados!

»En verdad, quien un día convirtió aquí sus pensamientos en una torre de piedra conocía como el mayor de los sabios el misterio de la vida.

»Que en la lucha y en la desigualdad tiene que haber todavía belleza, y guerra por el poder y la supremacía, es lo que se nos enseña aquí en la más clara de las parábolas.

»Las bóvedas y los arcos se rompen aquí divinamente en la lucha; como con la luz y las sombras luchan unos contra otros los divinos ambiciosos.

»¡Con nuestra certeza y nuestra belleza seamos también enemigos, amigos míos! ¡Seamos divinamente ambiciosos luchando unos contra otros!

»¡Qué dolor! ¡Ya me ha mordido la tarántula, mi antigua enemiga! ¡Con su seguridad y belleza divinas me ha mordido en el dedo!

»"Hay que castigar y hacer justicia —piensa ella—; no has de cantar en balde himnos a la enemistad". ¡Sí, se ha vengado!, y ¡oh, desgracia!, va a hacer que me dé vueltas el alma con su venganza.

»Pero para que no tenga que dar vueltas, amigos míos, atadme fuertemente a esta columna. Prefiero ser un santo estilita antes que un torbellino de venganza.

»En verdad no es Zaratustra una tromba ni un torbellino y, si es un bailarín, no es un bailarín de tarantelas».

Así habló Zaratustra.

De los sabios célebres

«¡Habéis servido al pueblo y a la superstición del pueblo, vosotros todos los sabios célebres, y no a la verdad! Y por esto precisamente se os respetaba.

»Y por eso mismo se soportaba también vuestra incredulidad, porque era una graciosa ocurrencia y un rodeo para llegar al pueblo. Por lo mismo que el señor deja hacer a sus esclavos y se divierte de su petulancia.

»Pero el que es odiado por el pueblo como el lobo por los perros, ése es el espíritu libre, el enemigo de las trabas, el que no adora, el que habita en los bosques:

»Expulsarle de su escondrijo es lo que el pueblo llamó siempre "sentido de justicia"; contra él sigue azuzando todavía sus más feroces sabuesos.

»Porque "¡la verdad está allí, puesto que el pueblo está allí! ¡Ay del que busca!". Es lo que en todo tiempo se ha estado repitiendo.

»Porque el pueblo os veneraba quisisteis darle la razón: y a esto lo llamasteis voluntad de verdad", ¡oh, célebres sabios!

»Y vuestro corazón se decía siempre: "He venido del pueblo y de él también me ha venido la voz de Dios". Testarudos y astutos, parecidos al asno fuisteis siempre al interceder por el pueblo.

»Y más de un poderoso que quería ir de acuerdo con el pueblo enganchó delante de los caballos de su carroza a un borriquillo, a un sabio célebre.

»Y ahora desearía yo, ¡oh, sabios ilustres!, que os despojarais ya, arrojándola muy lejos, de la piel de león. ¡La piel abigarrada de la fiera, y la velluda del explorador, del buscador y del conquistador!

»Para que aprendiera a creer en vuestra "veracidad" tendríais que empezar por romper vuestra voluntad venerante.

»Verídico llamo yo al que va al desierto sin Dios y que ha destrozado su corazón venerador.

»En la arena amarillenta del desierto, quemado por el Sol y abrasado por la sed, dirige miradas ansiosas a los oasis de abundantes manantiales en los que a la sombra de árboles frondosos descansan seres vivientes.

»Pero su sed no es tanta como para convertirle en el igual de aquellos seres satisfechos; porque donde hay oasis también hay ídolos.

»Hambrienta, violenta, solitaria y sin Dios es como quiere ser la voluntad del león.

»Libre de la felicidad de los esclavos, redimida de los dioses y las adoraciones, intrépida y terrible, grande y solitaria es la voluntad del verídico.

»Desde remotos tiempos han habitado los verídicos en el desierto; los espíritus libres, señores del desierto; pero en las ciudades moran los sabios ilustres y bien alimentados: los animales de tiro, que siempre tiran como asnos del carro del pueblo.

»No creáis que por eso los quiero mal, pero para mí siguen siendo servidores y enganchados, aunque sus atalajes reluzcan con el brillo del oro.

»Y a menudo fueron buenos servidores merecedores de premio. Porque dice la virtud: "Si tienes que servir busca por amo a aquél a quien tus servicios puedan ser más útiles".

»"El espíritu y la virtud de tu señor deben incrementarse por ser tú su servidor; así te engrandecerás también tú con su espíritu y su virtud".

»Y en verdad, ¡ilustres sabios, servidores del pueblo! que vosotros mismos habéis crecido con el espíritu y la virtud del pueblo, y el pueblo por vosotros. Os lo digo en honor vuestro.

»Pero pueblo seguís siendo todavía con vuestras virtudes; pueblo con ojos tímidos; pueblo que ignora lo que es el espíritu.

»El espíritu es la vida que penetra ella misma en la vida; los tormentos mismos hacen que aumente el propio saber; ¿lo sabíais ya?

»Y la felicidad del espíritu es ésta: estar ungido por las lágrimas y consagrado como víctima propiciatoria; ¿lo sabíais ya?

»La ceguera del ciego y sus vacilaciones y tanteos son testimonios todavía del poder del Sol que vio un día; ¿lo sabíais ya?

»El que conoce debe aprender a construir con montañas: muy poca cosa es que el espíritu transporte montañas; ¿lo sabíais ya?

»Sólo conocéis los destellos del espíritu; pero no veis el yunque, que es el espíritu y no la crueldad de su martillo.

»¡En verdad tampoco conocéis la soberbia del espíritu! Pero menos soportaríais todavía la modestia del espíritu, si quisiera hablar.

»Y jamás habéis podido arrojar vuestro espíritu en un pozo de nieve: no tenéis bastante calor para ello, y por eso no conocéis las delicias de su frío.

»En todo me parece que procedéis con demasiada familiaridad con el espíritu; y a menudo convertís la sabiduría en un asilo; en un hospital para malos poetas.

»No sois águilas: por esto no habéis experimentado la felicidad en el espanto del espíritu. El que no es ave no debe cernerse sobre los abismos.

»Me parecéis tibios: pero en todo profundo conocimiento pasa siempre una corriente muy fría. Las fuentes interiores del espíritu tienen la temperatura de los glaciares y son una delicia para las manos calientes de los que trabajan.

»Ante mí estáis honorables y tiesos, con la espina dorsal como un huso, ¡sabios ilustres! A vosotros no os empuja un fuerte viento ni una voluntad.

»No habéis visto nunca una embarcación en el mar con la vela hinchada, redondeada y temblorosa por la violencia del viento.

»Semejante a la vela, temblando por la violencia del espíritu pasa mi sabiduría sobre el mar: ¡mi sabiduría salvaje!

»Pero vosotros, servidores del pueblo, ¡ilustres sabios!, ¿cómo podríais ir conmigo?».

Así habló Zaratustra.

La canción de la noche

«Es de noche: cuando los surtidores de todas las fuentes hablan más alto.

»Y mi alma también es el surtidor de una fuente.

»Es de noche: cuando se despiertan todas las canciones de los enamorados.

»Y mi alma es también la canción de un enamorado.

»Hay en mí algo insaciado e insaciable. Un anhelo de amor que habla el lenguaje del amor.

»Soy luz: ¡ah si fuera noche y oscuridad! Pero mi soledad es estar envuelto en luz.

»¿Por qué, ¡ay!, no habría de ser oscuridad y noche? ¡Cómo me nutriría del pecho de la luz!

»Y os bendeciría, pequeños astros brillantes, gusanos de luz celeste; la luz que me dierais sería para mí una dicha.

»Pero vivo en mi propia luz y absorbo las llamas que brotan de mí mismo.

»Desconozco la felicidad de los que aceptan; y a menudo sueño que el robar debe ser una dicha mayor que el aceptar.

»Mi pobreza consiste en que mi mano nunca descansa de dar, y mi envidia en ver ojos ávidos esperando y noches iluminadas de deseo.

»¡Qué desgracia la de todos los que dan! ¡Qué oscurecimiento de mi sol! ¡Qué desear tan codicioso! ¡Qué hambre devoradora en la saciedad!

»Toman lo que les doy, pero ¿les toco todavía en el alma? Entre el donar y el aceptar se abre un abismo; el abismo más pequeño es el más difícil de salvar.

»Un hambre nace de mi belleza; quisiera hacer daño a los que doy a luz y robar a los que he colmado de regalos; tal es la sed de maldad que me devora.

»Retirando la mano cuando otra mano se alargaba vacilando como la cascada que titubea al caer: así es la que tengo sed de maldad.

»Tal venganza medita mi opulencia: tal malicia mana de mi soledad.

»Mi dicha de dar se agotó dando; mi virtud se hartó de sí misma por su abundancia.

»El que siempre da corre peligro de perder el pudor; las manos y el corazón de quien siempre regala se llenan de callosidad a fuerza de distribuir.

»Las lágrimas, por la vergüenza, de los pedigüeños no enturbian ya mis ojos: mi mano se ha endurecido y no siente ya el temblor de las manos llenas.

»¿De dónde acudieron las lágrimas a mis ojos? ¡Oh, soledad de todos los que dan! ¡Oh, silencio de todos los que brillan!

»Muchos soles giran en el espacio desierto: a todo lo que es oscuro habla su luz; para mí sólo se callan.

»Ésta es la hostilidad de la luz a todo lo luminoso; inexorable, prosigue su camino.

»Injustos desde lo más profundo de su corazón con todo lo que es luminoso, y fríos con los soles, continúan su curso todos los soles.

»Como si fueran huracanes vuelan los soles en su carrera; así es su ruta.

»Obedecen a su voluntad inexorable y ésta es su frialdad.

»Sólo vosotros, seres tenebrosos y nocturnos, sois los que sacáis calor de la luz; vosotros sois los que libráis la leche de las ubres de la luz.

»¡Ay, el hielo me rodea y mi mano se quema a su contacto helado! ¡Ay, tengo sed, una sed que se mitigaría con vuestra sed!

»Es de noche; ¿por qué tengo que ser luz? Y sed de tinieblas y de soledad.

»Es de noche: mi deseo brota de mí como una fuente; mi deseo quiere dejar de oír su voz.

»Es de noche: cuando los surtidores de todas las fuentes hablan más alto.

»Y mi alma es también el surtidor de una fuente.

»Es de noche: cuando se despiertan todas las canciones de los enamorados.

»Y mi alma es también la canción de un enamorado».

Así cantó Zaratustra.

La canción de la danza

Una tarde iba Zaratustra con sus discípulos por el bosque, y cuando buscaba una fuente llegó a una verde pradera rodeada de árboles y de tupidos arbustos en la que unas jóvenes bailaban unas con otras. Apenas vieron las muchachas a Zaratustra cesaron de bailar; pero Zaratustra se acercó a ellas y con gesto animoso les dijo:

«¡No dejéis de bailar, lindas jovencitas! No es un aguafiestas de torva mirada el que viene a vosotras, ni un enemigo de la gente joven.

»Soy el abogado de Dios ante el diablo, y el diablo es el espíritu de la pesadez. ¿Cómo, pues, podía ser yo enemigo de las divinas danzas y de vuestra agilidad y ligereza? ¿O de los piececitos de las niñas de finos tobillos?

»Soy, es cierto, un bosque de árboles tenebrosos y una noche oscura; pero el que no tiene miedo de mi oscuridad encuentra bajo mis cipreses enredaderas de rosas.

»Y también al pequeño dios, el preferido de todas las jóvenes; junto a la fuente está durmiendo muy quieto y con los ojos cerrados.

»¡En pleno día se quedó dormido el haragán! Se conoce que estaba cansado de perseguir a las mariposas.

»No toméis a mal, lindas danzarinas, si impongo un pequeño castigo al dios: de seguro gritará y llorará; pero hasta cuando llora tiene uno que reírse.

»Y llorosos los ojos os pedirá que bailéis con él: y yo mismo cantaré una canción para que pueda bailar.

»Una canción para la danza y una burla del espíritu de la pesadez, mi más excelso y poderoso diablo, del que dicen que es "el dueño del Mundo"».

Aquí tenéis la canción que Zaratustra cantó cuando Cupido y las jóvenes bailaron juntos:

«Hace muy poco te miré en los ojos, ¡oh, vida! Y me pareció que me sumía en una profundidad insondable.

»Pero con un anzuelo de oro me sacaste; y te burlaste de mí cuando te llamé insondable.

»Así hablan todos los peces, me dijiste; lo que no pueden sondar es insondable.

»Pero no soy más que variable y salvaje y en todo mujer, y no una virtuosa.

»Aunque para vosotros, hombres, sea "la infinita" o "la fiel", "la eterna", "la misteriosa".

»Porque vosotros, hombres, nos prestáis siempre vuestras propias virtudes, ¡oh, virtuosos!

»Y se reía la engañadora, pero yo nunca la creo; ni a su risa cuando habla mal de sí misma.

»Y cuando a solas hablé con mi salvaje sabiduría, me dijo enojada: "Tú quieres, deseas y amas, y sólo por esto ensalzas la vida".

»Poco me faltó para contestar con malos modos y haber dicho la verdad a la enojada; no se puede contestar de peor modo a su sabiduría que "diciéndole la verdad".

»En esta situación estamos los tres. Desde el fondo de mi corazón amo solo la vida; y en verdad, cuando más la amo es cuando la aborrezco.

»Pero si siento simpatías, y a veces demasiadas, por la sabiduría, es porque me recuerda mucho a la vida.

»Tiene sus ojos, su risa y hasta su anzuelo de oro: ¿qué culpa tengo yo de que se parezcan tanto las dos?

»Una vez que la vida me preguntó: "¿Quién es la sabiduría?", me apresuré a decir: "¡Ah, sí, pues es!... ¡la sabiduría!

»Se tiene sed de ella y no se sacia; se trata de verla bajo su velo y se quiere cogerla a través de las mallas de su red.

»¿Es bella? ¡Qué sé yo! Pero las carpas más viejas muerden todavía su cebo.

»Es variable y tozuda: a menudo la he visto mordiéndose los labios y enredándose el cabello con su peine.

»"Quizá es malévola y falsa y en todo una mujer; pero cuando habla mal de sí misma es precisamente cuando más seductora resulta".

»Cuando hube dicho esto a la vida, se rio maliciosamente y cerró los ojos.

»"Pero ¿de quién estás hablando?", dijo: "Con seguridad, de mí. Y aunque tuvieras razón, ¿se me dicen estas cosas cara a cara? Pero ahora habla también de tu sabiduría".

»Y entonces, ¡ay!, volviste a cerrar los ojos, vida querida. Y me pareció que volví a sumirme en lo insondable».

Así cantó Zaratustra. Pero cuando terminó la danza y las jóvenes se marcharon, se entristeció.

«El Sol hace ya bastante tiempo que se ha ocultado —dijo finalmente—; la pradera está húmeda y un viento fresco viene del bosque.

»Algo desconocido a mi alrededor me mira pensativo. ¡Cómo! ¿Todavía vives, Zaratustra? ¿Por qué? ¿Para qué? ¿De qué? ¿Adónde vas? ¿Dónde? ¿Cómo?

»¿No es una locura seguir viviendo todavía? ¡Ay, amigos míos! Es la noche que se interroga en mí. ¡Perdonadme mi tristeza!

»Ha venido la noche: ¡perdonadme que la noche haya venido!».

Así habló Zaratustra.

El canto de la tumba

«Allá abajo está la isla de las tumbas, la isla del silencio; allá están las tumbas de mi juventud. Allá voy a llevar una guirnalda de siemprevivas, de la vida.

»Después de haber decidido así mi corazón, atravesé el mar.

»¡Oh, imágenes y visiones de mi juventud! ¡Oh, vosotras, miradas de amor! ¡Oh, divinos momentos desaparecidos! ¿Por qué moristeis tan rápidamente? Me acuerdo de vosotros como me acuerdo de mis muertos.

»De vosotros, mis muertos queridos, me viene un suave perfume, que consuela mi corazón y enjuga mis lágrimas. En verdad conmueve y alivia el corazón del solitario navegante.

»Todavía soy el más rico y el más envidiable; ¡yo, el más solitario! Porque habéis sido míos y todavía me tenéis, decidme: ¿a quién como a mí le cayeron desde el árbol las rosas en el regazo?

»Todavía soy el heredero y el terreno de vuestro amor, y en recuerdo vuestro florezco de multicolores virtudes silvestres, ¡oh, amadísimos míos!

»Fuimos creados, ¡ay!, para estar muy cerca, muy juntos, oh, maravillosos y extraños prodigios; y no vinisteis a mí y a mi codicia como tímidos pajarillos; no, sino confiando en el que tenía confianza.

»Sí, creados para la fidelidad y para tiernas eternidades como yo, tengo que daros ahora el nombre que merece vuestra infidelidad, miradas y momentos divinos: todavía no he aprendido a daros otro nombre.

»En verdad, demasiado pronto moristeis para mí, ¡oh, fugitivos! Y sin embargo no huisteis de mí ni yo de vosotros: ni vosotros ni yo somos culpables de nuestra infidelidad.

»Para matarme se os estranguló, ¡oh, pájaros canoros de mis esperanzas! Sí, contra vosotros, predilectos míos, disparó siempre sus flechas la maldad para herirme en el corazón.

»Y ¡me hirieron! Por haber sido siempre lo que más caro me era, mi posesión y el ser vuestro poseído, tuvisteis que morir jóvenes y demasiado pronto.

»Contra lo más vulnerable que poseía dispararon la flecha, y lo más vulnerable erais vosotros, cuya piel es tan suave como la del melocotón y todavía más que la sonrisa que muere de una mirada.

»A mis enemigos quiero hablarles de esta forma: ¿qué es el asesinato comparado con lo que me habéis hecho? El mal que me causasteis es mayor que un asesinato; me robasteis algo irreemplazable: ¡así os hablo, enemigos míos!

»Asesinasteis las visiones de mi juventud y mis más caros milagros. Me quitasteis mis compañeros de juego, los espíritus bienaventurados. Para venerar su memoria traigo esta corona y esta maldición.

»¡La maldición para vosotros, mis enemigos! Acortasteis mi eternidad como una voz que se quiebra en la noche helada. Sólo percibí como un destello de unos ojos divinos, sólo un brevísimo instante.

»En la hora favorable me dijo un día mi pureza: "Para mí todos los seres deben ser divinos". Entonces me asaltasteis con fantasmas impuros; ¡ay!, ¿adónde voló aquella hora favorable?

»"Todos los días deben serme sagrados", me decía un día la sabiduría de mi juventud: en verdad, palabras de una alegre sabiduría.

»Pero vosotros, mis enemigos, me robasteis mis noches para convertirlas en atormentados insomnios: ¡ay!, ¿adónde voló mi alegre sabiduría?

»Antes deseaba yo gratas auguraciones, pero vosotros hicisteis que un enorme y repugnante búho se interpusiera en mi camino. ¡Ay!, ¿adónde huyeron mis tiernos deseos?

»Un día hice voto de renunciar a todo lo que pudiera infundir asco, y vosotros transformasteis todo lo que a mí y a mi prójimo nos rodea en pústulas purulentas.

»¡Ay!, ¿adónde huyó el más noble de mis votos? Ciego recorrí un día senderos bienaventurados y arrojasteis inmundicias en el camino del ciego; y ahora tengo asco del camino del ciego.

»Y cuando realicé lo para mí más difícil, celebrando mi victoria sobre mí mismo, hicisteis que los que me amaban gritaran que entonces les hacía el mayor daño. En verdad siempre procedisteis así conmigo; acibarasteis mi mejor miel y el trabajo de mis mejores abejas.

»Hicisteis que los mendigos más insolentes invocasen mi caridad y que acudieran a solicitar mi compasión los más incurables desvergonzados. Y así heristeis mis virtudes en su fe.

»Y cuando ofrecí en holocausto lo más sagrado que tenía, se apresuró vuestra devoción a agregar sus dones más grasos: y en el vaho de vuestra grasa acabó por ahogarse lo más sagrado que yo tenía.

»Y cuando quise bailar como hasta entonces nunca había bailado, más allá de todos los cielos, me privasteis de mi cantor predilecto.

»Que empezó a cantar su más lúgubre y triste canción, que sonó en mis oídos como si procediera del cuerno más fúnebre.

»¡Cantor asesino, instrumento de la maldad, tú el más inocente! Ya estaba yo dispuesto a empezar la mejor de mis danzas cuando con tu canto diste muerte a mi éxtasis.

»Sólo bailando se me ocurren los símbolos de las cosas más grandiosas; pero ahora ha dejado de ser pronunciado mi más elevado símbolo, mudo en mis miembros.

»La más sublime esperanza se ha quedado muda y sin ser revelada, y todas las visiones y consuelos de mi juventud murieron.

»¿Cómo he podido soportarlo? ¿Cómo he podido sobreponerme y curar de tales heridas? ¿Cómo resucitó mi alma de entre estos sepulcros?

»Sí, en mí hay algo invulnerable, algo que no puede ser enterrado y que hace saltar las rocas; y eso es mi voluntad, que silenciosa e inmutable marcha a través de los tiempos.

»Llevada por mis pies quiere marchar a su paso mi vieja voluntad: su sentido tiene la dureza de un corazón y es invulnerable.

»Sólo soy invulnerable en el talón. Todavía subsistes igual a ti misma, mi pacientísima voluntad. Todavía sigues abriéndote paso entre todas las tumbas.

»En ti sigue viviendo todavía lo inacabado de mi juventud; y como vida y juventud te has sentado a esperar sobre las amarillas ruinas de los sepulcros.

»Sí, para mí eres todavía la destructora de todas las tumbas: ¡salve, voluntad mía! Y sólo donde hay tumbas es donde hay resurrecciones».

Así habló Zaratustra.

De la victoria sobre sí mismo

«"Voluntad de la verdad" llamáis, ¡oh, grandes sabios!, a lo que os impulsa y encela, como a los animales. Pero yo llamo "voluntad de imaginar todo lo que es" a vuestra voluntad.

»Empezáis por querer hacer imaginable todo lo que es: porque con justa desconfianza dudáis de si ya es imaginable.

»Pero queréis que todo lo que es se os someta y doblegue ante vuestra voluntad. Todo tiene que pulirse y someterse al espíritu, como su espejo e imagen reflejada.

»Toda vuestra voluntad, ¡oh, sabios entre los sabios!, es la voluntad de poder, hasta cuando habláis del bien y del mal y de la evaluación de valores.

»Queréis crear un mundo ante el cual podáis arrodillaros: ésta es vuestra última esperanza y vuestra embriaguez.

»Los llamados ignorantes, naturalmente el pueblo, son como un río sobre el cual navega incesantemente una pequeña embarcación en la que solemnes y enmascaradas están sentadas las evaluaciones de los valores.

»Lanzasteis vuestra voluntad y vuestros valores sobre el río del porvenir: una vieja voluntad de poder me revela lo que el pueblo cree del bien y del mal.

»Vosotros, sapientísimos sabios, fuisteis los que hicisteis embarcar en esta embarcación a semejantes viajeros, adornándolos con lujosas galas y dándoles nombres sonoros; sí, vosotros y vuestra voluntad dominadora.

»Y el río lleva ahora vuestra embarcación: tiene que llevarla.

»Y poco importa que la onda rota espumee y encolerizada se resista a la quilla.

»No está en el río vuestro peligro y el fin de vuestro bien y vuestro mal, ¡oh, sabios entre los sabios!, sino en aquella misma voluntad, la voluntad del poder, la innegable voluntad vital generadora.

»Pero para que comprendáis mis palabras del bien y del mal os diré mi palabra de la vida y de la costumbre de todo lo que tiene vida.

»He seguido a lo que vive persiguiéndolo por todos los caminos y senderos a fin de conocer sus costumbres.

»En un espejo de cien facetas recogí su mirada cuando su boca se cerraba a fin de que sus ojos me hablaran. Y sus ojos me hablaron.

»Pero en todas partes donde encontré seres vivientes escuché las palabras de la obediencia. Todo lo que tiene vida es obediente.

»La segunda cosa es ésta: se manda al que no sabe obedecerse a sí mismo. Es lo que acostumbran a hacer todos los seres vivientes.

»Y lo tercero que oí es lo siguiente: más difícil es mandar que obedecer. Porque el que manda tiene que soportar el peso de todos los que obedecen y fácilmente puede aplastarle esta carga algunas veces.

»En todo mando he visto siempre un peligro y una tentativa; el que manda arriesga siempre su vida.

»Y esto aunque se mande a sí mismo, porque en este caso tiene que expiar su autoridad, ser juez, vengador y víctima de sus propias leyes.

»"¿Cómo puede ser esto?", me pregunté. ¿Qué es lo que convence al viviente a obedecer y mandar y a ser obediente aun cuando manda?

»Escuchad ahora mis palabras, ¡oh, sapientísimos sabios! Examinad detenidamente si he penetrado en el corazón de la vida llegando hasta las raíces de este corazón.

»Donde encontré algo que vivía encontré también la voluntad de poder, y hasta en la voluntad del que obedece encontré la voluntad de ser el que manda.

»Su voluntad convence al más débil de que tiene que servir al más fuerte, y su voluntad también quiere mandar al que todavía es aún más débil. Es el único goce del que no quiere verse privado.

»Y así como lo más pequeño se entrega a lo mayor, para que éste goce con él y le domine, también se entrega el mayor al más pequeño, y por el poder expone su vida.

»Ésta es la abnegación del mayor: que hay riesgos y peligros y que se juegue la vida a los dados.

»Y donde haya sacrificio, servicios prestados y miradas de amor, existirá también la voluntad de ser el amo. Por atajos tortuosos se introduce furtivamente el más débil en la fortaleza, y penetrando hasta el corazón del más poderoso le roba el poder.

»Y la misma vida me confió este secreto: "Mira —me dijo—, yo soy la que siempre ha de vencerse a sí misma".

»Si hay que decir la verdad, vosotros lo llamáis voluntad de crear o instinto del objetivo, de lo más sublime, de lo más lejano y de lo más múltiple; pero todo esto no es más que una sola cosa y un solo secreto.

»Prefiero desaparecer a tener que renunciar a esta cosa única; y verdaderamente donde hay perdición y caída de hojas es donde se sacrifica la vida por el poder.

»Que tenga yo que ser lucha, un porvenir y objetivo y contradicción de los objetivos: ¡ay!, el que adivine mi voluntad adivinará también seguramente por qué caminos tan tortuosos tiene que marchar.

»Sea la que se quiera la cosa que yo creo y por grande que sea el cariño que le profese, muy pronto he de ser su adversario y el de mi cariño: así lo quiere mi voluntad.

»Y tú también, buscador del conocimiento, no eres más que un sendero y las huellas de las pisadas de mi voluntad: en verdad, mi voluntad de poder marchar hacia la verdad siguiendo las huellas de tu voluntad de la verdad.

»No encontró ciertamente la verdad el que lanzó tras ella la palabra de "la voluntad de vida": porque no existe esta voluntad.

»Porque lo que no existe no puede querer; y lo que ya tiene existencia, ¿cómo podría querer tener todavía más existencia?

»¡Sólo donde hay vida hay también voluntad; pero no voluntad de vivir, sino —como yo lo enseño— voluntad de poder.

»"Muchas cosas hay que el que vive estima más que la misma vida; pero en estos mismos tesoros sale la voz de la voluntad de poder".

»Esto me dijo la vida un día; y esta enseñanza hace que os pueda descifrar también, ¡oh, ilustres sabios!, el enigma de vuestro corazón.

»En verdad os digo: un bien y un mal que sean imperecederos no los hay. Es preciso que el bien y el mal se venzan de nuevo por sí mismos.

»Ejercéis la fuerza valiéndoos de vuestros valores y palabras del bien y del mal, vosotros los peritos en la apreciación de los valores: y vuestra fuerza es vuestro amor oculto, el brillo, la emoción y el desbordamiento de vuestra alma.

»Pero de vuestros valores surgen una nueva fuerza y una nueva victoria sobre vosotros mismos, que rompe los huevos y sus cáscaras.

»El que tiende a ser creador en el bien como en el mal al principio tiene que ser forzosamente un destructor y romper valores.

»Así forma parte de la mayor bondad la mayor maldad; pero esta bondad es la creadora.

»Hablemos solamente de esto, ¡oh, grandes sabios!, aunque sea malo. Callar es peor; todas las verdades guardadas en silencio acaban por volverse venenosas.

»¡Y rómpase todo cuanto pueda romperse por vuestras verdades! Todavía quedan muchas viviendas por edificar».

Así habló Zaratustra.

De los sublimes

«Muy tranquilo está el fondo de mi mar: ¡quién podría adivinar que oculta chanceros monstruos! Innoble es mi profundidad; pero reluce de flotantes enigmas y de carcajadas. He visto hoy a un hombre sublime, un hombre solemne y penitente del espíritu: ¡cuánto se rio mi alma de su fealdad!

»Sacando el pecho y semejante a quienes aspiran con fuerza el aire, vi al hombre sublime, que callaba.

»Adornado de horribles verdades, su botín de caza, y de una riqueza de vestiduras desgarradas; muchas ramas espinosas colgaban de él; pero no vi ninguna cosa.

»Todavía no había aprendido a reír ni a conocer la belleza. Con aire sombrío volvía este cazador del bosque del conocimiento.

»Volvía de luchar con los animales feroces: pero su seriedad refleja todavía el aspecto de una fiera, de una fiera no vencida.

»Allí está todavía como un tigre preparado a saltar sobre su presa; pero esas almas en tensión como la suya no me agradan; mi gusto es contrario a sus reticencias.

»¿Y me decís, amigos, que sobre gustos no hay nada escrito? Pero toda la vida es una lucha por cuestión de gustos.

»El gusto es simultáneamente el peso, la balanza y el pesador; y ¡ay de todo ser viviente que quiera vivir sin luchar por el peso, la balanza y el pesador!

»Si se cansara de su sublimidad este sublime, sólo entonces empezaría su belleza; sólo entonces querré gustar de él y le encontraré gusto.

»Y sólo cuando se aparte de sí mismo podrá saltar por encima de su sombra y en verdad para saltar a su sol.

»Por haber estado sentado demasiado tiempo a la sombra palidecieron las mejillas del penitente del espíritu; y esperando casi se ha muerto de hambre.

»Todavía se ve el desprecio en sus ojos y el asco que se oculta tras sus labios. Ahora descansa, es cierto, pero en su descanso no se ha tendido todavía el Sol.

»Debería hacer lo que el buey, y su felicidad oler a tierra y no al desprecio de la tierra.

»Quisiera verle parecido a un buey blanco que bufa y muge delante del arado, y su mugido debería ensalzar todo lo que es terrestre.

»Su faz todavía está oscura; sobre ella juega la sombra de la mano. Todavía está en sombra su mirada.

»Su misma acción no es todavía más que una sombra sobre él: la mano oscurece al que obra. Todavía no se ha sobrepuesto a su acción.

»Mucho me gusta en él la cerviz del toro, pero ahora también me gustaría ver la mirada del ángel.

»Es preciso también que desaprenda su voluntad de héroe; quiero que sea un hombre elevado y no sólo un hombre sublime: el éter mismo debería levantar a este hombre abúlico.

»Ha vencido a monstruos y adivinado enigmas: pero debería salvar también a sus monstruos y resolver sus enigmas; debería convertirlos en criaturas celestiales.

»Su conocimiento no ha aprendido todavía a sonreír ni a tener celos; y el torrente de su pasión no se ha calmado todavía en la belleza.

»En verdad no es en la saciedad donde su deseo debe callar y sumirse, sino en la belleza. La gracia es una parte de la generosidad de los que tienen el pensamiento elevado.

»Con el brazo puesto sobre la cabeza debería descansar el héroe y así dominaría su reposo.

»Pero precisamente lo bello es para el héroe la más difícil de todas las cosas: a todos los de voluntad violenta les es imposible conquistar lo bello.

»Un poco más, un poco menos: precisamente aquí es mucho lo esencial.

»Permanecer con los músculos fatigados y la voluntad desatajada es para todos vosotros, los más sublimes, lo más difícil que hay.

»Cuando el poder se muestra generoso y desciende hasta lo visible, doy el nombre de belleza a tal condescendencia.

»De nadie exijo belleza, sino únicamente de ti, que eres poderoso: que tu bondad sea tu última victoria sobre ti mismo.

»Te creo capaz de todas las maldades; por ello exijo de ti el bien. En verdad me he reído con frecuencia de los débiles que se creen buenos porque tienen una pierna paralizada.

»Debes procurar ser como la virtud de la columna, que a medida que se eleva más y más se vuelve más esbelta y delicada, e interiormente más resistente.

»Sí, hombre sublime, un día llegará en que serás hermoso y presentarás el espejo a tu propia hermosura. Tu alma entonces se estremecerá de divinos deseos, y en tu vanidad habrá adoración.

»Porque éste es el secreto del alma: solamente cuando el alma se ve abandonada por el héroe se acerca a ella, a favor de ensueños, al superhéroe».

Así habló Zaratustra.

Del país de la civilización

«Volando llegué hasta muy lejos en lo por venir: un estremecimiento de horror recorrió mi cuerpo. Y cuando miré en derredor mío, vi que el tiempo era mi único contemporáneo.

»Entonces retrocedí en mi vuelo lo más aceleradamente que pude para volver a mi patria: así he llegado hasta vosotros, los hombres actuales, y al país de la civilización.

»Por primera vez os he mirado con los ojos que debía y con buenos deseos: en verdad, he venido con el corazón lleno de anhelos.

»Y ¿qué me sucedió? A pesar de mi angustia, ¡tuve que reírme! Nunca habían visto mis ojos nada tan abigarrado.

»Y me reía y reía mientras me temblaban las piernas y también el corazón: "¡Ésta es la patria de todos los pomos de colores!", dije.

»Con cincuenta chafarrinones en el rostro y los miembros, con gran asombro mío, os vi sentados, hombres actuales.

»Rodeados de cincuenta espejos que lisonjeaban y copiaban vuestro juego de colores. En verdad no pudisteis escoger una máscara mejor, hombres actuales, que vuestra propia cara. ¿Quién hubiera podido reconoceros?

»Pintarrajeados con los signos del pasado y embadurnados además estos signos con otros nuevos, os habéis sustraído muy bien a todos los astrólogos.

»Y aunque se supiera escrutar en las entrañas, ¿quién podrá creer todavía que tenéis entrañas? Parecéis hechos de colores cocidos en un horno y de papeles pegados.

»Todos los tiempos y pueblos miran embarullados a través de vuestros velos y todas las costumbres y creencias hablan embarulladas en vuestros gestos.

»Si alguno de vosotros prescindiera de sus velos, colores y gestos, conservaría únicamente lo indispensable para espantar con ello a los pájaros.

»En verdad soy yo el pájaro espantado que un día os vio en toda vuestra desnudez y sin colores; y hui volando cuando vi que aquel esqueleto me hacía señas amorosas.

»¡Porque preferiría ser jornalero en el infierno y entre las sombras del pasado! Los habitantes del infierno son más fuertes y consistentes que vosotros.

»Lo que amarga mis entrañas es que no puedo soportaros desnudos ni vestidos, ¡oh, hombres actuales!

»Todo lo vaporoso de lo por venir y lo que pudo asustar a los pájaros extraviados es en verdad más apacible y cordial que vuestra "realidad".

»Porque habláis así: "Somos por completo una realidad sin creencias y sin supersticiones", sacando el cuello y no el pecho, porque carecéis de él.

»Sí: ¿cómo podríais creer estando tan pintarrajeados? ¿Siendo como sois pinturas de todo lo que hasta ahora se ha creído?

»Sois refutaciones ambulantes de la fe misma y la ruptura de los miembros de todos los pensamientos. Indignos de ser creídos es como yo os llamo, hombres de la realidad.

»Todas las épocas charlan a la vez en vuestros espíritus unas contra otras, y todos los ensueños y habladurías de todas las épocas han sido más reales aún que vuestra razón despierta.

»Sois estériles: por esto carecéis de fe. Pero el que tuvo que crear poseía siempre sus ensueños y sus estrellas y tenía fe en la fe.

»Sois puertas entreabiertas en las que esperan los sepultureros. Ésta es vuestra realidad: "Todo merece desaparecer".

»Os veo ante mí, hombres estériles, ¡tan flacos que se os marcan todas las costillas! Y entre vosotros los hay indudablemente que se dan perfecta cuenta de ello.

»Y decían: "Tengo la seguridad de que mientras dormía me quitó algo un dios. Algo suficiente para hacer con ello una hembra".

»¡Qué prodigiosa es la pobreza de mis costillas! Así habló ya alguno de los hombres actuales. ¡Me hacéis reír, hombres actuales! Sobre todo cuando os admiráis de vosotros mismos.

»¡Pobre de mí, si no pudiera reírme de vuestro asombro y si tuviera que tragarme todo lo repugnante que contienen vuestras escudillas!

»Pero voy a tomaros a la ligera, puesto que tengo cargas pesadas que soportar; porque ¿qué puede importarme que algunos escarabajos o insectos alados se posen sobre mi carga?

»En verdad que no por esto aumentará su peso. No habéis de ser vosotros, hombres actuales, los causantes de mi cansancio.

»¿Hasta dónde tendré todavía que subir con mi deseo? Desde lo alto de todas las montañas miro para ver si descubro tierras natales.

»Mas no descubro ninguna patria; errante paso por todas las ciudades y siempre en espera de que se abran todas las puertas para irme.

»Los hombres actuales hacia quienes me empujaban los impulsos de mi corazón se han convertido para mí en unos extraños que excitan mis burlas; y me encuentro proscrito de todos los países y tierras natales.

»Ya no amo más que al país de mis hijos, el que todavía está por descubrir en lejanos mares: hacia él debe hinchar el viento la vela de mi embarcación.

»En mis hijos repararé mi falta de ser hijo de mis padres, y también este presente en todo el porvenir».

Así habló Zaratustra.

Del conocimiento puro

«Ayer, cuando salió la Luna me imaginé que iba a dar a luz un sol: tan grande era el tamaño con que se mostró en el horizonte.

»Pero su embarazo era una mentira; y mejor creería en el hombre en la Luna, que en la mujer.

»En verdad, ese hombre es muy poco hombre: es el tímido, noctámbulo que con una conciencia intranquila pasa por encima de los tejados.

»Porque es lujurioso y celoso el monje que hay en la Luna, codicioso de la Tierra y de todos los goces de los que aman.

»No; no me agrada ese gato sobre los tejados. Me son antipáticos todos los que rondan y espían cerca de las ventanas entreabiertas.

»Devoto y silencioso pasa sobre alfombras de estrellas: pero no me gustan los hombres que andan sin hacer ruido y a los que no les suenan las espuelas al caminar.

»Los pasos del hombre leal hablan, pero el gato camina sigilosamente, casi sin tocar el suelo. Mira: la Luna avanza como los gatos, deslealmente.

»Os doy esta parábola, sensibles hipócritas que buscáis el "puro conocimiento". A vosotros os llamo lascivos.

»Vosotros amáis también la Tierra y todo lo terreno: ¡os adiviné bien!; pero en vuestro amor hay vergüenza y mala conciencia; os parecéis a la Luna.

»Convencieron a vuestro espíritu de que despreciarais lo terrenal, pero no convencieron a vuestras entrañas; y éstas son lo más fuerte que hay en vosotros.

»Y ahora se avergüenza vuestro espíritu de tener que obedecer a vuestras entrañas, y para sustraerse a su propia vergüenza marcha por senderos escondidos y engañosos.

»"Para mí sería lo más sublime —se dice vuestro espíritu mentiroso— poder mirar la vida sin codicia alguna y no como los perros, con la lengua colgando".

»"Ser feliz en la contemplación, con la voluntad muerta, sin ansias ni codicias egoístas: frío y gris todo el cuerpo y con ojos embriagados de Luna".

»"Para mí sería lo mejor de todo —dice para engañarse el que ya ha sido engañado— el amar a la Tierra como la ama la Luna, y no tocar su belleza más que con los ojos".

»"Y a esto es lo que yo llamo el inmaculado conocimiento de todas las cosas, de cosas de las que nada quiero saber, sino poder estar echado delante de ellas como un espejo de cien ojos".

»¡Oh, sensibles y lascivos hipócritas! Os falta la inocencia en el deseo y por esto calumniáis el desear. En verdad, no amáis a la Tierra como los que crean y engendran gozosos de crear.

»¿Dónde hay inocencia? ¿Dónde existe la voluntad de engendrar? Y el que quiere crear más allá de sí mismo es en mi concepto quien tiene la voluntad más pura.

»¿Dónde hay belleza? Donde yo tenga que querer por fuerza con toda mi voluntad; donde quiera amar y desaparecer para que una imagen no sea solamente imagen.

»¡Amar y desaparecer! Esto se concilia desde eternidades. Voluntad de amar es también estar pronto a morir. ¡Esto os digo, cobardes!

»Pero vuestro mirar bizco y afeminado quiere ser "contemplativo". Y lo que se deja tocar con ojos amedrentados debe ser llamado "bello". ¡Cómo ensuciáis los nombres más bellos!

»Pero esto ha de ser vuestra maldición, hombres inmaculados, que buscáis el puro conocimiento, que jamás engendráis por mucho que os acostéis en el horizonte pesados y ensanchados.

»En verdad os llenáis la boca de nobles palabras: ¿y nosotros tenemos que creer que vuestro corazón se desborda, embusteros?

»Pero mis palabras son palabras insignificantes, despreciadas y torcidas: de buena gana recojo las sobras que caen de vuestra mesa en vuestros festines.

»Mas todavía me bastan para decir la verdad a los hipócritas. Sí, mis espinas, mis almejas y mis hojas espinosas de los acebos deben haceros cosquillas en las narices, hipócritas.

»El aire está viciado en derredor vuestro, y alrededor de vuestros banquetes flotan en el aire vuestros lascivos pensamientos, vuestras mentiras y vuestros fingimientos.

»Empezad por atreveros a creer en vosotros mismos, ¡en vosotros y en vuestras entrañas! Quien no cree en sí mismo miente siempre.

»Pusisteis ante vuestra faz la máscara de un dios, vosotros los "puros"; vuestro horrible gusano que se arrastra se ocultó tras la máscara de un dios.

»En verdad que engañáis, ¡oh, contemplativos! También fue víctima un día Zaratustra del engaño de vuestras pieles divinas y no adivinó que estaban rellenas de serpientes.

»En vuestros juegos creí ver que jugaba el alma de un dios, hombres que buscáis el puro conocimiento. Y no creía que hubiera arte que superara a vuestros artificios.

»La distancia que me separaba de vosotros no me dejaba percibir el hedor de las inmundicias de las serpientes ni ver cómo allí una lagartija daba vueltas lascivamente en derredor vuestro.

»Pero me acerqué a vosotros: entonces vino a mí el día y ahora va a vosotros; los amores de la Luna están declinando.

»¡Mirad hacia allí! Sorprendida y pálida está ante la aurora.

»Porque ésta llega ya ardiendo; su amor a la Tierra se acerca. Todo amor del Sol es inocencia y afán creador.

»¡Mirad con qué impaciencia avanza sobre el mar! ¿No percibís la sed y el hálito cálido de su amor?

»Quiere aspirar el mar y beber su profundidad desde las alturas donde está: y el deseo del mar se eleva hasta él con sus cien pechos.

»El mar quiere ser besado y aspirado por la sed del Sol; quiere convertirse en aire, altura y sendero de luz y hasta en luz misma.

»En verdad, amo la vida y todos los mares profundos, lo mismo que los ama el Sol. Esto es para mí el conocimiento: ¡que todo lo que es profundo ascienda hasta mi altura!».

Así habló Zaratustra.

De los sabios

«Estando durmiendo se me acercó una oveja que se comió la guirnalda de hiedra que adornaba mi cabeza, y comiéndola dijo: "Zaratustra ha dejado de ser un sabio".

»Y se alejó tozuda y altiva. Un niño me lo refirió.

»Me agrada estar tendido en el suelo donde juegan los niños, al pie del resquebrajado muro, bajo los cardos y las encendidas amapolas.

»Todavía soy para los niños un sabio y también para los cardos y las encendidas amapolas. Aun en su maldad son inocentes.

»Pero para las ovejas ya no lo soy: así lo quiere mi destino; ¡bendita sea!

»Porque la verdad es que salí de casa de los sabios cerrando con fuerza la puerta tras de mí.

»Mi alma hambrienta estuvo demasiado tiempo sentada a la mesa; no estoy como ellos preparado para el conocimiento, como para cascar nueces.

»Amo la libertad y el aire que pasa sobre la tierra fresca; prefiero todavía dormir sobre pieles de buey que sobre los honores y dignidades de los sabios.

»Soy demasiado ardiente y mis propios pensamientos me queman tanto que a menudo me llega a faltar la respiración. Entonces tengo que salir al aire libre huyendo de todos los cuartos llenos de polvo.

»Pero ellos están sentados al fresco en la sombra: sólo quieren ser espectadores y se guardan muy bien de sentarse donde el Sol proyecta sus rayos sobre los escalones.

»Parecidos a los que en las calles se estacionan y con la boca abierta miran a cuantos pasan, esperan también con la boca abierta los pensamientos que otros han tenido.

»Si se los toca con las manos esparcen involuntariamente polvo en derredor suyo, como los sacos de harina; pero ¿quién podría adivinar que su polvo procede de los granos y de la alegría amarilla de los campos estivales?

»Cuando quieren mostrarse sabios me producen escalofríos sus pequeñas sentencias y verdades, en su sabiduría se percibe con frecuencia un olor como de cieno, y en verdad hasta me pareció también algunas veces oír croar en ella a las ranas.

»Son listos y tienen dedos muy ágiles; ¿qué puede mi simpleza comparada con su complejidad? Sus dedos saben perfectamente lo que es hilar, anudar y tejer, y así fabrican las medias del espíritu.

»Son buenos relojes de pared, pero hay que cuidar de darles bien cuerda. Entonces marcan la hora sin equivocarse y al mismo tiempo dejan oír un modesto ruido.

»Trabajan como molinos y apisonadoras: no hay más que echarles grano; saben molerlo perfectamente y convertirlo en finísima harina.

»Como buenos desconfiados que son, no pierden de vista sus dedos. Inventan pequeñas malicias y espían a los de ciencia defectuosa, y esperan con la paciencia de las arañas.

»Los he visto preparando precavidamente sus venenos; y siempre resguardando las manos tras guantes de cristal.

»También saben jugar con dados preparados y los vi jugar con tanto entusiasmo que sudaban.

»Nosotros no somos extraños los unos a los otros, y sus virtudes me desagradan mucho más que su falsedad y sus dados preparados.

»Cuando viví entre ellos viví encima de ellos; por eso me miraban con malos ojos.

»No quieren que se les diga que haya nadie que ande por encima de ellos; por esto han interpuesto maderas, tierra y basuras entre mis pies y sus cabezas.

»Así sofocaron el ruido de mis pasos y hasta ahora quienes menos me han oído han sido los más sabios.

»Entre ellos y yo colocaron todos los defectos y debilidades de los hombres: a esto llaman en sus casas el "piso falso".

»Mas a pesar de ello marcho con mis pensamientos por encima de sus cabezas; y si me propusiera marchar sobre mis propios defectos, así y todo seguiría estando encima de ellos y de sus cabezas.

»Porque los hombres no son iguales: así lo dice la justicia. Y ellos no pueden pretender querer lo que yo quiero».

Así habló Zaratustra.

De los poetas

«Desde que conozco mejor el cuerpo —dijo un día Zaratustra a uno de sus discípulos—, no es el espíritu para mí más que hasta cierto punto espíritu; y todo lo "imperecedero" sólo un símbolo».

«Ya te lo oí decir una vez —respondió el discípulo—, y entonces añadiste: "Pero los poetas mienten demasiado". ¿Por qué dijiste que los poetas mienten demasiado?».

«¿Por qué? —dijo Zaratustra—. ¿Preguntas por qué? No soy de aquéllos a quienes se les puede preguntar su porqué.

»¿Vivo acaso solo desde ayer? Hace ya mucho tiempo que he visto las razones de mis opiniones.

»¿No tendría que ser un barril de memoria para poder guardar conmigo todas mis razones?

»Bastante trabajo me cuesta conservar mis opiniones; muchos pájaros se escapan volando.

»Algunas veces se me ocurre encontrar en mi palomar una paloma extraña, que tiembla cuando quiero cogerla.

»Pero ¿qué fue lo que te dijo Zaratustra un día? ¿Que los poetas mienten demasiado? Pero Zaratustra también es un poeta.

»¿Crees que entonces te dijo la verdad? ¿Por qué lo crees?».

El discípulo respondió: «Creo en Zaratustra». Pero Zaratustra sacudió la cabeza y se sonrió. «La fe no me salva —dijo—, y menos aún la fe en mí mismo.

»Pero suponiendo que alguien dijera seriamente que los poetas mienten demasiado, tendría razón; mentimos demasiado.

»Sabemos también muy pocas cosas y somos malos aprendedores: por lo mismo tenemos que mentir.

»¿Quién de nosotros, poetas, no habrá falsificado su vino? Bastantes mejunjes venenosos se confeccionaron en nuestras bodegas, mucho verdaderamente indescriptible se hizo allí.

»Y precisamente porque sabemos poco es por lo que amamos con todo nuestro corazón a los pobres de espíritu, sobre todo cuando son mujeres jóvenes.

»Y hasta nos interesan mucho los cuentos que las viejas se refieren en sus tertulias nocturnas. A esto lo llamamos en nosotros mismos lo eterno femenino.

»Y como si hubiera un camino secreto que condujera al saber, camino que quedara cegado u obstruido para aquellos que aprenden algo, creemos en el pueblo y en su "sabiduría".

»Pero lo que creen todos los poetas es que él yace sobre la hierba o en una pendiente solitaria; afinando el oído, llega a saber algo de las cosas que ocurren entre el Cielo y la Tierra.

»Y si experimentan tiernas emociones se imaginan siempre los poetas que la Naturaleza misma se ha enamorado de ellos.

»Y que se desliza hasta sus oídos para susurrarles dulces secretos y amorosas lisonjas: y de ello presumen y se vanaglorian ante todos los mortales.

»¡Ay! Existen tantas cosas entre el Cielo y la Tierra que solamente sueñan los poetas.

»Y sobre todo sobre el Cielo, porque todos los dioses son símbolos y artificios de poetas.

»En verdad nos atraen siempre las regiones de las nubes; sobre éstas colocamos nuestros globos de abigarrados colores a los que damos el nombre de dioses y superhombres.

»Porque pesan muy poco para este género de asientos todos estos dioses y estos superhombres.

»¡Ah, qué harto y cansado estoy de todo lo que es insuficiencia y se empeña en ser un acontecimiento! ¡Ah, qué cansado estoy de los poetas!».

Cuando Zaratustra se calló, se enfadó con él su discípulo, pero nada dijo.

Y tampoco habló nada Zaratustra, cuyos ojos se habían dirigido hacia su interior como si miraran en apartadas lejanías. Por fin suspiró y respiró profundamente.

»Soy de ahora y de antes —dijo después—; pero en mí hay algo que es de mañana, de pasado mañana y del porvenir.

»Me cansé de los poetas, de los antiguos y de los modernos: para mí son todos superficiales y mares de poco fondo.

»No pensaron bastante en la profundidad; por esto no llegó su sentir hasta lo profundo.

»Un poco de voluptuosidad y un poco de aburrimiento: esto fue lo mejor que hubo en sus reflexiones.

»Los sonidos de sus arpas me parecen un ir y venir de fantasmas; ¡qué pueden conocer hasta ahora del ardor de los sonidos!

»Para mí no son además bastante limpios; enturbian todas las aguas para que parezcan profundas.

»Tienen sumo placer en pasar por conciliadores, pero para mí no son más que gentes de términos medios y de medias medidas, perturbadores y sucios.

»Bien eché mi red en sus mares queriendo pescar buenos peces, pero siempre recogí la cabeza de uno de los antiguos dioses.

»Así fue como el mar dio una piedra a un hambriento. Y ellos mismos puede que procedan del mar.

»Ciertamente se encuentran perlas en ellos y por esto se parecen aún más a duros crustáceos. Y en vez del alma encontré a menudo en ellos una viscosidad salada.

»Del mar tomaron su vanidad; ¿no es el mar acaso el pavo real más vanidoso de todos los pavos reales?

»Hasta delante del más horrible de los búfalos despliega el abanico de su cola sin cansarse nunca de mostrar sus encajes de plata y sedas.

»Ceñudo le contempla el búfalo; su alma está muy cerca de la arena, más aún de la espesura de la maleza, y todavía más de la ciénaga.

»¿Qué le importan a él la belleza, el mar y las galas del pavo real? Éste es el símbolo que ofrezco a los poetas.

»En verdad es su espíritu el pavo real de los pavos reales y un mar de vanidad.

»El espíritu del poeta quiere espectadores, aunque éstos sean búfalos.

»Pero yo me cansé de este espíritu, y preveo que él se cansará de sí mismo.

»Ya he visto transformados a los poetas y dirigiendo sus miradas contra sí mismos.

»He visto llegar penitentes del espíritu, nacidos entre los poetas mismos».

Así habló Zaratustra.

De los grandes acontecimientos

No lejos de las islas bienaventuradas de Zaratustra hay otra isla en la que constantemente echa humo un volcán; de dicha isla dicen las gentes, y principalmente las mujeres viejas, que es un macizo de piedra colocado delante de la puerta del Infierno y que el estrecho sendero que conduce al Averno tiene su entrada por el volcán.

Cuando Zaratustra residía en las islas bienaventuradas sucedió que un barco ancló delante de la isla sobre la que se eleva el humeante volcán; su tripulación bajó a tierra para cazar conejos. Hacia el mediodía, cuando el capitán y su gente se habían reunido de nuevo, vieron de repente aparecer en el aire a una persona que hacia ellos se dirigió al mismo tiempo que se oyó una voz que con toda claridad les dijo: «¡Ya es hora! ¡No se puede esperar más!». Cuando la figura del hombre que volaba estuvo muy cerca de ellos, antes de alejarse rápidamente como si fuera una sombra en dirección del volcán, reconocieron sumamente turbados que era Zaratustra; porque todos menos el capitán le habían ya visto, y le amaban como ama el pueblo, con una mezcla a partes iguales de cariño y de temor.

«¡Mirad! —exclamó el viejo timonel—, ¡Zaratustra marchándose al Infierno!».

Al mismo tiempo que estos marinos arribaban a la isla del fuego, corría por ella el rumor de que Zaratustra había desaparecido; y cuando se preguntaba a sus amigos que dónde se hallaba, contestaban que se había embarcado de noche sin querer decir adónde iba.

Se produjo cierta intranquilidad; tres días más tarde contribuyó a aumentarla la historia de los marineros; todo el pueblo decía que el Diablo se había llevado a Zaratustra. Sus discípulos se reían de tales dichos, y uno de ellos hasta dijo que más bien creía que Zaratustra sería quien se habría llevado al Diablo. Pero en el fondo de su alma estaban todos muy preocupados e inquietos; su alegría fue, por tanto, muy grande cuando al quinto día se les presentó Zaratustra.

He aquí la conversación que sostuvo Zaratustra sobre y con el perro de fuego:

«La Tierra —dijo— tiene una epidermis, y esta epidermis padece enfermedades, una de las cuales, por ejemplo, se llama "hombre".

»Otra de estas enfermedades es la denominada "perro de fuego", del cual han dicho tantas mentiras los hombres y también han dejado que se las digan.

»Para profundizar este secreto es por lo que he atravesado el mar: y he visto en verdad ¡la verdad desnuda!, desnuda desde los pies hasta el cuello.

»Ahora sé lo que quería averiguar del perro de fuego; y también sé lo que se refiere a todos los demonios alborotadores e inmundos, a los cuales no son sólo las viejas quienes los temen.

»"Sal de tu profundidad, perro de fuego —le grité—, y confiesa cuál es la profundidad de tu profundidad! ¿De dónde sacas todo lo que nos escupes?".

»"Bebes abundantemente en el mar: lo revela la sal de tu facundia. En verdad, para ser un perro de las profundidades buscas demasiado tus alimentos en la superficie".

»"En mi concepto, lo más que te concedo es ser el ventrículo de la Tierra; y siempre que he oído hablar a los demonios turbulentos e inmundos he encontrado que se te parecían en lo salados, embusteros y triviales".

»"Sois maestros rugiendo y oscureciendo la luz con cenizas; sois los mayores farsantes y aprendisteis hasta saciaros el arte de hacer hervir al cieno".

»"Donde se os encuentre se encontrará también, y muy cerca, cieno en abundancia y muchas sustancias esponjosas, apretadas y estrechas que quieren que se las ponga en libertad".

»"¡Libertad! Es vuestro rugido predilecto; pero me he olvidado ya de tener fe en los 'grandes acontecimientos', en cuanto en derredor de ellos oigo aullidos y rugidos y veo humaredas".

»"¡Créeme, demonio de los ruidos infernales! Los mayores acontecimientos no son nuestras horas más tumultuosas, sino las más silenciosas".

»"El Mundo no gira alrededor de los inventores de nuevos ruidos, sino alrededor de los inventores de nuevos valores, y gira silenciosamente".

»"¡Confiésalo! Cuando tus ruidos y tus humaredas cesaron, ¡qué poco resultado se encontraba de todo ello! ¡Qué importa que una ciudad se modifique y que una columna yazga sepultada en el cieno!".

»"Añado estas palabras para los destructores de estatuas. Seguramente no hay locura mayor que la de arrojar sal al mar y precipitar estatuas en el barro".

»"En el cieno de vuestro desprecio yacía la estatua; pero su ley quiere que del desprecio renazcan nueva vida y vivificadora belleza".

»"Con rasgos más divinos y una belleza seductora engendrada por el sufrimiento surge de nuevo, y, en verdad, os dará todavía las gracias por haberla derribado, ¡oh, destructores!".

»"Por esto aconsejo a todos los reyes e iglesias y a todo lo debilitado por los años y por la virtud: ¡dejaos derribar!, porque así volveréis a la vida y la virtud volverá a vosotros".

»Así hablé delante del perro de fuego, que me interrumpió gruñendo y preguntando: "¿Iglesia has dicho? ¿Qué es eso?".

»"La Iglesia —le respondí— es una especie de Estado y precisamente el más engañador. Pero calla, hipócrita perro de fuego, ¿por qué preguntas lo que nadie sabe tan bien como tú?".

»"Igual a ti es el Estado, perro hipócrita; lo mismo que tú habla con humo y rugidos, haciendo creer, igual a ti, que su palabra viene del vientre de las cosas".

»"Porque quiere que se le tenga por el animal más importante de la Tierra y toda la gente cree que efectivamente lo es".

»Al oírme se puso furioso el perro de fuego, como enloquecido. "¿Cómo? —exclamó—. ¿El animal más importante de la Tierra? ¿Y que la gente efectivamente lo cree?". Y de su gaznate salieron tanto humo y tantas voces horribles que creí que la rabia iba a ahogarlo.

»Por fin se tranquilizó y su hipo disminuyó; en cuanto le vi tranquilo le dije riéndome: "Te has enfurecido, perro de fuego; por consiguiente, tengo razón".

»"Y para tener aún más, escucha lo que voy a decirte de otro perro de fuego; éste habla verdaderamente desde el corazón de la Tierra".

»"Su aliento es de oro y una lluvia de oro, porque así lo quiere su corazón".

»"Después de esto, ¿qué son para él las cenizas, el humo y las calientes viscosidades?".

»"A su alrededor sólo hay risas sonoras que parecen nubes de colores; y es enemigo de tus gargarismos, salivazos y ruidos de tus intestinos estropeados".

»"Pero de donde extrae el oro y la risa es del corazón de la Tierra; porque es preciso que sepas que el corazón de la Tierra es de oro".

»Cuando el perro de fuego oyó estas palabras no quiso aguantar más el escucharme. Avergonzado escondió el rabo entre las piernas; desconcertado, dijo ¡guau, guau! y volvió a refugiarse en su caverna».

Así habló Zaratustra, pero sus discípulos apenas le prestaron atención porque ardían en deseos de oírle referir lo ocurrido con los marineros, los conejos y el hombre que voló.

«¿Qué debo pensar de eso? —dijo Zaratustra—. ¿Soy acaso un fantasma?

»Pero habrá sido mi sombra. ¿Habéis oído hablar ya del viajero y de su sombra?

»Una cosa es segura: que voy a tener que atarla más corta, porque de lo contrario acabará por acarrearme una mala reputación».

»De nuevo volvió Zaratustra a mover la cabeza desconcertado: «¿Qué debo pensar de esto? —repitió.

»¡Por qué exclamaría el fantasma: "¡Ya es hora! No se puede ya esperar más?".

»¿Qué será lo que no puede esperar más?».

Así habló Zaratustra.

El adivino

«... Y vi que una inmensa tristeza descendía sobre los hombres. Los mejores se cansaron de sus obras. Una doctrina comenzó a circular acompañada de una creencia: "¡Todo está vacío, todo es igual, todo fue!". Y de todas las colinas se oía resonar: "¡Todo está vacío, todo es igual, todo fue!".

»Hemos tenido, es cierto, nuestra cosecha, pero ¿por qué se pudrieron y ennegrecieron todos nuestros frutos? ¿Qué sería lo malo que dejaría caer la Luna durante la pasada noche?

»Inútil ha sido todo trabajo, nuestro vino se ha convertido en veneno y un mal ojo agostó nuestros campos y nuestros corazones.

»Todos nos secamos; si cayera fuego sobre nosotros nos desvaneceríamos en cenizas; sí, hasta hemos cansado al fuego.

»Para nosotros se han secado todas las fuentes y el mar se ha retirado. Todos los terrenos quieren resquebrajarse, pero los abismos no quieren tragarnos.

»¿Dónde se encontrará todavía un mar en que pudiéramos ahogarnos? Así resuena nuestra queja, que pasa por encima de los pantanos.

»En verdad estamos ya demasiado cansados para morirnos; continuaremos viviendo en cámaras sepulcrales».

Esto fue lo que Zaratustra oyó decir a un adivino: y su predicción le llegó al corazón y le trastornó... Triste y cansado erraba de un lado a otro asemejándose a aquéllos de quienes había hablado el présago.

«En verdad —dijo a sus discípulos—, falta muy poco para que descienda este largo crepúsculo. ¡Ay, cómo podré salvar de él mi luz llevándola más allá para que no se ahogue en esta tristeza? Tiene que ser la luz que alumbre mundos más alejados y disipe las tinieblas de las noches más lejanas».

Preocupado su corazón por estos pensamientos anduvo errante de un lado a otro Zaratustra, y durante tres días no ingirió un bocado de alimento ni sorbo de bebida alguna, perdió la tranquilidad, el reposo y la palabra. Mas al fin sucumbió a un profundo sueño, durante el cual sus discípulos velaron su descanso, esperando, preocupados, su despertar, para ver si volvería a hablar y estaría curado de su apesadumbrado estado moral.

He aquí el discurso que, con voz que parecía proceder de muy lejos, pronunció Zaratustra a sus discípulos al despertar de su largo sueño:

«Escuchad el ensueño que he soñado, amigos míos, y ayudadme a descifrar su significado.

»Para mí es todavía un enigma este ensueño; su sentido está oculto en él y velado, pero todavía no vuela libremente desplegadas las alas sobre él.

»He soñado que había renunciado a toda clase de vida, convirtiéndome en vigilante nocturno y guardián de las tumbas en la montaña solitaria sobre la que se yergue el castillo de la muerte.

»En aquella altura cuidaba de los ataúdes; las bóvedas sombrías estaban llenas de tales trofeos de victoria. A través de ataúdes de cristal me miraban las vidas vencidas.

»Allí respiraba el olor de eternidades convertidas en polvo que pasaban sobre mi alma cubierta también de polvo. ¿Quién habría podido librar allí a su alma de tal peso?

»La claridad de la medianoche me rodeaba, y a su lado, sentada en cuclillas, se hallaba la soledad; y mi tercer acompañante era un silencio de muerte entrecortado de estertores de agonía, el peor de mis amigos.

»Llevaba conmigo las llaves, las más oxidadas de todas las llaves, y con ellas sabía abrir las puertas que más chirriaban.

»Con un ruido rechinante y malo se propagaron por las interminables galerías los sonidos cuando se abrían las hojas de las puertas; el ave lanzaba desagradables graznidos porque no quería que la despertaran.

»Pero aún aumentaba el pavor y se oprimía más el corazón cuando volvía a callar y se restablecía el fúnebre silencio en el que completamente solo me quedaba yo sumido.

»Y así transcurría lentamente el tiempo, si es que todavía existía el tiempo, porque yo lo ignoraba. Pero finalmente sucedió lo que me despertó.

»Tres veces, y semejantes a truenos, sonaron fuertes golpes en la puerta, golpes que las bóvedas repercutieron tres veces, convirtiéndolos en aullidos; entonces me dirigí a la puerta.

»"¡Alpa! —grité—. ¿Quién trae sus cenizas a la montaña?".

»"¡Alpa, Alpa! ¿Quién trae sus cenizas a la montaña?".

»E introduje la llave en la cerradura, forcejeé para abrir la puerta y agoté mis esfuerzos, pero la puerta ni siquiera se entreabrió un dedo.

»Mas de repente separó con violencia sus hojas el huracán y con estridentes silbidos y gritos agudísimos que cortaban el aire, me arrojó un ataúd negro.

»Y silbando y aullando estalló el ataúd escupiéndome mil estrepitosas carcajadas al rostro.

»Y vi miles de muecas de niños, de ángeles, de lechuzas, locos y mariposas tan grandes como niños, que se reían burlándose de mí y silbándome.

»Aquello me asustó atrozmente y me derribó a tierra. Y grité despavorido como jamás en mi vida había gritado.

»Y mi mismo grito me despertó, y me hizo volver en mí».

Así refirió su sueño Zaratustra, callando después, porque todavía no había encontrado la interpretación de su ensueño. Pero su discípulo más amado se levantó de pronto, cogiole de la mano y le dijo:

«Tu vida misma es la que representa tu ensueño, Zaratustra.

»¿No eres tú mismo el viento de agudos silbidos que abre violentamente las puertas de los alcázares de la muerte?

»¿No eres tú mismo el ataúd lleno de abigarradas maldades y de angélicas muecas de la vida?

»En verdad, semejante a mil carcajadas infantiles va Zaratustra a todas las criptas funerarias, riéndose de todos los vigilantes y guardianes de las tumbas y de todos los que producen un ruido siniestro al agitar sus llaves oxidadas.

»Tu risa los espantará y derribará al suelo; su desmayo y su despertar les hará reconocer tu poder sobre ellos.

»Y aun cuando llegue el largo crepúsculo y la mortal fatiga, no desaparecerás de nuestro cielo, tú, el defensor de la vida.

»Nos harás ver nuevas estrellas y nuevas maravillas de la noche; en verdad tendiste sobre nosotros con tu risa un toldo multicolor.

»Desde ahora surgirán de los ataúdes alegres risas infantiles y un fuerte viento soplará siempre victorioso barriendo las fatigas morales; de esto eres garantía tú mismo, el testigo y el présago.

»En verdad soñaste a tus mismos enemigos; por esto fue tan penoso tu sueño.

»Pero cuando despertaste de ellos y volviste en ti deberían ellos haberse despertado y venido a ti».

Así habló el discípulo y todos los demás rodearon a Zaratustra, le cogieron de las manos y quisieron convencerle de que se levantara del lecho y desechara su tristeza y volviera a ellos. Pero Zaratustra, erguido el busto en el lecho, los miró de una manera extraña; semejante a uno que regresara de un largo viaje fue mirando uno a uno a sus discípulos examinando fijamente sus rostros sin reconocerlos todavía. Pero ellos le sacaron del lecho y le hicieron ponerse de pie e instantáneamente se transformaron sus ojos; comprendió todo lo que había sucedido, frotose la barba y dijo con voz potente: «¡Vamos!, todo tiene su tiempo; procurad ahora, discípulos míos, que nos sirvan pronto una buena comida. Así haré penitencia por mis malos ensueños.

»Que el intérprete de mi ensueño coma y beba a mi lado: y en verdad le mostraré un mar en el que podrá anegarse».

Así habló Zaratustra, que poco después miró durante un rato al discípulo que había dado la explicación de su ensueño, moviendo pensativo la cabeza.

De la redención

Al pasar un día Zaratustra por el puente grande le rodearon los lisiados y los mendigos, y un jorobado le habló de esta manera:

«¡Mira, Zaratustra! El pueblo se aprovecha también de tus doctrinas y comienza a tener fe en ti, pero para que tenga plena confianza es preciso todavía una cosa: que nos convenzas a los estropeados, de los que aquí se te presenta una bonita selección, una ocasión con más de un cabello que puedes atrapar. Puedes curar a ciegos y hacer que corran paralíticos, y al que lleva detrás una carga harto pesada puedes aliviarle de un poco de peso: esto, me figuro, sería el modo de que los tullidos creyeran de verdad en Zaratustra».

Pero Zaratustra respondió lo siguiente al que así le había dirigido la palabra: «Si se quitara su joroba al jorobado, se le quitaría al mismo tiempo su espíritu, según enseña el pueblo. Y si al ciego se le concede el uso de sus ojos, verá cosas demasiado malas que abundan sobre la Tierra; y maldecirá al que le hubiera curado de su ceguera. Quien devuelve al paralítico el empleo de sus miembros le infiere el mayor de los daños, porque apenas empieza a correr corren con él los vicios, adueñándose de él: esto es lo que el pueblo enseña acerca de los estropeados. Y ¿por qué no ha de aprender Zaratustra del pueblo de igual modo que el pueblo aprende de Zaratustra?

»Desde que habito entre los hombres lo menos que he oído decir ha sido esto: "A éste le falta un ojo, a aquél una oreja, al otro una pierna, y hay otros que no tienen lengua, nariz y ni siquiera cabeza".

»Vi y veo cosas peores, algunas tan repugnantes que no quisiera hablar de alguna de ellas en particular, ni callar todas; sobre todo lo referente a hombres a quienes falta todo, excepto algo que les sobre por tenerlo demasiado; hombres que no son más que enormes ojos, o una enorme boca, o una ventruda panza, o no importa qué, muy grande, a los que yo denomino estropeados al revés.

»Cuando al volver de mi soledad pasé por vez primera por este puente no me atrevía a dar crédito a mis ojos, miraba en todas direcciones y acabé por decirme: "Esto es una oreja, ¡una oreja tan grande como un hombre!". Miré todavía con mayor atención, y, efectivamente, debajo de la oreja se movía algo tan pequeño y tan débil que inspiraba profunda compasión. En verdad, aquella oreja se encontraba sobre una varilla extremadamente delgada, y dicha varilla ¡era un hombre! Mirando a través de una lente de aumento hasta se hubieran podido distinguir una carita en la que se leía la envidia, y hasta un alma muy pequeña, hinchada, que se balanceaba en el extremo de la varilla. Y el pueblo me dijo que aquella oreja tan grande no sólo era un hombre, sino un hombre muy grande, un genio. Pero yo nunca he creído al pueblo cuando habla de grandes hombres, y conservé mi creencia de que se trataba de un estropeado al revés, que tenía de todo demasiado poco y en cambio demasiado de una cosa».

Cuando Zaratustra hubo dicho todo esto al jorobado y a aquéllos cuya voz llevaba y cuyo abogado era, volviose (profundamente disgustado) hacia sus discípulos y les dijo:

«En verdad, amigos míos, ando entre los hombres como entre pedazos de personas y miembros humanos.

»Lo que para mis ojos es lo más espantoso de todo, ver hombres destrozados y desparramados sus pedazos como sobre un campo de batalla.

»Y si mis miradas huyen del presente al pasado, encuentran siempre lo mismo: fragmentos de cuerpos, miembros y crueles casualidades, pero ningún hombre.

»El presente y el pasado en la Tierra, ¡ay, amigos míos!, son para mí las cosas más insoportables; y si no fuera yo un visionario de todo lo que fatalmente ha de ser, no podría vivir.

»Un vidente, un hombre dotado de voluntad, un creador, un porvenir mismo y al propio tiempo un puente que conduce al porvenir, y al mismo tiempo, ¡ay!, semejante a un tullido en este mismo puente: todo esto es Zaratustra.

»Y vosotros también os preguntáis a menudo: "¿Quién es para nosotros Zaratustra? ¿Qué nombre le daremos?". Y como yo mismo hago, os contestasteis con preguntas.

»¿Es uno que promete o uno que cumple? ¿Un conquistador o un heredero? ¿Un otoño o una reja de arado? ¿Un médico o un convaleciente?

»¿Es un poeta o un amigo de la verdad? ¿Un libertador o un domador? ¿Un hombre bueno o un malvado?

»Ando entre los hombres como si fueran fragmentos del porvenir; del porvenir que veo.

»Y todo cuanto pienso y hago no es más que mi afán de reunir en uno los fragmentos, los enigmas y las crueles casualidades.

»¡Cómo podría soportar ser hombre si el hombre no fuera al mismo tiempo poeta, descifrador de enigmas y el redentor de la casualidad!

»Redimir a los que ya han sido y transformar todo "lo que fue" en "lo que yo hubiese querido que fuera", a eso es lo que únicamente llamaría yo redención.

»Voluntad: así es como yo llamo al libertador y mensajero de la alegría, como os he enseñado, amigos míos. Pero aprended también esto otro: la voluntad misma es todavía una prisionera.

»El querer liberta; pero ¿qué nombre tiene lo que mantiene encadenado al mismo libertador?

»"Fue": éste es el nombre del rechinar de dientes y de la más solitaria aflicción de la voluntad. Impotente ante todo lo que ha sido hecho, es la voluntad un malévolo espectador del pasado.

»La voluntad no puede querer obrar retrospectivamente; su más solitaria aflicción es no poder romper el tiempo y la codicia de éste.

»El querer liberta: ¿qué inventará la voluntad misma para poder librarse de su tristeza y burlarse de su prisión?

»Todo preso, ¡ay!, se convierte en un loco. La voluntad presa sólo se liberta por su locura.

»Lo que excita su rabia es que el tiempo no retroceda: "Lo que fue": éste es el nombre de la piedra que no puede remover.

»Y la rabia y el despecho la hacen mover y levantar piedras y vengarse de quien no se siente, como ella, lleno de rabia y despecho.

»De esta manera se convirtió en malvada la voluntad liberadora que por no poder volver atrás en su camino, toma venganza en todo lo susceptible de sufrir.

»Sí, esto sólo es la venganza misma: la repugnancia que siente la voluntad hacia el tiempo y su "fue".

»En verdad anida una gran demencia en vuestra voluntad y la maldición de todo lo que es humano es que esta demencia haya aprendido a tener espíritu.

»El espíritu de la venganza: ésta ha sido hasta ahora, amigos míos, la mejor reflexión de los hombres, y doquier hubo dolor debió haber siempre castigo.

»"Castigo" es el nombre que a sí misma se da la venganza: con una palabra que sólo es una mentira, simula tener una buena conciencia.

»Y como en todo el que quiere existe el sufrimiento de no poder volver hacia atrás, deberían ser la voluntad misma y hasta toda la vida un castigo.

»Y así se han acumulado nubes y más nubes sobre el espíritu hasta que finalmente predicó la locura: "¡Todo es fugaz y por esto digno de desaparecer!".

»"La justicia misma exige que el tiempo devore a sus hijos", predicó la locura.

»"Todas las cosas están ordenadas moralmente según el derecho y el castigo".

»¿Dónde, ¡ay!, se podrá encontrar la salvación del curso de las cosas y del castigo "existencia"? Así predicaba la locura.

»"¿Puede haber salvación si hay un derecho eterno?".

»¡Ay, no se puede levantar ni remover la piedra "fue"; eternos tienen que ser todos los castigos! Así predicaba la locura.

»"Ningún hecho puede ser anulado: ¿cómo, pues, podría ser destruido por el castigo? Esto es lo eterno del castigo 'existencia', que la existencia tenga que volver a ser eternamente acción y castigo".

»"A no ser que la voluntad se redima por sí misma finalmente y el querer se convierta en no querer... Pero vosotros, hermanos míos, conocéis ya esta fábula de la locura, fábulas de las que os aparté al enseñaros que 'la voluntad es creadora'".

»Todo "fue" no es más que un fragmento, un enigma y un cruel azar, mientras la voluntad no diga: "Pero así lo quise".

»Mientras la voluntad creadora no diga: "Pero así lo quiero. ¡Y así lo querré!". ¿Pero lo ha dicho ya? ¿Cuándo ha sido? ¿Se ha desenganchado ya la voluntad del carro de su propia locura?

»¿Va a ser la voluntad su propia libertadora y mensajera de alegrías? ¿Habrá desaprendido el espíritu de venganza y todos los rechinamientos de dientes?

»¿Y quién le ha enseñado a reconciliarse con el tiempo y lo que todavía es más que toda reconciliación? La voluntad que es la voluntad de poder ha de querer algo superior a toda reconciliación; pero ¿cómo ha de lograrlo? ¿Quién le enseñará todavía el querer hacia atrás?».

Al llegar a este pasaje de su discurso calló repentinamente Zaratustra, que pareció haberse asustado extraordinariamente. Su mirada despavorida se clavó en sus discípulos, y sus ojos atravesaron como agudas flechas sus pensamientos y sus segundas intenciones. Pero poco después volvió a reírse y dijo tranquilizado: «Es muy difícil vivir entre los hombres por lo difícil que es callarse. Sobre todo para uno que gusta de hablar».

Así habló Zaratustra. Pero el jorobado había escuchado la conversación ocultando el rostro entre las manos, mas cuando oyó reír a Zaratustra le miró con curiosidad y dijo lentamente:

«¿Por qué habla Zaratustra con nosotros de una manera tan diferente de la que emplea cuando habla con sus discípulos?».

Zaratustra contestó: «¿Qué hay en ello que pueda extrañar? Con los deformes no hay que emplear tantas formas».

«¡Bien! —dijo el jorobado—; aceptado que con los discípulos se puede charlar de otro modo".

»"Pero ¿por qué habla Zaratustra consigo mismo de manera muy distinta a la que emplea cuando habla con sus discípulos?"».

De la sabiduría de los hombres

«No es la altura lo terrible, sino la pendiente.

»La pendiente desde la cual la mirada se precipita en el vacío y las manos se extienden hacia el vértice. Allí es donde el vértigo de su doble voluntad se apodera del corazón.

»¿Adivináis, amigos míos, la doble voluntad de mi corazón?

»Mi peligro y mi pendiente son que mis miradas se precipitan hacia el vértice y que mis manos querrían agarrar y apoyarse en el vacío.

»¡Mi voluntad se agarra al hombre; con cadenas me aferro al hombre, porque me siento atraído por el superhombre; porque a él es adonde quiere ir mi otra voluntad.

»Por esto vivo como un ciego entre los hombres, como si no los conociera, para que mi mano no pierda del todo la fe en las cosas sólidas.

»¡No os conozco, hombres! Esto es la oscuridad y el consuelo que a menudo me envuelven. Delante del pórtico estoy sentado esperando a todos los truhanes y preguntando: ¿quién me quiere engañar?

»Ésta es mi primera muestra de sabiduría humana: dejarme engañar para no tener que cuidar de que no me engañen.

»Si yo tuviera que estar prevenido contra el hombre, ¿cómo podría ser el hombre un ancla para mi globo? Demasiado fácilmente me arrastraría a lo alto y a la lejanía.

»Mi destino me dice que prescinda de todo cuidado y que viva sin precauciones.

»Quien viviendo entre los hombres no quiera morirse de sed tiene que aprender a beber de todos los vasos; y quien viviendo entre los hombres quiera permanecer puro debe aprender a lavarse hasta con agua sucia.

»Para consolarme me he dicho a menudo: "¡No te amilanes, viejo corazón! Si una desgracia te resultó mal, disfruta de ella como de tu felicidad".

»Mi otra sabiduría humana es esta que vais a oír: trato con mayores consideraciones a los vanidosos que a los orgullosos.

»¿No es acaso una vanidad ofendida la madre de todas las tragedias? En cambio, de la herida que se infiere al orgullo nace algo mejor que él.

»Para que la vida resulte agradable a la vista, tiene que estar muy bien representada, y para esto hacen falta buenos actores.

»Todos los vanidosos me han resultado buenos actores, que representan sus papeles alegrándose de que se los mire; todo su espíritu está en esta voluntad.

»Ellos se representan y se inventan: cerca de ellos me complace ver la vida: así se cura la melancolía.

»Por esto trato con consideración a los vanidosos; porque son los médicos de mi melancolía y me aficionan al hombre como a una comedia.

»Y además: ¿quién echa de menos en el vanidoso toda la profundidad de su modestia? El vanidoso me es simpático y su modestia le hace acreedor a mi compasión.

»De vosotros quiere aprender a tener fe en sí mismo: vuestras miradas le sirven de alimento y en vuestras manos devora los elogios.

»Todavía cree en vuestras mentiras, cuando éstas les son favorables, porque en lo más profundo de su ser suspira su corazón: "¿Qué soy yo?".

»Y si la verdadera virtud es la que se ignora a sí misma, hay que convenir en que el vanidoso nada sabe de su modestia.

»Mi tercera sabiduría humana es no dejar que vuestra timidez me estropee la vista de los malos.

»Me considero dichoso al contemplar los prodigios que el Sol ardiente hace nacer: tigres, palmeras y serpientes de cascabel.

»También entre los hombres nacen bellos productos al ardor del Sol, y entre los malvados muchas maravillas.

»Lo mismo que vuestros más sabios no me lo parecieron tanto, encontré muy exagerada la reputación de la maldad de los hombres.

»Y a menudo pregunté moviendo la cabeza: ¿por qué seguís sonando, serpientes de cascabel?

»En verdad hay todavía un porvenir para el mal. Y el sur más caluroso no ha sido descubierto todavía para el hombre.

»A muchas cosas que sólo tienen doce pies de anchura y tres meses de longitud, las llama ahora las peores maldades: un día llegará en que vendrán al Mundo dragones mucho mayores.

»Porque para que al superhombre no le falte su dragón, el superdragón que sea digno de él, hace falta que muchos soles ardientes lleven su fuego a las selvas vírgenes.

»Antes será preciso que vuestros gatos monteses se conviertan en tigres y vuestros sapos venenosos en cocodrilos: porque el buen cazador debe encontrar una buena caza.

»Y en verdad, ¡oh, vosotros, los bondadosos y justos!, en vosotros hay muchas cosas que incitan a la risa, principalmente vuestro miedo a lo que hasta ahora ha sido denominado "Diablo".

»Vuestra alma es tal que os hace extraños a todo lo grande; tanto, que el superhombre os infundiría espanto, por su bondad.

»Y vosotros, los sabios y sapientísimos, huiríais del ardor del sol de la sabiduría, en el que el superhombre baña con delicias su desnudez.

»Vosotros, los hombres superiores que mis ojos encontraron, sabed que las dudas que en secreto me inspiráis y que me hacen ocultar mi risa son que adivino que tomaríais a mi superhombre por el Demonio.

»¡Ah, cómo me cansaron estos hombres superiores y mejores!: desde su "altura" sentí ansias infinitas de subir aún más alto, lejos de ellos, hacia el superhombre.

»Un escalofrío recorrió mi cuerpo cuando vi desnudos a los mejores de entre ellos; entonces me crecieron las alas para cernerme sobre lejanos porvenires.

»Sobre más lejanos porvenires en mediodías más meridionales que los que jamás pudo soñar un artista: allá muy lejos, donde los dioses se avergüenzan de todas las vestiduras.

»Pero a vosotros, mis prójimos y contemporáneos, quiero veros disfrazados y muy compuestos, vanidosos y dignos, a vosotros los "buenos y justos".

»Y disfrazado también sentarme entre vosotros para desconoceros y desconocerme: porque ésta es la última sabiduría humana».

Así habló Zaratustra.

La hora más tranquila

«¿Qué me ha sucedido, amigos míos? Me veis trastornado, perdido, obediente en contra de mi voluntad, dispuesto a irme, ¡ay!, muy lejos de vosotros.

»Sí: otra vez tiene Zaratustra que volver a su soledad, pero esta vez vuelve muy disgustado el oso a su caverna.

»¿Qué me ha sucedido? ¿Quién me manda partir? ¡Ay, mi encolerizada dueña lo quiere así y así me lo ha dicho! ¿Os he dicho ya cómo se llama?

»Anoche mismo me lo dijo mi hora más solitaria: éste es el nombre de mi terrible dueña.

»Y así sucedió, porque tengo que deciros todo a fin de que vuestro corazón no se endurezca contra el que precipitadamente emprende la partida.

»¿Conocéis el pavor del que se duerme? Se asusta de pies a cabeza porque siente que le falta el suelo y que el sueño empieza.

»Os digo esto como si fuese una parábola. Anoche, en la hora más silenciosa me faltó el suelo y comencé a soñar.

»Las agujas del reloj avanzaban y el reloj de mi vida respiró hondamente; jamás me había dado cuenta de un silencio semejante en derredor mío, tanto que el pavor se enseñoreó de mi corazón.

»Y oí la voz sin sonido del silencio que me dijo: "¿Lo sabes, Zaratustra?".

»Al percibir aquel susurro grité despavorido y la sangre huyó de mis mejillas: pero callé.

»Y el silencio volvió a decirme sin voz: "Lo sabes, Zaratustra, pero no lo dices".

»Y yo contesté por fin como si fuera un testarudo: "Sí lo sé, pero no lo quiero decir".

»Y el silencio sin voz siguió diciéndome: "¿No quieres, Zaratustra? ¿Dices la verdad? ¡No te escudes tras tu tozudez!".

»Y yo lloré y temblé como un niño cuando dije: "Yo quisiera, pero ¿cómo podría? Evítamelo, por favor, porque es superior a mis fuerzas".

»De nuevo volvió a hablarme el silencio: "¿Qué importas tú, Zaratustra? Di tu palabra y ¡rómpete!".

»Y yo respondí: "¿Ah, es mi palabra? ¿Quién soy yo? Espero a uno más digno que yo, que ni siquiera soy digno de romperme contra él".

»De nuevo volvió a hablarme el silencio: "¿Qué importas tú? Todavía no eres suficientemente modesto. La modestia tiene la más dura de las pieles".

»Y yo contesté: "¿Qué no ha soportado ya la piel de mi modestia? Habito al pie de mi altura. Nadie ha sabido decirme todavía qué altura tienen mis cumbres, pero conozco muy bien mis valles".

»El silencio sin voz siguió diciéndome: "Quien tiene que transportar montañas, oh, Zaratustra, transporta también valles y hondonadas".

»Y yo respondí: "Todavía no ha transportado mi palabra ninguna montaña ni lo que he hablado ha llegado a los hombres.

Sí, he ido en busca de los hombres, pero todavía no he llegado hasta ellos".

»De nuevo volvió a hablarme la voz sin voz: "¿Qué sabes tú de eso? El rocío cae sobre la hierba cuando el mayor silencio reina en la noche".

»Y yo contesté: "Se burlaron de mí cuando encontré mi propio camino y lo seguí; y en verdad, entonces me temblaron los pies".

»Y entonces me dijeron: "Te olvidaste del camino y ahora te olvidas de andar".

»Otra vez se dejó oír la voz sin voz: "¡Qué pueden importar sus burlas! Tú eres uno que ha desprendido el obedecer: ¡ahora tienes que mandar!".

»"¿No sabes quién es el que más falta hace a todos? El que ordena grandes cosas".

»"Llevar a cabo grandes acciones es difícil, pero aún lo es más ordenar grandes cosas".

»"Lo más imperdonable en ti es que posees el poder y no quieres reinar".

»Y yo repuse: "Para mandar me falta la voz del león".

»De nuevo oí susurrar junto a mis oídos: "Las palabras más silenciosas son las que originan las tempestades. Los pensamientos que vienen como traídos por patas de palomas dirigen el Mundo".

»"¡Oh, Zaratustra!, tienes que marchar como la sombra de lo que tiene que venir: así mandarás y avanzarás mandando".

»Y yo contesté: "Me avergüenzo".

»Y otra vez volví a oír a la sin voz: "Tienes que volver a ser niño y sin vergüenza".

»"Todavía existe en ti el orgullo de la juventud; mucho has tardado en ser joven: pero quien quiere volverse niño tiene que sobreponerse a su juventud".

»Reflexioné largo tiempo temblando; por fin dije lo que dije al principio: "No quiero". Sentí que se reían en derredor de mí. Una risa que me destrozó las entrañas y me desgarró el corazón.

»Y éstas fueron las últimas palabras de la hora más silenciosa: "Tus frutos están maduros, oh, Zaratustra, pero tú no estás maduro para tus frutos".

»"Por esto has de volver a tu soledad, donde tienes que madurar".

»De nuevo volví a escuchar las risas, que fueron alejándose; después cesé de oír y me sentí envuelto en un doble silencio. Yacía sobre el suelo y el sudor empapaba mis miembros.

»Ya habéis oído todo y sabéis por qué debo volver a mi soledad. Nada os he ocultado, amigos míos. También aprendisteis de mí quién es el más reservado de los hombres y quiere seguir siéndolo. ¡Ay, amigos míos! Todavía debería deciros y daros algo más. ¿Por qué no os lo doy? ¿Soy acaso avaro?».

Al acabar de hablar Zaratustra le dominó la fuerza del dolor de estar tan próxima la hora de decir adiós a sus amigos y se echó a llorar sin que nadie supiera consolarle. Por la noche partió solo abandonando a sus amigos.

Tercera parte

Cuando aspiráis a elevaros miráis hacia arriba, y yo miro hacia abajo, porque estoy en las alturas.
¿Quién de vosotros puede reír y estar al mismo tiempo en las alturas? Quien asciende a los montes más elevados se ríe de todas las tragedias representadas y vividas.
Así habló Zaratustra

El viajero

Era la medianoche cuando Zaratustra emprendió la marcha hacia la cresta de la isla, porque quería llegar por la mañana del próximo día y bastante temprano a la otra orilla, donde embarcaría. En aquella orilla había una buena rada, muy buscada por las embarcaciones extranjeras para anclar en ella. En estos barcos admitían a algunos de los habitantes de las islas bienaventuradas deseosos de cruzar el mar. Mientras ascendía a la montaña rememoraba Zaratustra los muchos viajes solitarios que desde su juventud había emprendido y cuantos montes, crestas y picos había escalado ya.

«Soy un caminante y un trepador de montañas, dijo a su corazón; no me placen las llanuras y me parece que no puedo permanecer largo tiempo sentado.

»Y sea el que sea mi destino y sean lo que fueren los acontecimientos que me esperan, siempre habrá en ellos una ascensión: al fin y al cabo no se vive uno más que a sí mismo.

»Ya pasó el tiempo en que todavía podía esperar los acontecimientos que pudiera brindarme la casualidad. ¿Qué podría ocurrirme en lo sucesivo que no me perteneciera ya?

»Mi propio yo no hace más que volver a mí; por fin están de vuelta todas las partes de él mismo largo tiempo dispersas en el extranjero entre todas las cosas y todas las casualidades.

»Además sé otra cosa: me hallo en este momento ante mi última cumbre y ante todo lo que más tiempo me ha sido ahorrado. Tengo que emprender, ¡ay de mí!, mi camino más difícil. Ya he empezado mi viaje más solitario.

»Pero quien es como yo no puede escapar a una hora semejante, a la hora que le dice: "¡Sólo ahora es cuando sigues el camino de la grandeza! Cumbres y abismos se han confundido en uno".

»"Sigues tu camino de la grandeza; lo que hasta ahora ha sido tu último peligro se ha convertido en tu último refugio".

»"Sigues tu camino de la grandeza; sírvate para alegrar tu ánimo el saber que tras de ti no quedará ningún camino".

»"Sigues tu camino de la grandeza, en el que nadie te seguirá sigilosamente. Tus mismos pasos han borrado el camino que dejabas atrás y sobre el que sigues está escrito: imposibilidad".

»"Y si en adelante te faltan escaleras, aprende a subir sobre tu propia cabeza; ¿de qué otra manera podrías seguir ascendiendo?".

»"¡Sobre tu propia cabeza y más allá todavía sobre tu propio corazón! Tu cosa más dulce tiene que convertirse en la más dura".

»"Quien se ha cuidado demasiado termina por contraer una enfermedad debida al exceso de cuidarse. ¡Bendito sea lo que endurece! No pondero el país donde corren la leche y la miel".

»"Para ver mucho hay que aprender a ver lejos de sí mismo; esta dureza es precisa a todos los que trepan a las montañas".

»"Pero si alguien en busca del conocimiento apela a la indiscreción de sus ojos, no verá en todas las cosas más que las ideas de su primer término".

»"Mas tú, Zaratustra, quisiste ver la razón y fondo de todas las cosas, y por esto tienes que pasar ahora sobre ti mismo para ascender muy alto, hasta un más allá tan alto que desde él veas tus estrellas a tus pies".

»Sí: verme yo mismo y también mis estrellas a mis pies: sólo esto sería para mí mi última cumbre, ¡la última cumbre que me quedaría por escalar!».

Así habló Zaratustra consigo mismo mientras subía consolando a su corazón con duras máximas, porque tenía más que nunca lacerado el corazón.

Y cuando llegó a la cresta del monte vio extendido ante él el otro mar; detúvose entonces y guardó silencio largo tiempo. Pero en aquella altura la noche era fría, clara y estrellada.

»Reconozco mi destino —dijo por fin tristemente—. ¡Sea! Estoy dispuesto. Mi última soledad acaba de empezar.

»¡Ah, mar negro y triste, a mis pies! ¡Ah, triste descontento nocturno! ¡Ah, destino, mar! ¡Hasta vosotros tengo que descender ahora!

»Ante mí se eleva la más alta de mis montañas y ante mi más largo viaje me encuentro: por esto tengo que descender a una profundidad mayor que la mayor altura a que jamás llegué.

»¡Más bajo en el dolor que jamás subí! ¡Hasta sus más negras hondas! Así lo exige mi destino: ¡sea!, estoy dispuesto.

»¿De dónde vienen las montañas más altas?, me pregunté un día, y supe que vienen del mar.

»Este testimonio está escrito en sus piedras y en las paredes de sus picos. Desde lo más profundo tiene que llegar lo más elevado a su cúspide».

Así habló Zaratustra en la cumbre del monte donde hacía frío; pero cuando llegó a la proximidad del mar y acabó por encontrarse solo entre los arrecifes, estaba fatigado del camino y más poseído de deseos que nunca.

«Todo duerme todavía —dijo—; hasta el mismo mar, cuyos ojos me miran extrañados y soñolientos.

»Pero siento que su respiración es cálida, y siento también que sueña, y soñando se agita sobre duras almohadas.

»¡Escucha, escucha! ¡Cómo le hacen gemir los malos recuerdos! ¿O serán acaso malos presagios? Comparto tu tristeza, monstruo oscuro, y por ti estoy descontento de mí mismo. ¡Ah, por qué no tendrá bastante fuerza mi mano! ¡De buena gana te libraría de malos sueños!».

Mientras así habló Zaratustra se rio de sí mismo con amargura y melancolía. «¿Qué es esto, Zaratustra? —dijo—, ¿quieres consolar al mar con canciones?

»¡Ah, loco Zaratustra, loco de amor y feliz confiado! Pero siempre fuiste así; siempre te acercaste con confianza a todo lo terrible.

»Querías acariciar a todos los monstruos. Te bastaba el hálito de una respiración caliente y un poco de piel suave en las piernas, y ya estabas dispuesto a amar y a atraer.

»El amor es el peligro del más solitario, el amor a todo lo que tiene vida. En verdad hay que reírse de mi locura y de mi modestia en el amor».

Así habló Zaratustra y por segunda vez se echó a reír; pero pensó en los amigos que había abandonado y como si sus pensamientos le hubieran hecho pecar contra ellos, le indignaron sus pensamientos.

Y él, que se reía, no tardó en llorar. Zaratustra lloró amargamente de cólera y de deseos.

De la visión y del enigma

I

Cuando los marineros se enteraron de que Zaratustra se hallaba a bordo —porque al mismo tiempo que él había embarcado un hombre de las islas bienaventuradas— se produjo entre ellos una expectante curiosidad. Pero Zaratustra guardó silencio durante dos días, frío y sordo de tristeza; tanto, que no contestaba a las miradas ni a las preguntas. Sin embargo, por la noche del segundo día volvieron a abrirse sus oídos, aunque siguió callando, porque en aquella embarcación se oían muchas cosas extrañas y peligrosas procedentes de lejos, que querían ir aún mucho más lejos. Pero Zaratustra era amigo de todos los que hacen largos viajes y no gustan de vivir alejados de los peligros. Y escuchando a los otros se le desató su propia lengua y rompió el hielo de su corazón, y empezó a hablar así:

«A vosotros, osados buscadores de aventuras, quienes quiera que seáis, a vosotros, que os embarcasteis con velas llenas de astucia para surcar los mares procelosos.

»A vosotros, embriagados de enigmas, enamorados del crepúsculo, cuyas almas se sienten atraídas por el sonido de las flautas a las vorágines engañadoras.

»Porque no queréis buscar a tientas, con manos tímidas, el hilo conductor, y siempre que podéis adivinar detestáis el deducir.

»A vosotros solamente os referiré el enigma que he visto, la visión del más solitario.

»Hace muy poco, con el rostro sombrío, marchaba en la pálida claridad cadavérica del crepúsculo duro, sombrío el rostro y apretados los labios. No era sólo un sol lo que para mí se había puesto.

»Un sendero que insolentemente ascendía entre piedras desprendidas de las alturas, un sendero malévolo y solitario, que no quería ya hierba ni maleza, un sendero de monte crujía bajo la provocación de mis pasos.

»Marchando en silencio sobre el estrépito burlón de los guijarros, machacando las piedras que le hacían resbalar, se esforzaban mis pasos al subir.

»Más alto: luchando contra el espíritu que le atraía hacia el abismo, el espíritu de la pesadez, mi demonio y enemigo mortal.

»Más alto: aunque estaba sentado sobre mí el espíritu de la pesadez, medio enano, medio topo, paralizado y paralizador, vertiendo gota a gota a través de mis oídos pensamientos de plomo en mi cerebro.

»"¡Oh, Zaratustra! —murmuró socarronamente, sílaba a sílaba en mis oídos—, tú, piedra de la sabiduría, tú mismo te lanzaste al aire, pero toda piedra arrojada tiene por fuerza que caer.

»"Condenada a ti mismo y a tu propia lapidación arrojaste muy lejos la piedra, pero recaerá sobre ti".

»Calló después el enano durante largo rato. Su silencio me agobió, porque cuando son dos así se está en verdad más solitario que cuando se está solo.

»Seguí subiendo y subiendo, soñando y pensando, pero todo me agobiaba. Me asemejaba a un enfermo al que fatiga la tortura de su mal y al que una terrible pesadilla despierta de su primer sueño.

»Mas en mí existe algo que denomino ánimo, que hasta ahora sofocó en mí todo descontento. Este ánimo me mandó detenerme y decir: "¡Enano! ¿Tú o yo?".

»Porque tenéis que saber que el ánimo es el mejor asesino, el ánimo que ataca; porque en todo ataque hay siempre su tambor batiente.

»Pero el hombre es el animal más animoso y por esto ha vencido a todos los animales. Al son del tambor batiente ha sobrellevado todos los dolores; pero el dolor humano es el dolor más profundo.

»El ánimo mata también al vértigo en el borde de los abismos. El ver ¿no es ya ver en lo profundo de los abismos?

»El ánimo es el mejor asesino; el ánimo mata también a la compasión. Y la piedad es el abismo más profundo: mientras más ve el hombre en lo hondo de la vida más ve también en lo profundo del sufrimiento.

»Pero el ánimo es el mejor asesino, el ánimo que ataca, que acabará por matar a la muerte, porque dice: "¿Era esto vida? Entonces ¡volvamos a empezar!".

»En tal máquina hay muchos tambores batientes. Quien no está sordo oiga».

II

«"¡Detente, enano! —dije—. ¿Yo o tú? Pero yo soy el más fuerte de los dos: no conoces mi pensamiento más profundo. ¡A ése no podrías llevarlo!".

»Entonces sucedió algo que me hizo sentirme muy ligero. El enano, el curioso, saltó de mis hombros al suelo y se sentó delante de mí sobre una piedra. Donde nos detuvimos había casualmente un pórtico.

»"¡Mira este pórtico, enano! —seguí diciendo—: tiene dos caras. Dos caminos confluyen aquí, dos caminos que nadie ha recorrido hasta el fin".

»"Esta larga calle que desciende se prolonga toda una eternidad, y esta otra larga que asciende es otra eternidad".

»"Estos caminos se contradicen y chocan precisamente sus cabezas: en este pórtico es donde se reúnen. En lo alto del pórtico está escrito su nombre: 'Instante'".

»"Pero si alguien siguiera uno de estos caminos yendo lejos, cada vez más lejos, ¿crees, enano, que estos caminos se contradirían?".

»"Todo lo que es recto miente —murmuró despectivamente el enano—. Toda verdad es curva. El tiempo mismo es un círculo".

»"¡Espíritu de la pesadez! —exclamé encolerizado—: no tomes la cosa tan a la ligera o te dejo donde estás, pata coja; no olvides que he sido yo quien te ha hecho llegar hasta estas alturas".

»"¡Piensa en este instante! —continué—; desde este pórtico del momento parte hacia atrás una larga calle eterna: detrás de nosotros queda una eternidad".

»"Todo lo que puede correr ¿no tiene que haber recorrido esta calle? Todo lo que puede suceder ¿no se habrá verificado, no habrá sido y pasado ya?".

»"Y si todo ha sido ya ¿qué piensas tú, enano, de este momento? Este mismo pórtico ¿no debe haber estado ya aquí otra vez?".

»"Y todas las cosas ¿no están ligadas unas a otras en tal forma que este instante no arrastre tras sí todo lo venidero? ¿Por consiguiente a sí mismo también?".

»"Porque todo lo que puede correr ¿no tiene que volver a recorrer todavía otra vez largo camino?".

»"Y esta calmosa araña que se arrastra a la luz de la Luna y este mismo claro de Luna, y tú y yo reunidos bajo este pórtico, ¿no es fuerza que todos hayamos estado ya aquí?".

»"Y que volvamos a recorrer de nuevo este otro camino que asciende ante nosotros, este largo y lúgubre camino. ¿No es preciso que eternamente volvamos?".

»Así hablé con voz cada vez más baja, porque mis propios pensamientos e intenciones me infundían miedo.

»De repente oí aullar cerca de nosotros a un perro.

»¿Había oído alguna vez aullar de tal manera a un perro? Mis pensamientos retrocedieron a pasados tiempos. ¡Sí! Cuando era niño, en los primeros años de mi infancia:

»Oí aullar a un perro. Y le vi también con el pelo erizado y el cuello estirado, mirando hacia lo alto, temblando, en la media noche más silenciosa, a esa hora en que también creen en fantasmas los perros:

»Y tuve lástima de él. La Luna acababa precisamente de mostrarse por encima de la casa en medio de un silencio de muerte y se detenía, tal un disco inflamado, sobre la techumbre plana, como sobre una propiedad ajena:

»Lo que asustó al perro; porque los perros creen en ladrones y fantasmas. Y cuando volví a oír aullar de aquel modo sentí de nuevo una gran compasión.

»¿Qué había del enano? ¿Qué del pórtico? ¿Qué de la araña y de todo a cuanto había oído murmurar? ¿Había soñado? ¿Estaba despierto? De pronto me encontré entre salvajes peñascos, solo y abandonado, a la luz de la solitaria Luna.

»Pero un hombre yacía sobre el suelo. Y ¡mirad! El perro que saltaba erizado el pelo y aullando —entonces me vio llegar— aulló más y gritó: ¿había yo oído gritar así alguna vez a un perro demandando auxilio?

»Y en verdad, jamás vi nada parecido a lo que vi entonces. Vi a un joven pastor que se retorcía en el suelo, falto de respiración y convulso, descompuesto el rostro: una serpiente negra y bastante gruesa pendía de su boca.

»¿Vi yo alguna vez tal expresión de asco y de pálido pavor en un rostro humano? Quizá estaba durmiendo tranquilamente cuando aquella serpiente penetró en sus fauces agarrándose fuertemente a ellas.

»Mi mano tiró de aquel animal, pero en vano; no conseguía hacer que se desprendiera. Algo entonces gritó en mí: "¡Muérdela, muérdela!".

»"¡Arráncale la cabeza!..., ¡muérdela!", gritaron en mí mi pavor, mi asco, mi compasión, todo mi bien y mi mal; todo ello gritó a la vez.

»¡Hombres valientes que me rodeáis, exploradores y aventureros y quienes con vosotros se embarcan en busca de ignotos mares! ¡Vosotros ansiosos de enigmas!

»¡Adivinad el enigma que vi entonces y explicadme la visión del más solitario! Porque fue una visión y una previsión; ¿símbolo de qué fue lo que entonces vi? Y ¿quién es el que todavía tiene que venir?

»¿Quién es el pastor en cuyas fauces se introdujo la serpiente? ¿Quién es el hombre cuyas fauces se verán atacadas por lo más negro y terrible?

»Pero el pastor empezó a morder como mis gritos le aconsejaban, y mordió de firme. Con fuerza escupió lejos la cabeza de la serpiente y de un salto se puso en pie.

»Ya no era pastor ni hombre: era un transfigurado, un ser que irradiaba luz y ¡se reía! Jamás en la Tierra oí reír a un hombre como él se reía.

»¡Ah, hermanos míos! Oí una risa que no era humana, y desde entonces me devora la sed y se ha adueñado de mí un deseo insaciable que nunca mitigaré.

»El ansia de aquella risa me roe el corazón; ¡cómo podría soportar ahora la muerte!».

Así habló Zaratustra.

De la dicha involuntaria

Lleno el corazón de tales enigmas y amarguras cruzaba el mar Zaratustra. Pero cuando se hubo alejado cuatro jornadas de las islas bienaventuradas y de sus amigos, no había dominado victoriosamente todavía todo su dolor, y firme, mostrábase afianzado sobre su destino. Y entonces habló así Zaratustra a su conciencia exuberante de alegría:

»De nuevo vuelvo a estar solo y solo quiero estar con el cielo claro y el mar libre; y de nuevo vuelve a rodearme la tarde.

»Por la tarde encontré por vez primera a mis amigos y también fue en la tarde de otro día cuando otra vez los encontré: precisamente en la hora en que toda luz se vuelve más tranquila.

»Porque la felicidad dispersa entre el cielo y la tierra, al reunirse, se busca un asilo en un alma luminosa; la felicidad ha hecho que toda luz se vuelva más tranquila.

»¡Oh, atardecer de mi vida! Un día descendió mi felicidad al valle buscándose un asilo y encontró estas almas francas y hospitalarias.

»¡Oh, atardecer de mi vida! ¡Qué no di yo por tener una sola cosa: esta plantación viviente de mis pensamientos y esta luz matinal de mi suprema esperanza!

»Un día buscó el creador compañeros e hijos de sus esperanzas, y sucedió que no los pudo encontrar; habría tenido que empezar por crearlos él mismo.

»Estoy, pues, en medio de mi obra yendo adonde están mis hijos y volviendo de su lado: por amor a sus hijos es preciso que Zaratustra se complete a sí mismo.

»Porque desde el fondo del corazón sólo se ama a sus hijos y a su obra; y donde hay un gran amor de sí mismo es señal de fecundidad: lo he observado.

»Todavía florecen mis hijos en su primera primavera, los unos cerca de los otros agitados simultáneamente por el viento: son los árboles de mi jardín y de mi mejor terreno.

»¡Es verdad! Donde tales árboles crecen, cerca unos de otros, hay islas bienaventuradas. Un día los trasplantaré y los colocaré aislados para que aprendan a conocer la soledad, el orgullo y la prudencia.

»Quiero que cada árbol mío se eleve junto al mar nudoso y torcido; pero, aunque duro, flexible, como un faro viviente de una vida invencible.

»Allá abajo, donde las tempestades se precipitan en el mar y las montañas aspiran el agua que calma su sed, estará de guardia día y noche cada uno de mis árboles haciendo examen de conciencia.

»Porque es preciso que sean reconocidos y aprobados a fin de que se sepa si descienden de mí y se me asemejan, y si son dueños de una intensa voluntad y callados aun hablando y cediendo de manera que al conceder reciba:

»Para ser un día mi compañero que cree y celebre con Zaratustra las fiestas: uno que inscriba mi voluntad sobre mis tablas para que se realicen por completo todas las cosas.

»Y por él y por sus semejantes es preciso que yo mismo me realice; por esto me sustraigo ahora a mi felicidad y me ofrezco a todos los infortunios por mi última prueba y mi último examen de conciencia.

»Y en verdad, ya era tiempo de que partiera; la sombra del caminante, el tiempo más largo y la hora más silenciosa, todos me decían: "¡Ya es hora!".

»El viento soplando a través del agujero de la cerradura me dijo: "¡Ven!". La puerta se abrió socarronamente diciéndome: "¡Vete!".

»Pero el amor a mis hijos me tenía encadenado; el ansia de amar me retenía con aquel lazo, el deseo de amar, para que fuese la presa de mis hijos y por ellos me perdiera.

»Desear, para mí, significa ya haberme perdido. "Os tengo, hijos míos". En esta posesión tiene que ser todo certeza y nada deseo.

»Pero el sol de mi amor me quemaba la cabeza; Zaratustra se cocía en su propio jugo; entonces pasaron volando sobre mí sombras y dudas.

»Deseaba ya el invierno y el frío: "¡Ojalá me hicieran tiritar el invierno y el frío y castañetear los dientes!", suspiraba, y entonces salieron de mí glaciales neblinas.

»Mi pasado rompió sus tumbas y muchos dolores enterrados vivos, que dormían ocultos entre los sudarios, se despertaron.

»Todo me decía por signos: "¡Ya es hora!". Pero yo no los oía, hasta que finalmente empezó a removerse mi abismo y mi pensamiento me mordió.

»¡Ay, pensamiento surgido de mi abismo, tú, que eres mi pensamiento! ¿Cuándo encontraré fuerzas bastantes para sin temblar oírte cavar?

»Siento en la garganta los latidos de mi corazón cuando te oigo cavar. Tú, que eres tan silencioso como mi abismo, tienes un silencio que me quiere estrangular.

»Nunca me atreví a llamarte para que subieras a la superficie; bastante tenía con llevarte conmigo. Todavía no he sido suficientemente fuerte para la última osadía del león ni para la última temeridad.

»Excesivamente terrible me ha parecido siempre tu pesadez: pero un día vendrá en que encontraré fuerzas en mí y la voz del león para hacerte subir a la superficie.

»Cuando haya vencido esto en mí, venceré una cosa todavía mucho mayor, y una victoria sellará mi perfección.

»Entretanto continúo errando sobre inseguros mares; la casualidad me adula con su lengua insinuante; miro hacia delante y hacia atrás, y todavía no veo el fin.

»Todavía no ha llegado la hora de mi última lucha, o ¿llegará en este momento? En verdad me están mirando con malévola belleza el mar y la vida que me rodean.

»¡Oh, atardecer de mi vida! ¡Oh, felicidad antes de la noche! ¡Oh, puesto en alta mar! ¡Oh, paz en la incertidumbre! ¡Cómo desconfío de todos vosotros!

»¡En verdad desconfío de vuestra malévola belleza! Me asemejo al enamorado que no se fía de una sonrisa demasiado aterciopelada.

»Como empuja delante de sí mismo con ternura, a pesar de su dureza, a su bien amada, el celoso, así voy empujando yo esta hora de bienaventuranza.

»¡Huye lejos de mí, hora de bienaventuranza! Contigo me vino una bienaventuranza indeseada.

»Aquí estoy dispuesto a mi más profundo dolor... ¡Has venido muy inoportunamente!

»¡Huye lejos de mí, hora de bienaventuranza! Mejor es que busques hospitalidad entre mis hijos.

»¡Apresúrate y bendíceles con mi felicidad antes de que llegue la noche!

»Ya se acerca la noche: el Sol está poniéndose. Mi felicidad ¡se ha ido!...

Así habló Zaratustra esperando toda la noche su infelicidad. Pero esperó en vano. La noche permaneció clara y silenciosa y la felicidad misma fue poco a poco aproximándose a él. Al amanecer se rio Zaratustra en su corazón y dijo irónicamente: «La felicidad me persigue. Esto me ocurre porque no persigo a las mujeres. Pero la felicidad es una mujer».

Antes de la salida del Sol

«¡Oh, cielo encima de mí, cielo claro y profundo! ¡Abismo luminoso! ¡Al contemplarte me hacen estremecer ansias divinas!

»Precipitarme en tu altura: es mi profundidad. Refugiarme en tu pureza: ésa es mi inocencia.

»El velo de su belleza envuelve al dios; así ocultas tú tus estrellas. No hablas y así me anuncias tu sabiduría.

»Silencioso sobre mares espumantes te has levantado hoy para mí; tu amor y tu pudor se revelan a mi alma espumante.

»Radiante de hermosura y envuelto en tu belleza has venido a mí; me hablas sin palabras; así te revela tu sabiduría.

»¡Oh!, ¿por qué no adiviné todos los pudores de tu alma? Antes que el Sol viniera a mí, has venido tú a mí, el solitario.

»Desde siempre somos amigos; tenemos las mismas tristezas, los mismos temores y la misma profundidad, y hasta el mismo Sol nos es común.

»No nos hablamos porque sabemos demasiadas cosas; callamos y sólo con sonrisas nos comunicamos lo que sabemos.

»¿No eres la luz emanada de mi hogar? ¿No eres el alma gemela de mi inteligencia?

»Juntos aprendimos todo y juntos hemos aprendido a elevarnos por encima de nosotros mismos hasta nosotros mismos y a sonreír sin nubes:

»Sin nubes sonriendo con ojos claros desde inmensas lejanías cuando a nuestros pies sirven, como la lluvia, las coacciones, los fines y las faltas.

»Y cuando yo marchaba solo, ¿de qué estaba hambrienta mi alma en mis correrías nocturnas por los senderos del error?

Y si trepaba a las montañas, ¿a quién sino a ti buscaba en las cumbres?

»Todos mis viajes y todas mis ascenciones ¿qué eran sino una necesidad y un recurso del poco hábil? Todo lo que ansía mi voluntad es únicamente poder volar hasta llegar a ti.

»Y ¿qué era lo que odiaba yo más que las nubes pasajeras y todo lo que empaña tu brillo? Hasta odiaba mi propio odio porque te empañaba.

»Siento aversión a las nubes que pasan, a estos gatos salvajes que se acercan sigilosamente y nos quitan a ti y a mí lo que poseemos en común: la inmensa e infinita afirmación de las cosas.

»A estos mediadores y mezcladores, las nubes que pasan, les tenemos aversión: a estos seres mixtos e indecisos que no han aprendido a bendecir ni a maldecir desde el fondo del corazón.

»Prefiero estar encerrado en un tonel sin ver el Sol, o hundirme en un abismo desde el que no se vea el Sol, antes que ver empañado tu brillo, cielo luminoso, por las nubes que pasan.

»Y a menudo he sentido deseos de sujetarlas con dorados alambres de rayos a fin de, semejante al trueno, tocar timbales sobre sus vientres de caldera:

»Un furioso timbaleo, porque me roban tu sí y tu amén, ¡cielo puro y luminoso! ¡Abismo de luz!, porque te roban mi sí y mi amén.

»Porque prefiero el ruido, el trueno y los estragos del mal tiempo a esta dudosa y circunspecta calma gatuna; y entre los hombres a quienes más detesto es a esos seres mixtos e indecisos que marchan sigilosamente y vacilando como las nubes pasajeras.

»Y "el que no sepa bendecir que aprenda a maldecir"; esta máxima tan precisa me cayó desde un cielo claro, esta estrella brilla en mi cielo aun en las noches más negras.

»Me he convertido en el que bendice y afirma, y por conseguir llegar a serlo luché largo tiempo; fui un luchador a fin de tener un día las manos libres para bendecir.

»Pero mi bendición es estar por encima de todas las cosas como su propio cielo, como su techo abovedado, su campana azul y su eterna paz; y bienaventurado es quien así bendice.

»Porque todas las cosas han sido bautizadas en la fuente de la eternidad; más allá del bien y del mal; pero el bien y el mal mismos no son más que sombras transitorias, húmedas aflicciones y nubes pasajeras.

»En verdad, lejos de blasfemar, pronuncio una bendición cuando os enseño que "sobre todas las cosas están el cielo casualidad, el cielo inocencia, el cielo aproximadamente y el cielo petulancia".

»"Por casualidad" es la nobleza más rancia del Mundo que ha devuelto a todas las cosas, libertándolas así de la servidumbre del objetivo.

»Semejante a una campana de azur he puesto sobre todas las cosas esta libertad y esta alegría celestes al enseñar que por encima de ellas y por ellas mismas ninguna "voluntad eterna" quiere afirmar su voluntad.

»Sustituía a esta voluntad con esta petulancia y esta locura cuando enseñé que "hay algo que siempre será imposible", ¡ser razonable!

»Sin embargo, un poco de razón, un grano de sabiduría dispersados de estrella a estrella, está mezclado como levadura a todas las cosas: y la locura es causa de que la sabiduría esté mezclada en todas las cosas.

»Un poco de sabiduría es posible; pero en todas las cosas he encontrado esta feliz certeza: que prefieren bailar con los pies de la casualidad.

»¡Oh, cielo sobre mi cabeza, cielo puro y elevado! Tu pureza para mí es debida a que no hay arañas ni telarañas eternas de la razón:

»Y a que eres su lugar de danzas para las divinas casualidades y una mesa divina para los dados y jugadores divinos.

»Pero ¿te ruborizas? ¿Dije algo que no pueda expresarse? ¿Te he maldecido acaso al querer bendecirte?

»O ¿enrojeces por avergonzarte de ser dos? ¿Me mandas retirarme en silencio porque va a despuntar la aurora?

»El Mundo es profundo, mucho más profundo de lo que el día jamás pudo imaginar. Pero ya despunta la aurora: ¡separémonos, pues! ¡Oh, cielo sobre mí, cielo pudoroso y ardiente! ¡Oh, felicidad mía que precede al orto del Sol! Ya despunta la aurora: ¡separémonos, pues!».

Así habló Zaratustra.

De la virtud que empequeñece

I

Cuando Zaratustra volvió a pisar tierra firme no se encaminó directamente a su montaña y a su cueva, sino que hizo muchas correrías informándose de esto y de aquello, diciendo de sí mismo bromeando: «He aquí un río que en sus recovecos se remonta a su fuente». Porque quería saber qué había sido entretanto del hombre, es decir, si durante su ausencia había crecido o se había vuelto más pequeño. Y un día vio una serie de cosas nuevas que le sorprendieron y le hicieron exclamar:

»¿Qué significan estas casas? No ha sido, en verdad, un alma superior quien las ha construido como símbolo de ella misma.

»¿Las habrá sacado de su caja de juguetes un niño tonto, a fin de que otro niño las vuelva a meter en su caja?

»Y estos cuartos y estas buhardillas, ¿pueden entrar y salir de ellos los hombres? Me parecen construidos para muñecas vestidas de seda o para gatos golosos que se dejan engolosinar».

Y Zaratustra se detuvo reflexionando hasta que entristecido dijo: «¡Todo se ha empequeñecido! Por doquier veo puertas más bajas; quien es de mi especie puede pasar todavía, pero bajando la cabeza.

»¡Oh, cuándo volveré de nuevo a mi patria, donde no estaré obligado a inclinarme, a inclinarme ante los pequeños!».

Y Zaratustra miró la lejanía y suspiró.

Pero el mismo día pronunció su discurso referente a la virtud que empequeñece.

II

«Paso por en medio de un pueblo teniendo muy cubiertos los ojos, porque no me perdonan no envidiar sus virtudes.

»Las gentes me ladran porque les digo: la gente pequeña necesita pequeñas virtudes, y porque me cuesta trabajo creer que la existencia de la gente pequeña es necesaria.

»Todavía me asemejo aquí a gallo en corral extraño, al que hasta las mismas gallinas persiguen a picotazos; pero no por esto miro con malos ojos a estas gallinas.

»Les guardo consideración como a todos los pequeños contratiempos: mostrarse espacioso a los pequeños me parece una sabiduría propia de erizos.

»Cuando por las noches se reúnen alrededor del fuego hablan todos de mí; sí, todos hablan de mí, pero ninguno piensa ¡en mí!

»Éste es el nuevo silencio que he aprendido a conocer: el ruido que hacen en derredor mío tiende un manto sobre mis pensamientos.

»Charlan unos con otros, preguntándose: "¿Qué quiere de nosotros esta nube negra? Procuremos que no nos traiga una epidemia".

»Un día quiso acercarse a mí un niño, pero su madre lo retiró violentamente y le retuvo entre sus brazos: "¡Alejad a los niños! —exclamó—; ojos como ésos queman las almas de los niños".

»Tosen cuando hablo, porque creen que la tos es un medio preventivo contra los vientos fuertes; no sospechan nada de la efervescencia de mi felicidad.

»"Todavía no tenemos tiempo para Zaratustra", objetan; pero ¿qué importa un tiempo que para Zaratustra "no tiene tiempo"?

»Y cuando me ensalzan, ¿cómo podría dormir sobre su gloria? Sus elogios me hacen el efecto de un cilicio que me pincha aun después de quitármelo.

»También aprendí entre ellos que el que alaba parece devolver lo que le han dado, cuando la verdad es que quiere le den aún más.

»Preguntad a mis pies si les gusta la manera que tienen de alabarme y atraerme. En verdad, no quieren bailar ni estar quietos al compás del son que les tocan.

»Quisieran alabarme y atraerme a su pequeña virtud y convencer a mis pies de que tienen que bailar al compás de su pequeña felicidad.

»Yo paso por en medio de este pueblo teniendo los ojos muy abiertos, que se han achicado mucho y cada vez se vuelven más pequeños: causa de ello es su doctrina de la felicidad y la virtud.

»Porque también tienen la modestia de su virtud, porque quieren comodidades. Pero sólo la virtud modesta se compagina con las comodidades.

»A su manera aprenden también a andar y a adelantarse; a esto lo llamo yo cojear. Por esto tropieza con todos los que tienen prisa.

»Muchos de ellos andan hacia delante, pero mirando hacia atrás, con el cuello estirado: de buena gana los derribaría al suelo.

»Los pies y los ojos no deben mentir sin desmentirse. Pero hay tantas mentiras entre la gente pequeña.

»Algunos de ellos quieren, pero la mayor parte son sólo "queridos". Algunos de ellos son sinceros, pero la mayoría malos comediantes.

»Entre ellos hay comediantes sin saberlo y comediantes sin quererlo: los sinceros son siempre raros, sobre todo los comediantes sinceros.

»Poca masculinidad hay aquí; por esto se hacen masculinas las mujeres, porque sólo el que es suficientemente hombre podrá redimir a la mujer de la mujer.

»La peor hipocresía que encontré entre ellos fue que los que mandan fingen tener también las virtudes de los que sirven.

»"Yo sirvo, tú sirves, nosotros servimos", dice en sus rezos la hipocresía de los que gobiernan, y, ¡ay!, sí, el primer señor no es más que el primer servidor.

»La curiosidad de mis ojos se extravió al mirar sus hipocresías y fácilmente adiviné su felicidad de moscas en sus zumbidos en los cristales de las ventanas que calienta el Sol.

»Veo tanta bondad como debilidad; tanta justicia y compasión como debilidad. Los unos para los otros son redondos, leales y bondadosos, como redondos, leales y bondadosos son los granos de arena para los granos de arena.

»Abrazar modestamente una pequeña felicidad es lo que ellos denominan "resignación", y al mismo tiempo miran sigilosamente buscando una nueva pequeña felicidad.

»En su simpleza sólo abrigan en el fondo un deseo: que nadie les haga daño. Así se adelantan a todos favoreciéndolos.

»Pero esto, aunque se llama "virtud", no es más que "cobardía".

»Y si se da el caso de que estas pequeñas gentes hablen con dureza sólo percibo su ronquera en su voz, porque la menor corriente de aire las enronquece.

»Son astutos, sus virtudes tienen dedos ágiles. Pero les faltan los puños y sus dedos no saben ocultarse detrás de los puños.

»La virtud es para ellos todo lo que amansa y hace ser modestos; así han hecho del lobo un perro y del hombre mismo el mejor animal doméstico del hombre.

»"Colocamos nuestra silla en medio —me dicen sus arrumacos— igualmente distanciada del gladiador moribundo que de las alegres cerdas".

»Pero esto es mediocridad, aunque se llame moderación».

III

«Paso por en medio de este pueblo dejando caer varias palabras; pero ellos no saben recoger ni retener.

»Se extrañan de que no haya venido a censurar los desenfrenos y los vicios, y, en verdad, no he venido tampoco a prevenirlos contra los rateros.

»Se extrañan también de que no haya venido a sutilizar y hacer más aguda su sabiduría; como si todavía no tuvieran de sobra sabios sutiles, cuya voz araña como los lápices de las pizarras.

»Y cuando les grito: "Maldecid a todos los cobardes demonios que están en vosotros y que de buena gana gemirían y juntarían las manos para adorar", gritan ellos: "Zaratustra es un impío".

»Y como sus maestros de resignación son los que gritan más fuerte, es a ellos a quienes me gusta gritar en el oído: "¡Sí! ¡Soy Zaratustra, el impío!".

»¡Estos maestros de resignación! Dondequiera que haya pequeñeces, enfermedades y tiña allí están ellos arrastrándose como piojos, y sólo el asco que me causan los libra de que los aplaste.

»¡Pues bien! Éste es el sermón que dedico a sus oídos: soy Zaratustra, el impío que os dice: "¿Quién me aventaja en impiedad para que me alegre de sus enseñanzas?".

»Soy Zaratustra el impío: ¿dónde encontraré a los que se me asemejan? Éstos son todos los que a sí mismos se dan su voluntad y se desembarazan de su resignación.

»Soy Zaratustra, el impío, y cueza en mi olla todo lo que es casualidad. Y sólo cuando la casualidad está cocida a punto le doy la bienvenida para hacer de ella mi alimento.

»Y en verdad, más de una casualidad vino a mí con arrogancia, queriendo imponérseme, pero mi voluntad le habló con aún más arrogancia y en seguida caía de rodillas ante mí suplicándome.

»Suplicándome que le concediera cordial hospitalidad, empleando para ello un lenguaje insinuante: "¡Mira, Zaratustra, sólo un amigo puede recurrir así a un amigo!".

»Pero ¿para qué hablo si nadie tiene mis oídos?

»Por esto voy a gritar a todos los vientos: ¡cada vez os empequeñecéis más, pequeñas gentes!

»Os desmigajáis, vosotros los amigos de vuestras comodidades. Acabaréis por perecer.

»A causa de vuestras tantas pequeñas virtudes, de vuestras pequeñas omisiones y de vuestra pequeña resignación.

»Ahorramos demasiadas molestias, cediendo demasiado: así habéis formado el terreno en que crecéis. Mas para que un árbol se haga grande es preciso que sus raíces se desarrollen entre duras rocas.

»Lo que omitís ayuda a tejer la tela del porvenir de toda la Humanidad; vuestra misma nada es una telaraña y una araña que se nutre de la sangre del porvenir.

»Y cuando tomáis es como si robarais, pequeños virtuosos; pero aun entre los perillanes habla el honor: "Sólo se debe robar cuando no se puede hurtar".

»"Esto se da": tal es también una doctrina de la resignación. Pero yo os digo a vosotros que gustáis de vuestras comodidades: esto se toma y esto tomará cada vez más de vosotros.

»¡Ah, ojalá desecharais lejos de vosotros todo este medio querer y os decidierais por la pereza como por la acción!

»¡Ojalá comprendierais mis palabras: "Haced siempre lo que queráis, pero empezad por ser de los que pueden querer"!

»¡Amad siempre a vuestro prójimo como a vosotros mismos, pero empezad por ser de los que se aman a sí mismos.

»Que aman con gran amor y aman con gran desprecio!

»Así habla Zaratustra el impío. Pero ¿para qué hablo donde nadie tiene oídos? Todavía es aquí una hora demasiado temprana para mí. Soy mi propio precursor entre este pueblo, mi propio canto del gallo en las calles oscuras.

»Pero su hora llega y también llega la mía. De hora en hora se empequeñecen más, se empobrecen y vuelven más estériles; ¡pobre hierba!, ¡pobre tierra!

»Pronto los veré como hierba seca, como una estepa, y ¡en verdad! cansados de ellos mismos y más que de agua sedientos de fuego.

»¡Oh, hora bendita del rayo! ¡Oh, misterio del mediodía! Un día haré de ellos torrentes de fuego y profetas con lenguas de llamas.

»Que anunciarán con lenguas de fuego: ¡ya viene, ya está cerca el gran mediodía».

Así habló Zaratustra.

En el monte de los olivos

«El invierno, un malévolo huésped, se ha acomodado en mi casa; su amistoso apretón de manos me ha dejado las manos amoratadas.

»Respeto a este malévolo visitante, pero me gusta dejarle solo. Huyo muy contento de él, y quien corre bien de él se escapa.

»Con los pies calientes y pensamientos también calientes corro adonde el viento permanece tranquilo, al rincón soleado de mi Monte de los Olivos.

»Allí me río de mi riguroso huésped y le agradezco que me coja las moscas en casa y acalle muchos y pequeños ruidos.

»No puede tolerar que zumben una mosca ni dos y hace que las calles estén tan solitarias que la luz de la Luna tiene miedo en ellas por la noche.

»Es un huésped duro, pero le guardo consideraciones y no dirijo mis oraciones al ventrudo dios del fuego como hacen los afeminados.

»Prefiero que los dientes me castañeteen de frío que adorar ídolos: tal es mi naturaleza. Especialmente detesto a todos los ardientes, humeantes y estadizos ídolos del fuego.

»Cuando amo a alguno le amo más en el invierno que en el verano; y me burlo mejor de mis enemigos y con más ánimos desde que el invierno se ha acomodado en mi casa.

»Y con más ánimos, ciertamente, cuando me acurruco en mi cama; mi recóndita felicidad se ríe entonces fanfarronamente, lo mismo que mis sueños engañadores.

»¿Arrastrarme yo? Jamás en la vida me he arrastrado ante los poderosos, y si alguna vez mentí fue por amor. Por esto estoy contento en mi lecho de invierno.

»Un lecho pequeño me calienta más que uno rico, porque estoy celoso de mi pobreza, que en invierno es cuando me es más fiel.

»Empiezo cada día cometiendo una maldad, me burlo del invierno con un baño helado, lo que hace refunfuñar a mi riguroso huésped.

»También me complazco en hacerle cosquillas con una velita para que permita que salga por fin el cielo del crepúsculo gris.

»Por la mañana sobre todo es cuando soy malo: en la hora temprana en que las cuerdas de los pozales hacen chirriar las poleas de los pozos y los caballos relinchan en las calles grises.

»Con impaciencia espero que el cielo se ilumine, el cielo invernal de nevadas barbas, el anciano de los cabellos de plata.

»El cielo invernal tan silencioso, que a menudo hasta hace callar a su sol.

»¿Habré aprendido de él mis claros y largos silencios? O ¿él los habrá aprendido de mí? O ¿los habremos inventado de él mismo cada uno de nosotros?

»Todas las cosas buenas tienen mil orígenes; todas las cosas buenas alocadas saltan de placer al entrever la existencia: ¿por qué no lo harán más que una sola vez?

»Una alocada cosa buena es también el largo silencio alocado, semejante a las miradas de unos ojos redondos de un cielo invernal:

»Que como él hacen callar a su sol y a su inflexible voluntad de sol; en verdad he aprendido bien este arte y estas locuras de invierno.

»Mi maldad predilecta y mi arte son haber logrado que mi silencio haya aprendido a no delatarse por el silencio.

»Haciendo ruido con las palabras y los dados engaño a los solemnes personajes que esperan: mi voluntad y mis fines tienen que escapar a su severa atención.

»Para que nadie pueda mirar en mi interior ni en mi última voluntad, inventé el largo silencio luminoso.

»He encontrado a muchos listos que ocultaban su rostro tras un velo y enturbiaban sus aguas para que nadie pudiera ver a través de ellas su profundidad.

»Pero a ellos acudían los astutos y desconfiados, amigos de las dificultades, y a ellos precisamente les pescaban sus peces más escondidos.

»Mas los que permanecen claros y valientes, los transparentes son los que callan más astutamente, porque su profundidad es tan grande que ni el agua más pura la delata.

»¡Tú, silencioso cielo de invierno de las barbas blancas, como la nieve y cabeza blanca de ojos claros que estás sobre mí! ¡Oh, símbolo divino de mi alma y de su picardía!

»¿No tendré que ocultarme como uno que hubiera tragado oro, para que no me abran el alma?

»¿No tendré que subir sobre zancos para que no se fijen en mis largas piernas todos estos tristes envidiosos que me rodean?

»¡Cómo podría sobrellevar la envidia de estas almas ahumadas, usadas, enmohecidas y agrias, mi felicidad!

»Por eso sólo les muestro el hielo y el invierno en mis cúspides, y no que mi montaña se ciñe todos los cinturones del Sol.

»Por esto sólo les dejo ver el silbar de mis tempestades en el invierno y no ver que paso también sobre cálidos mares, semejantes a los lánguidos, pesados y caliginosos vientos meridionales.

»Mis accidentes y casualidades; pero mi lema es: "Dejad a la casualidad que venga a mí, porque es inocente como un niño".

»¿Cómo podría soportar mi felicidad si yo no la envolviera en accidentes y miserias invernales, gorras de pieles y mantos de nieve?

»¿Si yo mismo no me apiadara de compasión: de la compasión de estos tristes envidiosos? ¿Si yo mismo no suspirara y de frío me castañetearan los dientes al dejarme abrigar en su compasión?

»La alocada sabiduría y benevolencia de mi alma es ésta: que no oculta su invierno ni sus vientos helados ni siquiera sus sabañones.

»Para unos significa la soledad la huida del enfermo y para otros el huir de éste.

»¡Que me oigan gemir, quejar y castañetear de frío los dientes en invierno todos estos pobres y sospechosos seres inútiles! ¡Gimiendo y suspirando de este modo huyo de sus calentadas viviendas!

»Que giman conmigo y me compadezcan por mis sabañones: "¡En el hielo de su conocimiento acabará por helarnos!", dicen al gemir.

»Entretanto y calientes los pies recorro de un lado a otro mi Monte de los Olivos, canto y me burlo de toda compasión».

Así habló Zaratustra.

Del pasar de largo

Pasando así a través de muchos pueblos y diversas ciudades y dando rodeos regresó Zaratustra a su caverna en la montaña. Y de paso y de improviso llegó también a la puerta de la gran ciudad, pero cuando fue a entrar le salió al encuentro un loco cubierto de espuma que con los brazos extendidos le impidió el paso. Era el mismo loco a quien el pueblo denominaba "el mono de Zaratustra", porque se había apropiado algunas maneras y de finales de frases de aquél, así como empleaba con gusto lo que podía del tesoro de su sabiduría. El loco habló a Zaratustra:

«¡Oh, Zaratustra! Ésta es la gran ciudad en la que no tienes nada que buscar y sí que perder todo.

»¿Por qué vienes a ensuciarte los pies en este fango? ¡Ten compasión de ellos! Mejor es que escupas a la puerta de la gran ciudad... y te vuelvas atrás.

»Esto es el infierno para los pensamientos solitarios. Aquí se unen vivos los grandes pensamientos hasta que se conviertan en papilla. Aquí se pudren todos los grandes sentimientos: aquí sólo se permite manifestarse a los sentimientos mezquinos y secos.

»¿No percibes ya el olor de los mataderos y figones del espíritu? ¿No está cubierta esta ciudad del vaho de los espíritus sacrificados en el matadero?

»¿No ves cómo cuelgan suspendidas las almas como si fueran blandos harapos sucios? ¡Y sin embargo se hacen periódicos con estos andrajos!

»¿No oyes cómo se convierte aquí el espíritu en un juego de palabras? ¡Juego de palabras que no es más que repugnantes equívocos o retruécanos! Y con estas aguas sucias de fregar es con lo que hacen periódicos.

»Se provocan unos a otros sin saber para qué. Se enardecen y no saben por qué. Hacen ruido con su hojalata y sonar su oro.

»Son fríos y buscan el calor en el aguardiente; están acalorados y buscan el fresco en los espíritus helados; todos están enfermizos y enfermos de las opiniones públicas.

»Todos los deseos y todos los vicios tienen aquí su domicilio; pero también hay virtuosos y muchas inteligentes virtudes que trabajan.

»Muchas virtudes de dedos que sostienen la pluma y traseros encallecidos a fuerza de esperar sentados en los redondeles de cuero, y con pechos adornados de pequeñas condecoraciones y padres de hijos disecados y sin nalgas.

»Hay aquí también mucha devoción, mucha servil adulación y mucho rebajamiento ante el Dios de los Ejércitos.

»Porque "de lo alto" llueven las condecoraciones y los elementos, estrellas que ornan los pechos: hacia lo alto se dirigen los deseos de todos los pechos desnudos de condecoraciones.

»La Luna tiene su corte y la corte sus satélites; y a todo lo que viene de la Luna, rinden culto el pueblo mendicante y todas las virtudes inteligentes.

»"Yo sirvo, tú sirves, él sirve", así dicen todas las virtudes al elevar sus súplicas al príncipe, a fin de que la condecoración merecida brille por fin sobre el raquítico pecho.

»Pero la Luna sigue girando todavía alrededor de todo lo terrestre y del mismo modo gira también el príncipe alrededor de todo lo más terrestre, que es el oro de los merceros.

»El Dios de los Ejércitos no es un dios de los lingotes de oro: el príncipe propone, pero el mercero dispone.

»Por todo lo que en ti es claridad, fuerza y bondad te conjuro, ¡oh, Zaratustra!, a que escupas sobre esta ciudad de los merceros y a que vuelvas atrás.

»La sangre que aquí circula por todas las arterias está viciada y corrompida y es espumosa: escupe sobre la gran ciudad, que es el gran vertedero donde fermentan todas las basuras.

»¡Escupe sobre la ciudad de las almas deprimidas y los pechos raquíticos, de los ojos envidiosos y de los dedos pagajosos; sobre la ciudad de los importunos, desvergonzados, escribidores, vocingleros y ambiciosos exasperados; en la que se reúne todo lo manido, mal reputado, lascivo, sombrío, corrompido, canceroso, conspirador; escupe sobre la gran ciudad y vuelve atrás!».

Al pronunciar estas palabras el loco, que echaba espumarajos por la boca, se la tapó Zaratustra para no dejarle continuar.

«¡Calla de una vez —exclamó Zaratustra—; tus palabras y tú mismo hace ya largo rato que me estáis dando asco!

»¿Por qué has estado viviendo tanto tiempo a orillas de la ciénaga, tanto que has acabado por convertirte en rana y sapo?

»¿No corre acaso por tus mismas venas una sangre corrompida y espumosa, sangre cenagosa que te ha hecho aprender a croar y blasfemar?

»¿Por qué no fuiste al bosque? ¿Por qué no cultivaste la tierra? ¿No está lleno el mar de islas verdes? Desprecio tu desprecio, y si me adviertes, ¿por qué no te advertiste a ti mismo? Del amor únicamente y no del pantano cenagoso han de proceder mi desprecio y el ave que advierta.

»Te llaman mi mono, loco espumante: pero yo te denomino mi cerdo gruñidor; tus gruñidos acabarán por estropearme mi panegírico de la locura.

»¿Qué fue lo primero que te incitó a gruñir? El que nadie te adulara bastante: por esto te instalaste al lado de estas basuras a fin de tener pretextos para gruñir; muchos pretextos para vengarte. Porque has de saber, loco vanidoso, que todo tu espumar no es más que venganza. ¡Te he adivinado bien!

»Pero tus palabras de loco me perjudican hasta cuando tienes razón. Y aun cuando las palabras de Zaratustra tuvieran cien veces razón, siempre me perjudicarías con mis palabras».

Así habló Zaratustra, que miró la gran ciudad, suspiró y calló largo rato. Por fin habló así:

«También a mí me asquea esta gran ciudad; no sólo de este loco siento asco. Ni aquí ni allá hay nada que mejorar, ni nada que empeorar.

»¡Ay de esta gran ciudad! ¡Quisiera ver ya la columna de fuego que la incendiará!

»Porque es preciso que columnas de fuego precedan al gran mediodía. Pero esto tiene señalado su tiempo y su propio destino.

»Al despedirme te doy, loco, como adiós, este consejo: cuando no se puede ya amar se debe... ¡pasar por delante!».

Así habló Zaratustra y pasó por delante del loco y de la ciudad.

De los apóstatas

I

¡Ay, ya está marchito y gris todo lo que ha poco verdecía y coloraba en esta pradera! ¡Cuánta miel de esperanzas llevé de aquí a mi colmena!

»Todos estos jóvenes corazones han envejecido ya, y ¡apenas son viejos! Solamente están cansados y son vulgares e indolentes; ellos lo explican diciendo: "Hemos vuelto a ser devotos".

»Hace muy poco tiempo todavía los vi marchando en hora muy temprana llevados por piernas valientes: pero sus piernas del conocimiento se cansaron y ahora hasta calumnian a su valentía matinal.

»En verdad vi a más de uno de ellos levantando las piernas como un bailarín; la risa le hacía señas a causa de mi sabiduría y reflexionó. Acabo de verle encorvado, arrastrándose hacia la cruz.

»Alrededor de la luz y de la libertad revoloteaban un día como las libélulas y los poetas jóvenes. Un poco más viejos, un poco más fríos, y ya están acomodados junto al fuego cavilosos y fatuos.

»¿Se les paralizaron acaso los latidos del corazón porque la soledad me tragó como pudiera haberlo hecho una ballena? ¿Aguzaron inútilmente sus oídos llenos del deseo de escuchar el toque de mis clarines y mis llamadas de heraldo?

»¡Ay! Siempre son pocos los que tienen un corazón largo tiempo animoso e impetuoso; y a este pequeño número se le conserva perseverante el espíritu. Todo lo demás es cobardía.

»Todo lo demás es siempre el mayor número, los vulgares, los superfluos y los demasiado. Todos éstos son cobardes.

»Quien se me asemeje hallará en su camino aventuras parecidas a las mías: sus primeros compañeros tendrán que ser por lo tanto cadáveres y payasos.

»Sus segundos compañeros se llamarán sus creyentes: un enjambre viviente, mucho amor, mucha locura, mucha veneración de imberbes.

»Quien se me asemeje (y viva entre los hombres) no deberá ligar su corazón a estos creyentes, ni el que conozca la cobarde y fugitiva especie humana creer en estas primaveras y praderas cubiertas de abigarradas flores.

»Si estos creyentes pudieran proceder de otra manera, querrían también de otro modo. Lo que sólo es a medias echa a perder el todo entero.

»Si las hojas se secan en los árboles, ¿por qué quejarse?

»¡Déjalos partir, deja que se caigan, oh, Zaratustra, y no lo sientas! Preferible es que soples entre ellos con la fuerza del viento.

»Sopla entre esas hojas, Zaratustra, para que todo lo agostado se aleje cuanto antes de ti.

II

«"Hemos vuelto a ser devotos", confiesan estos apóstatas, pero todavía hay muchos entre ellos demasiado cobardes para confesarlo.

»A ésos los miro en los ojos, y les digo en su cara y en lo sonrojado de sus mejillas: "Vosotros sois de esos que vuelven a rezar".

»¡Pero rezar es una vergüenza! No para todos, pero sí para ti y para mí y para todos los que albergan su conciencia en la cabeza. Para ti es una vergüenza rezar.

»Lo sabes muy bien: cobarde el demonio que reside en ti, gusta de las manos juntas y de los brazos cruzados y quisiera tener todavía una vida más cómoda; este cobarde demonio te dice: "¡Hay un Dios!".

»Con esto te sumas a los obscurantistas a quienes la luz nunca les deja reposo. Ahora te ves obligado a sumergir cada vez más tu cabeza en la noche y las tinieblas.

»En verdad supiste escoger tu hora, porque las aves nocturnas han reanudado su vuelo. La hora de los seres nocturnos ha llegado, la hora solemne del descanso en la que aquéllos no "descansan".

»Lo percibo por el oído y el olfato: ha llegado la hora de las cacerías y procesiones, no de las cacerías salvajes, sino de las cacerías apacibles de los que husmean en los rincones, de los que andan sin hacer más ruido que el murmurar de sus oraciones; de una cacería de espirituales hipócritas; todas las ratoneras de corazones están preparadas de nuevo. Y cuando levanto una cortina se apresura a salir volando una falena.

»¿Se habría refugiado allí con otra falena? Porque en todas partes percibo el olor de pequeñas comunidades ocultas; y donde hay escondrijos, hay nuevos santurrones que esparcen el tufo de los santurrones.

»Noches enteras permanecen juntos diciéndose: "Volvemos a ser como los niños pequeños y a invocar a Dios", aunque tengan la boca y el estómago estropeados por los devotos confiteros.

»O están tardes enteras mirando a una astuta araña en acecho que predica la sabiduría a las otras arañas enseñándoles que "Al pie de las cruces es donde conviene tejer su tela".

»O bien se dedican días enteros a pescar con caña al borde de los pantanos, imaginándose que eso es ser muy profundos; pero al que pesca donde no hay peces ni siquiera le considero superficial.

»O aprenden con alegre fervor a tocar el arpa en casa de un cancionero, que de buena gana se insinuaría con su arpa en el corazón de las mujercitas jóvenes, porque está cansado de las viejas y de sus aplausos.

»O aprenden a conocer el escalofrío del pavor en casa de un sabio medio chiflado que espera en cuartos oscuros que se aparezcan los espíritus, mientras su espíritu desaparece por completo.

»O bien escuchan a un viejo trapero vagabundo y músico ambulante que ha aprendido de la tristeza del viento el lamentarse de los sonidos; ahora silba según el viento y con tristes acentos predica la tristeza.

»Algunos de ellos hasta se han hecho serenos y ahora saben tocar el cuerno soplante, circular por la noche y despertar de su sueño a muchas cosas ha largo tiempo dormidas.

»Anoche, cuando pasé a lo largo del muro del jardín, oí cinco palabras referentes a estas cosas viejas: provenían de estos tristes y endebles vigilantes nocturnos.

»"Como padre, no se preocupa bastante de sus hijos: los padres humanos lo hacen mucho mejor". "¡Es demasiado viejo! Ya no se preocupa en absoluto de sus hijos", fue lo que le contestó el otro sereno.

»"Pero ¿tiene hijos? Nadie puede probarlo si él mismo no lo prueba. Hace ya mucho tiempo que quisiera que de una vez para siempre lo probara categóricamente".

»"¿Probar ése? ¡Como si hubiese probado algo en su vida! El probar le cuesta mucho trabajo; da mucha importancia a que se crea en él".

»"¡Sí, sí! La fe le salva, la fe en él mismo. Es la costumbre de los viejos. Lo mismo nos ocurre a nosotros".

»Así hablaron los dos vigilantes nocturnos enemigos de la luz y en seguida soplaron tristemente en sus cuernos: eso fue lo que pasó anoche a lo largo de los viejos muros del jardín.

»A mí se me retorció de risa el corazón, que quería partírseme sin saber cómo; tanta hilaridad lastimó al diafragma.

»En verdad será la causa de mi muerte la asfixia por risa, si veo alguna vez burros embriagados o escucho a los serenos dudar de Dios, como en este caso.

»¿No hace ya mucho tiempo que pasó el tiempo de semejantes dudas? ¿Quién puede tener derecho todavía a despertar de su sueño a tales cosas ha largo tiempo dormidas y enemigas de la luz?

»Hace ya mucho tiempo que se acabaron los antiguos dioses; y en verdad, ¡qué fin tan alegre y divino tuvieron!

»No hallaron la muerte en un ocaso —¡decirlo sería mentir!—; al contrario, se suicidaron a fuerza de ¡reírse!

»Esto ocurrió cuando un dios mismo pronunció las más impías de las palabras; las palabras: "¡No hay más que un Dios! ¡Junto a mí no adorarás a ningún otro dios!".

»Un viejo dios barbudo y envidioso se olvidó así.

»Y todos los dioses se rieron y gritaron vacilando en sus asientos: "¿No consiste precisamente la divinidad en que haya dioses y que, empero, no haya un Dios?".

»Quien tenga oídos, oiga».

Así habló Zaratustra a la ciudad que amaba y que se denomina la Vaca multicolor. Porque desde allí sólo le quedaban dos días de marcha para volver a su caverna y a sus animales, y su alma se regocijaba jubilosa al saber la proximidad del regreso.

El regreso a casa

«¡Oh, soledad! ¡Soledad, tú eres mi patria! Demasiado tiempo he vivido como un salvaje en salvajes países extraños para poder volver a ti sin lágrimas en los ojos.

»Amenázame, pues, con el dedo como amenazan las madres; sonríeme como sonríen las madres y dime: "¿Quién era aquel que un día huyó de mí como arrebatado por la furia de un huracán?".

»"Y que al partir exclamó: ¡tanto tiempo he estado acompañando a la soledad que he desaprendido el silencio! ¿Esto es, sin duda, lo que ahora has aprendido?".

»"Sé todo, Zaratustra, lo sé todo: y que tú, el único, estuviste mucho más abandonado que nunca lo estuviste a mi lado".

»"Una cosa es el abandono y otra la soledad. Esto es lo que ahora has aprendido. Y que entre muchos siempre te encontrarás salvaje y desconocido".

»"Salvaje y desconocido aunque te amen: porque ante todo quieren que se les considere".

»"Aquí, en cambio, estás en tu casa y en tu hogar; aquí puedes decir todo y desahogarte por completo; aquí nadie se avergüenza de los sentimientos ocultos más arraigados".

»"Aquí se acercan todas las cosas a tu palabra halagándote y prodigándote sus caricias, porque quieren cabalgar sobre tu espalda. Montado sobre todos los símbolos cabalgas hacia todas las verdades".

»"Con noble franqueza puedes hablar aquí a todas las cosas; y en verdad creen éstas que se las elogia cuando uno les habla con rectitud".

»"Pero el abandono es otra cosa, porque ¿lo recuerdas todavía, Zaratustra? Cuando tu pájaro comenzó a gritar en la altura sobre ti, estando tú indeciso en el bosque sin saber adonde ir, con un cadáver al lado".

»"Cuando dijiste: '¡Qué mis animales me guíen! Más peligros he corrido entre los hombres que entre los animales', era aquello abandono".

»"¿Te acuerdas todavía, Zaratustra? Cuando estuviste en tu isla, semejante a una fuente de vino entre cubas vacías, dando a los sedientos y prodigando sin cesar el repartir".

»"Hasta que finalmente te encontraste el solo sediento entre borrachos y de noche te lamentaste; ¿no hay más felicidad en el coger que en el dar? Y ¿no hay aún más felicidad en el robar que en el coger? ¡Aquello era abandono!".

»"¿Te acuerdas todavía, Zaratustra? Cuando llegó la hora más silenciosa, que te expulsó de ti mismo al decirte con malévolas reticencias al oído: '¡Habla y rompe!'".

»"Cuando te asqueó de tu espera y tu silencio y te desanimó de tu humilde ánimo: ¡aquello era abandono!". ¡Oh, soledad, soledad, patria mía! ¡Qué feliz y con qué ternura me habla tu voz!

»Nada nos preguntamos, no nos comunicamos quejas y abiertamente pasamos juntos por las puertas abiertas.

»Porque en tu hogar todo está abierto y claro y las horas corren aquí más ligeras. El tiempo en la oscuridad parece más difícil de soportar que en la luz.

»Aquí se me revela la esencia y la expresión de todo lo que es: todo lo existente quiere aquí ser expresado en palabras y todo lo que espera llegar a ser quiere aprender de mí a hablar.

»Pero allá abajo, todas las palabras son en vano. La mejor sabiduría es olvidar y pasar de largo: esto es lo que allí he aprendido.

»Quien quiera comprender todo en los hombres tendría que coger todo. Pero mis manos están demasiado limpias para ello.

»Ya me asquea el respirar su aliento; ¿por qué, ¡ay de mí!, he vivido tanto tiempo entre su ruido y su mal aliento?

»¡Oh, la bienaventurada soledad que me rodea! ¡Oh, puros olores que me envuelven! ¡Oh, silencio que me hace aspirar el aire a plenos pulmones! ¡Oh, cómo sabe escuchar este bienaventurado silencio!

»Pero allá abajo todo habla al son de campanas, ahogarán los merceros del mercado este sonido con el de sus monedas de cobre.

»En ellos habla todo y nadie sabe ya comprender. Todo cae en el agua; nada cae ya en fuentes profundas.

»En ellos habla todo, nada se lleva a efecto ni se termina. Todo cacarea; pero ¿quién quiere todavía permanecer en el nido incubando sus huevos?

»Todo habla en ellos, todo está diluido. Lo que ayer todavía era demasiado duro hasta para el tiempo mismo, sus dientes, cuelga hoy desgarrado y corroído de la boca de los hombres de hoy.

»En ellos habla todo y todo es divulgado. Lo que antes era llamado secreto y misterio de las almas profundas pertenece hoy a los trompeteros de las calles y otros alborotadores por el estilo.

»¡Oh, naturaleza humana tan extraña! ¡Ruido en las calles oscuras! Ya estás detrás de mí; mi mayor peligro ha quedado detrás de mí.

»Los miramientos y la compasión fueron siempre su mayor peligro, y todos los seres humanos quieren que se les guarden miramientos y se les compadezca.

»Reservando mis verdades, agitando las manos como un loco y con el corazón rico de pequeñas mentiras de la compasión he vivido siempre entre los hombres. Disfrazado estuve entre ellos pronto a desconocerme para poderlos soportar, complaciéndome en decirme para persuadirme: ¡qué loco estás que aún no conoces a los hombres!

»Se desprende lo que son los hombres cuando se vive entre ellos. Hay demasiados primeros planos en todos los hombres. ¿Qué pueden hacer, pues, en ellos las vistas lejanas y perspicaces?

»Y si me desconocían en mi locura tenían para ellos más consideraciones que para mí mismo, acostumbrado como estaba a ser duro para mí vengándome con frecuencia en mí mismo de estas consideraciones.

»Picado por moscas venenosas, y roído, como una piedra, por las numerosas gotas de maldad, me vi entre ellos diciéndome todavía: "Todo lo que es pequeño es inocente de su pequeñez".

»Entre los que se llaman "los buenos" fue donde encontré las moscas más venenosas; pican con toda inocencia y mienten con toda inocencia; ¿cómo, pues, podrían hacerme justicia?

»Al que vive entre los buenos la compasión le enseña a mentir. La piedad hace el aire pesado a todas las almas. Porque la estupidez de los buenos es insondable. Allá abajo aprendí a esconderme y a ocultar mi riqueza, porque encontré que todos eran todavía pobres de espíritu. La mentira de mi compasión fue saber en cada uno.

»Y ver y percibir en cada uno lo que para él era bastante espíritu y también lo que era demasiado espíritu.

»A sus rígidos sabios los he llamado sabios, pero no rígidos; así aprendí a tragarme las palabras. A sus sepultureros los he denominado sabios e investigadores: así aprendí a cambiar las palabras.

»Los sepultureros contraen enfermedades a fuerza de cavar fosas. Bajo los escombros duermen malsanas exhalaciones. No hay que remover los pantanos. Hay que vivir en las montañas.

»Con narices felices respiro de nuevo la libertad de las montañas; mi nariz se siente por fin libre del olor de todos los seres humanos.

»Cosquilleada por el aire vivo, como por vinos espumosos, estornuda mi alma, estornuda y se aclama a sí misma gritando: ¡a tu salud!».
Así habló Zaratustra.

De los tres males

I

«Soñando en mi último sueño de la montaña, me encontraba hoy en lo alto de un promontorio, más allá del Mundo, teniendo en la mano una balanza en la que pesaba al Mundo.

»¿Por qué llegó tan temprano la aurora despertándome envidiosa? Siempre tiene celos del ardor de mis sueños matinales.

»Mi ensueño encontró al Mundo mesurable para el que tiene tiempo, susceptible de ser pesado para un buen pesador, alcanzadizo para alas vigorosas, adivinable para los divinos aficionados a problemas.

»Mi ensueño, un intrépido velero, medio barco, medio ráfaga de viento, silencioso como las mariposas, impaciente como el halcón, ¿cómo podría haber tenido tiempo y paciencia para pesar al Mundo?

»¿Se habría hablado secretamente mi sabiduría, mi riente y despierta sabiduría del día, que se burla de todos los "mundos infinitos"? Porque dice: "Donde hay fuerza el número acaba por ser quien manda, porque es el que tiene más fuerza".

»Qué certero miró mi ensueño este Mundo finito, sin curiosidad ni indiscreción, ni temores ni súplicas.

»Como si una hermosa manzana se ofreciera a mi mano, una manzana dorada, de piel fresca y suave como el terciopelo: así se me ofreció el Mundo.

»Como si un árbol me hiciera señas, un árbol de largas ramas, de voluntad firme, curvado y retorcido para servir de apoyo y escabel al viajero fatigado: así estaba el Mundo sobre mi promontorio.

»Como si manos graciosas fueran a mi encuentro ofreciéndome una arqueta, una arqueta abierta para el encanto de unos ojos pudorosos y veneradores: así se me ofreció hoy el Mundo.

»No demasiado enigma para ahuyentar el amor de los hombres ni demasiado indescifrable para adormecer la sabiduría de los hombres; algo humanamente bueno fue hoy para mí el Mundo tan calumniado.

»¡Cuán reconocido estoy a mi sueño matinal por haberme permitido pesar el Mundo esta madrugada! Como algo humanamente bueno vino a mí este sueño consolador del corazón.

»Para que obre como él ahora que es de día y aprenda de él y me sirva de modelo lo mejor que tiene: ahora voy a poner en el platillo de la balanza los tres mayores males y a pesarlos humanamente bien.

»El que enseñó a bendecir enseñó también a maldecir: ¿cuáles son las tres cosas más malditas que hay en el Mundo? Éstas son las que quiero poner en el platillo de la balanza.

»La voluptuosidad, la sed de dominación, el egoísmo: estas tres cosas son las que hasta ahora más se han maldecido y calumniado; estas tres son las que quiero pesar humanamente bien.

»¡Pues bien! Aquí está mi promontorio y allá el mar que viene hacia mí rizado como el vellón de las ovejas, y acariciador; así viene a mí el mar, ese monstruoso perro viejo leal de cien cabezas al que tanto amo.

»¡Pues bien! Aquí es donde quiero sostener la balanza sobre el mar revuelto y escojo también un testigo para que lo presencie, y este testigo eres tú, árbol solitario; tú, cuya corona es frondosa y cuyo aroma es intenso, árbol amado.

»¿Por qué puente va el presente al porvenir? ¿Qué fuerza es la que constriñe a lo que está alto a inclinarse hacia lo que está bajo? Y ¿qué es lo que obliga también a lo más alto a seguir creciendo aún más?

»Ahora está la balanza en el fiel: de ella he echado tres preguntas de mucho peso, en un platillo; el otro soporta tres respuestas de mucho peso también».

II

«Voluptuosidad: aguijón y picota de todos los penitentes con cilicios que desprecian el cuerpo es el "Mundo", que maldicen todos los alucinados de un mundo que fue, porque se burla y zahiere a todos los herejes.

»Voluptuosidad: para la canalla, el fuego lento en que ésta es quemada; para la madera roída por la carcoma y para los andrajos mal olientes, el horno preparado para los ardientes vahos.

»Voluptuosidad: para los corazones libres algo inocente y libre, la felicidad del jardín de la tierra, la desbordante gratitud de lo futuro a lo presente.

»Voluptuosidad: para los marchitos únicamente un veneno dulzón, pero para los que tienen la voluntad de un león el mayor de los cordiales y el vino de los vinos religiosamente conservado.

»Voluptuosidad: la felicidad simbólica para la dicha y esperanza superiores. Porque hay muchos que tienen derecho al matrimonio y a más que el matrimonio.

»Hay muchas cosas que son más extrañas a sí mismas que el hombre lo es a la mujer; y ¿quién pudo llegar a comprender del todo lo extraño que uno a otra son el hombre y la mujer?

»¡Voluptuosidad!: mas quiero poner vallado alrededor de mis pensamientos y también alrededor de mis palabras, a fin de que no invadan mis jardines los cerdos y los exaltados.

»Sed de dominación: el látigo de fuego de los más duros de todos los duros de corazón, el pavoroso martirio que para el más cruel reserva la llama sombría de las hogueras vivientes.

»Sed de dominación: el pérfido freno puesto a los pueblos más vanos, la que se mofa de todas las virtudes inseguras, cabalgando sobre todos los orgullos.

»Sed de dominación: terremoto que rompe y deshace todo lo carcomido y hueco; la castigadora destructora de voz bronca de todos los sepulcros blanqueados; el fulgurante signo de interrogación que surge al lado de prematuras respuestas.

»Sed de dominación: ante cuya mirada se doblega y arrastra el hombre que la sirve rebajándose más que la serpiente y el cerdo, hasta que por fin le hace gritar el gran desprecio.

»Sed de dominación: el terrible maestro del gran desprecio, que predica a la faz de las ciudades y los Imperios: "¡Marchaos!", hasta que ellos mismos se gritan: "¡Marchémonos!".

»Sed de dominación: que insinuantemente se eleva hasta los puros y solitarios para atraerlos, que ardiente, como un amor que dibuja sobre el cielo purpurinas delicias atrayentes, asciende hasta las alturas de la satisfacción de sí mismo.

»Sed de dominación: ¿quién se atrevería a llamarla un deseo, cuando es en la profundidad donde la altura aspira al poderío? En verdad no hay nada calenturiento ni en tales deseos ni en tales descensos.

»Que a la solitaria altura no la satisfaga su eterna soledad; que la montaña descienda hasta el valle y los vientos de las alturas reinantes hasta las tierras bajas.

»¡Oh, quién encontrara el verdadero nombre para bautizar y ensalzar un deseo semejante! "La virtud que da", llamó un día Zaratustra a esto innombrable».

III

«Y entonces sucedió también —y en verdad por primera vez— que su palabra pronunció el elogio del egoísmo, del egoísmo sano y bueno, que brota del alma poderosa.

»Del alma poderosa a la que pertenece un cuerpo superior, hermoso, triunfador y reconfortante, a cuyo derredor todo se convierta en espejos.

»Un cuerpo flexible que convenza, el danzarín cuyo símbolo es la expresión de un alma jubilosa de sí misma. La alegría egoísta de tales cuerpos y tales almas se denomina a sí misma "virtud".

»Esta alegría egoísta se escuda a sí misma, como si se rodeara de un bosque sagrado, con lo que dice del bien y del mal: con los nombres de su felicidad ahuyenta de sí todo lo que es despreciable.

»Lejos de sí destierra todo lo que es cobardía; dice: malo es lo cobarde. Al que siempre es víctima de preocupaciones, suspira y se queja, lo juzga despreciable, lo mismo que al que recoge las más insignificantes ventajas.

»También le merece desdén toda lamentable sabiduría: porque verdaderamente existe una sabiduría que florece en las tinieblas, una sabiduría de sombras nocturnas, que suspira siempre: "¡Todo es vanidad!".

»Para ella ninguna estima merecen la tímida desconfianza y todo el que prefiera los juramentos a las miradas y a las manos que se tienden, y tampoco la sabiduría demasiado desconfiada, porque ésta es propia de almas cobardes.

»Aún más despreciable le parece el obsequioso que se arrastra por el suelo e inmediatamente se pone panza arriba, temeroso y humilde; y también hay una sabiduría que se humilla, arrastra y es devota y obsequiosa. Odio y hasta asco le inspira quien no quiere defenderse y traga salivazos venenosos y miradas malévolas, y el paciente demasiado paciente, que soporta todo y con todo se contenta, porque tiene hábitos lacayunos.

»Lo mismo le da que sea servil ante los dioses y los puntapiés divinos que ante los hombres y las estultas opiniones de los hombres, porque este bienaventurado egoísmo escupe en la faz a todo servilismo.

»Malo: así llama esta alegría egoísta a todo lo que a fuerza de doblegarse se ha quebrado, está roto y es propio de serviles lacayos; a lo que involuntariamente guiña los ojos y los baja humildemente; a los corazones oprimidos y a las criaturas falsas e indecisas, que con sus gruesos labios besan temerosas.

»Y falsa sabiduría: así llama a todos los alardes de espíritu e ingenio de criados, viejos y agotados, y sobre todo a la rebuscada y loca pedantería de los sacerdotes.

»Y sin embargo, ¡cuántas intrigas han armado siempre contra el egoísmo todos los sacerdotes, los cansados del Mundo y todos aquellos de alma parecida a la de la mujer y los lacayos!

»Y esto precisamente debía ser virtud y llamarse virtud a todo lo que conspira contra el egoísmo.

»Y "desinteresados" es lo que, armados de buenas razones, quieren ser todas estas arañas y cobardes hastiados del Mundo.

»Pero para todos ésos viene ya el día, en transformación, la espada justiciera, el gran mediodía, en el que muchas cosas serán reveladas.

»Y el que glorifique el Yo y santifique el egoísmo será en verdad un adivino que dirá lo que sabe: "Mirad, ya viene y se acerca el gran mediodía!".

El espíritu de la gravedad

I

«Mi boca es la boca del pueblo: hablo demasiado grosera y cordialmente para los elegantes. Pero aún más extrañas suenan mis palabras en los oídos de los plumistas y malos escritores.

»Mi mano es la mano de un loco: ¡desgraciadas todas las mesas y paredes y todo lo que puede dar lugar a los adornos y pintarrajos de un loco!

»Mis pies son unos cascos de caballo con los que troto y galopo por montes y valles y a campo traviesa y me siento contento, con el diablo en el cuerpo, en mis rápidas carreras.

»Mi estómago es quizá el estómago de un águila, porque prefiere a todo la carne de los corderinos. Pero desde luego es el estómago de un ave.

»Me complazco en estar alimentado frugalmente de cosas inocentes y dispuesto con impaciencia a emprender el vuelo: ¡cómo no he de tener en mi naturaleza algo de la del pájaro!

»Y, sobre todo, por sentirme hostil al espíritu de la pesantez, soy como los pájaros: y en verdad, ¡enemigo a muerte, enemigo jurado, enemigo nato! ¿Adónde no voló ya perdiéndose mi hostilidad?

»De esto podría yo cantar una canción, y quiero cantarla, aunque esté solo en una casa vacía sin más oyentes que mis propios oídos.

»Hay otros cantores, es cierto, que no tienen la garganta ágil, la mano elocuente, los ojos expresivos y el corazón despierto más que cuando la casa está llena: no me parezco a ésos.

II

«El que llegue a enseñar a volar a los hombres futuros habrá cambiado de sitio todos los hitos; por él volarán todos éstos por el aire; él bautizará de nuevo la tierra llamándola "la ligera".

»El avestruz aventaja en la carrera al caballo más rápido, pero también oculta pesadamente la cabeza en la tierra pesada: lo mismo que el hombre que todavía no sabe volar.

»La tierra y la vida le parecen pesados, porque así lo quiere el espíritu de la pesantez. Por esto quien quiera conseguir la ligereza de un pájaro tiene que amarse a sí mismo: así enseño yo.

»Pero no amarse con el amor de los enfermos y calenturientos, porque en éstos hasta el amor propio huele mal.

»Hay que aprender a amarse a sí mismo —como yo enseño— con un amor sano y fuerte, a fin de aprender a sobrellevarse a sí mismo y a no vagabundear.

»Este vagabundeo se ha bautizado a sí mismo denominándose "amor al prójimo"; y con este nombre de amor se ha mentido y fomentado la hipocresía del modo más eficaz, especialmente por aquéllos a quienes todo el mundo encuentra más pesados que a los demás.

»En verdad: aprender a amar no es un mandato para hoy y para mañana. Más bien es la más sutil, astuta, última y paciente de todas las artes.

»Para un poseedor toda su propiedad está bien oculta y de todos los tesoros escondidos es el propio el que tarda más en ser descubierto, porque así es la obra del espíritu de la pesantez.

»Todavía estamos en la cuna cuando se nos dota de palabras y valores pesados, con el "bien" y el "mal": así se llama este patrimonio, por el cual se nos perdona el vivir.

»Y además se deja que vengan a uno los niños para prohibirles con tiempo que se amen a sí mismos: así lo hace el espíritu de la pesantez.

»Y nosotros arrastramos fielmente sobre nuestros hombros por las áridas montañas la carga que se nos da. Y si el calor nos hace sudar nos decimos: "Sí; la vida es pesada de llevar".

»Pero es el hombre mismo el que es pesado de llevar. Porque arrastra sobre sus hombros demasiadas cosas extrañas. Semejante al camello, se arrodilla para que le carguen bien.

»Principalmente el hombre vigoroso y sufrido lleno de veneración carga sobre sus hombros demasiados valores extraños y pesados, y entonces la vida le parece un desierto.

»Y en verdad muchas cosas que os son propias son pesadas de llevar. Y mucho de lo interior del hombre se parece a la ostra en lo asqueroso, glutinoso y difícil de coger.

»Así es como una noble corteza con nobles adornos tiene que interceder por el resto. Pero este arte también tiene que ser aprendido: tener corteza, bello aspecto y sabia ceguedad.

»Muchas cosas engañan además en el hombre, porque hay muchas cortezas que son pobres y tristes y demasiado corteza. Muchas bondades y fuerzas ocultas no son nunca adivinadas: los manjares más delicados no encuentran sibaritas.

»Las mujeres más delicadas lo saben: un poco más gruesas, un poco más delgadas; ¡oh, cuánto destino hay en tan poca cosa!

»El hombre es difícil de descubrir y mucho más para él mismo: a menudo engaña el espíritu al tratar del alma. Así lo quiere el espíritu de la pesantez.

»El que se descubre a sí mismo es el que dice: "Esto es mi bien y esto mi mal", y con estas palabras ha hecho enmudecer al topo y al enano que dicen: "Bien para todos, mal para todos".

»En verdad, tampoco me gustan los que encuentran todo bien y que este Mundo es el mejor de los mundos. A éstos los llamo yo los satisfechos.

»Satisfacción que saborea todo con gusto no es el mejor gusto. Reconozco méritos a las lenguas caprichosas y a los estómagos difíciles de contentar, que han aprendido a decir: "Yo", "Sí" y "No".

»Pero mascar todo y digerirlo es propio de cerdos. Decir siempre "sí" es lo que únicamente aprenden los asnos y los que son de su especie.

»El amarillo muy fuerte y el rojo intenso son los que exige mi gusto, que mezcla sangre a todos los colores. Pero el que enjalbega su casa me revela un alma también blanqueada.

»Unos se enamoran de momias, otros de fantasmas y ambos son enemigos por igual de la carne y de la sangre. ¡Oh, cómo me repugnan todos! Porque lo que me gusta es la sangre.

»No quiero habitar donde todos escupen: éste es ahora mi gusto; antes preferiría vivir entre ladrones y perjuros. Nadie tiene oro en la boca.

»Pero los bajos adulares me causan todavía más asco; y el animal más repugnante que he encontrado entre los hombres es el que bauticé con el nombre de parásito, que no quería amar y sin embargo quería vivir el amor.

»Desventurados llamo yo a quienes sólo pueden elegir entre convertirse en fieras feroces o en feroces domadores de fieras: cerca de ellos no construiría yo mi choza.

»Desventurados denomino también a los que siempre están obligados a esperar; tampoco me agradan todos los portazgueros, tenderos y reyes y otros guardianes de países y tiendas.

»En verdad aprendí, y muy a fondo, a esperar, pero sólo a esperarme a mí. Y sobre todo aprendí a estar en pie, a andar, a correr, a trepar y a bailar.

»Porque mi doctrina es ésta: quien pretenda aprender a volar un día tiene antes que aprender a estar en pie, a andar, a correr, a trepar y a bailar, porque nadie vuela al primer intento.

»Con escalas de cuerdas aprendí a izarme a más de una ventana y con piernas ágiles subo a lo alto de mástiles: estar sentado en lo más alto de los mástiles del conocimiento me parece no sería pequeña felicidad.

»Arden como pequeñas llamas en mástiles elevados: una lucecita, es cierto, y sin embargo, ¡qué consuelo tan grande para barcos sin rumbo y para náufragos!

»Por muchos caminos y de muchas maneras he llegado a mi verdad: no fue por una sola escala por la que subí a la altura desde la cual mi mirada huelga en la lejanía.

»Siempre pregunté de mala gana cuál era mi camino; ¡siempre me desagradó! Preferí siempre preguntar a los mismos caminos y ensayarlos.

»Mi manera de marchar era ensayar e interrogar: y en verdad también hay que aprender a contestar a tales preguntas. Pero éste es mi gusto.

»Un gusto ni bueno ni malo; pero es mi gusto, que no tengo por qué avergonzarme ni ocultarlo.

»"Ahora es éste mi camino, ¿dónde está el vuestro?". He aquí lo que respondía a quienes me preguntaban el camino. Porque el camino, "ese camino no existe"».

Así habló Zaratustra.

De las antiguas y nuevas tablas

I

«Sentado espero rodeado de tablas viejas rotas y también de tablas nuevas medio escritas. ¿Cuándo llegará mi hora?

»La hora de mi descenso, la hora de mi declinar; porque quiero volver a estar en contacto con los hombres.

»Es lo que estoy esperando, porque antes tienen que venir los signos que me anuncien que mi hora ha llegado: el león riente con la bandada de palomas.

»Entretanto me hablo a mí mismo como uno que tiene tiempo. Nadie me cuenta nada nuevo; por esto me cuento a mí mismo».

II

«Cuando llegué donde estaban los hombres los encontré sentados sobre un viejo prejuicio: todos presumían de saber desde hacía ya mucho tiempo lo que será el bien y el mal para el hombre.

»Todo cuanto pudiera decirse de la virtud les parecía algo pasado y cansado; y el que quería dormir bien hablaba todavía del "bien" y del "mal" antes de ir a acostarse.

»Sacudí el sopor de ese sueño cuando enseñé: "Nadie más que el Creador sabe todavía lo que son el bien y el mal".

»Pero el Creador es el que crea el objetivo de los hombres y da su sentido y su porvenir a la Tierra: ése únicamente es el que crea el bien y el mal de las cosas.

»Y les mandé que derribaran sus antiguas cátedras y todo aquello donde se encontrase aquella vieja presunción, y les ordené que se rieran de todos sus grandes maestros de virtud, de sus santos, de sus poetas y de sus salvadores del Mundo.

»Les mandé que se rieran de sus austeros sabios y previne contra los negros espantapájaros posados sobre el árbol de la vida.

»Me senté al borde de su vía de los sepulcros con la carroña y los buitres, y me reí de todo su pasado y del esplendor de aquel pasado que se deshace.

»En verdad, semejante a los misioneros que exhortan a la penitencia y a los locos, prorrumpí en anatemas y gritos contra todo lo grande y pequeño, riéndome de la pequeñez de todo lo mejor que tienen y de la pequeñez de todo lo peor suyo.

»Mi sabio deseo brotaba de mí con gritos y risas; mi sabio deseo, que, nacido en las montañas, es en verdad una sabiduría salvaje: ¡mi gran deseo alado!

»A veces me arrebataban sus alas llevándome muy lejos hacia las alturas, en medio de la risa: y yo volaba estremecido, como una flecha, a través de éxtasis embriagados de Sol.

»Más allá a lejanos porvenires por ningún ensueño vistos, a mediodías más cálidos que imaginación alguna pudo soñar; allá donde los dioses al bailar se avergüenzan de todas sus vestiduras.

»A fin de que hable en parábolas y semejante a los poetas, balbucee y cojee: y en verdad, me avergüenzo de tener que ser todavía poeta.

»Donde todo porvenir me parecía danzas de los dioses y travesuras divinas y donde el Mundo desencadenado y sin freno se refugiaba en sí mismo.

»Como una perenne huida de sí mismo y un eterno buscarse entre los numerosos dioses, como la dichosa contradicción de sí misma, una repetición y una vuelta a sí mismo de los numerosos dioses.

»Donde todo tiempo me pareció una bienaventurada mofa de los instantes, donde la necesidad era la libertad misma que jugaba dichosa con el aguijón de la libertad.

»Donde volví a encontrar a mi viejo demonio y enemigo nato, el espíritu de la pesantez con todo lo que creó: el constreñimiento, la ley, la necesidad, las consecuencias, el objetivo, la voluntad, el bien y el mal.

»Porque ¿no es preciso que existan cosas sobre las que se pueda bailar y pasar? ¿No es preciso que —por los ligeros y los todavía más ligeros— haya topos y enanos pesados?».

III

«También fue allí donde recogí del camino la palabra "superhombre" y esta doctrina de que el hombre es algo que tiene que ser dominado:

»Que el hombre es un puente y no un objeto: considerándose dichoso de su mediodía y de su atardecer como camino que le conduce a nuevas auroras.

»La palabra de Zaratustra referente al gran mediodía y todo lo que, como segundas puestas de Sol purpúreas, he suspendido sobre los hombres.

»En verdad les hice que vieran también nuevas estrellas y nuevas noches; y sobre las nubes, el día y la noche tendrá también la risa como un abigarrado dosel.

»Les he enseñado todos mis pensamientos y anhelos; a reunir y unir todo lo que en el hombre no es más que fragmentos, enigmas y sombrías casualidades.

»Como poeta, descifrador de enigmas y redentor de la casualidad, les he enseñado a ser creadores del porvenir y a salvar, creando, todo lo que fue.

»Salvar el pasado en el hombre y transformar "todo lo que era", hasta que la voluntad diga: "¡Así es como yo quería que fuese! ¡Así lo querré!".

»A esto es lo que yo llamo su redención y solamente a esto les he enseñado a llamar redención. Ahora espero mi redención, para volver a ellos por última vez.

»Porque todavía quiero volver una vez más con los hombres: entre ellos quiero desaparecer y muriendo dedicarles el más rico de todos mis dones.

»Del Sol, del Sol exuberante de riqueza, aprendí que cuando se pone derrama en el mar el oro de sus inextinguibles tesoros.

»De manera que hasta el más mísero de los pescadores reme entonces con áureos remos. Así lo vi un día y mis lágrimas no cesaron de correr mientras lo miraba.

»Igual al Sol también quiere desaparecer Zaratustra: que ahora está sentado allí rodeado de tablas antiguas rotas y también de otras nuevas medio escritas».

IV

«¡Mira! Aquí está una tabla nueva; pero ¿dónde están mis hermanos que conmigo tienen que llevarla al valle y a los corazones de carne?

»Así lo exige mi gran amor a los que están más lejos: ¡no tengas lástima de tu prójimo! El hombre es algo que tiene que ser dominado.

»Hay muchos ánimos y medios para vencerse: tú escogerás el que te parezca. Pero sólo el bufón piensa: "También se puede saltar por encima del hombre".

»Véncete a ti mismo hasta en tu prójimo; es preciso que no consientas te den un derecho que tú mismo puedes conquistarte.

»Lo que tú hagas no habrá nadie que a su vez te lo pueda hacer. Ya ves que no hay recompensa.

»Quien no sabe mandarse a sí mismo debe obedecer.

»Y hay quienes saben mandarse, pero les falta mucho para también obedecerse a sí mismos».

V

«La manera de ser de las almas nobles es tal que no quieren nada gratis, y menos que cualquier otra cosa la vida.

»El que pertenece al gentío quiere vivir por nada; pero nosotros, a quienes la vida se nos dio, pensamos siempre en lo mejor que a cambio de ella podríamos dar.

»En verdad es una noble palabra la que dice: "Conservemos la vida, lo que la vida nos promete".

»No se debe querer gozar donde nada se da para gozar. Y no se debe querer gozar.

»El goce y la inocencia son precisamente las dos cosas más pudorosas; ambas no quieren que se las busque.

»Hay que tenerlas, pero es preferible buscar la falta y el dolor».

VI

«Los precursores, ¡oh, hermanos míos!, son siempre los sacrificados. Y nosotros somos precursores. Todos nosotros nos desangramos en el altar secreto de los sacrificios, nos quemamos y asamos en homenaje a los viejos ídolos.

»Lo mejor de nosotros es todavía joven e imita los paladares viejos. Nuestra carne es tierna y nuestra piel no es más que la de un corderito, ¿cómo, pues, no imitaríamos a los viejos sacerdotes idólatras?

»Todavía se alberga en nosotros mismos el viejo sacerdote idólatra que quiere regalarse con un festín de lo mejor que hay en nosotros. ¡Ay, hermanos míos, cómo podrían dejar de ser sacrificados los precursores!

»Pero así lo exige nuestra manera de ser, y yo amo a los que no quieren conservarse. Amo con todo mi corazón a los que sucumben porque van al otro lado».

VII

«¡Qué pocos saben ser verídicos! Y el que lo sabe no quiere serlo, y menos que los demás los buenos.

»¡Oh, estos buenos! Los hombres buenos jamás dicen la verdad; el ser bueno de esta manera es una enfermedad del espíritu.

»Estos buenos ceden, se entregan, su corazón repica y su corazón obedece, pero el que obedece no se escucha a sí mismo.

»Todo lo que los buenos consideran un mal debe reunirse para que nazca una verdad: ¡oh, hermanos míos! ¿Sois lo bastante malos para esta verdad?

»La audacia temeraria, la larga desconfianza, el cruel noble, el tedio, el corte en lo vivo, ¡qué raras veces se reúne todo eso! Y, sin embargo, de tales semillas es de donde nace la verdad.

»Hasta ahora ha nacido toda ciencia junto a la mala conciencia. ¡Romped las tablas viejas vosotros los que buscáis el conocimiento!».

VIII

«Cuando hay tablones echados sobre el agua; cuando sobre el río se tienden pasarelas y balaustradas, no se creerá en verdad a quien diga que "todo se va al fondo".

»Al contrario, hasta los mismos imbéciles dirán lo contrario. "¿Cómo? —exclamarán—; ¿todo se va al fondo? Pero los tablones y las balaustradas ¿no están, sin embargo, sobre el río?".

»"Sobre el río todo está firme y sólido, todos los valores de las cosas, los puentes, los conceptos, todo lo que es 'el bien' y 'el mal', todo esto es sólido".

»Y cuando llega el duro invierno, domador de los ríos, hasta los más maliciosos aprenden a desconfiar, y en verdad no son sólo los imbéciles los que dicen entonces: "¿No estaba todo inmóvil?".

»"En el fondo todo, sí, está inmóvil: ésta es una verdad que el invierno nos enseña, una cosa buena para tiempos estériles, un buen consejo para quienes pasan el invierno dormidos o para los sedentarios".

»"En el fondo todo está inmóvil", pero el viento del deshielo protesta contra esta aseveración.

»El viento del deshielo, un toro que no arrastra el arado, un toro furioso y destructor que con cuernos encolerizados rompe el hielo. El hielo, sin embargo, rompe las pasarelas.

»¿No se está yendo ahora todo al fondo, hermanos míos?

»¿No se han caído al agua todas las balaustradas y todas las pasarelas? ¿Quién se atendría ahora todavía al "bien" y al "mal"?

»"¡Ay de nosotros! ¡Felices nosotros! ¡El viento del deshielo sopla!". ¡Predicadlo así, hermanos míos, por todas las calles!».

IX

«Existe una añeja locura que se llama bien y mal. La rueda de esta locura ha girado hasta ahora alrededor de adivinos y astrólogos.

»Antes se prestaba fe a los adivinos y los astrólogos y por eso se creía en la infalibilidad del destino: "¡Vives porque tienes que ser!".

»Más tarde se desconfió de todos los astrólogos y adivinos, y por eso se creyó: "Todo es libertad; puedes porque quieres".

»De las estrellas y del porvenir no se han hecho hasta ahora más que suposiciones, hermanos míos, sin saber nada fijo; por esto es por lo que sólo hacen suposiciones acerca del bien y del mal sin jamás saber nada».

X

«"¡No robarás! ¡No matarás!". Antes se llamaron santas a estas palabras; ante ellas se doblaban las rodillas, inclinaban las cabezas y se descalzaban.

»Pero yo os pregunto: ¿dónde ha habido en el Mundo mejores bandoleros y mejores asesinos que tales santas palabras?

»¿No es acaso la vida entera un robo y un asesinato? Y al tener por santas estas palabras, ¿no se ha asesinado a la verdad misma?

»¿O era predicar la muerte el declarar santo cuanto contradecía y desaconsejaba la vida? ¡Oh, hermanos míos, romped, romped las viejas tablas!».

XI

«Si todo lo pasado me inspira compasión es porque veo que está abandonado.

»Abandonado a la gracia, al espíritu y a la locura de todas las generaciones futuras que transformarán todo lo que fue en un puente para ellas mismas.

»Podría venir un poderoso déspota, un malévolo demonio, que con su gracia y su desgracia forzara todo lo pasado hasta convertirlo en un puente, en una señal, en un heraldo y en el canto de un gallo.

»Pero esto es otro peligro, y sin otra compasión; el que procede del pueblo no va en sus recuerdos del pasado más allá de su abuelo; para él el tiempo termina con su abuelo.

»Todo lo pasado está, pues, condenado al abandono, porque muy bien podría ocurrir un día que el populacho se hiciera dueño de la situación y que en sus aguas poco profundas ahogara por entero la época.

»Por esto, hermanos míos, se hace precisa una nueva nobleza, enemiga de todo populacho y despotismo, una nobleza que escriba de nuevo la palabra "noble" en nuevas tablas.

»Para que haya nobleza hacen falta muchos nobles y de muchas clases. O bien, como dije un día hablando en parábola: "¡La divinidad consiste precisamente en que haya dioses, y que empero no haya un Dios!"».

XII

«¡Oh, hermanos míos! Os invito de una nueva nobleza que os revelo; tenéis que ser para mí creadores, educadores y sembradores del porvenir.

»Pero en verdad, no de una nobleza que, como si fueseis mercaderes, pudierais comprar con el oro de los mercaderes; porque muy poco valor tiene todo lo que tiene su precio.

»No será en adelante vuestro origen lo que os honre, sino vuestros objetivos. Que vuestra voluntad y vuestro paso haciéndoos adelantar a vosotros mismos sean vuestro nuevo honor.

»Vuestro honor, en verdad, no es haber servido a un príncipe; ¿qué importan ya los príncipes? Ni haber servido de baluarte a lo existente para que sea más resistente.

»Ni haberos convertido en cortesanos, aprendiendo, al igual de los abigarrados flamencos, a permanecer en pie horas enteras al borde de los estanques.

»Porque saber estar mucho tiempo en pie es un mérito de los cortesanos; y todos los cortesanos creen que una de las delicias de la bienaventuranza que después de la muerte disfrutarán los elegidos es el permiso de poder sentarse.

»Ni tampoco es que un espíritu, que ellos llaman santo, llevara a vuestros antepasados a tierras de promisión que yo no alabo: porque donde creció el peor de todos los árboles, la cruz, no hay nada que alabar.

»Y en verdad, adondequiera guiara este "Espíritu Santo" a sus caballeros, la cabalgata de esos caballeros iba siempre precedida de cabras, gansos, locos y chiflados.

»¡Oh, hermanos míos!, que vuestra nobleza no mire hacia atrás, sino siempre adelante. Debéis ser expulsados de todos los países y patrias de vuestros antepasados.

»¡Oh, hermanos míos!, que en el nuevo país vuestra creencia no sea vieja. Desconfiad de aquéllos a los que hace más daño la razón sana, a su meollo, que el Sol fuerte a sus ojos. Desconfiad de los que hablan de lo que nadie sabe; que dicen seguro lo que no hay medio de probar; de los que viven de la fe de los demás; de los comerciantes de leyendas, de los que bendicen lo que les conviene y maldicen de los que les arrancan la careta.

»Debéis amar el país de vuestros hijos y sea este amor vuestra nueva nobleza, el país por descubrir todavía en lejanos mares, al que ordeno a vuestras velas que busquen sin tregua. ¡Pero que nadie desembarque si veis de lejos torres sonoras no terminadas en veletas, o por la playa sombras predicadoras de su virtud!

»Tenéis que remediar en vuestros hijos el ser hijos de vuestros padres, enseñadles a no creer lo que a vosotros os enseñaron a creer, así rescataréis todo el pasado y con él lo que de la verdad pueda ser rescatado aún.

»Ésta es la tabla nueva que coloco sobre vosotros».

XIII

«"¿Para qué vivir? ¡Todo es vanidad! Vivir es trillar la paja; vivir es quemarse y sin embargo no entrar en calor".

»Estas habladurías, ya muy gastadas, son tenidas todavía por "sabiduría", y por ser viejas y oler a aire viciado es por lo que se las considera más. La podredumbre también ennoblece.

»Los niños pueden hablar así: temen al fuego porque los quemó. Muchas cosas de niños hay en los libros viejos de la sabiduría.

»Y el que siempre "trilla la paja" ¿cómo podrá burlarse de los que trillan las mieses? A tales locos se los debería amordazar.

»Éstos se sientan a la mesa sin aportar nada a ella, ni siquiera un buen apetito; y ahora blasfeman: "¡Todo es vanidad!".

»Pero comer y beber bien, hermanos míos, no es en verdad un arte vano. ¡Romped, rompedme las tablas de los eternos descontentos!».

XIV

«"Para el puro todo es puro", dice el pueblo. Pero yo os digo: "Para los cerdos todo es cerdo".

»Por esto predican los soñadores y los santurrones, de cabeza caída y de corazón también caído: "El Mundo mismo es un monstruo cenagoso".

»Porque todos ellos tienen el espíritu sucio, sobre todo quienes no se dan tregua ni reposo mientras no hayan visto el Mundo por detrás —los alucinados de un Mundo que fue.

»A éstos les digo en su cara, aunque no les suene amablemente: el Mundo se asemeja al hombre en que tiene un trasero; y es la verdad.

»Hay en el Mundo mucho fango: es cierto. Pero no por esto es el Mundo un monstruo cenagoso.

»La sabiduría quiere que en el Mundo haya muchas cosas que huelan mal: el mismo asco crea alas y fuerzas que presienten los manantiales.

»En lo mejor siempre hay algo que produce asco, y el mejor mismo es algo además que debe ser dominado. ¡Sí, hermanos míos! Es una gran sabiduría que en el Mundo haya tanto cieno».

XV

«Tales máximas fueron las que oí decir a alucinados de un mundo que fue a su propia conciencia, y en verdad sin malicia ni falsía —a pesar de que en el Mundo no existe nada tan falso ni peor.

»"¡Dejad al Mundo ser Mundo! ¡No mováis contra él ni siquiera el dedo meñique!". "Dejad a los que quieran dejarse estrangular, dejadles que se dejen degollar, golpear y despellejar; no mováis ni siquiera el dedo meñique para impedirlo. Eso les enseñará a renunciar al Mundo".

»"Deberías degollar a tu propia razón, porque esta razón es este Mundo, así aprenderás a renunciar al Mundo".

»¡Romped, hermanos míos, rompedme estas tablas viejas de los devotos! ¡Romped en vuestras bocas las máximas de los calumniadores del Mundo!».

XVI

«"Quien mucho aprende desaprende todos los deseos violentos", se murmura hoy en todas las calles oscuras.

»"La sabiduría fatiga, nada vale la pena; no debes desear". He encontrado colgada esta nueva tabla hasta en las plazas públicas.

»¡Romped, hermanos míos, romped también esta nueva tabla! Los hastiados del Mundo la colgaron, los predicadores de la muerte y también los carceleros: porque, ¡mirad!, también es un llamamiento a la esclavitud.

»Por aprender mal y no lo mejor, todo demasiado pronto y todo demasiado deprisa: por comer mal se han estropeado el estómago.

»Porque su espíritu es un estómago estropeado, que aconseja la muerte. Pues en verdad, hermanos míos, el espíritu es un estómago.

»La vida es una fuente de alegría; pero para aquél por cuya boca habla su estómago estropeado, el padre de la tristeza, todas las fuentes están envenenadas.

»Conocer: es un placer para el que tiene la voluntad del león; pero el que se fatigó sólo será tolerado y con él jugarán todas las olas.

»Esto es lo que siempre sucede a los hombres débiles: se pierden en sus caminos, hasta que finalmente pregunta su cansancio: "¿Por qué hemos seguido siempre este camino? ¡Todo es igual!".

»A ésos les es muy grato oír predicar: "¡Nada vale la pena! ¡No debéis querer!"; pero esto es un llamamiento a la esclavitud.

»¡Oh, hermanos míos! Semejante a un soplo de viento fresco llega Zaratustra a los cansados de su camino; ¡a cuántas narices hará estornudar!

»Mi aliento libre sopla también a través de los muros en las prisiones y en todos los espíritus presos.

»La voluntad liberta, porque la voluntad es creadora: esto es lo que enseño. Y sólo debéis aprender a crecer.

»Y solamente de mí debéis aprender a aprender, a aprender bien. El que tenga oídos, oiga».

XVII

«La barca está presta; boga hacia allá abajo, quizá hacia la gran nada. Pero ¿quién quiere embarcar para este "quizá"?

»Ninguno de vosotros quiere embarcarse en la embarcación de la muerte. ¿Por qué, pues, queréis estar hastiados del Mundo?

»¡Hastiados del mundo antes de ser arrebatados de la Tierra! Siempre os he encontrado ansiosos de la Tierra y enamorados de vuestro propio cansancio de ella. No en vano os cuelga el labio: un pequeño deseo terrestre pesa todavía sobre él. Y ¿no flota en vuestros ojos una nubecilla de inolvidada alegría terrestre? En la Tierra hay muchos buenos inventos, unos útiles, otros agradables: por esto hay que amar a la Tierra.

»Y algunos inventos son tan excelentes como el seno de la mujer: útiles a la par que agradables.

»Pero a vosotros, hastiados del Mundo y perezosos, os deberían acariciar con palos. Con palos para alegrar vuestras piernas.

»Porque si no sois unos enfermos o seres gastados, de los cuales la Tierra está cansada, sois unos astutos perezosos o gatos golosos y desconfiados. Y si queréis volver a correr alegremente, debéis desaparecer.

»No se debe querer ser médico de incurables; así enseña Zaratustra; por consiguiente, ¡desapareced!

»Pero hace falta más valor para encontrar un fin que un verso nuevo; bien lo saben todos los médicos y poetas».

XVIII

«¡Oh, hermanos míos! Hay tablas que creó el cansancio y tablas creadas por la pereza, la pereza podrida: aunque hablan de igual manera, quieren que se las escuche de diferente modo.

»¡Mirad a este hombre lánguido! Sólo un palmo de distancia lo separa de su objetivo; pero está tan cansado que, malhumorado, se ha dejado caer sobre el polvo este valiente.

»Rendido de cansancio, fatigado del camino, de su objetivo y de sí mismo, bosteza y no quiere dar un paso más este valiente.

»El Sol cae plano sobre él y los perros le lamen el sudor; pero él sigue tumbado en el camino, prefiriendo en su tozudez consumirse a dar un paso más.

»¡Consumirse a un palmo de distancia de su objetivo! En verdad será preciso que os llevéis al cielo a este héroe tirándole del cabello.

»Por más que será mejor que le dejéis acostado donde está, hasta que el sueño se adueñe de él consolándole con el refrigerante rumor de la lluvia.

»Dejadle acostado hasta que por sí mismo se despierte, hasta que rechace todo cansancio y todo lo que éste le enseñó.

»Pero espantad de él a los perros, hermanos míos, y todo ese enjambre de sabandijas que le rodea: todo ese enjambre de sabandijas de los "cultos" que se alimentan con el sudor de los héroes».

XIX

«En derredor mío trazo círculos y santas fronteras: cada vez van siendo menos los que suben conmigo a montañas, cada vez más altas: elevo una cadena de montañas siempre más santas.

»Pero adondequiera que queráis subir conmigo, hermanos míos, cuidad de que no suba con vosotros un parásito.

»Un parásito es un gusano insinuante que se arrastra y quiere nutrirse de todos vuestros rincones enfermos y heridos.

»Su arte es adivinar dónde se fatigan las almas que sufren; y en vuestro descontento y descorazonamiento, en vuestro frágil sudor es donde construye su repugnante nido.

»Donde el fuerte se manifiesta débil y el noble demasiado indulgente es donde se construye su nido: el parásito habita donde el grande tiene pequeños rincones enfermos.

»De todos los seres creados, ¿cuál es la especie superior y cuál la más baja? La más baja es el parásito; pero el que es de especie superior nutre a la mayor parte de los parásitos.

»El alma que tiene la escala más larga y puede descender a lo más bajo, ¿cómo no ha de llevar sobre ella la mayor parte de los parásitos?

»El alma más vasta, que puede correr lo más lejos dentro de ella misma, extraviarse y errar, la más necesaria y que por el placer se precipita en lo casual.

»El alma que es y se sumerge en lo por venir, el alma que posee y que quiere entrar en el querer y en el desear.

»El alma que huye de sí misma y vuelve a encontrarse en el mayor de los círculos; el alma más sabia, a la que la locura trata dulcemente de convencer.

»El alma que más se ama y en la que todas las cosas tienen su flujo y reflujo. ¿Cómo no había de tener esta alma superior los peores parásitos?».

XX

«¡Hermanos míos, acaso soy cruel! Pero os digo: a lo que cae, hay todavía que empujarlo.

»Todo lo que es de hoy y se descompone: ¿quién querría retenerlo? Pero yo, yo quiero empujarlo todavía.

»¿Conocéis la voluptuosidad que hace rodar las peñas a profundos precipicios de escarpadas paredes? ¡Mirad cómo ruedan a mis profundidades estos hombres de hoy! Son un prólogo teatral para mejores actores, hermanos míos. ¡Un ejemplo! ¡Seguid mi ejemplo! Y al que no enseñéis a volar enseñadle al menos a caer más pronto».

XXI

«Me gustan los valientes; pero no es bastante ser un espadachín; también hay que saber a quién se hiere.

»Y a veces es mucha más valentía contenerse y pasar de largo a fin de guardarse para un enemigo de más valía.

»No debéis tener más enemigos que los que merezcan ser odiados y nunca los dignos de desprecio; tenéis que estar orgullosos de vuestros enemigos, como ya os he enseñado.

»Reservaos al enemigo más digno, hermanos míos; por esto tenéis que pasar de largo ante muchos. Sobre todo ante mucha canalla, que os aturdiría hablándoos del pueblo y de las naciones.

»Guardad vuestros ojos de su "pro" y de su "contra".

»Hay en ello mucha justicia y mucha injusticia; el que es espectador se enoja. Presenciar y golpear es todo uno: por esto marchaos a los bosques y dejad que vuestra espada duerma.

»¡Seguid vuestros caminos y dejad a los pueblos y a las naciones que sigan los suyos! En verdad, caminos oscuros en los que ni una sola esperanza relampaguea.

»Que reine el mercero allí donde todo lo que todavía brilla es oro de merceros. Ya no es tiempo de reyes: lo que hoy día se llama pueblo no es digno de tener un rey.

»Pero fijaos en que todas estas naciones incitan a los merceros buscando en la basura que barren las más pequeñas ventajas.

»Se espían y se incitan a lo que llaman "buena vecindad". ¡Oh, bienaventurado tiempo lejano en que un pueblo se decía: "Quiero dominar a otros pueblos"!

»Porque lo mejor que hay, hermanos míos, debe y también quiere reinar. Y donde hay doctrina es porque lo mejor que hay falta».

XXII

«Si éstos tuvieran pan gratis, ¡pobres de ellos!

»¿Qué pedirían a gritos entonces? Su sustento es el asunto de sus conversaciones y de su vida, y es preciso que la encuentren dura.

»Son bestias feroces: hay rapiña en su "trabajo" y en su "ganancia" astucia. Por esto es preciso que tengan la vida dura.

»Deben volverse mejores animales de presa, más finos y astutos, más semejantes a los hombres, porque el hombre es el mejor animal de presa.

»El hombre ha robado ya sus virtudes a todos los animales; por esto, de todos los animales es el hombre el que tiene la vida más dura.

»Sólo los pájaros están todavía por encima de él. Si el hombre aprendiese a volar, ¡desgraciado de él!; ¿a qué altura volaría su rapacidad?».

XXIII

«Al hombre y a la mujer los quiero de esta manera: apto para la guerra el uno y apta para engendrar la otra; pero ambos aptos para bailar con la cabeza y con las piernas.

»Y sea perdido para nosotros el día en que no se haya bailado una vez al menos; y falsa nos parezca toda verdad que no lleve consigo una carcajada.

»Pero bailando el hombre demuestra que aún está muy cerca del mono; riendo, que quiere separarse del animal; pero sólo cuando llora que, en efecto, es capaz de hacerlo».

XXIV

«Procurad cuando contraigáis matrimonios que no sean éstos una mala conclusión. Los contraéis demasiado deprisa, y a eso le sigue una ruptura.

»Y mejor es todavía romper un matrimonio que doblegarse y mentir. Escuchad lo que una mujer me dijo: "Rompí los vínculos del matrimonio, es cierto; pero éstos me rompieron antes". Lo que no supe es lo que decía el marido.

»Siempre he encontrado que los mal acoplados estaban dominados por la peor sed de venganza; quieren vengarse en todo el mundo de no poder marchar separadamente.

»Por esto quiero que los animados de un espíritu de buena voluntad se digan: "Nos amamos, cuidemos de seguir amándonos en lo sucesivo. ¿O será nuestra promesa una equivocación?".

»"Concedednos un plazo, una pequeña unión, para que veamos si servimos para una larga unión. ¡Es algo muy grande el ser siempre dos!".

»Esto es lo que aconsejo a todos los de buena fe: ¿qué sería de mi amor al superhombre y a todo lo que tiene que venir si hablara y aconsejara de otro modo?

»No basta que os multipliquéis; hace falta que os elevéis, hermanos míos; ¡que para esto os preste su ayuda el jardín del matrimonio!

»Pero no olvidéis esto: que no hay palabra mejor intencionada que "amad"; como no hay cosa a veces más benéfica, a veces más perjudicial que hacerlo. Pero lo más imposible y por consiguiente más estúpido que se le ha dicho es: "Ama al prójimo como a ti mismo"».

XXV

«Los que han alcanzado experiencia tomándola de los antiguos orígenes, acabarán por investigar en los frentes del porvenir y en nuevos orígenes.

»No pasará mucho tiempo, hermanos míos, sin que surjan nuevos pueblos y sin que nuevos manantiales desciendan mugiendo a nuevas profundidades.

»El temblor de tierra ciega muchos manantiales y crea mucha sed; pero también hace que se muestren a la luz del día fuerzas interiores y misterios.

»El temblor de tierra descubre nuevos manantiales y de la catástrofe de pueblos antiguos brotan nuevas fuentes. No hay que maldecir demasiado al mal; el bien con frecuencia no tiene otro origen que él. Y si hay uno que diga: "¡Mirad! Aquí tenéis una fuente para muchos sedientos, un corazón para muchos dolientes y una voluntad para muchos instrumentos", en derredor suyo se congregará un pueblo; es decir, muchos hombres que ensayan.

»Lo que allí se ensayará es quién puede mandar y quién tiene que obedecer. ¡Ah, cuánto investigar, adivinar, desaconsejar; cuántas experiencias y nuevas tentativas! La sociedad humana es un ensayo, es lo que os enseño, una larga pesquisa que busca al que manda.

»Un ensayo, hermanos míos, y no un "contrato". Observad que en la Naturaleza sólo forman sociedades y andan en manada los débiles y no os hagáis demasiadas ilusiones; los débiles por miedo a los fuertes que los persiguen o los esperan cuando vienen a beber. Mientras que el hombre escoge a un fuerte para que le dirija; ¡y luego se queja de que haya tantas víctimas! Sociedad, manada, ensayo, pesquisa, fuerte, débil... Romped, romped tales palabras propias de corazones cobardes y de los partidarios de los términos medios!».

XXVI

«¿Dónde reside el mayor peligro de todo el porvenir de la Humanidad, hermanos míos, sino en los buenos y los justos?

»En los que hablan y sienten en su corazón: "Sabemos ya y poseemos también lo que es bueno y justo: ¡ay de aquellos que busquen aquí todavía!".

»Por grande que sea el daño que puedan hacer los malos, el que causan los buenos es el más perjudicial de los daños.

»Y por grande que sea el daño que puedan hacer los calumniadores del Mundo, el que causan los buenos es el más perjudicial de los daños.

»Porque a los malos se los persigue y se los acaba, y a los calumniadores se los descubre. Pero ¿qué defensa tenemos contra los engaños de los buenos?

»Un día hubo uno, hermanos míos, que vio en el corazón de los buenos y los justos y dijo: "Éstos son los fariseos", pero no se le comprendió.

»Ni los mismos buenos y justos pudieron comprenderle; su espíritu queda prisionero de su buena conciencia. La imbecilidad de los buenos es una sabiduría insondable.

»Pero la verdad es ésta: los buenos tienen por fuerza que ser fariseos; no tienen otra elección. Es preciso que los buenos crucifiquen al que se inventa su propia virtud. ¡Ésta es la verdad!

»Otro que descubrió el país —el país, el corazón y el terreno de los buenos y de los justos— fue el que preguntó: "¿A quién odian esos más?".

»Al creador es a quien más odian: al que rompe las tablas, al rompedor, al que llaman criminal. Porque los buenos no pueden crear: son siempre el principio del fin. Crucifican al que escribe nuevos valores en las nuevas tablas; crucifican al porvenir de todos los hombres. Los buenos fueron siempre el principio del fin».

XXVII

«¿Habéis comprendido también esta palabra, hermanos míos? ¿Y lo que dije un día del "último hombre"?

»¿En quiénes reside el mayor peligro para el porvenir de los hombres? ¿No es en los buenos y los justos?

»¡Romped a los buenos y a los justos!

»¿Habéis comprendido también esta palabra?».

XXVIII

«¿Huis de mí? ¿Estáis asustados? ¿Os hace temblar esta palabra?

»Hermanos míos, cuando os dije que rompierais a los buenos y las tablas de los justos, sólo entonces fue cuando embarqué al hombre y le puse camino de su alta mar.

»Y ahora solamente es cuando siente el gran terror, el angustioso mirar en derredor suyo, la gran enfermedad, el gran asco, el gran mareo.

»Cortas, engañadoras y falsas seguridades os enseñaron los buenos; nacisteis y hallasteis cobijo en las mentiras de los buenos. Todo ha sido falseado y desnaturalizado hasta el fondo por los buenos. Todo pensando sólo en su provecho.

»Pero el que descubrió el país "hombre" descubrió también el país "porvenir de los hombres". Ahora tenéis que ser para mí valientes y pacientes marineros.

»¡Aprended a marchar erguidos a tiempo, hermanos míos! El mar brama: hay muchos que quieren apoyarse en vosotros para levantarse.

»El mar brama: todo está en el mar. Pues bien: ¡marchad, viejos corazones de marineros!

»¡Qué nos importa la patria! ¡Que nuestro timón nos lleve allá, al país de nuestros hijos! ¡Allá, donde más tempestuoso que el mar hierve nuestro gran anhelo!».

XXIX

«"¿Por qué tan duro?", dijo un día al diamante el carbón de cocina. "¿No somos acaso parientes cercanos?". "¿Por qué tan blandos?". Os pregunto, hermanos míos: ¿no sois acaso mis hermanos?

»¿Por qué tan blandos, tan condescendientes y tan flexibles? ¿Por qué hay tanta renunciación y tanta abnegación en vuestro corazón? ¿Y tan poco destino en vuestra mirada?

»Y si no queréis ser dignos e inexorables, ¿cómo podríais vencer conmigo un día?

»Y si vuestra dureza no puede chispear, separar y tajar, ¿cómo podríais crear un día conmigo?

»Porque los creadores son duros. Y debe pareceros una bienaventuranza el imprimir vuestra mano sobre milenarios de siglos como si fueran cera.

»Bienaventuranza escribir sobre la voluntad de los milenarios como sobre bronce, más duro que el bronce, más noble que el bronce. Sólo lo más noble es lo más duro.

»Sobre vosotros, hermanos míos, coloco estas nuevas tablas; ¡volveos duros!».

XXX

«¡Oh, tú, voluntad mía que alejas toda miseria, tú mi necesidad! ¡Guárdame de todas las pequeñas victorias!

»¡Oh, destino de mi alma al que llamo fatalidad!

»¡Tú que estás en mí y encima de mí! ¡Guárdame y consérvame para un gran destino! Y conserva tu última grandeza, mi voluntad, para tu fin para que seas inexorable en tu victoria. ¡Ay! ¿Quién no sucumbió a su victoria?

»¡Ah! ¿Qué ojos no se nublaron en esta embriaguez crepuscular? ¡Ay, qué pies no tropezaron y desaprendieron a mantenerse firmes en la victoria!

»Para que un día esté pronto y maduro cuando el gran mediodía: pronto y maduro como el bronce calentado al rojo blanco; como una nube preñada de rayos, como una ubre hinchada de leche.

»Pronto a mí mismo y a mi más recóndita voluntad: un arco, en celo de su flecha, una flecha en celo de su estrella.

»Una estrella pronta y madura en su mediodía, ardiente y bienaventurada al sentirse traspasada por las flechas solares que la destruyen.

»Sol ella misma y una implacable voluntad de Sol, pronta a destruir en la victoria. ¡Oh, voluntad, que alejas de mí toda miseria, tú, mi necesidad! ¡Resérvame para una gran victoria!».

Así habló Zaratustra.

El convaleciente

I

Una mañana, no mucho tiempo después de su regreso a su caverna, se levantó de su lecho como un loco Zaratustra gritando de un modo formidable y gesticulando como si hubiera todavía alguien en su lecho que no quisiera levantarse, y tanto atronó la voz de Zaratustra que sus animales aunque asustados se acercaron curiosos a él, y todos los que se refugiaban en las cuevas y oquedades próximas a la caverna de Zaratustra huyeron, volando, corriendo, arrastrándose y saltando, según tenían alas o pies.

Pero Zaratustra pronunció estas palabras: «¡Arriba, pensamiento insondable, surge de mi profundidad! ¡Soy tu gallo y tu alba matinal, dragón dormido! ¡Arriba, arriba! Mi voz acabará por despertarte, como el canto de un gallo gigante. Quítate los tapones que cierran tus oídos: ¡escucha! Porque quiero hablarte y oírte. Arriba, arriba, que hay truenos bastantes para que hasta las tumbas aprendan a oír.

»¡Frótate el sueño de los ojos y toda la miopía y ceguedad! Óyeme también con tus ojos: mi voz es un remedio hasta para los ciegos de nacimiento.

»Y una vez despierto lo estarás eternamente. Porque no acostumbro a despertar de su sueño a antepasadas abuelas para decirles que continúen durmiendo.

»¿Te mueves, te desperezas, respiras estertores? ¡Arriba, arriba! Nada de estertores; ¡hablar es lo que tienes que hacer! ¡Zaratustra, el impío, te llama!

»Yo, Zaratustra, el abogado de la vida, el abogado del sufrimiento, te llamo a ti, el más profundo de mis pensamientos.

»¡Oh, goce! ¡Vienes, te oigo! ¡Mi abismo habla, he sacado a la luz mi última profundidad!

»¡Oh, goce! ¡Ven! Dame la mano; ¡oh, déjame!

»¡Qué asco, qué asco, qué asco!... ¡Ay de mí!».

II

Pero apenas hubo pronunciado Zaratustra estas palabras cayó al suelo como un muerto permaneciendo largo tiempo como un cadáver. Cuando volvió en sí estaba pálido y tembloroso y permaneció echado sin querer comer ni beber en bastante tiempo. Este estado físico le duró siete días; sus animales no le abandonaron ni de día ni de noche; únicamente el águila partía de cuando en cuando volando para procurarle alimentos. Y cuanto llevaba entre sus garras quedaba depositado sobre el lecho de Zaratustra; tanto que éste acabó por estar acostado entre bayas amarillas y rojas, uvas, manzanas de color de rosa, hierbas olorosas y piñas de pino. A sus pies había dos corderitos que el águila había arrebatado, con trabajo, a sus pastores.

Por fin después de siete días incorporose Zaratustra sobre su lecho, cogió una manzana, la olió y encontró que su olor era agradable.

Al verlo creyeron sus animales que había llegado la hora de hablar de él.

«Oh, Zaratustra —le dijeron—, hace ya siete días que yaces así con los ojos cargados; ¿no quieres volver a estar en pie?

»Sal de tu caverna; el Mundo te espera como un jardín. El viento juega con los pesados perfumes que quieren venir a ti; y todos los riachuelos quisieran correr tras de ti.

»Todas las cosas suspiran por ti por haber estado a solas siete días; ¡sal, pues, de tu caverna! Todos quieren ser tus médicos.

»¿Ha acudido a ti un nuevo conocimiento pesado y cargado de fermento? Como una pasta que se hincha al fermentar yacías, tu alma se esponjaba y desbordaba».

«Continuad vuestra charla, animales míos —respondió Zaratustra—, y dejadme escucharos. Vuestra charla me conforta; cuando se charla me parece que el Mundo se extiende ante mí como un jardín.

»Qué dulce es que haya buenas palabras y sonidos: ¿no son las palabras y los sonidos arcoíris y puentes ilusorios que unen seres eternamente separados?

»A cada alma le pertenece un mundo diferente; para cada alma es toda otra alma un mundo que ya fue.

»Donde mejor engañan las apariencias es entre lo más semejante: porque los abismos más estrechos son los más difíciles de salvar.

»Para mí, ¿cómo podría haber algo fuera de mí? ¡No hay un "fuera de mí"! Pero todos los sonidos nos lo hacen olvidar; ¡qué dulce es el que olvidemos!

»¿No se han dado nombres y sonidos a las cosas para que el hombre se reconforte con ellas? El hablar es una dulce locura para que el hombre baile con ella por encima de todas las cosas.

»¡Qué dulces son todas las palabras y todas las mentiras de los sonidos! Los sonidos hacen que nuestro amor baile sobre un arcoíris multicolor.

«¡Oh, Zaratustra —respondieron los animales—, para los que piensan como nosotros bailan las cosas mismas; todo acude, se da la mano, ríe y huye para volver.

»Todo va, todo vuelve; la rueda de la existencia gira eternamente. Todo muere, todo vuelve a florecer; el cielo de la existencia prosigue perennemente.

»Todo se rompe, todo se reconstituye de nuevo; el mismo edificio de la existencia se construye eternamente.

»Todo se repara, todo se saluda de nuevo; alrededor de cada "aquí" se desenvuelve la esfera "allá".

»El centro está en todas partes. El sendero que conduce a la eternidad es tortuoso».

«¡Sois unos tunantes! —respondió Zaratustra volviendo a sonreír—, que sabéis muy bien lo que tenía que realizarse en estos siete días.

»Y cómo aquel monstruo se introdujo en mi garganta para ahogarme. Pero de una dentellada le corté la cabeza y la escupí lejos.

»Y vosotros ¿habéis compuesto ya con ello una canción? Pero ahora estoy acostado aquí, cansado de haber mordido y haber escupido; enfermo todavía de mi propia liberación.

»¿Y habéis presenciado todo esto? ¿Sois también crueles, animales míos? ¿Habéis querido contemplar mi gran dolor como hacen los hombres? Porque el hombre es el más cruel de los animales.

»Cuando más a gusto se encuentra hasta ahora en el Mundo es asistiendo a tragedias, corridas de toros y crucifixiones; y cuando él se inventó el infierno aquello fue su paraíso en la tierra.

»Cuando un hombre grande grita, corriendo acude a su lado el pequeño, y la envidia hace que le cuelgue la lengua de la boca. Pero él llama a esto su "compasión".

»¡Ved con cuánto ardor acusan a la vida las palabras del hombre pequeño, sobre todo el poeta! Escuchadle, pero no dejéis de fijaros en el placer que hay en su acusación.

»La vida con una sola mirada acaba con tales acusadores de la vida. "¿Me amas?", dice la desvergonzada; "pues espera un poco, porque todavía no tengo tiempo para ti".

»El hombre es para sí mismo el animal más cruel; en todos los que se dicen "pecadores", "portadores de cruces" y "penitentes", no dejéis de oír la voluptuosidad que hay en sus quejas y acusaciones.

»Y yo mismo, ¿quiero ser por esto el acusador del hombre? ¡Ay, animales míos! Hasta ahora lo único que he aprendido es que para el mayor bien del hombre le es preciso el mayor mal; que todo el peor de los males es su fuerza mejor, la piedra más dura para el supremo creador, y que el hombre tiene que ser mejor y peor.

»No he estado atado a este potro, instrumento de tortura que es el saber que el hombre es perverso, pero he gritado como nadie hasta ahora gritó:

»"¡Ay, por qué su peor maldad es tan pequeña!".

»"¡Ay, por qué su mayor bondad es tan pequeña!".

»La gran náusea del hombre que se me introdujo en la garganta y me ahogaba fue lo que me predijo el adivino: "¡Todo es igual, nada merece la pena, el saber ahoga!".

»Un largo crepúsculo me precedía cojeando a rastras, una tristeza fatigada y embriagada a punto de morir, que con voz entrecortada por bostezos decía:

»"El hombre de quien estás cansado, el hombre pequeño, volverá eternamente"; así bostezó mi tristeza arrastrando su pierna y sin poder jamás conciliar el sueño.

»La Tierra de la Humanidad se transformó para mí en una caravana en la que se hundió su seno; todo lo que tenía vida se convirtió para mí en podredumbre, huesos y un pasado en ruinas.

»Mis suspiros se posaban sobre todas las tumbas humanas y no podían separarse de ellas. Mis suspiros y preguntas croaban, sofocaban, roían y se quejaban de día y de noche:

»"¡Ay, el hombre vuelve eternamente! ¡El hombre pequeño vuelve eternamente!".

»Un día vi desnudo al hombre más grande y al más pequeño: demasiado parecidos el uno al otro; demasiado humanos, aun el más grande.

»¡Demasiado pequeño el más grande! Esto fue lo que me asqueó en el hombre. ¡Y también la eterna vuelta del más pequeño! Esto fue lo que hizo que me asqueara todo lo existente.

»"¡Ay, asco! ¡Asco! ¡Asco!"». Así habló Zaratustra suspirando y estremeciéndose, porque se acordó de su enfermedad. Al verlo sus animales no le dejaron seguir hablando.

«¡No hables más, convaleciente! —dijéronle sus animales—, y sal fuera, donde el Mundo te espera parecido a un jardín. Ve adonde están los rosales, los enjambres de abejas y las bandadas de palomas, pero especialmente adonde están los pájaros cantores, para que aprendas sus cantos.

»Porque el canto conviene a los convalecientes; el que está sano prefiere hablar, y si el que está bien quiere cantos, serán éstos diferentes de los del convaleciente».

«¡Callad, tunantes, que parecéis organillos! —respondió Zaratustra sonriendo a sus animales—. ¡Cómo sabéis el consuelo que para mí mismo me inventé en estos siete días!

»Tener que cantar de nuevo es el consuelo que me he inventado y ha sido mi curación. ¿Queréis que esto os sirva para componer en seguida una canción para vuestra lira?».

«¡No hables más, Zaratustra! Para tus nuevas canciones, como eres un convaleciente, te va a hacer falta una lira nueva», volvieron a decirle sus animales.

«Tus nuevas canciones exigen liras nuevas, Zaratustra.

»Canta con la fuerza de la tempestad y cura con tus nuevas canciones tu alma, a fin de que soportes tu gran destino, que todavía no ha sido el destino de ningún humano.

»Porque tus animales saben muy bien quién eres, Zaratustra, y quién tienes que ser: mira, eres el profeta de la vuelta eterna de las cosas; éste es ahora tu destino.

»Que sea preciso que seas tú el primero que enseñe esta doctrina. ¡Cómo no habría sido también este gran destino tu mayor peligro y tu más grave enfermedad!

»Mira, sabemos lo que enseñas: que todas las cosas vuelven eternamente y con ellas nosotros mismos, que hemos sido infinidad de veces y con nosotros todas las cosas.

»Enseñas que hay un año muy grande del porvenir, un gran año que es un monstruo: que semejante a un reloj de arena tiene que darse la vuelta para que corra y se vacíe de nuevo, de manera que son siempre iguales unos a otros lo mismo en lo grande que en lo pequeño, y nosotros igualmente somos semejantes a nosotros mismos en este gran año, tanto en lo grande como en lo pequeño.

»Y si ahora quisieras morir, sabe, Zaratustra, que también sabemos cómo te hablarías a ti mismo; pero tus animales te suplican que no te mueras todavía.

»Hablarías sin que te temblara la voz, suspirando en cambio feliz: porque tú, que eres el ser más paciente, te verías libre de un gran peso y de una gran angustia.

»"Ahora me muero y desaparezco —dirías—, y dentro de un instante seré nada. Las almas son tan mortales como los cuerpos".

»"Pero la red de las causas que me envuelve volverá un día a crearme de nuevo. Yo mismo pertenezco a las causas de la vuelta eterna de las cosas".

»"Volveré con este sol, con esta tierra, con esta águila, con esta serpiente, pero no para una nueva vida o una vida mejor o parecida".

»"Volveré con este Sol, con esta Tierra, con esta águila, lo mismo en lo grande que en lo pequeño, a fin de enseñar de nuevo la vuelta eterna de todas las cosas".

»"A fin de que proclame de nuevo la palabra del gran mediodía de la Tierra y de los hombres, a fin de anunciar de nuevo a los hombres la venida del superhombre".

»"He dicho mi palabra y mi palabra me rompe: así lo quiere mi eterno destino; por ser precursor, desaparezco".

»"La hora ha llegado en la que el que va a desaparecer se bendice a sí mismo. Así acaba el declinar de Zaratustra"».

Callaron los animales después de pronunciar estas palabras y esperaron a que Zaratustra les dijera algo, pero Zaratustra no oyó que habían callado. Tendido tranquilamente, con los ojos cerrados, parecía dormido aunque no dormía, porque estaba hablando con su alma. La serpiente y el águila al verle tan silencioso respetaron el gran silencio que le rodeaba y se alejaron con precaución.

El gran anhelo

«¡Alma mía! Te he enseñado a decir "hoy", como "antes " y "un día", y a bailar tus danzas sobre todo lo que estaba aquí y allá.

»¡Alma mía! Te he librado de todos los rincones barriendo el polvo, las arañas y la media luz.

»¡Alma mía! Te he lavado de todo pequeño pudor y de la virtud de los rincones y te he persuadido de que te muestres desnuda a los ojos del Sol.

»Con la tempestad que se llama "espíritu" soplé sobre tu mar tempestuosa dispersando todas las nubes y hasta estrangulé al estrangulador que se llama "pecado".

»¡Alma mía! Te di el derecho de decir "no" como la tempestad y "sí" como dice "sí" un cielo despejado. Ahora, tranquila como la luz, pasas a través de tempestades negativas.

»¡Alma mía! Te devolví la libertad sobre todo lo creado y lo incendiado: y ¿quién, como tú, conoce la voluptuosidad de lo futuro?

»¡Alma mía! Te enseñé el desprecio, que no viene como la carcoma, el amante desprecio que cuando más ama es cuando más desprecia.

»¡Alma mía! Te enseñé a convencer de tal manera que persuades a las mismas causas: eres como el Sol que hasta persuade al mar de que suba a su altura.

»¡Alma mía! Quité de ti toda obediencia, toda genuflexión y todo servilismo; yo mismo te he dado el nombre de "ahuyentadora de miseria" y de "destino".

»¡Alma mía! Te di nuevos nombres y multicolores juguetes, te denominé "destino" y "circunferencia de las circunferencias", "cordón umbilical del tiempo" y "campana de azur".

»¡Alma mía! Calmé la sed de tu dominio terrestre dándole a beber toda la sabiduría, todos los vinos nuevos y también todos los vinos más añejos, fuertes ya desde tiempo inmemorial.

»¡Alma mía! Sobre ti derramé la luz de todos los soles y la oscuridad de todas las noches, todo silencio y todo anhelo: y entonces creciste para mí como la copa del mejor árbol de una viña.

»¡Alma mía! Ahora estás pesada y exuberante, una cepa de viñas con ubres hinchadas, cargadas de racimos dorados de uvas: llena y oprimida por tu felicidad, esperando en la exuberancia, avergonzada de tu espera.

»¡Alma mía! No hay ahora en ninguna parte otra alma más amante, más envolvente ni más amplia. ¿Dónde sino en ti se encontrarían tan próximos el porvenir y el pasado?

»¡Alma mía! Te di todo y mis manos se desprendieron de todo por ti. Y ¡ahora!... Ahora me dices con melancólica sonrisa: ¿quién de nosotros tiene que dar las gracias?

»¿No tiene que ser el donante y no el que ha aceptado? El dar ¿no es una necesidad? Aceptar ¿no es compadecer?

»¡Alma mía! Comprendo la melancolía en tu sonrisa; tu abundancia misma tiende las manos suplicantes llenas de deseos.

»Tu abundancia mira más allá de los mares tempestuosos, busca y espera; el anhelo de tu exuberancia dirige sus miradas a través del cielo sonriente de tus ojos.

»Y ¡en verdad, alma mía!, ¿quién podría ver tu sonrisa sin prorrumpir en llanto? Los ángeles mismos llorarían al ver la demasiada bondad de tu sonrisa.

»Tu bondad, tu excesiva bondad, es la que no quiere lamentarse sin llorar, y sin embargo, alma mía, siente tu sonrisa el ansia de lágrimas y tus labios temblorosos el ansia de sollozos.

»"Todo llanto ¿no es una lamentación? Y todo lamento ¿no es una acusación?". Así te dices a ti misma y por esto prefieres sonreír, alma mía, a desahogar tu pena; desahogar en torrentes de lágrimas toda tu pena por tu abundancia y por el ansia del vendimiador y de la podadera que siente la cepa.

»Pero si no quieres llorar, llorar hasta agotar tu purpúrea melancolía, tendrás que cantar, alma mía.

»Mira, yo mismo sonrío al predecirte esto:

»Canta con voz atronadora hasta que callen todos los mares al escuchar tu gran anhelo: hasta que sobre todos los mares tranquilos y apasionados flote la barca, la maravilla dorada, alrededor de cuyo oro saltan todas las cosas buenas, malas y singulares; como también muchos animales grandes y pequeños y todo lo que tiene piernas ligeras y singulares para poder correr por los senderos cubiertos de violetas; en busca de la maravilla dorada, de la barca voluntaria y de su dueño: pero éste es el vendimiador que espera dar su podadera de diamante; tu gran libertador, alma mía, el inefable, para quien sólo los cantos del porvenir sabrán encontrar nombre. Y en verdad, ya tiene su aliento el perfume de los futuros cantos; ya estás inflamada y sueñas, ya bebes sedienta en todos los pozos consoladores de ecos graves, ya descansa tu melancolía en la beatitud de los futuros cantos.

»¡Alma mía! Te he dado todo, hasta lo que constituía mi último bien, y mis manos se han despojado de todo por ti; al decirte que cantaras, sábelo, te di lo último que me quedaba.

»Si te dije que cantaras, habla ahora, habla: ¿quién de nosotros tiene que dar las gracias? O mejor aún: ¡canta para mí, alma mía y déjame darte las gracias!».

Así habló Zaratustra.

El otro canto de baile

I

«Ha muy poco vi en tus ojos, oh, vida, y vi brillar oro en tus ojos oscuros, oscuros como la noche; mi corazón cesó de latir ante tal voluptuosidad: vi relucir una barca que, meciéndose como una cuna, se hundía, hacía agua y hacía señas.

»Dirigiste una mirada a mis pies locos de afán del baile, hiciste sonar los crótalos sólo dos veces, y ya se balancearon mis pies, embriagados del baile.

»Mis talones se alzaban del suelo, los pulgares de mis pies aguzaban el oído para comprenderte: el danzarín al fin y al cabo tiene el oído en los dedos pulgares de sus pies.

»Salté hacia ti, que retrocediste ante mi impulso, y hacia mi se dirigieron como serpientes los rizos de tus cabellos en su huida.

»De un salto me alejé de ti y de tus serpientes; tú te volvías ya hacia mí con la mirada preñada de deseos.

»Con tus miradas sospechosas, me muestras senderos torcidos; y sobre esos senderos torcidos aprenden mis pies; astucias todo.

»Te temo cuando estás cerca de mí; te amo cuando estás lejos; huyendo me atraes, buscándote me quedo detenido; sufro, pero ¡qué no sufrí por ti de buena gana!

»Tu frialdad me inflama, tu odio me seduce, tu huida me ata, tus burlas me conmueven; ¡quién no te odiaría, gran atadora, gran envolvedora, seductora y buscadora que encuentra! ¡Quién no te amaría inocente, impaciente y apresurada pecadora de ojos infantiles!

»¿Adónde me llevas ahora, criatura modelo, traviesa criatura? Y de nuevo vuelves a huir de mí, dulce y enredadora criatura, desagradecida.

»Te sigo bailando aunque las huellas que me dejes sean inciertas. ¿Dónde estás? ¡Dame la mano, o aunque sólo sea un dedo!

»Aquí hay cavernas y espesuras: ¡vamos a perdernos! ¡Alto! ¡Detente! ¿No ves cómo revolotean los mochuelos y los murciélagos?

»¡Eh, mochuelo! ¡Eh, murciélago! ¿Quieres burlarte de mí? ¿Dónde estamos? Has aprendido de los perros a ocultarte y a ladrar.

»Amablemente me muestras tus blancos dientecillos que rechinan, y tus ojos malévolos chispean hacia mí entre los bucles de tu piel rizosa.

»¡Qué danza por montes y valles! Soy el cazador; ¿quieres ser mi perro o mi gamuza?

»¡Ahora a mi lado! Y más deprisa, más, intencionada saltarina ¡Ahora arriba! ¡Y al otro lado! ¡Ay, al saltar me he caído!

»¡Mírame caído, traviesa, cómo imploro tu gracia! Bien quisiera seguirte por senderos más agradables; senderos del amor a través de silenciosos matorrales en flor, o bien allá abajo por la orilla del lago, en el que peces dorados nadan y bailan.

»¿Estás cansada? Allá abajo hay ovejas y arreboles vespertinos. ¿No es una delicia dormirse oyendo a los pastores tocar la flauta?

»¿Estás tan cansada? Te voy a llevar, deja solamente que cuelguen tus brazos. Si tienes sed, quizá tendría algo para calmarla, pero tu boca no lo quiere.

»¡Oh, maldita serpiente ágil y resbaladiza, oh, bruja maldita! ¿Dónde estás escondida? Pero sobre mis mejillas noto dos huellas de tu mano, dos manchas rojas.

»Estoy verdaderamente cansado de ser siempre el pastor de tus ovejas. ¡Bruja! Hasta ahora he cantado para ti, ¡ahora debes gritar para mí!

»Tienes que bailar y gritar al compás de los chasquidos de mi látigo. ¿No me he olvidado del látigo? "¡No!"».

II

«Tapándose las lindas orejitas con los dedos me contestó la vida:

»"¡Oh, Zaratustra, no hagas chasquear tanto tu látigo! Ya sabes que el ruido asesina a los pensamientos, y ahora precisamente se me ocurren unos muy tiernos".

»"Nosotros dos somos dos verdaderos holgazanes incapaces de nada bueno ni malo. Más allá del bien y del mal hemos encontrado nuestra isla y nuestra verde pradera nosotros dos solos. Por esto es preciso que nos queramos bien".

»"Y aunque no nos queramos muy cordialmente, ¿precisa acaso tenerse mala voluntad el no quererse de todo corazón?".

»"Tú sabes que te quiero bien y a menudo demasiado bien: y el motivo de ello es que estoy celosa de tu sabiduría. ¡Ah, esta vieja y loca sabiduría!".

»"Si tu sabiduría te abandonara algún día, ¡ay, qué pronto huiría también de ti mi amor!".

»"Al decir estas palabras miró pensativa hacia atrás la vida y añadió en voz baja: "¡Zaratustra, no me eres bastante fiel!".

»"No me amas tanto como dices, ni mucho menos; sé que piensas abandonarme pronto".

»"Existe una antigua y pesada campana, muy pesada, cuyo ronco tañido llega por la noche hasta la altura de la caverna".

»"Cuando a media noche oyes tocar la hora a esa campana, piensas entre las doce y la una; piensas, Zaratustra, lo sé muy bien, en que quieres abandonarme muy pronto".

»"Sí, respondió titubeando, pero también sabes...". Y le dije algo al oído entre los mechones de sus cabellos enmarañados, amarillentos y alocados.

»"¿Sabes esto, Zaratustra? Nadie lo sabe".

»Nos miramos, dirigimos después nuestras miradas a la verde pradera sobre la cual comenzaba a extenderse el fresco manto de la noche, y lloramos juntos,

»Entonces amé más a mi vida que nunca amé a toda mi sabiduría».

Así habló Zaratustra.

III

¡Una!
¡Hombre, ten cuidado!
¡Dos!
¿Qué dice la profunda medianoche?

¡Tres!
«¡He dormido, he dormido!».
¡Cuatro!
«He despertado de un profundo sueño».
¡Cinco!
«El mundo es profundo».
¡Seis!
Más profundo que lo que se imaginó el día.
¡Siete!
Profundo es su dolor.
¡Ocho!
La alegría, más profunda que la aflicción.
¡Nueve!
El dolor dice: «¡Pasa y acaba!».
¡Diez!
Pero toda alegría quiere la eternidad.
¡Once!
¡Quiere la profunda eternidad!
¡Doce!
Porque en la eternidad ¡todo vuelve!

Los siete sellos (o la Canción del Sí y el Amén)

I

«Si soy un adivino lleno del espíritu de adivinación que camina sobre una elevada cresta que separa dos mares, que camina entre lo pasado y lo futuro como una pesada nube, enemiga de todas las bochornosas profundidades y de todo lo que está fatigado y no puede morir ni vivir; pronto al relámpago y pronto al rayo de luz redentor su seno oscuro preñado de centellas, que dicen ¡sí! y riéndose repiten ¡sí! a los rayos adivinadores.

»¡Bienaventurado es quien así se ve preñado! Y en verdad, mucho tiempo tiene que verse suspendido, como pesada nube tempestuosa sobre la montaña, el que deberá encender un día la luz del porvenir.

»¿Cómo no he de sentirme presa de ardiente celo temeroso de la eternidad y del anillo nupcial de los anillos, el anillo de la eterna vuelta?

»Todavía no he encontrado más mujer de la que quisiera tener hijos que la mujer que amo: porque, Eternidad, ¡te amo!

»PORQUE, ETERNIDAD, ¡TE AMO!».

II

«Si mi cólera violó tumbas alguna vez, empujó postes de piedras fronterizos y arrojó al fondo de escarpados precipicios antiguas tablas para que se refrescaran; si mi sarcasmo esparció al viento palabras enmohecidas y yo vine como una escoba a barrer las arañas, y como un viento purificador a sembrar el ambiente viciado de las viejas criptas funerarias: si alguna vez lleno de alegría me senté en el lugar donde yacen enterrados los antiguos dioses, bendiciendo al Mundo y amándole, al lado de los monumentos de los antiguos calumniadores del Mundo: porque me deleitan las iglesias y las tumbas de los dioses cuando a través de sus bóvedas resquebrajadas mira con claros ojos el cielo; semejante a la hierba y a las encendidas amapolas me complace estar sentado sobre las ruinas de las iglesias; ¿cómo no he de sentirme presa de ardiente celo amoroso de la eternidad y del anillo nupcial de los anillos, del anillo de la eterna vuelta?

»Todavía no he encontrado más mujer de la que quisiera tener hijos que la mujer que amo: porque, Eternidad, ¡te amo!

»PORQUE, ETERNIDAD, ¡TE AMO!».

III

«Si alguna vez vino a mí un hálito del hálito creador y de aquella divina necesidad que obliga a danzar hasta a las casualidades: si alguna vez jugué con los dioses a los dados en la mesa divina de la Tierra hasta que la Tierra tembló y se rompió lanzando al aire ríos de fuego; porque la Tierra es una mesa divina, que tiembla al oír nuevas palabras creadoras y el ruido que hacen los dados divinos, ¿cómo no he de sentirme presa de ardiente celo amoroso de la eternidad y del anillo nupcial de los anillos, del anillo de la eterna vuelta?

»Todavía no he encontrado más mujer de la que quisiera tener hijos que la mujer que amo: porque, Eternidad, ¡te amo!

»PORQUE, ETERNIDAD, ¡TE AMO!».

IV

«Si alguna vez bebí a grandes tragos del espumante jarro de especias y tisanas en el que todas las cosas están bien mezcladas: si mi mano mezcló alguna vez lo más lejano y lo más próximo, el fuego y el espíritu, el placer y el dolor y lo peor y lo mejor: si yo mismo soy un grano de aquella sal redentora que hace que todas las cosas se mezclen bien en el jarro de las tisanas, porque hay una sal que liga lo bueno, lo malo; lo peor es digno también de servir de especie y de hacer desbordar la espuma del jarro, ¿cómo no he de sentirme poseído de ardiente celo amoroso de la eternidad y del anillo nupcial de los anillos, del anillo de la eterna vuelta?

»Todavía no he encontrado más mujer de la que quisiera tener hijos que la mujer que amo: porque, Eternidad, ¡te amo!

»PORQUE, ETERNIDAD, ¡TE AMO!».

V

«Si me place el mar y todo lo que al mar se parece, y más que nunca cuando tempestuoso me contradice: si llevo en mí el afán del investigador, que hincha sus velas en busca de lo ignoto, y la alegría del navegante es también la mía: si mi júbilo me hizo exclamar un día: "La costa ha desaparecido, mi última cadena acaba de caer: la inmensidad sin límites muge en derredor mío, muy lejos de mí brillan el tiempo y el espacio; ¡ea, pues, en marcha, viejo corazón! ¡En marcha!".

»¿Cómo no he de sentirme presa de ardiente celo amoroso de la eternidad y del anillo nupcial de los anillos, del anillo de la eterna vuelta?

»Todavía no he encontrado más mujer de la que quisiera tener hijos que la mujer que amo: porque, Eternidad, ¡te amo!

»PORQUE, ETERNIDAD, ¡TE AMO!»

VI

«Si mi virtud es una virtud de danzarín y si a menudo salté con ambos pies en éxtasis de oro y de esmeraldas: si mi maldad es una maldad riente, que se encuentra como en su hogar entre ramas cubiertas de rosas y setos de lirios: porque en la risa se reúne cuanto hay de malo, pero absuelto y santificado por su propia beatitud: y mi alfa y mi omega es que todo lo que es pesado venga ligero, todo cuerpo danzarín y todo espíritu pájaro: y en verdad ¡esto es mi alfa y omega!

»¿Cómo no he de sentirme presa de ardiente celo amoroso de la eternidad y del anillo nupcial de los anillos, del anillo de la eterna vuelta?

»Todavía no he encontrado más mujer de la que quisiera tener hijos que la mujer que amo: porque, Eternidad, ¡te amo!

»PORQUE, ETERNIDAD, ¡TE AMO!».

VII

«Si alguna vez desplegué sobre mí cielos tranquilos y con mis propias alas volé en mi propio cielo: si alguna vez nadé jugueteando en profundas lejanías de luz y la sabiduría del ave de mi libertad vino a mí: porque la sabiduría del ave de mi libertad me habla así: "Mira, no hay un arriba ni un abajo: ¡precipítate hacia delante, hacia atrás, en todas direcciones, ya que eres ligero! ¡Canta, no hables más! ¿No han sido creadas todas las palabras para los que son pesados? ¿No mienten todas las palabras a los ligeros? ¡Canta, no hables más!".

»¿Cómo no he de sentirme presa de ardiente celo amoroso de la eternidad y del anillo nupcial de los anillos, del anillo de la eterna vuelta?

»Todavía no he encontrado más mujer de la que quisiera tener hijos que la mujer que amo: porque, Eternidad, ¡te amo!

»PORQUE, ETERNIDAD, ¡TE AMO!».

Cuarta y última parte

> ¿Quiénes han cometido en el Mundo locuras mayores que las de los misericordiosos? ¿Y qué ha habido en el mundo que haya originado más males que los debidos a las locuras de los misericordiosos? ¡Desgraciados todos los que aman sin tener una altura superior a su compasión!
> Un día me habló el diablo de esta manera: «También Dios tiene su infierno, que es su amor a los hombres».
> Y hace muy poco le oí decir: «Dios ha muerto; el compartir los dolores de los hombres ha matado a Dios».
>
> Así habló Zaratustra

La ofrenda de la miel

Pasaron de nuevo meses y años sobre el alma de Zaratustra sin que lo advirtiera, y, sin embargo, sus cabellos se volvieron de plata. Un día que sentado sobre una piedra delante de su caverna contemplaba en silencio la lejanía —porque desde aquel sitio se veía el mar muy a lo lejos, más allá de tortuosos abismos—, preocupados sus animales comenzaron a dar vueltas a su alrededor y por fin se detuvieron ante él.

«Zaratustra —le dijeron—, ¿buscas con la mirada tu felicidad?».

«¡Qué importa la felicidad! —respondió—; hace ya mucho tiempo que no aspiro a ella; aspiro a mi obra». «Dices esto, Zaratustra —siguieron diciendo los animales—, como uno que está saturado del bien. ¿No te encuentras como si reposaras en un lago azulado de felicidad?».

«¡Qué bien habéis sabido escoger la parábola, alocados tunantuelos! —respondió sonriendo Zaratustra—. Pero también sabéis lo pesada que es mi felicidad, que no es móvil como una ola: me empuja y no me quiere dejar, adhiriéndoseme como pez derretida».

Volvieron cavilosos sus animales a dar vueltas a su alrededor hasta que de nuevo se detuvieron delante de él. «¿Es por esto, Zaratustra —le preguntaron—, por lo que te vuelves más amarillo y más oscuro de color mientras tus cabellos quieren parecer blancos y hechos de cáñamo? ¿Ves? ¡Ya estás sentado en tu pez!». «¿Qué decís, animales míos? —exclamó Zaratustra riéndose—; en verdad, he blasfemado al hablar de la pez. Lo que me sucede le ocurre lo mismo a todas las frutas que maduran. La miel que hay en mis venas es la que hace que sea más espesa mi sangre y esté más tranquila mi alma». «Así será, Zaratustra —respondieron los animales acercándose más a él—; ¿no quieres subir hoy a una elevada montaña? El aire es puro y hoy se verá desde allí más mundo que otras veces». «Sí, animales míos, contestó Zaratustra; me dais un excelente consejo y muy del gusto de mi corazón: quiero subir hoy a una elevada montaña, pero cuidad de que encuentre miel allí, miel de dorados panales, amarilla y blanca, buena y fresca como la nieve. Porque tenéis que saber que quiero hacer allá arriba la ofrenda de la miel».

Cuando Zaratustra llegó a la altura mandó que se retiraran los animales que le habían acompañado y se dio cuenta de que estaba completamente solo; entonces se echó a reír de muy buena gana, miró en derredor suyo y dijo así:

«Hablé de ofrendas y de ofrendas de miel, pero mis palabras no han sido más que una argucia y, en verdad, una locura útil. En esta altura puedo hablar con mucha más libertad que delante de las cavernas de los ermitaños y los animales de los ermitaños.

»¡Qué dije de ofrendar! Yo, derrochador, derrocho con mil manos lo que se me da: ¿cómo, pues, podría llamar a esto ofrendar?

»Cuando pedí la miel sólo deseaba un buen cebo de dulce miel virgen de la que tan golosos se muestran los gruñones osos y algunas raras aves: el mejor cebo como el que necesitan los cazadores y pescadores. Porque, aunque el Mundo es como un bosque sombrío habitado por animales y un jardín de delicias de todos los cazadores salvajes, a mí me parece más bien un mar sin fondo; un mar poblado por peces multicolores y cangrejos, que incitaría los deseos de los dioses mismos, que en este mar se convertirían en pescadores y en él arrojarían sus redes, tan grande es la riqueza del Mundo en grandes y pequeñas maravillas.

»Principalmente el mundo de los hombres, el mar de los hombres: en éste es en el que dejo caer mi dorada caña de pescar diciendo: ¡ábrete, abismo humano!

»¡Ábrete y échame tus peces y tus brillantes cangrejos! Con mi mejor cebo me apodero hoy de los más maravillosos peces humanos.

»Lo que arrojo a lo lejos es mi felicidad, que disperso en todas las lejanías entre el oriente, el mediodía y el poniente, para ver si muchos peces humanos aprenderían a morder el anzuelo y a colear, colgados de mi felicidad, hasta que clavados en mi puntiagudo anzuelo tengan que subir hasta mi altura los gobios desde las profundidades, hasta el más perverso de los pescadores de peces humanos.

»Porque esto es lo que soy desde mi origen y hasta lo hondo de mi corazón, tirando, arrastrando, levantando y subiendo: un tirador, un criador y un educador, que no en vano se dijo un día: "¡Sé lo que eres!".

»Que los hombres suban, pues, hasta mí; porque todavía espero los signos que me hagan saber que ha llegado la hora de mi descenso: todavía no bajo yo mismo adonde están los hombres, como debo.

»Por esto espero astuto y burlón sobre las altas montañas, ni paciente ni impaciente, aunque más bien como uno que ha desaprendido la paciencia, porque ya no es un "paciente".

»Porque mi destino me deja tiempo: ¿se habrá olvidado de mí? O ¿estará sentado a la sombra, detrás de una piedra muy grande, cazando moscas?

»En verdad estoy reconocido a mi destino eterno porque no me hostiga y me deja tiempo para farsas y picardías, por lo que hoy he subido a esta montaña tan alta para pescar.

»¿Ha habido algún hombre que haya cogido peces en lo alto de las montañas? Y aunque lo que quiero aquí arriba sea una locura, mejor es esto que volverme solemne, amarillo y verde allá abajo a fuerza de esperar; bufando de rabia a fuerza de esperar, como el mugido de una santa tempestad que viene de las montañas, como un impaciente que grita a los valles: "¡Escuchad, si no queréis que os azote con el látigo de Dios!".

»No tengo por esto mala voluntad a tales indignados; me sirven para hacerme reír. Por fuerza tienen que estar impacientes estos grandes tambores alborotadores, que si no hablan hoy, no hablarán nunca.

»Pero yo y mi destino no hablamos al "Hoy" ni tampoco al "Nunca": para hablar tenemos paciencia y tenemos tiempo, mucho tiempo. Porque llegará necesariamente un día en que vendrá y no tendrá derecho a pasar de largo.

»¿Quién tiene que venir necesariamente sin tener derecho para pasar de largo? Nuestro gran azar, o sea nuestro grande y lejano reinado del hombre, el reinado de Zaratustra, que dura mil años.

»¿Estará todavía muy lejano este lejano? ¡Qué me importa! Pero no por esto no está menos firme para mí; que lleno de confianza me mantengo sobre esta base; sobre una base eterna, sobre duras rocas primitivas, sobre estos antiguos montes, los más altos y más duros, a los que acuden todos los vientos a un límite meteorológico, preguntando: ¿dónde?, ¿adónde? y ¿de dónde?

»¡Ríete aquí, ríete, mi clara y sana maldad! ¡Lanza desde estos montes tan altos tus brillantes risotadas burlonas a los valles! ¡Atráeme con el cebo de tu brillo los más hermosos peces humanos!

»Y cuanto en todos los mares me pertenece, lo que es mío en todas las cosas. Péscamelo y traémelo aquí arriba: porque lo estoy esperando, yo, el más perverso de todos los pescadores.

»¡Id lejos, id lejos, anzuelos míos! ¡Llega hasta lo más hondo, cebo de mi felicidad! ¡Deja que gotee tu más dulce rocío, miel de mi corazón! Muerde, anzuelo mío, en el vientre de todas las negras tribulaciones!

»¡Id lejos, muy lejos, ojos míos! ¡Oh, cuántos mares en derredor mío, qué humanos porvenires se elevan con la aurora! Y sobre mí, ¡qué rosado silencio! ¡Qué silencio sin nubes!».

El grito de angustia

Al día siguiente estaba Zaratustra sentado otra vez sobre su piedra delante de la entrada de su cueva mientras sus animales erraban por el Mundo en busca de alimentos y también de miel nueva, porque Zaratustra había consumido y derrochado toda la miel y hasta el último grano de trigo. Mientras estaba sentado allí con un bastón en la mano y pensativo miraba la sombra de su figura, que el Sol dibujaba sobre la tierra, y en verdad no pensaba en sí mismo ni en su sombra, se asustó y estremeció repentinamente, porque al lado de su sombra vio otra. Rápidamente se levantó y miró en derredor suyo y con sorpresa vio a su lado al présago, al mismo que un día dio de comer y beber en su mesa, al anunciador del gran cansancio, que enseñaba: «Todo es igual, nada vale la pena, el Mundo no tiene sentido, el saber ahoga». Pero entretanto había variado su fisonomía, y cuando Zaratustra le miró en los ojos volvió a oprimírsele el corazón: tan funestas eran las predicciones y tantos los rayos cenicientos que pasaban sobre aquel rostro.

El adivino, que se dio cuenta de la impresión que sufría el alma de Zaratustra, se pasó la mano por la cara, como si así borrar de ella quisiera lo que a aquél había impresionado, y lo mismo hizo Zaratustra. Y cuando ambos se hubieron serenado se dieron la mano en señal de que querían reconocerse.

«Sé bienvenido —dijo Zaratustra—; tú, predicador del gran hastío, no en vano fuiste una vez mi huésped y compañero de mesa. Come y bebe hoy también de nuevo conmigo y perdona que un alegre viejo se siente contigo a la mesa». «¿Un alegre viejo? —respondió el adivino moviendo la cabeza—; quienquiera seas o quieras ser, oh, Zaratustra, no lo serás ya mucho tiempo aquí arriba». «¿Estoy ahora en seco?»,[1] preguntó Zaratustra sonriéndose. «Las olas que rodean tu mon-

---

[1] Estar en seco, en alemán, significa estar sin recursos. (*N. del T.*).

taña —respondió el adivino—, suben y suben, las olas de la inmensa miseria y aflicción, que pronto levantarán tu barca y te llevarán con ella». Zaratustra calló sorprendido. «¿No oyes nada todavía? —continuó diciendo el adivino—; ¿no percibes extraños ruidos que suben desde la profundidad?».

Zaratustra siguió guardando silencio y escuchando, y entonces oyó un grito prolongado que los abismos se lanzaban y devolvían, porque ninguno quería retenerlo, tan funesto sonaba.

«Profeta perverso —dijo por fin Zaratustra—, ése es un grito de angustia, la llamada de un hombre, y procede probablemente de un mar negro. Pero ¡qué me importa la angustia de los hombres! ¿Sabes cómo se llama el último pecado que me ha sido reservado? ¿Mi último pecado?».

«¡Compasión! —respondió el adivino desbordándosele el corazón y levantando las manos al cielo—, y yo vengo, oh, Zaratustra, a seducirte para que cometas tu último pecado».

Apenas hubo pronunciado estas palabras resonó de nuevo el grito más prolongado y angustioso que antes y ya mucho más cercano. «¿Lo oyes? ¿Lo oyes, Zaratustra? —exclamó el adivino—, el grito se dirige a ti, a ti es a quien llama: ¡ven, ven, ya es tiempo, no esperes más!».

Pero Zaratustra callaba turbado y agitado. Por fin, preguntó como uno que titubea desconfiando de sí mismo: «Y ¿quién es el que me llama desde allá abajo?».

«Lo sabes muy bien —respondió con viveza el adivino—; ¿por qué te ocultas? El hombre superior es el que te pide socorro».

«¡El hombre superior! —exclamó Zaratustra, horrorizado—, ¿qué es lo que quiere? ¿Qué quiere? ¿El hombre superior? ¿Qué quiere de aquí?». Y su rostro se cubrió de sudor.

El adivino no hizo caso de la angustia de Zaratustra, porque inclinado sobre el abismo escuchaba si subían ruidos de él.

Pero como durante largo rato reinó el silencio miró hacia atrás y vio a Zaratustra en pie, temblando.

Con voz triste le dijo: «¡Oh, Zaratustra, no me haces el efecto de uno a quien la felicidad haga dar alegres vueltas: vas a tener que bailar para no caerte de espaldas.

»Pero aunque quisieras bailar delante de mí y hacer toda clase de cabriolas, no habrá nadie que se atreva a decirme: ¡mira cómo baila el último hombre alegre!

»Inútil viaje sería el del que llegara a estas alturas en busca de este hombre: encontraría cavernas y grutas y escondrijos para los que se esconden, pero no pozos de felicidad, ni tesoros ni nuevos filones de dorada felicidad.

»Felicidad; ¿cómo podría encontrarse la felicidad entre tales enterrados en vida, entre eremitas? ¿Será preciso que busque la última felicidad en las islas bienaventuradas o muy lejos entre los mares olvidados?

»¡Pero todo es igual, nada vale la pena, inútil es todo buscar! ¡No hay más islas bienaventuradas!».

Así suspiró el adivino; al suspirar por última vez recobró Zaratustra su serenidad y seguridad de sí mismo, como uno que desde una profunda sima volviera a la luz. «¡No, no y tres veces no! —exclamó en voz potente frotándose la barba—, lo sé mejor que tú! Todavía hay islas bienaventuradas. No hables más, llorón, saco de tristezas.

»¡Cesa de chapotear, nube de lluvia matinal! ¿No me ves empapado de tu tristeza y mojado como un perro?

»Ahora me sacudo y huyo lejos de ti para secarme; ¡no te extrañes! ¿Te parezco descortés? Pero aquí está mi corte.

»En cuanto a tu hombre superior, óyeme: voy a apresurarme a buscarle en aquellos bosques, porque de allí procedía su grito. Quizá le tiene algún criminal salvaje en situación apurada.

»Está en mis dominios y no quiero que le ocurra mal alguno. Porque en verdad hay en mis dominios muchos animales salvajes».

»Después de estas palabras se disponía a marchar Zaratustra, pero se detuvo al oír que el adivino le dijo: «¡Zaratustra, eres un pillo!

»Lo sé bien: ¡quieres desembarazarte de mí! Prefieres huir a los bosques para perseguir a los animales salvajes.

»Pero ¿de qué te servirá? Por la noche volverás a tenerme contigo, porque me sentaré en tu propia caverna y paciente y pesado como un tronco te esperaré».

«¡Que así sea! —exclamó Zaratustra yéndose—; cuanto hay en mi caverna te pertenece también, huésped mío.

»Pero si encontraras miel consúmela lamiendo, oso gruñón, y endulza tu alma, porque esta noche hemos de estar muy alegres los dos, muy alegres y gozosos los dos de que este día llegue a su término. Y tú mismo debes acompañar con tus bailes mis canciones, como si fueras mi oso sabio.

»¿No lo crees? ¿Sacudes la cabeza? Pues bien, ¡vete, oso viejo! Porque también yo soy un adivino».

Así habló Zaratustra.

Conversación de los reyes

I

No había aún transcurrido una hora desde que Zaratustra se había internado en sus montañas y sus bosques, cuando de pronto se sorprendió al ver una extraña comitiva. Por en medio del camino que iba a seguir, vio avanzar a dos reyes ciñendo coronas y cinturones de púrpura y tan abigarrados como flamencos; ambos empujaban hacia delante a un burro cargado. «¿Qué quieren estos reyes en mi reino?», preguntó extrañado Zaratustra a su corazón, apresurándose a esconderse detrás de unos matorrales.

Pero cuando los reyes llegaron adonde él estaba, dijo a media voz, como uno que hablara consigo mismo:

«¡Qué extraño, qué extraño! ¿Cómo compaginar esto? Veo dos reyes y ¡sólo un asno!».

Los dos reyes se detuvieron y sonriendo miraron hacia el sitio de donde había partido aquella voz, y en seguida miráronse en los ojos: «Entre nosotros también se piensan estas cosas —dijo el rey de la derecha— pero no se dicen».

El rey de la izquierda se encogió de hombros y respondió: «Será un pastor de cabras o un ermitaño que ha vivido demasiado tiempo entre rocas y árboles. El estar privado de sociedad estropea también las buenas costumbres».

«¿Las buenas costumbres? —replicó indignado y con amargura el otro rey—. ¿De qué, sino de las buenas costumbres estamos queriendo huir? ¿No es así? ¿No estamos huyendo de las "buenas costumbres" y de nuestra "buena sociedad"?

»En verdad, preferible es vivir entre eremitas y pastores de cabras que con nuestro dorado populacho, falso y lleno de afeites, aunque se dé a sí mismo el nombre de "buena sociedad"; y aunque se llama "nobleza". Todo allí está falseado y podrido, empezando por la sangre, gracias a antiguas y malas enfermedades y a los peores curanderos.

»Lo mejor y más preferible hoy día es el astuto campesino sano: es grosero, astuto, terco y perseverante, pero hoy día la especie más noble.

»El campesino es hoy día lo mejor y la gente del campo debería ser la que mandase. Sin embargo, reina el gentío —no me hago ilusiones—. Pero populacho y gentío quieren decir morralla.

»¡Morralla del pueblo, en la que todo está revuelto en terrible confusión: santos y facinerosos, hidalgos y judíos y todos los animales del arca de Noé!

»¡Buenas costumbres! En nosotros todo está falseado y podrido. Nadie sabe ya venerar; por eso huimos. Son importunos perros golosos que doran las hojas de las palmeras.

»Me ahoga el asco de ver que hasta nosotros, los reyes, nos hemos vuelto falsos, envolviéndonos y disfrazándonos con el fausto envejecido de nuestros antepasados, convirtiéndonos en monedas de escaparate para los más tontos y los más pillos y para los que especulan con el poder.

»No somos los primeros, pero es preciso que signifiquemos serlo: esta farsa ha acabado por hastiarnos y asquearnos.

»Nos apartamos del camino del populacho, de todos los vocingleros, y de las moscas pegajosas, y de los escritorios para librarnos del hedor de los merceros, de los impotentes esfuerzos de los ambiciosos y del aliento fétido: ¡qué asco, vivir entre el populacho!

»¡Qué asco significar ser los primeros entre el populacho! ¡Ah, qué asco, qué asco y qué asco! ¡Qué podemos importar ya a nadie nosotros los reyes!». «Te vuelve a atacar tu antigua enfermedad —dijo el rey de la izquierda—; vuelve a atacarte el asco, hermano mío, pobre. Pero sabes que hay alguien que nos está escuchando».

Zaratustra, que al oírles hablar había abierto bien los ojos y los oídos, salió de su escondrijo y dirigiéndose a los reyes les dijo:

«El que os escucha, reyes, y por cierto con mucho gusto, se llama Zaratustra.

»Soy Zaratustra, el que dijo un día: "¡Qué importan ya los reyes!". Perdonadme si me alegré al oír que os decíais: "¡Qué importamos ya nosotros los reyes!".

»Pero estáis en mi reino y bajo mi dominación: ¿qué podéis buscar en mi reino? Pero quizá hayáis encontrado en vuestra marcha lo que yo busco: al hombre superior».

Cuando los reyes le oyeron se golpearon el pecho y exclamaron a la vez: «¡Nos han reconocido!». «Con el filo de la espada de esta palabra cortas la más densa oscuridad de nuestro corazón. Has descubierto nuestra miseria, porque, ¡mira!, nos hemos puesto en camino en busca del hombre superior, del hombre que sea superior a nosotros, a pesar de que somos reyes. Le llevamos este asno. Porque el hombre superior a los demás hombres debe ser en la Tierra el primero y más poderoso de los señores.

»No hay desgracia mayor en todo destino de los hombres que la de que los poderosos de la Tierra no sean también los primeros hombres. Todo entonces resulta falseado, torcido y monstruoso.

»Y cuando son los últimos, más animales que hombres, entonces sube y sube el valor del populacho hasta que finalmente exclama la virtud del populacho: "¡Mirad, sólo yo soy virtud!"».

«¿Qué es lo que acabo de oír? —respondió Zaratustra—; ¡qué sabiduría en reyes! Estoy encantado y, en verdad, ganas tengo ya de componer con esto una canción: aunque sea una canción que no sirve para todos los oídos. Hace ya mucho tiempo que desaprendí la consideración de las orejas largas. ¡Ea, adelante!».

(Pero en este momento intervino el asno en la conversación, pronunciando con mucha claridad y con mala intención: «Sí»).

Un día, creo fue en el año uno, dijo la Sibila, embriagada, sin haber tomado vino:

«¡Fatalidad, esto va mal! ¡Decadencia! ¡Decadencia! Nunca cayó tan hondo el Mundo! Roma ha acabado por ser ramera en un burdel, el César de Roma se ha rebajado a la bestia, Dios mismo ¡se ha hecho judío!».

II

Los reyes se deleitaron escuchando esta canción; el rey de la derecha dijo: «Qué bien hicimos, Zaratustra, en habernos puesto en camino para verte.

»Porque tus enemigos nos enseñaron tu imagen en su espejo: allí tenías la mueca de un diablo y te reías sarcásticamente, tanto que nos infundiste miedo.

»Pero de nada les sirvió, porque de nuevo penetrabas en nuestros oídos y en nuestro corazón con tus máximas. Finalmente acabamos por decir: ¡qué importa la cara que tenga!

»Tenemos que oír al que enseña: "Debéis amar la paz como medio de nuevas guerras, y jamás a la paz más corta que a la más larga".

»Nadie pronunció jamás palabras tan deliciosas: "¿Qué es el bien? Ser valientes es el bien. Una guerra buena santifica todo".

»La sangre de nuestros padres, Zaratustra, hirvió en nuestros cuerpos al oír tales palabras; fueron como las palabras de la primavera a barriles viejos de vino.

»Cuando las espadas se cruzaban semejantes a serpientes manchadas de rojo, la vida se hacía grata a nuestros padres, el sol de la paz les parecía frío y descolorido y una paz prolongada les avergonzaba.

»¡Cómo suspiraban nuestros padres cuando veían en los muros las pulidas espadas que nadie blandía! Porque éstas, como ellos, tenían sed de guerra. Una espada quiere beber sangre y brilla codiciosa».

Al oír hablar así a los reyes de la felicidad de sus padres le entraron a Zaratustra ganas muy grandes de reírse de su ardor, porque eran evidentemente unos reyes muy pacíficos los que estaba viendo, unos ancianos de finas facciones, a los que les iba muy mal un lenguaje propio de bestias, un pensar como las bestias y un propósito de obrar como obran ciertos animales que para vivir tienen que matar, pero se contuvo. «En marcha —dijo—, estáis en camino de la caverna de Zaratustra: ése es el camino, y este día debe tener una noche muy larga.

»Pero ahora un apremiante grito de angustia demandando auxilio me llama lejos de vosotros.

»Mi caverna se sentirá muy honrada si unos reyes quieren tomar asiento en ella para esperar, pero en verdad os digo que tendréis que esperar bastante.

»Mas ¡qué importa! ¿Dónde se aprende mejor a esperar hoy día sino en las cortes? ¿No se llama hoy saber esperar a la única virtud que les queda a los reyes?».

Así habló Zaratustra.

La sanguijuela

Pensativo continuó Zaratustra su marcha atravesando bosques y pasando por delante de ciénagas y pantanos, y como sucede a todos los que reflexionan acerca de graves materias, tropezó distraídamente con un hombre tumbado en el suelo. De repente oyó que le lanzaban a la cara un grito de dolor, dos blasfemias y veinte groseros insultos; asustado fue a levantar el bastón para pegar al que había pisado, pero rápidamente se dio cuenta de lo que era y se contuvo, riéndose su corazón de la tontería que acababa de hacer.

«Perdona —dijo al hombre al que había pisado y que furioso se había incorporado para sentarse inmediatamente—, perdóname y ante todo escucha una parábola.

»Un caminante, soñando cosas muy lejanas, tropieza impensadamente en un camino solitario con un perro dormido, tumbado al Sol: los dos se encuentran frente a frente, como dos enemigos mortales, y en realidad están ambos asustadísimos: lo mismo nos ha sucedido a nosotros.

»Y sin embargo, ¡qué poco faltó para que los dos se acariciaran, el perro y el solitario! ¿No eran ambos dos solitarios?».

«Quienquiera que seas —respondió siempre encolerizado aquél con quien Zaratustra había tropezado—, no te acerques demasiado a mí todavía, no sólo con tu pie, sino con tu parábola.

»Mírame, ¿soy acaso un perro?». Y diciendo esto sacó del pantano su desnudo brazo el sentado y se puso en pie. Al principio había estado echado sobre el suelo, estirado, escondido y difícil de reconocer semejante a uno que acecha la caza.

«Pero ¿qué haces?», exclamó Zaratustra asustado al ver que del brazo desnudo chorreaba mucha sangre.

«¿Qué te ha sucedido? ¿Te ha mordido, desgraciado, algún animal maligno?».

El que sangraba, aunque enojado todavía, se echó a reír. «¿Qué te importa? —dijo, y quiso continuar su camino—. Estoy en mis dominios, en mi hogar. Puede interrogarme todo el que quiera, pero difícilmente contestaré a un torpe».

«Estás en un error —dijo Zaratustra compadeciéndole y reteniéndole—: no estás en tus dominios, sino en los míos, en los que a nadie debe ocurrir nada malo.

»Pero puedes llamarme como mejor te parezca; soy el que tengo que ser. A mí mismo me llamo Zaratustra.

»¡Mira! Allá arriba está el camino que conduce a la cueva de Zaratustra, que no está lejos; ¿quieres ir a mi casa a cuidarte tus heridas?

»Mal te ha ido en este Mundo, desgraciado: primero te mordió el animal; después ¡te pisó el hombre!».

Al oír el nombre de Zaratustra se transformó aquel hombre. «¿Qué me sucede? —exclamó—; ¿quién me preocupa todavía en esta vida, como no sea este hombre que se llama Zaratustra y aquel animal único que se alimenta con sangre, la sanguijuela?

»Por la sanguijuela he estado tumbado aquí, a orillas de esta ciénaga, como un pescador, y ya había sido mordido diez veces mi brazo sumergido en el fango, cuando una sanguijuela mucho mayor, Zaratustra mismo, me mordió a su vez ansioso de mi sangre.

»¡Oh, dicha, oh, prodigio! ¡Bendito sea el día que me atrajo a este pantano! ¡Bendita sea la mejor de las ventosas vivientes que hoy vive; bendita sea la gran sanguijuela de las conciencias, Zaratustra!».

Así habló el hombre que había sido pisado, alegrándose Zaratustra de sus palabras y de su fino respeto. «¿Quién eres? —preguntó tendiéndole la mano—; muchas cosas tenemos que aclarar y refrescar, pero me parece que comienza el alba de un día claro y sereno».

«Soy el concienzudo del espíritu —contestó el interrogado—, y en las cosas del espíritu es difícil que haya quien sea más severo, más estrecho y duro que yo, como no sea aquél de quien lo aprendí, el mismo Zaratustra.

»¡Preferible es ignorar todo a saber muchas cosas a medias! ¡Antes ser un loco por cuenta propia que un sabio imbuido de pareceres ajenos! Yo voy al fondo; ¿qué importa que sea grande o pequeño? Un poco de tierra que tenga la superficie de mi mano me basta, con tal de que sea verdaderamente tierra sólida; un poco de tierra que tenga la superficie de mi mano: sobre él se puede estar en pie. En la verdadera ciencia concienzuda no hay nada grande ni nada pequeño».

«¿Entonces eres tú probablemente el que quiere conocer a la sanguijuela y por eso la persigues hasta las causas más profundas, tú, el concienzudo?».

«Sería una monstruosidad, Zaratustra, el que yo me atreviera a tanto —contestó el pisado—. Pero de lo que soy maestro y conocedor es del cerebro de la sanguijuela: ¡ése es mi universo!

»¡Y es también un universo! Perdona si dejo hablar a mi orgullo, porque tratándose de esto no hay quien me iguale. Por esto te dije que estaba en mis dominios y en mi hogar.

»¡Cuánto tiempo hace que voy en pos de esta cosa única, el cerebro de la sanguijuela, para que la viscosa verdad no se me escape más! Aquí está mi reino, por el que desprecié todo lo demás, que se me había hecho indiferente; y cerca, muy cerca de mi ciencia se aloja mi negra ignorancia.

»Mi ciencia de espíritu no exige saber una cosa e ignorar todo lo demás; me asquean los términos medios del espíritu y todos los exaltados, indecisos y de espíritu nuboso.

»Donde cesa mi honradez comienza mi ceguedad y quiero estar ciego. Pero donde quiero saber quiero ser probo, es decir, duro, severo, estrecho, cruel e implacable.

»El que tú, Zaratustra, dijeras un día: "El espíritu es la vida que penetra cortando en la misma vida", me condujo y convirtió a tu doctrina. Y en verdad, con mi propia sangre he aumentado mi propia ciencia».

«Como es evidente», le interrumpió Zaratustra, porque todavía continuaba manando la sangre del brazo desnudo del concienzudo. Diez sanguijuelas le habían chupado en aquél.

«¡Extraño individuo, cuánto me enseña esta evidencia, es decir, tú mismo! Y quizá no me atreviera a decirte al oído tuyo tan severo todo lo que me ha enseñado.

»¡Separémonos, pues, aquí! Pero me gustaría volver a encontrarme contigo. Allá arriba está el camino que conduce a mi caverna: esta noche tienes que ser el bienvenido entre mis huéspedes.

»Quisiera reparar en tu cuerpo el daño que Zaratustra te ha hecho con sus pies: en esto es en lo que estoy pensando. Pero un apremiante grito de angustia me llama lejos de ti».

Así habló Zaratustra.

El encantador

I

Pero al dar la vuelta a una roca vio Zaratustra no lejos de él, abajo, en el propio camino, a un hombre que agitaba los miembros como un loco furioso y que acabó por tirarse de cara al suelo. «¡Alto! —dijo Zaratustra a su corazón—: ése debe ser el hombre superior y ése es el que debe haber lanzado aquel siniestro grito de angustia; quiero ver si le puedo socorrer». Cuando presuroso corrió al lugar en que el hombre yacía en tierra, vio a un viejo temblón de ojos fijos, al que por más esfuerzos que hizo no logró poner en pie. El desgraciado parecía no darse cuenta de que alguien se ocupaba de él; muy al contrario, dirigía su rígida mirada a uno y otro lado con conmovedores gestos como una persona abandonada y aislada del Mundo entero. Por fin, después de muchos temblores y estremecimientos y de retorcerse empezó a lamentarse así:

¿Quién me calienta, quién me quiere todavía?
¡Dadme manos calientes,
dadme brasas de corazones!
Tumbado, tembloroso,
semejante a un moribundo al que calientan los pies;
sacudido, ¡ay!, por fiebres desconocidas,
temblando ante los helados y agudos carámbanos,
¡rechazado por ti, pensamiento!
¡Innominable, velado, pavoroso!
¡Cazador oculto tras nubes!
Fulminado por ti,
ojo sarcástico que me miras en la oscuridad: así yazgo,
me doblo y me retuerzo torturado
por todos los martirios eternos,
herido
por ti, cazador el más cruel;
¡tú, el dios desconocido!...

¡Hiere más profundamente!
¡Hiere otra vez más!
¡Atraviesa y rompe este corazón!
¿Por qué atormentarme
con flechas sin punta?
¿Por qué miras todavía
sin cansarte el sufrimiento humano
con un relámpago divino en tus ojos perversos?
No quieres matar:
sólo martirizar, martirizar solamente;
¿para qué martirizarme,
malévolo dios desconocido?
¡Ja, ja! ¿Te acercas sigilosamente?
¿Qué es lo que quieres
a esta hora de la medianoche? ¡Habla!
Me empujas y me aprietas.
¡Ah, ya estás demasiado cerca!
¡Quítate, quítate!
Me oyes respirar,

espías mi corazón,
¡celoso!
Pero ¿de quién tienes celos?
¡Quítate, quítate! ¿Para qué esta escala?
¿Quieres entrar
en mi corazón,
introducirte en mis más secretos pensamientos?
¡Impúdico! ¡Ladrón, desconocido!
¿Qué quieres robar?
¿Qué quieres escuchar?
¿Qué quieres arrancar a la fuerza,
atormentador?
Tú, ¡el dios verdugo!
¿O parecido a un perro
arrastrarme ante ti,
abnegado, en éxtasis, fuera de mí
ofreciéndote mi amor?

¡En vano! ¡Sigue hiriéndome,
cruelísimo aguijón! No
soy tu perro; no soy más que tu salvajina;
¡tú, el más cruel de los cazadores!
Tu prisionero más orgulloso;
¡tú, bandido oculto tras nubes!
Habla, habla por fin.
¿Qué quieres de mí, salteador de caminos?
¡Tú, que te ocultas tras los relámpagos! ¡Desconocido!
                                                [Habla.
¿Qué quieres de mí, dios desconocido?

¿Cómo? ¿Un rescate?
¿Qué quieres como rescate?
Pide mucho: te lo aconseja mi orgullo.
Y habla poco: esto te lo recomienda mi otro orgullo.

¡Ah, ah!
¿Soy yo lo que exiges? ¿Yo?

¿Todo yo?...

¡Ah, ah!
Loco eres, loco, al martirizarme.
¿Y torturas mi orgullo?
¡Dame amor!; ¿quién me calienta todavía?
¿Quién me calienta todavía? Dame manos calientes.
Dame brasas de corazones,
dámelas al solitario que soy,
más solitario que el hielo, ¡ay!
Que hace languidecer después siete veces
a los mismos enemigos.
Dame, sí, entrégate a mí,
cruelísimo enemigo.
¡Entrégate a mí!...

Partió,
huyó él mismo,
mi único y último compañero,
mi gran enemigo,
mi desconocido,
¡mi dios verdugo!
¡No! ¡Vuelve!
Con todos los martirios,
¡vuelve
al último de todos los solitarios!

¡Todos los ríos de mis lágrimas
corren hacia ti,
y la última llamarada de mi corazón
arde para ti!

¡Oh, vuelve,
mi dios desconocido! ¡Mi dolor! ¡Mi última felicidad!

II

Pero Zaratustra al oír estas sus últimas lamentaciones no pudo contenerse más tiempo, esgrimió su bastón y lo dejó caer con todas sus fuerzas sobre el quejumbroso: «¡Calla ya! —le gritó con furiosa risa—; ¡cállate, histrión, monedero falso, archimentiroso! ¡Te conozco muy bien! Voy a ponerte fuego en las piernas, perverso encantador; sé muy bien cómo hay que hacer para que tengan calor los de tu calaña».

«¡Cesa de golpearme! —dijo el anciano levantándose de un salto—, ¡no me pegues más, Zaratustra! ¡Todo esto no ha sido más que una broma!

»Estas cosas pertenecen a mi arte; quise ponerte a prueba al darte esta prueba, y en verdad penetraste bien en mi pensamiento.

»Pero tú también me has dado una prueba y no pequeña de ti: ¡eres duro, sabio Zaratustra! Pegas duramente con tus "verdades", y tu nudoso bastón me arranca a la fuerza esta verdad».

«No me vengas con adulaciones, respondió Zaratustra siempre enojado y sombría la mirada, histrión hasta el alma! ¡Qué falso eres!, ¿y hablas de verdad?

»Tú, pavo real de los pavos reales, mar de vanidad, ¿qué farsa representabas ante mí, siniestro encantador, en quién querías que creyese cuando así te lamentabas?».

«Representaba el penitente del espíritu —dijo el anciano—: tú mismo inventaste un día esta palabra; el poeta y encantador, que emplea finalmente su propio espíritu, contra sí mismo, el transformado al que convierten en hielo su mala ciencia y su mala conciencia.

»Y confiésalo francamente, Zaratustra: has tardado bastante tiempo en descubrir mis artificios y mis mentiras; creías en mi miseria cuando con tus manos me sujetaste la cabeza.

»Te oí gemir: "¡Le han amado demasiado poco, demasiado poco!". Y al ver cómo te había engañado se alegró en mi fuero interno mi maldad».

«A otros más listos que yo habrás podido engañar —le contestó con dureza Zaratustra—. Yo no estoy en guardia contra los engañamundos; tengo que privarme de toda precaución, porque así lo exige mi destino.

»Pero tú tienes que engañar; te conozco bastante para asegurarlo; es preciso que tus palabras puedan interpretarse siempre de dos, tres, cuatro y cinco modos. Hasta lo que ha poco confesaste, ahora no ha sido para mí ni demasiado exacto ni demasiado falso.

»¡Cómo podrías proceder de otra manera, malévolo monedero falso! Si estuvieras enfermo, hasta disfrazarías tu enfermedad si tuvieras que mostrarte desnudo a tu médico.

»Así pintaste ahora mismo tu mentira cuando me dijiste: "Todo esto no ha sido más que una broma". Algo de seriedad había en ello, porque tienes algo de penitente del espíritu.

»Te adivino muy bien: te has convertido en el encantador de todo el mundo, pero para ti no te han quedado más mentiras ni astucias: tú mismo te has desencantado.

»Has cosechado el asco como tu única verdad. Ninguna palabra tuya es ya verdad, pero sí tu boca, es decir, el asco pegado a tu boca».

«¡Dime ya quién eres! —gritó con voz altanera el viejo encantador—. ¡Dime quién eres para permitirte hablarme así a mí, que soy el más grande de los vivientes de hoy!», y sus ojos lanzaron a Zaratustra un rayo verde. Pero inmediatamente se transformó y dijo tristemente:

«Zaratustra, estoy cansado y asqueado de mis artificios; no soy grande; ¿para qué fingir? Pero sabes muy bien que buscaba la grandeza.

»Quería representar un gran hombre y logré convencer a muchos, pero esta mentira superaba a mis fuerzas. Contra esto es contra lo que me rompo».

Con voz muy grave y con la vista fija en el suelo le contestó Zaratustra: «El buscar la grandeza te honra, pero también te delata. No eres grande.

»Lo mejor que tienes, y yo respeto en ti, perverso viejo encantador, es el que estés cansado de ti mismo y hayas dicho: "No soy grande".

»Esto hace que te rinda un honor como a un penitente del espíritu, y aunque sólo haya sido en un brevísimo instante, hablaste la verdad.

»Pero dime, ¿qué buscas aquí en mis árboles y rocas? Y si te tumbaste por mí en el suelo, ¿a qué prueba quisiste someterme? ¿En qué quisiste tentarme?».

Así habló Zaratustra y sus ojos lanzaban chispas. Calló un momento el viejo encantador, que después le dijo: «¿Tentarte yo? Sólo busco.

»Busco a alguien que sea verdadero, justo, simple, que carezca de todo fingimiento, un vaso de sabiduría, un santo del conocimiento, ¡un gran hombre!

»¿Lo ignoras acaso, Zaratustra? ¡Busco a Zaratustra!».

A estas palabras sucedió un largo silencio entre los dos, y Zaratustra se sumió tanto en sus pensamientos que cerró los ojos; pero volviéndose después a su interlocutor le cogió de la mano, y lleno de cortesía y astucia le dijo:

«Pues bien, siguiendo ese camino que va a la altura llegarás a la caverna de Zaratustra y en ella podrás buscar al que deseabas encontrar.

»Y pide consejo a mis animales, mi águila y mi serpiente, que te ayudarán a buscar, porque mi caverna es grande.

»Yo mismo debo decirte que todavía no he visto ningún gran hombre. Porque los ojos del más sutil son todavía demasiado groseros, hoy día que reina el populacho.

»He encontrado ya a quienes se estiraban e inflaban mientras el populacho gritaba: "¡Mirad el grande hombre!". Pero ¿para qué sirven todos los fuelles de forja? El viento acaba por salirse de ellos.

»La rana que se empeña en inflarse acaba por reventar y entonces se escapará el aire. Clavar un pincho en el vientre de uno de esos inflados es lo que llamo una sana diversión. ¡Oídlo, niños!

»Nuestro "hoy" pertenece al populacho. ¿Quién puede saber todavía lo que es grande y lo que es pequeño? ¿Quién buscará todavía con fortuna la grandeza? Todo lo más un loco, y los locos son afortunados».

Así habló Zaratustra sintiendo consolado su corazón, y riéndose continuó su camino.

Servidor sin señor

Poco tiempo después de haberse separado del encantador vio Zaratustra a alguien sentado al borde del camino, un hombre muy grande y negro de rostro pálido y demacrado, cuyo aspecto le produjo profundo desagrado. «Me he fastidiado —dijo a su corazón—: veo sentada a la aflicción disfrazada, con un aspecto propio de la cleriguicia. ¿Qué querrán éstos en mi reino? Apenas logré escapar del encantador y ya pasa por mi camino otro nigromántico, un mago cualquiera que impone las manos, un sombrío taumaturgo por la gracia de Dios, un ungido difamador del Mundo a quien el Diablo debería llevarse.

»Pero al diablo no se le encuentra nunca cuando hace falta; siempre llega tarde el maldito enano de la pata coja».

Así maldecía impaciente Zaratustra en su fuero interno pensando al mismo tiempo en cómo podría pasar por delante del hombre negro sin mirarlo; pero le sucedió lo contrario. En el mismo instante le vio también aquel hombre, que semejante al que de repente tiene una inesperada alegría, se levantó de un salto y se dirigió hacia Zaratustra.

«Quienquiera que seas, caminante —dijo—, presta auxilio a un extraviado que busca, a un anciano al que aquí fácilmente podría ocurrirle una desgracia.

»Éste es un mundo lejano y desconocido para mí; he oído aullar a los animales salvajes y aquel que hubiera podido protegerme ha desaparecido.

»Buscaba al último hombre piadoso, un santo ermitaño, que solo en su bosque no hubiera oído decir lo que todo el mundo sabe hoy».

«¿Qué es lo que todo el mundo sabe hoy? —preguntó Zaratustra—. ¿Quizá que ya no vive el antiguo Dios en el que antes creía todo el mundo?».

«Tú lo has dicho —respondió entristecido el anciano—. Y yo he estado sirviendo a este antiguo Dios hasta última hora.

»Y ahora estoy fuera de servicio, sin señor y no obstante no libre, sin tener una alegría como no sea en recuerdos.

»Por esto he subido a esta montaña a fin de tener de nuevo una fiesta, como corresponde a un papa viejo y a un viejo padre de la Iglesia, porque has de saber que soy el último papa que quiere celebrar una fiesta de piadosos recuerdos y de culto divino.

»Pero ahora se ha muerto el hombre más piadoso, el santo del bosque que constantemente ensalzaba a su Dios mediante alabanzas, cantando y murmurando. A él mismo no le he encontrado cuando descubrí su cabaña; pero sí vi en ella dos lobos a quienes su muerte hacía aullar, porque todos los animales le amaban, y entonces salí huyendo de allí.

»¿Habrá sido inútil mi venida a esta montaña y a estos bosques? Pero mi corazón se decidió a buscar a otro, el más piadoso de los que no creen en Dios, a que buscara a Zaratustra».

Así habló el anciano sin dejar de mirar fijamente a quien ante él se hallaba, y Zaratustra cogió la mano del anciano papa contemplándola con admiración.

«¡Qué mano tan bella y afilada tienes, venerable señor! Es la mano de uno que siempre dio bendiciones y ahora tiene en su poder al que buscas, a mí, Zaratustra.

»Porque yo soy el impío Zaratustra, el que dice: ¿quién me aventaja en impiedad para que me someta a sus enseñanzas?».

Así habló Zaratustra penetrando con su mirada en los pensamientos y segundas intenciones del anciano papa. Por fin reanudó éste el diálogo:

«Aquel que más le amaba y poseía es quien también más le ha perdido: mira si no soy ahora el más impío de los dos; pero ¿quién puede alegrarse de ello?».

«Si le serviste hasta su última hora —observó pensativo Zaratustra después de un largo silencio—, sabrás cómo murió. ¿Es cierto que le ahogó la compasión cuando vio al hombre pendiente de la cruz sin poder soportar que el amor a los hombres se convirtiera en su infierno y finalmente en su muerte?».

Pero el anciano papa no le contestó; miraba a un lado con expresión sombría y dolorosa en el rostro.

«No te ocupes más de él, que está perdido —dijo Zaratustra después de larga meditación, mirando al anciano en lo blanco de los ojos—, y aunque te enaltece el hablar bien del muerto, sabes tan bien como yo quién era y los caminos tan extraños que seguía».

«Para hablar entre tres ojos —dijo el anciano papa tranquilizándose (porque era tuerto)—, te diré que de las cosas de Dios sé más que el mismo Zaratustra, y tengo el derecho de saberlo.

»Mi amor ha servido a Dios durante largos años y mi voluntad en todo se subordinó a la suya. Pero un buen servidor sabe todo, y hasta ciertas cosas que su señor se oculta a sí mismo.

»Era un Dios escondido lleno de misterios, que hasta para llegar a su hijo empleaba caminos desviados. En la puerta de su creencia está el adulterio.

»Quien le pondera como el Dios del amor no tiene una idea muy elevada del amor mismo. ¿No quería ese Dios ser al mismo tiempo juez? Pero el que ama, ama más allá del castigo y de la recompensa.

»Cuando era joven este Dios del Oriente era duro y vengativo, y se había edificado un infierno para divertir a sus predilectos.

»Por fin envejeció y se hizo blando, tierno y compasivo, pareciéndose más a un abuelo que a un padre y más aún a una abuela muy vieja y achacosa.

»Arrugado y agotado se sentaba cerca del fuego, preocupado por la debilidad de sus piernas; cansado del Mundo y cansado de querer acabó un día por asfixiarse, víctima de su demasiada compasión».

«¿Viste eso con tus propios ojos, viejo papa? —le interrumpió Zaratustra—. Puede muy bien haber sido así y también de otra manera. Cuando los dioses se mueren, mueren siempre de varias clases de muerte.

»Pero haya sido como quiera, ello es que ya no existe. Repugnaba a mis ojos y a mis oídos; no quisiera decir nada peor de él.

»Amo todo lo que tiene clara la mirada y habla francamente. Pero él —tú, viejo, sacerdote, lo sabes de sobra—, tenía algo de tu modo de ser, propio de sacerdotes: era equívoco.

»Era también confuso de espíritu. ¡Cuánto se enfadaba con nosotros, el colérico, porque no acabábamos de comprenderle! Pero ¿por qué no hablaba con más claridad?

»Y si la culpa era de nuestros oídos, ¿por qué nos dio oídos que le oían mal? Si había barro en nuestros oídos, ¿quién lo puso?

»Muchas cosas le resultaban mal a aquel alfarero que no había aprendido bien su oficio, pero que de ello se vengara en sus cacharros y en sus criaturas, porque le salían mal: era un pecado contra el buen gusto.

»También hay un buen gusto en la piedad, un buen gusto que acabó por decir: "¡Fuera semejante Dios! Mejor ningún Dios y dejar obrar libremente al destino, mejor ser locos, mejor ser uno mismo Dios!".

«¡Qué escucho! —exclamó el anciano papa aguzando el oído—; con una incredulidad tal, eres mucho más piadoso de lo que crees, Zaratustra. Tiene que haber habido algún Dios que te ha convertido a tu impiedad.

»¿No es acaso tu misma piedad la que ya no te deja creer en un Dios? Y tu demasiado grande lealtad acabará por llevarte todavía más allá del bien y del mal.

»¡Mira, pues, lo que te ha quedado reservado! Tienes ojos, una mano y una boca predestinados desde toda eternidad para bendecir. No se bendice solamente con la mano.

»A tu lado, aunque quieres ser el más impío de los impíos, percibo un olor secreto de incienso y largas bendiciones, que simultáneamente me producen placer y daño.

»Déjame ser tu huésped, Zaratustra, aunque sólo sea una noche. En ningún lugar de la Tierra me sentiré mejor que a tu lado».

«¡Amén! ¡Así sea! —contestó Zaratustra muy extrañado—; allá arriba está el camino que conduce a la caverna de Zaratustra.

»En verdad te acompañaría de muy buena gana hasta allá, venerable, porque amo a todos los piadosos, pero un grito de angustia me llama apresuradamente lejos de ti.

»En mis dominios no debe ocurrirle a nadie daño alguno; mi caverna es un puerto seguro. ¡Cuánto me alegraría poder conducir a tierra firme y dejar sobre sólidas piernas a todos los tristes!

»Pero ¿quién te quitaría de los hombros el peso de tu melancolía? Soy demasiado débil para eso. Mucho tiempo tendríamos que esperar en verdad hasta que alguien te resucite tu Dios.

»Porque este antiguo Dios no vive ya: está muerto y muy muerto. Se ha matado la fe de los impíos en su no existencia».

Así habló Zaratustra.

El más feo de los hombres

De nuevo recorrieron los pies de Zaratustra montes y bosques y sus ojos buscaron y buscaron, pero sin ver por ninguna parte al que quería ver, al desesperado a quien su gran dolor arrancaba gritos de angustia. En todo el camino, sin embargo, se alegraba su corazón lleno de reconocimiento. «¡Cuántas cosas buenas —dijo—, me ha proporcionado este día en compensación de lo mal que empezó! ¡Qué extraños interlocutores encontré!

«Voy a masticar largo tiempo sus palabras como si fueran buenos granos: mis dientes los molerán y triturarán hasta que corran como leche en el alma».

Al llegar a una revuelta del camino cambió bruscamente el paisaje y Zaratustra entró en el reino de la Muerte. Enormes peñascos rojizos y negros se elevaban por doquier: no se veían ni hierbas, ni árboles, ni se escuchaba el canto de un pájaro. Era un valle del que huían todos los animales, hasta los feroces; sólo acudían a él para acabar de morir los que habían agonizado en vida a fuerza de creer en lo imposible de probar, y unas serpientes muy gordas y verdes, horribles, cuando envejecían y se sentían morir. Por ello llamaban los pastores a aquel valle «el de la muerte de los podridos de fe y de las serpientes».

Zaratustra se sumió en negros recuerdos, porque le pareció que ya había estado allí. Su espíritu se sintió agobiado por un enorme peso que le hizo acortar más y más el paso hasta que acabó por detenerse.

Pero cuando poco después abrió los ojos vio algo sentado al borde del camino, algo con figura humana y que, sin embargo, no tenía nada de humano: algo innominable. De repente se avergonzó Zaratustra de que sus ojos hubiesen visto semejante cosa, y sonrojándose, hasta la raíz de sus cabellos de plata, apartó la mirada de aquel ser disponiéndose a continuar la marcha. Mas de pronto cesó el silencio del muerto yermo, porque del suelo pareció brotar una especie de hervor de agua, como cuando ésta quiere pasar a través de cañerías medio obstruidas, hervor que finalmente se convirtió en una voz humana y en palabras que hablaron así:

«¡Zaratustra, Zaratustra, adivina mi enigma! Habla, dime, ¿cuál es la venganza contra el testigo? Te retengo aquí, porque hay nevisca que se ha helado. Ten cuidado, no vaya a ser que tu orgullo se rompa aquí las piernas. ¡Te crees un sabio, orgulloso Zaratustra! Adivina, pues, mi enigma, tú, el rompedor de las nueces más duras; el enigma soy yo. Dime, pues, quién soy yo». Pero cuando Zaratustra hubo oído estas palabras, ¿qué pensáis que pasó por su alma? La compasión se adueñó de él y le hizo caer al suelo, como una encina que después de haberse resistido largo tiempo a los hachazos de los leñadores se derriba repentina y pesadamente con espanto de los mismos que querían cortarla. Pero ya se había levantado del suelo y su rostro adquirió una dura expresión. «Te reconozco perfectamente —dijo con voz de bronce—; ¡eres el asesino de Dios! Déjame marchar. No has soportado al que te veía, al que siempre te vio a través de ti mismo, a ti, el más feo de los hombres, y ¡te vengaste de ese testigo!».

Así habló Zaratustra y quiso alejarse, pero el innominable le sujetó por el borde de su vestidura y volvió a emitir sonidos guturales buscando palabras. «¡Detente! —dijo por fin—; ¡detente, no sigas adelante! He adivinado cuál ha sido el hacha que te ha derribado: ¡alabado seas, Zaratustra, por haberte vuelto a levantar!

»Sé muy bien que adivinaste cuál es el estado del espíritu de aquel que le mató, del asesino de Dios. No te vayas y siéntate a mi lado: no lo harás en vano.

»¿A quién iría yo sino a ti? ¡No te vayas; siéntate a mi lado! Pero no me mires: respeta mi fealdad.

»Me persiguen, tú eres mi último refugio. No me persiguen con su odio ni con sus esbirros: de una persecución semejante me burlaría y estaría orgulloso y contento de ella.

»¿No ha acompañado siempre el éxito a los mejor perseguidos? Y el que persigue bien aprende fácilmente a seguir, acostumbrado como está a ir detrás. Pero es su compasión de la que huyo y para librarme de ella busco refugio a tu lado. ¡Ampárame, Zaratustra, mi último refugio, el único que me ha adivinado!

»Tú adivinaste cuál es el estado de espíritu del que mató a Dios. ¡No te marches! Y si quieres irte, impaciente viajero, no sigas el camino por el que he venido, porque es malo.

»¿Me quieres mal por hablar tanto tiempo destrozando las palabras? ¿Y por haberte dado consejos? Pero has de saber que soy el más feo de los hombres.

»El de los pies más grandes y pesados. Por doquier vaya, el camino es malo. Hundo y destrozo todos los caminos.

»El verte pasar por delante de mí silenciosamente y sonrojándote lo vi muy bien; me hizo reconocerte, Zaratustra.

»Otro cualquiera me habría arrojado una limosna o su compasión con la mirada o la palabra. Pero tú adivinaste que no soy lo suficientemente mendigo para aceptar una limosna, para eso soy demasiado rico, rico en grandeza, en lo formidable, lo más feo e innominable. Tu pudor, Zaratustra, me hizo honor.

»A duras penas pude escapar de las apreturas de los compasivos para encontrar al único que hoy enseña que "la compasión es molesta": ¡a ti, Zaratustra!; proceda de un dios o de los hombres, la compasión es una ofensa al pudor. Y no querer ayudar puede ser más noble que la virtud que se apresura a socorrer.

»Pero hoy llaman virtud a la compasión todas las gentes insignificantes, gentes que no respetan las grandes desventuras, la gran fealdad ni las grandes deformidades.

»Pero yo miro por encima de toda esa gente como el perro guardián de ganado mira por encima del rebaño de ovejas. Son seres insignificantes, grises y lamidos, llenos de buena voluntad y con espíritu de cordero.

»Como una garza real que con la cabeza echada hacia atrás cierne con desprecio su mirada sobre las ciénagas, lo mismo miro yo por encima de la superficie gris del oleaje de las pequeñas voluntades y a las pequeñas almas.

»Demasiado tiempo se les ha estado dando la razón a estas gentes insignificantes, y así se ha acabado por darles poder, y ahora enseñan: "Sólo es bueno lo que las pequeñas gentes llaman bueno".

»Y hoy día se llama "verdad" a lo que dice el predicador salido de sus filas, ese extravagante santo, abogado de las pequeñas gentes que de sí mismo atestigua "yo soy la verdad".

»Este presuntuoso, causa de que desde hace ya mucho tiempo se les hinche la cresta a las pequeñas gentes, no enseñó un pequeño error al predicar "yo soy la verdad", sino un enorme error, el más grande, al hacer creer que era verdad "la gran mentira".

»¿Se ha contestado más cortésmente a un presuntuoso semejante? Sin embargo, tú, Zaratustra, pasaste por delante de él diciéndole: "¡No, no, tres veces no!".

»Quisiste a los hombres en guardia contra su error, fuiste el primero que previno contra la compasión, no a todos ni a nadie, sino a ti mismo y a tu especie.

»Te avergüenzas de la vergüenza de los grandes sufrimientos, y en verdad cuando dices: "Veo venir de la compasión una gran nube: ¡hombres, tened cuidado!"; cuando enseñas: "Todos los creadores son duros, todo gran amor está por encima de la piedad"; qué bien enterado me pareces, Zaratustra, de todas las señales del tiempo.

»Pero tú mismo precávete también contra tu propia compasión, porque hay muchos que van en tu busca, muchos que sufren, dudan, se desesperan, se ahogan y se hielan.

»También te prevengo contra mí mismo. Adivinaste mi mejor y peor enigma: quién era yo y lo que hacía. Conozco el hacha que puede abatirte.

»Pero él tenía que morir; veía con ojos que veían todo: veía los abismos y profundidades del hombre, todas sus vergüenzas y fealdades ocultas.

»Su compasión no conocía el pudor y le dejaba registrar en los repliegues más inmundos de mi ser. Era preciso que ése, el más curioso de los curiosos, el más indiscreto y el más compasivo, muriera.

»Siempre me miraba: de un testigo semejante era indispensable que me vengara; ¡si me quería morir yo mismo!

»El Dios que todo lo veía, hasta al mismo hombre, tenía que morir. El hombre no soporta que un testigo semejante viva».

Así habló el más feo de los hombres. Zaratustra se levantó y aprestó para marcharse, porque sentía un frío glacial en los intestinos.

«Tú, el innominable —dijo—, me previenes para que no siga tu camino. En agradecimiento, te recomiendo el mío. Mira, allá arriba está la cueva de Zaratustra.

»Mi caverna es grande y profunda y tiene muchos rincones; el que más quiera esconderse hallará en ella su escondrijo.

»Y cerca de ella hay centenares de grietas y agujeros para los animales que se arrastran, revolotean y saltan.

»Desterrado, que tú mismo te has condenado al ostracismo, ¿no quieres vivir entre la gente ni de la compasión de los hombres? Pues bien, ¡haz como yo! Así aprenderás también de mí; únicamente aprende el que obra.

»Empieza ante todo por hablar con mis animales; el animal más altivo y el más astuto, ambos sean, ¡ojalá!, nuestros consejeros».

Así habló Zaratustra y continuó su marcha más lentamente y más pensativo que antes, preguntándose muchas cosas y encontrando fáciles contestaciones.

«¡Qué poca cosa es el hombre! —pensaba—; ¡qué feo, qué bilioso y lleno de oculta vergüenza!

»Me dicen que el hombre se ama a sí mismo, ¡qué grande, hay, tiene que ser este amor de sí mismo! ¡Cuánto desprecio encontrará contra él mismo!

»También éste se amaba despreciándose; para mí es un gran enamorado y un gran despreciador.

»No he encontrado a nadie que se despreciase tanto: también esto es altura. ¿Sería quizá, ¡ay!, el hombre superior aquel cuyo grito de angustia oí?

»Amo a los hombres que desprecian profundamente. El hombre es, empero, algo que tiene que ser dominado».

El mendigo voluntario

Cuando Zaratustra se separó del más feo de los hombres sintiose helado y solitario; tan glaciales y solitarios eran sus pensamientos que hasta transmitieron su frío a sus miembros. A medida que caminaba subía y bajaba por montes y valles, pasando unas veces por verdes praderas y otras por agrestes yermos pedregosos en los que quizá hubo un tiempo en que un bullicioso torrente se buscó un lecho; y así fue entrando en calor, reconfortándose su corazón.

«¿Qué me ha pasado? —se preguntó—; algo caliente que me vivifica y conforta debe estar cerca de mí.

»Ya estoy menos solo; presiento que compañeros y hermanos desconocidos flotan en derredor mío; un cálido aliento llega hasta mi alma».

Miró a su alrededor buscando a los que le consolarían en su soledad, y vio unas vacas reunidas sobre una altura; su proximidad y su olor habían calentado su corazón. Aquellas vacas parecían escuchar con mucha atención a alguien que les hablase, y no hicieron ningún caso del que se acercaba a ellas. Cuando Zaratustra estuvo muy cerca oyó distintamente una voz humana que salía de en medio de ellas, que todas miraban fijamente a su interlocutor.

Zaratustra se apresuró a acabar de escalar la altura y dispersó a los animales temeroso de que hubiese ocurrido a alguien una desgracia, que la compasión de las vacas difícilmente podría remediar. Pero se había equivocado, porque sentado en el suelo estaba un hombre que parecía querer convencer a los animales de que no le temieran, un hombre pacífico y predicador de montaña, cuyos ojos predicaban la bondad misma. Estupefacto le preguntó Zaratustra: «¿Qué buscas aquí?».

«¿Que qué busco? —respondió—: lo mismo que buscas tú, aguafiestas: la felicidad en la Tierra.

»Por esto quiero aprender de la sabiduría de estas vacas. Porque has de saber que llevo media mañana hablando con ellas, que ahora iban a contestarme. ¿Por qué lo has estorbado?

»Si no retrocedemos en nuestro modo de ser y no nos convertimos en vacas, no entraremos en el reino de los cielos. Deberíamos aprender una cosa de ellas: rumiar.

»Y en verdad, aunque el hombre ganara todo el Mundo, ¿de qué le serviría si no aprendía a rumiar? Porque no se desharía de su aflicción de su gran aflicción, que hoy día se llama asco. ¿Quién no tiene hoy día lleno de asco el corazón, la boca y los ojos? ¡Tú también! ¡Sí, también tú! ¡Pero mira por favor a estas vacas!».

Así habló el predicador de la montaña y después miró a Zaratustra —porque hasta entonces no había apartado su mirada de las vacas—: pero entonces se transformó: «¿Quién es éste con quien hablo?», exclamó asustado levantándose de un salto.

«Éste es el hombre sin asco; éste es Zaratustra mismo, el vencedor del gran asco; éstos son los ojos, ésta es la boca y éste es el corazón mismo de Zaratustra».

Y hablando así besaba con los ojos arrasados de lágrimas las manos de aquél con quien hablaba, conduciéndose como uno a quien inesperadamente, como llovida del cielo, le cayera en el regazo una joya o un regalo de inestimable valor. Las vacas contemplaban sorprendidas aquella escena.

«¡No hables de mí, hombre extraño y amable! —dijo Zaratustra esquivando sus caricias—; habla primero de ti. ¿No eres el mendigo voluntario, el que un día arrojó lejos de sí grandes riquezas; el que se avergonzaba de su fortuna y de los ricos y huyó donde estaban los pobres a fin de darles su abundancia y su corazón? Pero ellos no le acogieron».

«Pero no me acogieron —dijo el mendigo voluntario—; tú lo sabes. Por esto acabé por venir a los animales y a estas vacas».

«Así aprendiste —le interrumpió Zaratustra—, que es mucho más difícil dar bien que tomar bien, y que el regalar bien es un arte y la última manifestación artística e ingeniosa de la bondad».

«Sobre todo hoy día —respondió el mendigo voluntario—, porque todo lo que es bajo y ruin se vuelve atrevido, orgulloso de ser lo que es, de clase populachera.

»Porque, como sabes, ha llegado la hora del lento y grave levantamiento del populacho y los esclavos, una insurrección que crece y sigue creciendo.

»Hoy día se levantan todos los bajos contra lo que es beneficios y pequeña limosna; y los demasiado ricos deben estar prevenidos.

»No hay que querer asemejarse a botellas muy ventrudas y de cuellos muy estrechos, tardías en vaciarse: porque se les rompe el gollete de muy buena gana a esas botellas.

»Lúbrica codicia, envidia biliosa, amarga sed de venganza, orgullo populachero, todo esto me ha saltado a la cara. No es cierto que los pobres sean felices. El reino de los cielos está con las vacas».

«Y ¿por qué no con los ricos?», preguntó Zaratustra para probarle, mientras trataba de alejar a las vacas, empeñadas en oler familiarmente a su pacífico amigo.

«¿Por qué me tientas —respondió éste—, si lo sabes mejor que yo? ¿Qué es lo que me ha llevado a buscar a los pobres? ¿No ha sido el asco de nuestros ricos?

»De estos presidiarios de la riqueza, que ávidos de codicia y fría mirada, recogen sus ventajas puestos sus pensamientos de todos los montones de basura de esta canalla, cuyo hedor llega hasta el cielo; de este gentío dorado y falsificado, cuyos padres fueron gente de encorvadas uñas, asquerosos buitres o traperos, complaciente con las mujeres lúbricas y olvidadizas, gentío que casi no difiera de las rameras.

»¡Populacho arriba, populacho abajo! ¿Qué significan hoy día los "pobres" y los "ricos"? Desaprendí a distinguirlos y hui lejos, cada vez más lejos, hasta que encontré a estas vacas».

Así habló el pacífico apóstol respirando con fuerza y sudando emocionado por sus propias palabras, y tanto ciertamente que hasta las vacas volvieron a asombrarse. Pero como a medida que se exaltaba y sus palabras se hacían más duras sonreía más, Zaratustra dijo sin dejar de mirarle fijamente y moviendo silenciosamente la cabeza:

«Mucha violencia tienes que hacerte para emplear palabras tan duras. Ni tu boca ni tus ojos nacieron para tamaña dureza.

»Y me parece que tu estómago tampoco, porque no está hecho para lo que es cólera, odio ni rencor que se desborde. Tu estómago necesita alimentos más dulces; no eres un carnicero.

»Más me pareces un arboricultor o uno que se alimenta de raíces. Quizá mueles granos. De seguro no estás hecho para los goces carniceros y gustas de la miel».

«Me has adivinado muy bien —respondió el mendigo voluntario sintiendo aligerado su corazón—. Me gusta la miel y muelo también los granos, porque busqué lo que es grato al paladar y purifica el aliento: y también lo que exige largo tiempo y sirve de pasatiempo y golosina a los comodones perezosos y a los holgazanes.

»En esto no hay quien aventaje a las vacas, que inventaron el rumiar y el acostarse al Sol, así como el abstenerse de toda clase de graves pensamientos que hinchan el corazón».

«Pues bien —dijo Zaratustra—, deberías ver también a mis animales, mi águila y mi serpiente, porque hoy día no tienen sus iguales en la Tierra.

»Mira, ése es el camino que conduce a mi caverna: sé mi huésped esta noche, y habla con mis animales de la felicidad de los animales, hasta que yo vuelva. Porque ahora me llama a toda prisa y lejos de ti un grito de angustia. En mi caverna encontrarás miel nueva de dorados panales y fresca como la nieve: ¡cómela!

»Pero ahora date prisa para despedirte de tus vacas, hombre extraño y encantador, aunque te cueste trabajo, porque son tus mejores amigos y maestros».

«Exceptuando a uno al que prefiero a todos —respondió el mendigo voluntario—; y ese uno eres tú, Zaratustra, que eres bueno y mejor que una vaca».

«¡Vete, vete, perverso adulador! —exclamó Zaratustra indignado—, ¿por qué quieres corromperme con la miel de tales alabanzas?».

«¡Vete, vete!», volvió a gritar, y blandió su bastón contra el bueno del mendigo, que corriendo se puso a salvo.

La sombra

No hacía más que un instante que el mendigo voluntario había echado a correr y Zaratustra se encontraba solo consigo mismo cuando oyó detrás de él una nueva voz que le gritaba:

«¡Alto, Zaratustra! Espera, no tengas tanta prisa, soy yo, Zaratustra, ¡tu sombra!». Pero Zaratustra no se esperó, porque un repentino enojo se adueñó de él al ver lo concurridas que estaban sus montañas.

«¿Qué se ha hecho de mi soledad?», dijo.

«Esto ya es verdaderamente demasiado; estas montañas están llenas de gente, mi reino ya no es de este Mundo, necesito nuevos montes.

»¿Me está llamando mi sombra? ¡Qué puede importarme mi sombra! ¡Que me persiga!; yo huiré de ella».

Así habló Zaratustra a su corazón mientras huía, pero aquel que estaba detrás de él le seguía, de manera que eran tres los que corrían: primero el mendigo voluntario, después Zaratustra y finalmente su sombra. Pero no corrieron mucho tiempo así, porque Zaratustra, dándose cuenta de su locura, arrojó lejos de sí bruscamente su despecho y su mal humor.

«¡Qué! —dijo—: ¿no ocurrieron siempre las cosas más ridículas a nosotros los viejos solitarios y a los santos?

»¡La verdad es que mi locura se ha desarrollado bien en estas montañas! Tanto, que me parece estar oyendo correr unas tras otras seis viejas piernas de locos.

»Pero ¿debe tener miedo Zaratustra de una sombra? Voy a acabar por creer que tiene las piernas más largas que yo».

Y Zaratustra se rio tanto que hasta las entrañas acabaron por dolerle y tuvo que detenerse, y al volverse rápidamente para mirar hacia atrás, casi derribó a su sombra, tan de cerca le seguía y tan débil era. Y cuando la examinó bien se asustó como si tuviera delante un fantasma: tan flaco, negruzco y gastado le pareció aquel ser pegado a sus talones para quien no en vano había transcurrido el tiempo.

«¿Quién eres», preguntó bruscamente Zaratustra.

«¿Qué haces aquí y por qué te llamas mi sombra?

»No me gustas».

«Perdóname que sea quien soy —contestó la sombra—, y si no soy de tu agrado, Zaratustra, me das con ello un motivo para alabarte y elogiar tu buen gusto.

»Soy un caminante que hace ya mucho tiempo se ha pegado a tus talones; siempre en marcha, pero sin objetivo y también sin hogar; así es que en realidad me falta muy poco para ser el judío errante, únicamente el ser judío y el ser eterno.

»¿Tendré que estar siempre en marcha, siempre inestable, empujado y arrastrado por todos los vientos?

»¡Oh, Tierra, para mí te has vuelto demasiado redonda!

»En todas las superficies me he posado ya, y semejante al polvo fatigado me he dormido sobre los espejos y los vidrios. Todo toma de mí y no hay nada que me dé algo; me hago delgado y casi parezco una sombra.

»Pero a ti, Zaratustra, es a quien he seguido con mayor constancia, y aunque me ocultara a veces de ti, siempre he sido tu mejor sombra. Donde te sentaste, me senté también.

»Contigo estuve en los mundos más lejanos y fríos, como un fantasma que se complace en correr por encima de los tejados cubiertos de la nieve invernal.

»En pos de ti aspiré a todo lo prohibido, peor y más lejano, y si en mí hay algo que pueda llamarse virtud, es que jamás he temido a ninguna prohibición.

»Por seguirte destruí todo cuanto mi corazón estimó, derribé todos los diques y alturas y corrí en pos de los deseos más peligrosos; en verdad, hasta pasé alguna vez por encima de todos los crímenes.

»Por seguirte perdí la fe en las palabras, valores y grandes nombres. Cuando el Diablo cambia de piel, ¿no cambia al mismo tiempo de nombre? Porque este nombre no es más que piel. Y el Diablo mismo no es quizá más que piel.

»"Nada es verdad; todo está permitido", me dijo un día para estimularme, y de cabeza y de corazón me precipité en el agua más helada. ¡Ah, cuán frecuentemente salí después de una aventura semejante, desnudo y rojo como un cangrejo!

»¿Adónde se fueron todas mis bondades, mi pudor y mi fe en los buenos? ¿Qué se ha hecho de aquella engañadora inocencia que antes poseía, la inocencia de los buenos y de sus nobles mentiras?

»Con demasiada frecuencia, ciertamente, seguí a la verdad pisándole los talones, y ella entonces, volviéndose hacia mí, me hería en el rostro. A veces creyendo mentir era cuando decía la verdad.

»Muchas cosas, demasiadas, se me han aclarado y por esto nada me importa ya. Nada vive de lo que amo; ¿cómo, pues, podría amarme todavía yo mismo?

»"Vivir como tenga ganas y, si no, no vivir", esto es lo que yo quiero y lo que también quiere el más santo. Pero, ¡ay!, ¿cómo tengo todavía ganas?

»¿Tengo todavía un objetivo? ¿Un puerto hacia el cual se dirija mi vela? ¿Un viento favorable? Sólo el que sabe adónde va sabe también qué viento le es favorable y propicio.

»¿Qué me ha quedado? Un corazón cansado y sin pudor: una voluntad inestable, unas alas capaces sólo para revolotear y una espina dorsal rota.

»Este afán de buscar mi hogar, Zaratustra, ha sido la prueba cruel a la que he estado sometido, prueba que me consume.

»¿Dónde está mi hogar? Esto es lo que pregunto, lo que busco y busco sin nunca encontrarlo. ¡Oh, eterno "por todas partes", oh, eterno "en ninguna parte", oh, eterno "en vano"!».

Así habló la sombra mientras a Zaratustra al oírle se le alargaba el rostro. «Eres mi sombra», dijo finalmente con tristeza.

«El peligro que corres no es pequeño, viajero del espíritu libre. Has tenido un mal día; procura que a este mal día no le siga una mala noche.

»A los espíritus inquietos como eres tú, un calabozo llega a parecerles una felicidad. ¿Has visto alguna vez cómo duermen los malhechores presos? Duermen tranquilamente disfrutando de su nueva seguridad.

»Guárdate bien de que al final no se apodere de ti una fe estrecha, una ilusión severa y dura. Porque a ti siempre te seduce y tienta lo que es estrecho y firme.

»Perdiste tu objetivo; ¿cómo podrás consolarte de tal pérdida? ¿No habrás perdido también tu camino?

»¡Pobre espíritu errante, visionario, mariposa fatigada! ¿Quieres tener esta noche un reposo y un asilo? ¡Sube a mi caverna!

»Allá arriba está el camino que conduce a ella. Y ahora voy a correr lejos de ti. Siento que ya pesa sobre mí una sombra.

»Quiero correr solo hasta que la claridad vuelva a hacerse en derredor mío. Para esto tengo que poner mis piernas en alegre movimiento. ¡Esta noche se bailará en mi casa!».

Así habló Zaratustra.

Al mediodía

Y Zaratustra corrió y corrió sin encontrar a nadie, pero sólo se encontró de nuevo a sí mismo y disfrutó de su soledad saboreándola y pensando horas enteras en cosas que le eran gratas. Al llegar la hora del mediodía, cuando el Sol se hallaba precisamente sobre la cabeza de Zaratustra, pasó por delante de un árbol muy viejo de rugoso y retorcido tronco, que abrazado por los cariñosos brazos de una vid se escondía de sí mismo; racimos de doradas uvas pendían invitando al viandante a comerlas. A Zaratustra le entraron ganas de acallar con las uvas un poco de sed que sentía, pero cuando alargó el brazo para cogerlas sintió unas ganas de otra cosa, que era tumbarse sobre el suelo a la sombra de aquel árbol y dormir aprovechando la hora del mediodía.

Y así lo hizo, y en cuanto se dejó caer sobre el suelo, en el silencio y el secreto de la hierba multicolor, olvidose del poco de sed que sentía y se quedó dormido. Porque, como dice el proverbio de Zaratustra: «Una cosa es más necesaria que otra».

Sus ojos, sin embargo, permanecieron abiertos, porque no se cansaron de ver y ponderar el árbol y el amor de la vid, pero al dormirse habló Zaratustra a su corazón diciéndole:

«¡Silencio, silencio! ¿No acaba de completarse el Mundo? ¿Qué me sucede entonces?

»Como un suave céfiro baila invisible sobre las facetas de las ondas del mar, ligero como una pluma, así baila el sueño sobre mí.

»No me cierra los ojos, me deja despierta el alma. ¡Qué ligero es!, en verdad, tan ligero como una pluma.

»Me persuade: ¿cómo? No lo sé. Me toca interiormente con una mano muy cariñosa, imponiéndoseme.

»Sí, se me impone obligando a mi alma a ensancharse: ¡cómo se alarga cansada mi alma! ¿Habrá llegado para ella la tarde del séptimo día en pleno mediodía? ¿Vivió ya demasiado tiempo y feliz entre las cosas buenas y maduras? ¡Se extiende, se estira, se alarga! Yace tranquila mi alma extraña. Ya ha saboreado demasiado las cosas buenas: esta tristeza dorada la oprime y la hace retorcer la boca.

»Como una embarcación que entra en la bahía más resguardada, se ciñe ella ahora a la tierra, fatigada de los largos viajes y de los procelosos mares. ¿No es la tierra mucho más fiel que el mar?

»Cuando una embarcación se aproxima a la tierra hasta acariciarla, basta que una araña teja desde tierra un hilo que llegue a la barca para que ésta no necesite una cuerda más fuerte.

»Lo mismo que una barca cansada se reposa en la bahía más tranquila, me reposo también yo cerca de la tierra, tranquilo, confiado, esperando, ligado a ella por el más sutil de los hilos.

»¡Oh, felicidad, oh, felicidad! ¿Quieres cantar, alma mía? Yaces sobre la hierba. Pero ésta es la hora secreta y solemne en la que ningún pastor toca la flauta.

»Ten cuidado, que el calor del mediodía se posa sobre las praderas. ¡Calla! ¡No cantes! El Mundo es perfecto. ¡No cantes, pájaro de las praderas, alma mía! ¡Ni siquiera censures! Mira..., ¡silencio! ¿No ves que el viejo mediodía está durmiendo y mueve la boca? ¿No estará bebiendo en este momento una gota de felicidad, una gota añeja, parda, de dorada felicidad, de un vino de oro? Su riente felicidad resbala sobre él, se ríe. ¡Silencio...! ¡Así se ríe un dios!

»"¡Felizmente, qué poco hace falta para ser feliz!", dije un día teniéndome por sabio. Ahora sé que entonces blasfemé. Los locos sabios hablan mejor.

»Precisamente lo más pequeño, lo más silencioso, el ruido que hace una lagartija al arrastrarse sobre la hierba, un soplo, una mirada: lo poco constituye la esencia de la mejor felicidad. ¡Silencio!

»¿Qué me ha sucedido? ¡Escucha! ¿Acaso ha lucido el tiempo? ¿Me caigo? ¿Me estoy cayendo al pozo de la eternidad?

»¿Qué me sucede? ¡Siento, ay, una punzada en el corazón! ¿En el corazón? ¡Rómpete, corazón, rómpete, después de tanta felicidad, después de tal punzada!

»¿Cómo? ¿No acaba de perfeccionarse el Mundo? ¿No es redondo y está maduro? ¡Oh, dorado globo redondo! ¿Adónde vas a volar? ¡Corro tras él! ¡Sus!

»Silencio (aquí se estiró Zaratustra y sintió que dormía).

»¡Arriba —se dijo a sí mismo—, dormilón! ¡Holgazán! ¡Arriba, viejas piernas! Es tiempo, y más que tiempo, y todavía os queda un buen trozo de camino que recorrer.

»¿No habéis dormido bastante todavía? ¿Cuánto tiempo? ¡Media eternidad! ¡Ea, levántate tú también, mi viejo corazón! ¿Cuánto tiempo vas a necesitar para despertar del todo después de un sueño tal?».

Pero ya se dormía de nuevo y su alma se le resistía y acababa por volverse a acostar. «Déjame tranquilo.

»¡Silencio!... ¿No acaba de perfeccionarse el Mundo?

»¡Oh, el hermoso globo dorado!

»¡Levántate, ladronzuela —dijo Zaratustra—, holgazana! ¿Cómo? ¿Estirándote todavía, bostezando y suspirando como si te cayeras al más profundo de los pozos?

»¿Quién eres, pues, oh, alma mía? (y en este momento se asustó porque un rayo de Sol cayó desde el cielo sobre su rostro).

»¡Oh, cielo sobre mí —dijo suspirando y sentándose—; ¿me miras? ¿Escuchas a mi alma extraña?

»¿Cuándo beberás esta gota de rocío que ha caído sobre todas las cosas mundanales, cuándo beberás esta alma extraña?

»¿Cuándo, pozo de la eternidad, abismo gozoso de un mediodía que hace estremecer, absorberás en ti mi alma?».

Así habló Zaratustra; se levantó de su lecho junto al árbol, como poseído de una extraña embriaguez, y el Sol continuaba estando todavía sobre su cabeza. Con razón puede deducirse que Zaratustra no había dormido mucho tiempo aquel día.

El saludo

Había ya atardecido cuando Zaratustra después de largas e infructuosas pesquisas volvió a su caverna. Cuando ya se hallaba cerca de ella, a unos siete pasos de distancia todo lo más, le ocurrió lo último que en aquel momento hubiera podido imaginar; y fue que de nuevo volvió a percibir el grito de angustia. Y lo sorprendente fue que aquel grito partía de su propia caverna. Pero era un grito extraño, prolongado, múltiple, y Zaratustra distinguía claramente que en un conjunto de muchas voces, aunque percibido desde lejos, sonaba como un grito emanado de una boca única.

Corrió a su cueva Zaratustra, y ¡cuál no fue su sorpresa ante el espectáculo que vieron sus ojos después de aquel concierto! Porque allí estaban sentados todos aquéllos cerca de los cuales había pasado durante el día: el rey de la derecha y el rey de la izquierda, el anciano encantador, el papa, el mendigo voluntario, el concienzudo del espíritu, el triste présago y el asno; el más feo de los hombres se había puesto una corona y ceñido dos cinturones de púrpura, porque, como todos los feos, gustaba mucho de engalanarse. En medio de aquella triste reunión estaba el águila de Zaratustra, con las plumas erizadas e inquietas por tener que responder a muchas preguntas a las que su orgullo no encontraba respuesta: la astuta serpiente se había arrollado a su cuello.

Zaratustra vio todo esto con gran sorpresa; después fue mirando uno por uno a cada uno de sus huéspedes, leyendo en sus almas y sorprendiéndose de nuevo. Entretanto se habían levantado de sus asientos los allí reunidos esperando respetuosamente que Zaratustra hablara. Y Zaratustra por fin habló así:

«¡Vosotros, seres singulares que os desesperáis! ¿Ha sido, pues, vuestro grito de angustia el que he oído? Ahora sé dónde hay que buscar al que hasta ahora inútilmente he buscado: el hombre superior.

»¡En mi propia caverna está sentado el hombre superior! Pero ¿por qué me asombro? ¿No le he traído yo mismo con mi ofrenda de la miel y la malévola llamada tentadora de mi felicidad?

»Pero me parece que no armonizáis bien para estar reunidos; vuestros corazones se os muestran morosos cuando reunidos lanzan gritos angustiados. Es preciso que venga uno, uno que os haga reír de nuevo, un alegre y campechano payaso, un bailarín, uno de cabeza aturdida, un loco; ¿qué os parece?

»Perdonadme, vosotros los que desesperáis, si empleo para hablaros estas palabritas, indignas por cierto de tales huéspedes. Pero no adivináis lo que envalentona tanto a mi corazón: pues sois vosotros mismos. ¡Y el veros! Perdonadme que os lo diga, habéis de saber que todo el que ve a un desesperado, le consuela, porque todos se creen bastante fuertes para consolar a un desesperado.

»A mí mismo me habéis dado esta fuerza, mis egregios huéspedes. ¡Un verdadero regalo de huéspedes! No toméis, pues, a mal si os ofrezco algo de lo que me pertenece.

»Éste es mi reino y mis dominios; cuanto es mío os lo ofrezco esta tarde y esta noche. Mis animales os servirán y mi caverna será vuestra morada donde reposaréis.

»Nadie a quien doy albergue en mi hogar debe entregarse a la desesperación; además, en mi coto protejo a todos contra las fieras salvajes. Lo primero, pues, que os ofrezco es seguridad.

»Pero lo segundo es mi dedo meñique. En cuanto tengáis éste, tendréis también toda la mano y mi corazón además. ¡Sed, pues, muy bienvenidos, mis amigos y huéspedes!».

Así habló Zaratustra riéndose de amor y mala intención. Después de esta salutación volvieron a hacerle una reverencia sus huéspedes y callaron respetuosamente; pero el rey de la derecha le contestó en nombre de todos los huéspedes:

«En la manera de ofrecernos tu mano y tu saludo, te reconocemos, Zaratustra, como Zaratustra. Te has rebajado ante nosotros y poco faltó para que lastimaras nuestro respeto; porque ¿quién podrá igualársete en saber rebajarse con tanta altivez? Esto nos reconforta y es un bálsamo bienhechor para nuestros ojos y nuestros corazones.

»Para ver esto sólo subiríamos a montañas más elevadas que ésta. Vinimos como curiosos, porque creíamos ver lo que devuelve la claridad a las miradas turbias.

»Y mira, ya han cesado nuestros gritos de angustia; ya se abren encantados nuestros sentidos y nuestros corazones, y muy poco falta para que nuestro valor no quiera mostrar de lo que es capaz.

»Nada hay, Zaratustra, en la Tierra que produzca tanta alegría como una voluntad superior, que es la planta mejor que en ella puede florecer. Un árbol semejante basta para prestar frescor a todo un paisaje.

»A un pino comparo a quien creció como tú, Zaratustra, esbelto, silencioso, duro, solitario, flexible, soberbio; extendiendo finalmente su robusto ramaje verde hacia su propia dominación, haciendo arduas preguntas a los vientos y a las tempestades y a todo cuanto en las alturas tiene su hogar; contestando aún más fuertemente, como el triunfador que ordena: pero ¿quién no escalaría elevadas montañas para admirar árboles semejantes?

»Tu árbol aquí, Zaratustra, reconforta al de más sombrío carácter y al fracasado, y al verte se siente seguro el indeciso y curado su corazón.

»Y en verdad se dirigen hoy las miradas de muchos ojos hacia tu árbol y hacia tu monte; un gran anhelo se ha despertado y hay muchos que preguntan: ¿quién es Zaratustra?

»Y todos aquéllos a quienes vertiste en los oídos tu miel y tus canciones, todos los que están ocultos, solitarios y solitarios en dos, dijeron de repente a su corazón:

»"¿Vive todavía Zaratustra? Ya no vale la pena vivir; todo es igual, todo es en vano, o ¡tenemos que vivir con Zaratustra!".

»"¿Por qué no viene después de haberse anunciado tanto? —preguntan muchos—; ¿se le ha tragado la soledad? ¿O será que tenemos nosotros que ir a él?".

»Ahora ocurre que la soledad misma se entronca y rompe, semejante a una tumba que se abre por no poder contener ya a sus muertos. Por doquier se ven resucitados.

»Y ahora, Zaratustra, suben y suben las olas alrededor de tu montaña. Y por muy alta que sea tu altura, muchas llegarán hasta ti y tu barca no podrá estar ya mucho tiempo en seco.

»Y el que nosotros, los que estábamos desesperados, hayamos venido a tu cueva y ya no desesperemos es sólo un signo, un presagio de que otros mejores que nosotros están en camino hacia aquí, porque hacia aquí se dirige lo último que resta de Dios entre los hombres, es decir, todos los hombres del gran anhelo, del gran asco, del gran tedio, todos los que no quieren vivir mientras no vuelvan a aprender a separar, ¡a aprender de ti, Zaratustra, la gran esperanza!».

Así habló el rey de la derecha, que cogió la mano de Zaratustra para besarla; pero éste impidió tal muestra de veneración retrocediendo asustado y huyendo repentinamente, pero poco después volvió a estar con sus huéspedes, a los que mirándolos con ojos escrutadores dijo:

«Huéspedes míos, hombres superiores, voy a hablaros en alemán y muy claro. No sois vosotros los que esperaba en estos montes».

(«¿En alemán y muy claro? ¡Dios se apiade de nosotros! —dijo aparte el rey de la izquierda—; ¡cómo se ve que no conoce a los amados alemanes este sabio de Oriente!

»Pero quiere decir "en alemán y groseramente"', después de todo no es esto hoy día el peor de los gustos").

«Es posible que seáis, tanto unos como otros, hombres superiores, siguió diciendo Zaratustra: pero para mí no sois, sin embargo, bastante grandes ni bastante fuertes.

»Para mí, es decir, para lo inexorable que en mí se calla, pero que no siempre se callará. Y si sois míos, no sois, sin embargo, mi brazo derecho.

»Quien como vosotros mismos tiene por sostener piernas enfermas y delicadas quiere ante todo, sabiéndolo u ocultándoselo a sí mismo, que se los preserve de peligros.

»Pero yo no preservo mis brazos ni mis piernas; yo no preservo a mis guerreros; ¿cómo, pues, podríais servirme para mi guerra?

»Con vosotros acabaría por estropear todas mis victorias. Y alguno de vosotros se caería de espaldas al primer redoble de mis tambores.

»Además, no me parecéis bastante hermosos ni de bastante buena raza. Necesito espejos muy claros y bien pulimentados para mis doctrinas, y en la superficie de los vuestros se deformaría mi propia imagen.

»Sobre vuestros hombros pesan varias cargas, varios recuerdos; más de un malévolo duende se oculta entre los pliegues de vuestras vestiduras. También en vosotros hay populacho que se esconde.

»Y aunque seáis buenos y de buena raza, estáis torcidos y sois deformes desde ciertos puntos de vista. Y no hay forjador en el Mundo que nos pueda enderezar y recomponer.

»Sólo sois puentes: puedan otros superiores a vosotros servirse de vosotros para pasar al otro lado. Representáis escalones; no guardéis, pues, rencor al que por encima de vosotros sube a su altura.

»De vuestra semilla puede ser que nazca un día para mí un hijo verdadero, y perfecto heredero, pero este día está todavía muy lejano. Vosotros mismos no sois a los que pertenecen mi nombre y mi herencia.

»No sois vosotros los que espero en estos montes ni es con vosotros con quienes descenderé por última vez al valle. Habéis venido hasta mí sólo como precursores de otros superiores a vosotros, que ya están en camino hacia aquí; y no son los hombres del gran anhelo, del gran asco y del gran hastío, ni los que llamasteis el último resto de Dios en la tierra.

»¡No! ¡No! ¡Y tres veces no! Otros son los que espero en estos montes y sin los cuales mis pies no me llevarán lejos de aquí; otros que serán más grandes, más fuertes, más victoriosos, más alegres, perfectamente formados y cuadrados de cuerpo y alma: ¡es preciso que vengan los leones que se ríen!

»¡Oh, hombres singulares que sois mis huéspedes!, ¿no habéis oído hablar de mis hijos todavía? ¿Ni oído decir que están en camino hacia aquí?

»Habladme de mis jardines, de mis islas bienaventuradas, de mi bella nueva especie; ¿por qué no me habláis de todo esto?

»De vuestro cariño imploro como recompensa a mi hospitalidad que me habléis de mis hijos, por los que me he enriquecido y empobrecido: ¡qué no di por ellos!

»¡Qué no daría por una cosa! Estos hijos, estas plantaciones vivientes, estos árboles de la vida de mi voluntad y de mi suprema esperanza».

Así habló Zaratustra cuando, asaltándole repentinamente el gran anhelo de su corazón, le cerró la boca y los ojos. Callaron también desconcertados sus huéspedes, y únicamente el viejo adivino gesticuló con los brazos.

La cena

En el mismo momento en que calló Zaratustra se disponía el adivino a interrumpir su salutación y la de sus huéspedes; adelantóse como uno que no tiene tiempo que perder, cogió de la mano a Zaratustra y exclamó: «¡Pues bien, Zaratustra!
»Una cosa es más necesaria que otra, como tú mismo has dicho; pero ahora hay algo que me es más necesario que todo lo demás.
»Las palabras deben pronunciarse en el momento oportuno: ¿no me invitaste a comer? Aquí están muchos que han tenido un largo camino. No creo que pretendas saciar nuestro apetito con discursos.
»También habéis hablado todos, y demasiado por cierto, de morir de frío, de ahogarse, de asfixiarse y de otras calamidades del cuerpo; pero ninguno de vosotros se acordó de la calamidad de mi cuerpo: del temor de morir de hambre».
Así habló el adivino y en cuanto le oyeron los animales de Zaratustra huyeron despavoridos, porque vieron que las provisiones que habían llevado aquel día no serían bastantes para hartar al adivino, sin contar con los demás.
«Y lo mismo que digo del hambre digo de la sed, porque nadie se ha ocupado del temor a morir de sed —continuó diciendo el présago—. Y aunque oigo el rumor de agua que corre como los discursos de la sabiduría abundante, incansablemente, ¡quiero vino!
»No son todos como Zaratustra un inveterado bebedor de agua. El agua no conviene a los cansados y agotados: necesitamos vino, vino, que es lo que sólo proporciona curaciones repentinas y una salud improvisada».
Aprovechando la ocasión de pedir vino el adivino, habló el hasta entonces silencioso rey de la izquierda. «Del vino —dijo—,

nos hemos ocupado mi hermano, el rey de la derecha, y yo; tendremos vino bastante, porque un asno trajo una carga de vino. Lo único que falta es pan».

«¿Pan? —repuso Zaratustra echándose a reír—. El pan es precisamente lo que no tienen los solitarios. Pero no sólo de pan vive el hombre, sino también de la carne de corderinos tiernos, de los que tengo dos: que van a ser sacrificados sin pérdida de tiempo y sazonados con salvia, que es como a mí me gustan los corderinos. Tampoco nos faltarán raíces y frutas, que satisfarán a los paladares más exigentes, ni nueces ni otros enigmas con que deleitarnos.

»Por consiguiente, preparémonos pronto para una buena comida, pero quien quiera comer tiene que ayudar, incluso los reyes. En casa de Zaratustra puede un rey ser cocinero sin desdoro de su dignidad».

Esta proposición tuvo excelente acogida en todos los corazones, sin más oposición que la del mendigo voluntario, que protestó contra la carne y el vino.

«¡Pero oís a este sibarita de Zaratustra! —exclamó bromeando—: ¿se viene acaso a estas cavernas en lo alto de las montañas para celebrar un festín semejante?

»Ahora comprendo en verdad lo que antes nos enseñaba: "¡Bendita sea la pequeña pobreza!". Y también comprendo por qué quiere suprimir los mendigos».

«Trata de estar de buen humor como lo estoy yo —le respondió Zaratustra—. Sigue siempre con tus costumbres, hombre excelente; muele tu trigo, bebe tu agua y alaba tu cocina, si esto te alegra.

»Yo soy una ley solamente para los míos; no soy una ley para todos. Pero el que es de los míos tiene que ser de fuerte osamenta y a la vez de piernas largas; alegre para las guerras y los festines, ni triste ni soñador, dispuesto a las cosas más difíciles, como a su fiesta, y sano.

»Lo mejor que hay pertenece a los míos y a mí, y si no nos lo dan, lo tomamos: los mejores alimentos, los cielos más claros, los pensamientos más profundos y las mujeres más hermosas».

Así habló Zaratustra; el rey de la derecha replicó: «¡Es extraño! ¿Se han oído alguna vez palabras tan juiciosas en boca de un sabio? Y en verdad, y esto es lo más extraño en un sabio, que con toda su sabiduría es muy prudente y no un asno».

Así habló admirado el rey de la derecha, y el asno contestó a su discurso con un malintencionado «Sí». Éste fue el principio de aquella larga comida designada en los libros de los historiadores con el nombre de «la cena», durante la cual sólo se habló del hombre superior.

Del hombre superior

I

«Cuando por primera vez fui en busca de los hombres cometí la locura del solitario, la gran locura: los busqué en la plaza pública.

»Y como hablaba con todos no hablé con ninguno. Pero por la noche tuve por compañeros a saltimbanquis y cadáveres; y yo mismo era casi un cadáver.

»Por la mañana del siguiente día se me reveló una nueva verdad y entonces aprendí a decir: "¡Qué me importan la plaza pública y la multitud, el ruido del gentío y las largas orejas del populacho!".

»Vosotros, hombres superiores, aprended esto de mí: en la plaza pública nadie cree en el hombre superior. Y si queréis hablar en ella, haced lo que os plazca. Pero el populacho guiña los ojos y dice: "Todos somos iguales".

»"No hay hombres superiores", dice el populacho guiñando los ojos: "Todos somos iguales; ante Dios vale un hombre lo que otro hombre; todos somos iguales".

»¡Ante Dios! Pero este Dios ha muerto. Ante el populacho sin embargo no queremos ser iguales. ¡Hombres superiores, marchaos de la plaza pública!».

II

«¡Ante Dios! Pero este Dios ha muerto. Este Dios, hombres superiores, ha sido vuestro mayor peligro.

»Para que resucitarais ha sido preciso que yaciera Él en su tumba. Sólo ahora vendrá el gran mediodía y también el hombre superior para ser ¡el Señor!

»¿Habéis comprendido estas palabras, hermanos míos?

»¿Os habéis asustado? ¿Se ha apoderado el vértigo de vuestros corazones? ¿Se ha abierto ante vosotros el abismo? ¿Os amenaza con sus ladridos el perro del infierno?

»Pues bien; ¡adelante, hombres superiores! Sólo ahora va a dar a luz la montaña del porvenir humano. Dios ha muerto; nosotros queremos que viva el superhombre».

III

«Los más cavilosos preguntan hoy: "¿Cómo se conserva el hombre?". Pero Zaratustra pregunta lo que sólo él y el primero entre todos pregunta: "¿Cómo podrá ser sobrepujado el hombre?".

»El superhombre ocupa mi corazón, es para mí lo primero y lo único, y no el hombre: ni el prójimo, ni el más pobre, ni el más afligido, ni el mejor.

»¡Oh, hermanos míos! Lo que me hace amar al hombre es que es una transición y una decadencia. Y en vosotros también hay muchas cosas que me hacen amar y esperar.

»El que hayáis despreciado, hombres superiores, es lo que me hace esperar, porque los grandes despreciadores son los mayores venerantes.

»El que hayáis desesperado hace que haya mucho que honorar en vosotros, porque no habéis aprendido a rendiros ni tampoco las pequeñas prudencias.

»Las gentes pequeñas se han convertido hoy en los amos, y todos predican la resignación y la modestia, la aplicación, la prudencia, las consideraciones y el largo "así sucesivamente" de las pequeñas virtudes.

»Lo que se parece a las mujeres y a los lacayos y es de su raza, especialmente la mezcolanza del gentío, es lo que quiere hacerse árbitro de todos los destinos de la Humanidad; ¡qué asco, qué asco, qué asco!

»Y pregunta y pregunta y no se cansa de preguntar: "¿Cómo se conserva mejor, más tiempo y más agradablemente el hombre?". Con esto se hacen los señores hoy día.

»A estos señores de hoy los tenéis que sobrepujar, hermanos míos; estas pequeñas gentes son el mayor peligro que amenaza al superhombre.

»Sobreponeos por mí, hombres superiores, a las pequeñas virtudes, a las pequeñas prudencias, a las consideraciones, a los granos de arena, al pulular de las hormigas, al miserable contento de la "felicidad del gran número".

»Y más vale que os desesperéis a que os rindáis. Y en verdad os amo porque no sabéis vivir hoy día, hombres superiores. ¡Así vivís mejor!».

IV

«¿Sois animosos, hermanos míos? ¿Sois decididos? No me refiero al ánimo o al valor ante testigos, sino al de los solitarios y las águilas que ningún dios presencia.

»Las almas frías, los mudos, los ciegos y los borrachos no tienen lo que yo llamo corazón. Corazón tiene el que conoce el miedo y se hace superior a él; el que ve el precipicio, pero con orgullo.

»El que ve el precipicio con ojos de águila y se aferra al precipicio con garras de águila, ése tiene corazón».

V

«"El hombre es perverso", me dijeron todos los más sabios para consolarme. ¿Será esto, ¡ay!, todavía verdad hoy día? Porque lo malo es la mejor fuerza del hombre.

»"El hombre tiene que volverse mejor y peor". Es lo que yo predico. El peor de los males es necesario para el mayor bien del superhombre.

»Para el predicador de las pequeñas gentes puede ser disculpable el sufrir y cargar con los pecados de los hombres. Pero yo me alegro del gran pecado como de mi mayor consuelo.

»Estas cosas no se dicen para las orejas largas, lo mismo que no todas las palabras convienen a todas las bocas. Son cosas sutiles y lejanas, que las pezuñas de los carneros no deben intentar coger».

VI

«¿Os figuráis, hombres superiores, que estoy aquí para remediar el mal que habéis hecho?

»¿O para acostaros más cómodamente en adelante a los que sufrís? ¿O para mostraros senderos más felices a los que vagáis errantes y os habéis extraviado o perdido en la montaña?

»¡No, no y tres veces no! Es preciso que los mejores de vuestra especie perezcan más y más, porque vuestro destino tiene que ir siendo más y más duro y peor. Sólo así, sólo así crece el hombre hasta la altura en que le hiere y mata el rayo; a bastante altura para el rayo.

»Mi espíritu y mi anhelo se dirigen al pequeño número y a las cosas largas y lejanas; ¡qué podría importarme vuestra vulgar miseria pequeña y breve!

»A mi modo de ver no sufrís aún bastante, porque si sufrís es de vosotros, y todavía no habéis sufrido del hombre. ¡Si dijerais otra cosa mentiríais! Ninguno de vosotros sufre de lo que yo sufrí».

VII

«No me basta que el rayo no produzca daño. No quiero desviarlo: tiene que aprender a trabajar para mí.

»Mi sabiduría se concentra hace ya tiempo en una nube cada vez más silenciosa y oscura. Así procede toda sabiduría que tiene que engendrar el rayo un día.

»No quiero ser luz para estos hombres de hoy, ni que me llamen luz. A éstos quiero cegarlos; ¡rayo de mi sabiduría, sácales los ojos!».

VIII

«No queráis nada que supere a vuestras fuerzas: hay una mala falsedad en los que quieren más de lo que pueden sus fuerzas.

»Especialmente cuando quieren grandes cosas, porque estos monederos falsos y comediantes despiertan la desconfianza de las cosas grandes: hasta que acaban por ser falsos ante ellos mismos volviéndose bisojos, madera carcomida, barnizada, disimulados tras sonora palabrería y virtudes de aparato y el oropel de falsas obras. ¡Sed muy precavidos con esa gente, vosotros, los hombres superiores! Nada hay hoy tan preciado para mí ni tan raro como la honradez.

»¿No pertenece este "hoy" al populacho? Pero el populacho ignora lo que es grande, lo que es pequeño, recto y honrado, es inocentemente tortuoso y miente siempre».

IX

«¡Tened hoy una buena desconfianza, hombres superiores y de esforzados corazones! ¡Hombres francos! Y reservad vuestras razones, porque este Hoy pertenece al populacho.

»¿Quién será capaz de destruir con razones lo que el populacho aprendió a crear sin ellas? ¿Quién con la tenaza de la verdad a abrirle los ojos que cerraron las legañas de la fe? Y en la plaza pública se persuade con gestos, porque de las razones desconfía el populacho.

»Y si la verdad triunfa alguna vez, preguntaos con buena desconfianza: "¿Qué gran error ha combatido por ella?".

»¡Guardaos también de los sabios! Os aborrecen porque son estériles. Tiene ojos fríos y secos ante los cuales todo pájaro queda desplumado.

»Esa gente alardea de no mentir, pero la incapacidad de mentir no significa ni mucho menos amor a la verdad. ¡Guardaos de ellos!

»La carencia de fiebre dista mucho de ser conocimiento.

»No creo a las almas refrigeradas. Quien no sabe mentir ignora lo que es verdad».

X

«Si queréis ir lejos servíos de vuestras propias piernas.

»No dejéis que os lleven en alto ni os sentéis sobre las espaldas ni las cabezas de otros.

»¡Pero tú has montado a caballo! ¿Galopas ahora a un buen aire hacia tu objetivo? Y bien, amigo mío, ¿monta a caballo tu pata coja?

»Cuando llegues a tu destino y eches pie a tierra de tu caballo, en tu altura precisamente, hombre superior, será donde tropezarás.

»Pero no con la mentira, porque allí no habrá mentiras, sino con la verdad, que tal vez te haga daño si aún no estás bien acostumbrado a ella.

»Porque la verdad es tan dura que hasta los dioses la temieron siempre».

XI

«Vosotros los creadores, hombres superiores, sabed que una mujer no está encinta más que de su propio hijo. ¡No os dejéis inducir al error! ¿Quién es vuestro prójimo?

»¿Obráis también "para el prójimo"? No creáis, sin embargo, nada para él.

»Desaprended, pues, este "para", vosotros, los creadores: vuestra virtud quiere precisamente que no hagáis nada con "para", "porque" y "por esto". Cerrad vuestros oídos a estas falsas e insignificantes palabras.

»El "para el prójimo" es sólo la virtud de la pequeña gente, que dice: "Igual con igual" y "Una mano lava a la otra": no tienen ni el derecho ni la fuerza de vuestro egoísmo.

»En vuestro egoísmo, vosotros los que creáis sabed que hay la previsión y la precaución de la mujer embarazada. Lo que nadie todavía vio con sus ojos, el fruto, es lo que protege, conserva y alimenta todo nuestro amor.

»Donde está todo vuestro amor, en vuestro hijo, está también toda vuestra virtud. Vuestra obra y vuestra voluntad son vuestro "prójimo": no dejéis que os induzcan a falsos valores».

XII

«¡Vosotros creadores, hombres superiores! Todo el que tiene que engendrar está enfermo, pero el que ha engendrado está impuro.

»Preguntad a las mujeres: no se pare por gusto. El dolor hace cacarear a las gallinas y a los poetas. En vosotros, los que creáis, hay muchas impurezas, porque habéis tenido que ser madres.

»Un nuevo hijo: ¡oh, cuántas nuevas impurezas han venido al Mundo! ¡Apartaos! Y el que haya parido que lave su alma».

XIII

«No seáis virtuosos más allá de vuestras fuerzas y no exijáis de vosotros mismos nada que sea inverosímil.

»Seguid las huellas que vuestros padres dejaron en el camino de la virtud. ¿Cómo queríais subir a las alturas si la voluntad de vuestros padres no subía con vosotros?

»El que quiera ser el primero debe tener mucho cuidado de no ser el último. Y donde estén los vicios de vuestros padres no queráis que se os tenga por santos.

»¿Qué se dirá del que busque la castidad si sus padres comerciaron con las mujeres y gustaron el uso de los vinos fuertes y la carne del jabalí?

»¡Que es un loco! Ya me parece mucho, en verdad, si un hombre es el marido de una, dos o tres mujeres.

»Y si fundara conventos y escribiera sobre sus puertas: "Camino hacia la santidad", diría no obstante: "¿Para qué, si es una nueva locura?".

»Y si fundara para sí mismo una casa de corrección o un asilo donde poderse refugiar: ¡que le aproveche! Pero no lo creería.

»En la soledad crece lo que todos llevan a ella, incluso la bestia inferior. Por esto hay que disuadir a muchos de la soledad.

»¿Ha habido hasta ahora en el Mundo algo más impuro que los santos del desierto? En derredor suyo no era sólo el Diablo el que estaba desencadenado, sino también el cerdo».

XIV

«Tímidos, avergonzados y torpes, parecidos al tigre a quien le falló su salto, os he visto a menudo, hombres superiores, escurriéndoos sigilosamente cuando no os resultó una jugada de dados.

»Mas ¿qué importa eso, jugadores de dados? ¡No habéis aprendido a jugar y a burlaros como se tiene que jugar y burlar! ¿No estamos sentados siempre alrededor de una gran mesa de juego y de burlas?

»Y si a vosotros os salieron mal grandes cosas, ¿habéis fracasado por ello vosotros mismos? Y si vosotros mismos fracasasteis, ¿fracasó por esto el hombre? Y si el hombre fracasó, pues bien, ¡adelante!».

XV

«Mientras más sublime en su género es una cosa, más raramente se logra. Vosotros, hombres superiores aquí reunidos, ¿no sois todos unos malogrados?

»A pesar de ello, ¡no os desaniméis!, porque ¿qué importa?

»¡Cuántas cosas son todavía posibles en el Mundo! Aprended a reíros de vosotros mismos como se debe reír.

»¿Qué tiene, pues, de extraño que fracasarais y las cosas sólo os resultaran a medias, si estáis medio destrozados? ¿No se agita en vosotros y os empuja el porvenir del hombre?

»¿No espumean en vuestro crisol, golpeándose unos contra otros, lo más lejano que tiene el hombre, lo más profundo en altura de estrellas, en fuerza gigantesca?

»¿Qué tiene, por lo tanto, de extraño que muchos crisoles se rompan? Aprended a reíros de vosotros mismos como se debe reír. ¡Cuántas cosas, hombres superiores, son todavía posibles!

»Y en verdad ¡cuántas se han logrado ya! ¡Cuántas cosas pequeñas, buenas y perfectas se han logrado en esta Tierra tan rica en ellas?

»¡Rodeaos de muchas pequeñeces, buenas y perfectas, hombres superiores! Su dorada madurez cura los corazones. Las cosas perfectas enseñan a esperar».

XVI

«¿Cuál ha sido hasta ahora el pecado mayor que se ha cometido en la Tierra? No ha sido el de aquel que dijo: "¡Ay de aquellos que aquí se ríen!".

»¿No encontraría ése de qué reírse en la Tierra? Pues entonces buscó mal. Hasta un niño encuentra todavía de qué reírse.

»Ése no amaba bastante; si no, nos habría amado a los que nos reímos. Pero nos odiaba y escarnecía prometiéndonos gemidos y rechinamientos de dientes.

»¿Es preciso acaso maldecir cuando no se ama? Esto me parece de pésimo gusto. Pero así procedía aquel intolerante. Había salido del populacho.

»Y él mismo no amaba bastante; si no, no hubiérase mostrado tan enojado porque no se le amara. Todo gran amor no quiere amor: quiere más.

»¡Apartaos del camino de estos intolerantes! Es una pobre clase de gente enfermiza, una especie populachera que ve con malos ojos todo lo de esta vida y tiene mal de ojo para esta Tierra.

»¡Apartaos del camino de estos intolerantes! Porque tienen pies pesados y corazones duros; no saben bailar. ¡Cómo, pues, ha de encontrar esa gente que la tierra es ligera!».

XVII

«Todas las cosas buenas se acercan por senderos tortuosos a su destino. Su espalda se convierte en joroba como el lomo de los gatos, y, como éstos, roncan de satisfacción en espera de su próxima felicidad; todas las cosas buenas se ríen.

»El paso de cada uno permite adivinar si marcha por su propio camino. ¡Mirad cómo marcho yo! Pero el que se acerca a su objetivo, éste baila.

»Y yo, en verdad, no me he convertido en estatua y no estoy todavía rígido, atontado ni petrificado como una columna; gusto de las marchas rápidas.

»Y aunque haya en la Tierra pantanos y grandes tristezas, quien tiene pies ligeros corre por encima de las ciénagas y baila sobre ellas como sobre hielo barrido.

»¡Levantad vuestros corazones cada vez más altos, hermanos míos, y no olvidéis tampoco vuestras piernas! ¡Levantadlas también, buenos danzarines, y todavía mejor si andáis sobre vuestras cabezas!».

XVIII

«Yo mismo me he ceñido a las sienes esta corona del riente, esta guirnalda de rosas, y yo mismo canonicé mi risa. No he encontrado hoy día a nadie bastante fuerte para ello.

»Zaratustra el danzarín, Zaratustra el ligero, el que hace señas con las alas a todas las aves, el dispuesto al vuelo, presto y ágil, divinamente ligero.

»Zaratustra el présago, Zaratustra el riente, ni impaciente ni intolerante, uno que gusta de los saltos de frente y de costado; yo mismo ceñí a mi frente esta corona».

XIX

«¡Levantad vuestros corazones cada vez más alto, hermanos míos, y no olvidéis tampoco vuestras piernas!

»¡Levantadlas también, buenos danzarines, y todavía mejor si andáis sobre vuestras cabezas!

»En la felicidad existen también animales pesados de nacimiento, que se esfuerzan singularmente, parecidos a un elefante, que quisiera mantenerse en equilibrio sobre la cabeza.

»Más vale enloquecer de alegría que por una desgracia; mejor bailar torpemente que andar cojeando. Aprended de mí la sabiduría; hasta la peor de las cosas tiene dos buenos reversos; hasta la peor de las cosas tiene buenas piernas para bailar: aprended, pues, vosotros mismos, hombres superiores, a manteneros bien derechos sobre vuestras piernas.

»¡Desaprended, por favor, la melancolía y todas las tristezas del gentío! ¡Qué tristes me parecen todavía hoy las payasadas del populacho! Pero este "hoy" pertenece al gentío».

XX

«Imitad al viento cuando se precipita fuera de las cavernas de la montaña: quiere bailar al son de su propia flauta; los mares tiemblan y se agitan bajo sus pisadas.

Bendito sea el que presta alas a los asnos y ordeña a las leonas; alabado sea ese espíritu bueno o indómito que viene como un huracán para todo lo que es hoy y para todo el populacho; el que es hostil a todas las cabezas partidas, a todas las hojas secas y malas hierbas; alabado sea este espíritu de tempestad, este espíritu salvaje, libre y bueno, que baila sobre los pantanos y tristezas como si fueran praderas.

»Alabado sea el que aborrece a los perros héticos del populacho y a todo lo nacido deforme y triste; bendito sea este espíritu de todos los espíritus libres, y también sea bendecida la riente tempestad que ciega con polvo los ojos de quienes todo lo ven negro y están ulcerados.

»Lo peor que hay en vosotros, hombres superiores, es que no aprendisteis a bailar como se tiene que bailar —bailar por encima de vosotros mismos—. ¡Qué importa que fracasarais!

»¡Cuántas cosas son posibles todavía! ¡Aprended a reíros de vosotros mismos! ¡Levantad cada vez más vuestros corazones, buenos danzarines! ¡Y no os olvidéis tampoco de la sana risa!

»Hermanos míos, os dedico esta corona del riente, esta guirnalda de rosas. Yo canonicé la risa; hombres superiores, ¡aprended de mí a reír!».

La canción de la melancolía

I

Cuando Zaratustra pronunció este discurso se hallaba muy cerca de la entrada de su caverna; después de sus últimas palabras se escabulló de sus huéspedes y durante un breve rato vagó al aire libre.

«¡Oh, puros aromas que me envolvéis, oh, bienaventurada calma en derredor mío! Pero ¿dónde están mis animales? ¡Venid, venid a mí, mi águila y mi serpiente!

»Decidme, animales míos: todos estos hombres superiores, ¿no huelen quizá mal? ¡Oh, puros aromas que me envolvéis! Sólo ahora sé y siento cuánto os amo, animales míos».

Y Zaratustra volvió a decir: «¡Cuánto os amo, animales míos!». Y el águila y la serpiente se arrimaron restregándose contra él al oírle y le miraron en los ojos. Así estuvieron reunidos los tres respirando juntos aquel aire tan puro, porque el aire allí fuera era mucho mejor que donde estaban los hombres superiores.

II

Mas apenas hubo abandonado su cueva Zaratustra se levantó el viejo encantador, miró maliciosamente en derredor suyo y dijo:

«¡Se ha ido! Y ya me parezco a él, hombres superiores, al cosquillearos dándoos este calificativo de alabanza y de lisonja; ya se apodera de mí mi espíritu malévolo y encantador, mi demonio de melancolía, que desde lo más profundo de su ser es un adversario de Zaratustra: ¡perdonádselo! Ahora quiere hacer sus encantamientos en presencia vuestra; es precisamente su hora; es inútil que yo quiera luchar con este espíritu maligno.

»Vosotros todos, cualesquiera sean los honores que deseáis se os concedan llamándoos verbalmente "espíritus libres", o "los verídicos" o "los penitentes anhelos", todos vosotros, que como yo sois víctimas del gran asco, todos vosotros para quien ha muerto Dios en pañales durmiendo en su cuna, todos vosotros disfrutáis de las simpatías de mi mal espíritu y encantador demonio.

»Os conozco, hombres superiores, y le conozco a él; sí, también conozco a ese duende, a ese Zaratustra, al que contra mi voluntad quiero. Él mismo me parece muy a menudo una bella máscara de asno parecido a un nuevo disfraz en el que se recrea mi espíritu maligno, el demonio de la melancolía; con frecuencia me imagino que quiero a Zaratustra obligado a ello por mi mal espíritu.

»Pero ya me asalta, se apodera de mí y me derriba este espíritu de la melancolía, este demonio del escrúpulo vespertino, y en verdad, hombres superiores, lleno de deseos; ¡abrid bien los ojos!; lleno de deseos de venir a mí, desnudo todavía no sé si en forma masculina o femenina, pero viene y, ¡ay de mí!, me derriba; ¡abrir vuestros sentidos! El día se aproxima a su ocaso y la noche llega para todas las cosas, hasta para las mejores; escuchad, pues, y mirad, hombres superiores, qué demonio, hombre o mujer, es este espíritu de la melancolía de la noche».

Así dijo el viejo encantador, miró maliciosamente en derredor suyo y finalmente cogió su arpa.

III

En el aire puro y claro
cuando el consuelo del rocío
desciende ya sobre la tierra
invisible y sin que se le oiga
porque el rocío consolador
lleva un calzado muy fino, como todo lo que consuela con dulzura:
¿recuerdas tú, recuerdas todavía corazón ardiente,
cuando en otros días tenías sed
de lágrimas celestiales y gotas de rocío,
sediento y fatigado, ¡qué sed tenías!,
cuando en la hierba, sobre amarillentos senderos,
los malévolos rayos del Sol poniente
a través de los troncos ennegrecidos corrían en tu derredor,
aquellos rayos ardientes, deslumbradores y malévolos?
«¿Pretendiente de la verdad? ¿Tú?», se burlaban.
¡No! ¡Poeta solamente!
Un animal astuto, salvaje, que se arrastra,
que tiene que mentir,
que a sabiendas y voluntariamente tiene que mentir,
ávido de botín,
abigarradamente enmascarado,
enmascarado para él mismo,
botín para sí mismo.
Esto ¿el pretendiente de la verdad?
¡No! ¡Un loco solamente! ¡Sólo poeta!
Hablando abigarradamente,
gritando tras la máscara multicoloreadora de un loco,
errando sobre falaces puentes de palabras,
sobre arcos del iris engañadores.

Errando y flotando
entre falsos cielos
y falsas tierras.
¡Loco solamente! ¡Sólo poeta!
Esto ¿el pretendiente de la verdad?
Ni silencioso, ni rígido, ni resbaladizo, ni frío,
convertido en imagen,
en estatua divina,
no colocado delante de los templos
guardando el umbral de un dios:
¡No! Enemigo de todos los monumentos de la verdad,
más familiarizado con los desiertos que con la entrada
de los templos,
lleno de malicias gatunas,
saltando a través de todas las ventanas,
aprovechando todas las casualidades,
olfateando en todos los bosques vírgenes.
Olfateando con avidez y deseo,
porque en los bosques vírgenes,
entre las fieras de abigarradas pieles,
sano, coloreado y bello como el pecado,
con la lascivia en los labios,
divinamente burlón, divinamente infernal y sanguinario
corres tú, salvaje, arrastrándote y mintiendo.

O semejante al águila, que mira largo tiempo,
fija la mirada en el fondo de los abismos,
sus abismos.
¡Oh, cómo se ciernen descendiendo,
subiendo y bajando las águilas
sobre abismos cada vez más profundos!
Después,
de repente,
de un vuelo directo,
cerradas las alas,
caen sobre los corderos,
de un vuelo súbito, hambrientas,

ansiosas de la carne de esos corderos,
destetando todas las almas de los corderos,
odiando a todo lo que mira
con ojos de oveja, con ojos de cordero, la lana rizada
y gris, benévola como el cordero.
Así son,
como en las águilas y las panteras,
los anhelos del poeta,
tus disfrazados deseos.
¡Tú, loco! ¡Tú, poeta!
Tú, que miraste al hombre
tal como un dios, tal como un cordero,
desgarrar a Dios en el hombre
como al cordero en el hombre,
y reírse al desgarrar.

¡Ésta! ¡Ésta es tu felicidad!
¡La felicidad de una pantera y un águila!
¡La felicidad de un poeta y de un loco!
En el aire puro y claro,
cuando la media Luna verdosa
se desliza entre los arreboles del Sol poniente.
Llena de envidia y hostil al día,
resbalando furtivamente a cada paso
delante de los bosquecillos de rosales,
hasta que se hunden
palideciendo en la noche.

Así me hundí yo mismo un día
cayendo de mi locura de verdad,
de mis anhelos de un día:
cansado del día, enfermo de la luz,
caí muy hondo en el ocaso y las sombras,
quemado y abrasado de ser;
¿recuerdas todavía, recuerdas, corazón ardiente,
la sed que te abrasaba?
¡Que me vea desterrado

de toda verdad!
¡Sólo loco!
¡Poeta nada más!

De la ciencia

Así cantó el encantador, y todos los allí reunidos que le escuchaban cayeron como pájaros en la red de su voluptuosidad astuta y melancólica. Sólo el concienzudo del espíritu no se dejó prender; rápidamente arrebató el arpa al encantador y exclamó:

«¡Aire! ¡Dejad que entre el aire puro! ¡Dejad entrar a Zaratustra! ¡Estás viciando y envenenando el aire de esta caverna, perverso viejo encantador!

»Eres un falso y refinado que imbuyes ignorados deseos y conduces a desiertos desconocidos, y ¡ay de nosotros! cuando los que son como tú hablan de la verdad y le dan importancia.

»¡Ay de todos los espíritus libres que no estén en guardia contra tales encantadores! Podrán decir que su libertad ha desaparecido: tú les enseñas la vuelta a las cárceles y los conduces a ellas, ¡tú, viejo demonio melancólico, en cuyas lamentaciones se percibe una llamada de reclamo, tú que te asemejas a aquellos que con sus elogios a la castidad incitan a la voluptuosidad!». Esto dijo el concienzudo; pero el viejo encantador miró en derredor suyo y saboreó su triunfo tragándose el disgusto que el concienzudo le causaba. «Calla —dijo con modestia en la voz—; las buenas canciones requieren buenos ecos; después de buenas canciones se debe callar mucho tiempo.

»Esto es lo que hacen todos los hombres superiores; pero tú seguramente has comprendido muy poco de mi canción. En ti hay muy poco de mi espíritu encantador».

«Me parece muy bien que me diferencies de ti, porque así me alabas. Pero vosotros, ¿qué es lo que veo? —dijo el concienzudo—; todavía estáis sentados con ojos lúbricos.

»Vosotros, almas libres, ¿qué se ha hecho de vuestra libertad? Casi me parece que os asemejáis a quienes, por mirar largo tiempo cómo bailaban desnudas unas jóvenes corrompidas, les bailan sus mismas almas.

»En vosotros, hombres superiores, tiene que haber mucho más de lo que el encantador denomina su malévolo espíritu de encantamiento y engaño; es preciso que seamos muy diferentes.

»Y en verdad bastante hablamos y comentamos juntos antes de que Zaratustra volviera a su cueva para que yo no supiera que somos diferentes.

»Vosotros y yo buscamos también aquí arriba cosas diferentes; yo busco más certidumbres; por esto acudí a Zaratustra, que es por cierto el baluarte más firme y la voluntad más dura, hoy día que todo se tambalea y la tierra tiembla. Pero de vosotros digo al ver los ojos que ponéis, que creería que buscáis más incertidumbres, más estremecimientos, más peligros y más temblores de la tierra. Vosotros tenéis deseos, al menos así me lo parece, y perdonadme, hombres superiores, mi figuración, que tenéis deseos de la peor y más peligrosa de las vidas, la que más miedo me infunde: de la vida de los animales feroces, de bosques, cuevas, montañas abruptas y laberintos.

»Y no son los que os guían fuera de los peligros quienes más os agradan, sino los que os apartan de todos los caminos, los seductores. Pero si tales deseos son verdaderos en vosotros, a mí, sin embargo, me parecen imposibles.

»Porque el miedo es el sentimiento innato y primordial del hombre. Por el miedo se explica todo, lo mismo el pecado original que la virtud original. Y del miedo nació también mi virtud, que se llama ciencia.

»Porque el miedo a los animales salvajes es el primer temor infundido al hombre, incluso el miedo al animal que el hombre encierra en sí mismo y al que tiene: animal que Zaratustra denomina "la bestia interior".

»Este largo y antiguo miedo, finalmente refinado y espiritualizado, me parece que hoy día se llama ciencia».

Esto fue lo que dijo el concienzudo; pero Zaratustra, que en aquel instante volvía a su caverna y escuchó y adivinó las últimas palabras, arrojó al concienzudo un puñado de rosas y se rio de sus «verdades». «¡Cómo! —exclamó—, ¿qué es lo que acabo de oír? En verdad me parece que si no estás loco lo estoy yo, y me apresuro a poner cuanto antes de cabeza a tu "verdad".

»Porque el miedo es nuestra excepción. El valor, el afán de aventuras y el placer de la incertidumbre de lo que todavía no ha sido intentado; el valor, me parece, es la historia primitiva del hombre, que tuvo envidia de todas las virtudes de las fieras más feroces y valientes y se las arrebató: sólo así llegó a ser hombre.

»Este valor así refinado y espiritualizado, este valor humano con las alas del águila y la astucia de la serpiente, este valor, me parece, se llama hoy día...».

«¡Zaratustra!», gritaron simultáneamente todos los allí reunidos prorrumpiendo en una carcajada; pero de entre ellos se levantó algo parecido a una densa nube. También se rio el encantador, que con tono malicioso dijo: «¡Qué bien! ¡Mi espíritu malo se ha ido!

»¿No os puse yo mismo en guardia contra él cuando os dije que era un embaucador y un espíritu de mentiras y de engaños?

»Sobre todo cuando se muestra desnudo. Pero ¿qué culpa tengo yo de sus picardías? ¿He sido yo quien lo ha creado y creado también el Mundo?

»¡Pues bien, volvamos a ser buenos y a estar de buen humor! Y aunque Zaratustra tenga la mirada fosca, ¡miradle! Está resentido conmigo; antes de que llegue la noche volverá a quererme y a alabarme, porque no puede pasar mucho tiempo sin cometer locuras parecidas.

»Ése ama a sus enemigos; nadie como él, de cuantos he encontrado, conoce tan bien este arte. Pero se venga de ello en sus amigos».

Así habló el viejo encantador con aplauso de los hombres superiores, lo que obligó a Zaratustra a dar las gracias a sus amigos estrechándoles malévola y cariñosamente las manos, como uno que tiene algo que hacerse perdonar de cada uno. Pero cuando llegó a la puerta de su caverna sintió de nuevo deseos de respirar el aire fresco del exterior y quiso marcharse afuera.

Entre las hijas del desierto

I

«¡No te marches! —dijo el viajero que a sí mismo se denominaba la sombra de Zaratustra—; quédate con nosotros, de otro modo podría volver a adueñarse de nosotros la antigua y pesada tristeza.

»Ya nos ha dado el viejo encantador lo peor de su repertorio, y mira, el anciano papa, que es tan bueno y piadoso, tiene los ojos llenos de lágrimas y navega de nuevo en el mar de la melancolía.

»Estos reyes, me parece, me parece, nos ponen todavía buena cara; porque entre todos nosotros son los que mejor lo han aprendido hoy.

»Pero apuesto, si no tuvieran testigos, que ellos también volverían a las andadas, al mal juego de las nubes que pasan, de la húmeda melancolía, del cielo encapotado, de los soles robados, de los mugidores vientos otoñales, al mal juego de nuestros aullidos y gritos de angustia: ¡quédate con nosotros, Zaratustra! ¡Hay aquí mucha miseria oculta que quiere hablar, mucha noche, muchas nubes, mucho aire pesado!

»Nos has nutrido con fuertes alimentos humanos y vigorosas máximas: ¡no consientas en que a la hora de los postres nos vuelvan a sorprender los afeminados espíritus de molicie!

»Tú sólo sabes volver vigoroso y puro el aire que te rodea.

»¿He encontrado acaso alguna vez en la Tierra un aire tan puro como el que hay en la caverna?

»Muchos países he recorrido, mi nariz ha aprendido a examinar y a apreciar aires, pero donde tú estás es donde mis narices disfrutan de más placer.

»Exceptuando..., exceptuando... ¡Perdóname un antiguo recuerdo! Perdóname un antiguo canto de después de comer, que compuse un día entre unas hijas del desierto: porque donde estaban había también un aire puro y transparente del Oriente: y allí fue donde más lejos me he encontrado de la nubosa, húmeda y melancólica vieja Europa.

»Entonces amaba a aquellas hijas de Oriente y de otros reinos de cielos azules, reinos sobre los cuales no se ciernen nubes ni pensamientos.

»No podéis formaros ideas de su gentileza al estar sentadas cuando no bailaban, muy graves, pero sin pensar, como pequeños secretos, como encintados enigmas, como nueces a la hora de los postres, abigarradas y extrañas, ciertamente, pero sin nubes; enigmas que no se dejan descifrar: en honor de esas jóvenes compuse entonces mi salmo de después de comer».

Así habló el viajero que se apodaba la sombra, y antes de que nadie le contestara cogió el arpa del viejo encantador, cruzó las piernas y miró tranquilamente a todos, mientras aspiraba lentamente y como interrogando el aire, como alguien que en nuevos países prueba aires nuevos. En seguida comenzó a cantar como si aullara.

II

El desierto crece: ¡ay de aquel que encierra desiertos!

¡Ah, solemne!
¡Efectivamente solemne!
¡Un digno principio!
¡Africanamente solemne!
Digno de un león
o de un moral mono aullador;
pero nada para vosotras,
deliciosísimas amigas,
a cuyos pies
por primera vez
a mí, un europeo, bajo palmeras
me ha sido dado sentarme. Sela.

¡Maravilloso en verdad!
Aquí estoy sentado ahora
cerca del desierto y no obstante
tan lejos ya de él,
y nada agostado todavía:

devorado
por el más pequeño de los oasis,
que precisamente abría bostezando
su linda boquita,
la más perfumada de todas las boquitas,
dentro de la que caí
al fondo, llegando hasta vosotras,
mis deliciosísimas amigas. Sela.

¡Gloria, gloria a aquella ballena
si trató bien a su huésped!
¿Comprendéis mi sabia alusión?
Gloria a su vientre
si fue
un vientre-oasis tan delicioso
como éste: lo que dudo,
porque vengo de Europa,
que es más incrédula que todas
las casadas viejas.
¡Quiera Dios mejorarlo!
¡Amén!

Aquí me tenéis sentado
en este pequeñísimo oasis,
semejante a un dátil,
pardo, endulzado, dorado, ardiente,
de una redonda boca de doncella,
pero más aún de dientes caninos,
de dientes femeninos
fríos como el hielo, blancos como la nieve y cortantes,
de los cuales tiene ansia
el corazón de todos los cálidos dátiles. Sela.

Parecido, demasiado parecido
a las frutas del mediodía
yazgo aquí rodeado
de pequeños insectos alados

que me huelen y juzgan,
y también de ideas y deseos
más pequeños, pecaminosos y alocados todavía.
En medio de nosotros,
doncellitas felinas,
silenciosas y llenas de aprensiones,
Dudu y Suleika,
esfingeado (y Dios me perdone
este pecado contra el lenguaje,
por querer contener en una palabra
muchos sentimientos),
estoy aquí sentado, aspirando el aire más puro,
aire en verdad paradisíaco,
aire claro y ligero, de listas de oro,
un aire tan bueno
como jamás otro alguno
cayó de la Luna;
¿ha sido casualidad
o bien presunción?,
como cuentan los viejos poetas.
Pero yo, el escéptico, lo dudo;
no en vano vengo
de Europa,
que es más incrédula
que todas las casadas viejas.
¡Quiera Dios mejorarlo!
¡Amén!

Bebiendo este hermosísimo aire,
hinchados los ollares, como vasos
sin porvenir y sin recuerdo,
estoy sentado aquí,
mis deliciosas amigas,
mirando cómo se mueve la palmera
semejante a una danzarina,
que se curva, mece y balancea sobre las caderas.
tanto que si se la mira mucho se la imita.

Como una bailarina que me parece
ha estado un tiempo peligrosamente largo
siempre y siempre sobre una pierna,
olvidándose, quiere parecerme,
de la otra pierna.
En vano, inútilmente
busqué aquella alhaja gemela
—la otra pierna—
en la santa vecindad
de sus lindas y deliciosas
falditas de encajes flotantes, en forma de abanico.
Si queréis darme crédito,
mis bellas amigas,
sabed que la ha perdido,
¡que para siempre
la otra pierna
ha desaparecido!
¡Oh, qué lástima por esa hermosa otra pierna!
¿Dónde podrá estar abandonada y en duelo
la otra pierna?
¿Temblando de miedo quizá
ante un monstruo feroz, un león amarillento?
O puede ser que descarnada y consumida ya
—miserablemente consumida—; ¡qué dolor! Sela.

¡No lloréis, os lo ruego,
corazones tiernos!
¡No lloréis, por favor,
corazones de dátiles, senos de leche,
corazones de regaliz!
¡Sé un hombre, Suleika, ánimo, ánimo!
¡No llores más,
pálida Dudu!
¿O será necesario quizá
algo fortificante que fortalezca el corazón?
¿Una máxima embalsamada?
¿Una sentencia solemne?

¡Ah, asciende, dignidad!
¡Dignidad de la virtud! ¡Dignidad del europeo!
¡Sopla, sopla de nuevo,
fuelle de la virtud!
¡Ah!
¡Rugid otra vez más,
rugid moralmente!
¡Como león moral,
rugid ante las hijas del desierto!

Porque los aullidos de la virtud,
deliciosas doncellas,
son más que todo
el celo del europeo, que todo el hambre, camino del europeo.

Y aquí estoy ya
como europeo,
sin poderlo remediar, ¡Dios me valga!
¡Amén!

El desierto crece: ¡ay de aquel que encierra desiertos!

El despertar

I

Después del canto del viajero y de la sombra se produjo de repente en la cueva un gran alboroto de ruido y risas; y como los huéspedes allí reunidos hablaban todos a la vez, sintiose animado el asno a compartir el alboroto y no pudo contenerse más tiempo en silencio, de tal modo que Zaratustra sintió cierta aversión y gana de burlarse de sus visitantes, a pesar de que se alegraba de su alborozo. Porque le parecía un signo de curación. Volvió, pues, a salir al aire libre, y habló así a sus animales:

«¿Qué se han dicho de su miseria? —dijo, reponiéndose de su pequeño enojo—; me parece que en mi morada han desaprendido sus gritos de angustia, aunque desgraciadamente todavía no el gritar». Y Zaratustra se tapó los oídos porque precisamente en aquel instante se mezcló de manera singular el «Sí» del asno con el júbilo alborotado de aquellos hombres superiores.

«Están contentos —siguió diciendo—, y ¿quién sabe? Quizá a costa de su hospedador; pero si de mí aprendieron a reír, no es mi risa la que han aprendido.

»Mas esto ¡qué importa! Son gente ya vieja que está curándose a su modo: mis oídos han soportado ya cosas peores sin volverse ásperos.

»Este día es una victoria; ya retrocede y huye el espíritu de la pesantez, mi viejo enemigo acérrimo. ¡Qué bien va a terminar este día que tan mal principio tuvo!

»Y terminará. Ya viene la noche, cabalgando sobre el mar el bravo jinete. ¡Cómo se balancea el bienaventurado que regresa sobre su silla de púrpura!

»El cielo mira claro y sereno, el Mundo yace profundo; ¡oh, vosotros, hombres singulares, que habéis venido a mí, bien vale la pena vivir conmigo!».

»Así habló Zaratustra, y de nuevo volvieron a oírse en la caverna los gritos y gritos de los hombres superiores. Zaratustra comenzó de nuevo:

«Muerden, mi cebo produce efecto; también huye de ellos su enemigo, el espíritu de la pesantez. Ya aprenden a reírse de ellos mismos: ¿oigo bien?

»Mis alimentos de hombre producen efecto, mis máximas más sustanciosas y rigurosas; la verdad es que no los he alimentado con legumbres flatulentas, sino con alimentación de guerreros y de conquistadores, despertando en ellos nuevos deseos.

»En sus brazos y piernas hay nuevas esperanzas, y su corazón se dilata. Encuentran nuevas palabras y pronto se volverá petulante su espíritu.

»Tal alimentación no es conveniente por cierto para los niños ni tampoco para lánguidas mujeres, jóvenes o viejas, a cuyos intestinos hay que convencer por otros medios; yo no soy su médico ni su maestro.

»El asco huye de estos hombres superiores; pues bien, ¡esta es mi victoria! En mis dominios se sienten seguros, toda estúpida vergüenza se aleja y ellos se sienten desahogados.

»Desahogan su corazón, sus buenas horas vuelven, se dan descanso y rumian de nuevo, se vuelven agradecidos.

»Esto es lo que considero como el mejor signo, su agradecimiento.

»No transcurrirá mucho tiempo sin que proyecten fiestas y erijan monumentos conmemorativos de sus antiguas alegrías.

»¡Son convalecientes!».

Así alegremente habló Zaratustra a su corazón mirando al exterior, mientras sus animales se restregaban contra él respetando su silencio y su felicidad.

II

Pero de repente se asustaron los oídos de Zaratustra: en la caverna, hasta entonces tan llena de ruido y risas, reinó de repente un silencio sepulcral, y su olfato percibió el olor de un humo oloroso como incienso de piñas de pino.

«¿Qué ocurrirá? ¿Qué estarán haciendo?», se preguntó acercándose cautelosamente a la entrada, porque quería ver a sus huéspedes sin ser visto. ¡Pero milagro de milagros que tuvo que ver con sus propios ojos!

«¡Se han vuelto devotos y rezan, están locos!», exclamó asombradísimo. Y ¡en verdad!, todos aquellos hombres superiores, los dos reyes, el papa sin Dios, el perverso encantador, el mendigo voluntario, el viajero sombra, el viejo présago, el concienzudo del espíritu y el más feo de los hombres, como si fueran niños o viejas beatas, estaban de rodillas adorando al asno. El hombre más feo estaba empezando a hacer fuerza con la garganta y a resollar como si algo indecible quisiera salir de él; pero cuando pudo darle forma verbal resultó una piadosa y extraña letanía en loor del adorado e incensado asno. La letanía decía así:

«¡Amén! Honor y gloria, sabiduría y gracias, alabanzas y fuerza sean a nuestro Dios de eternidad en eternidad!».

Y el asno rebuznó: «Sí».

«Él lleva nuestras cargas y tomó forma de servidor, es paciente de corazón y nunca dice no, y el que ama a su Dios le castiga bien».

Y el asno rebuznó: «Sí».

«No habla, como no sea para decir "Sí" al mundo por Él creado; así alaba a su mundo. Su astucia es la que le hace callar y por esto se equivoca raras veces».

Y el asno rebuznó: «Sí».

«Pasa por el Mundo de una forma insignificante. Gris es el color de su cuerpo, con el que envuelve su virtud. Si tiene espíritu, lo oculta; pero todo el Mundo cree en sus largas orejas».

Y el asno rebuznó: «Sí».

«¿Qué misteriosa sabiduría ocultan sus largas orejas al decir siempre sí y jamás no? ¿No ha creado acaso el Mundo a su imagen y semejanza, es decir, tan estúpido como es posible?».

Y el asno rebuznó: «Sí».

«Tú sigues caminos rectos y caminos tortuosos, importándote muy poco lo que a nosotros, hombres, nos parece recto o torcido. Más allá del bien y del mal está tu reino, y tu inocencia consiste en no saber qué es la inocencia».

Y el asno rebuznó: «Sí».

«Mira, pues, el no rechazar a nadie lejos de ti, ni a un mendigo ni a un rey. Deja que los niños vayan a ti, y si los malos intentan seducirte, diles sencillamente "Sí"».

Y el asno rebuznó: «Sí».

«Te gustan las burras y los higos frescos, y no eres delicado para comer. Un cardo te cosquillea el corazón cuando tienes hambre. En esto consiste la sabiduría de Dios».

Y el asno rebuznó: «Sí».

La fiesta del asno

I

Al llegar a este pasaje de la letanía le fue imposible a Zaratustra contenerse más tiempo, y gritó: «¡Sí!» más fuerte que el asno, a la vez que de un salto se precipitó en medio de sus enloquecidos huéspedes. «¡Pero qué estáis haciendo, hijos de los hombres? —exclamó, levantando del suelo a los que rezaban—. Desgraciados de vosotros si otro que no fuera Zaratustra os viera.

»Cualquiera se figuraría que vuestra nueva fe hace de vosotros los peores blasfemos o las más locas de todas las viejas comadres.

»Y tú mismo, anciano papa, ¿cómo puede armonizar contigo mismo el que estés aquí adorando a un asno como si fuera Dios mismo?».

«Perdóname, Zaratustra —contestó el papa—; pero de las cosas de Dios estoy más enterado que tú. Y es justo que así sea. Preferible es alabar a Dios bajo esta forma que no adorarle bajo ninguna. Medita estas palabras, mi eminente amigo, y muy pronto adivinarás que encierran mucha sabiduría.

»El que dijo "Dios es un espíritu" es quien hasta ahora ha dado en la Tierra el mayor paso y el salto más grande hacia la incredulidad; no son palabras fáciles de corregir en la Tierra.

»Mi viejo corazón salta de gozo porque todavía queda en la Tierra algo que adorar. ¡Perdona esto a un viejo y devoto corazón de papa, Zaratustra!».

«¿Y tú —dijo Zaratustra dirigiéndose al viajero y a su sombra—, te dices, vanagloriándote, un espíritu libre, y sin embargo te entregas aquí a tales prácticas idólatras y a semejantes farsas santurronas?

»Mucho peor te conduces aquí que como te portaste entre las jóvenes morenas y malévolas, maligno creyente».

«Muy triste es, en efecto —respondió el viajero y su sombra—, y tienes de sobra razón; pero ¿qué quieres que le haga? El antiguo Dios revive, Zaratustra, aunque digas lo que quieras.

»El más feo de los hombres tiene la culpa de todo, por haberle resucitado. Y si dice que antes le mató no hay que olvidar que en los dioses la muerte es siempre un perjuicio, y nada más».

«Y tú, perverso viejo encantador, ¿qué hiciste? —dijo Zaratustra—; ¿quién va a creer en adelante en ti en estos tiempos de libertad, si crees en estas divinas burradas?

»Lo que has hecho ha sido una tontería; ¿cómo siendo tan listo has podido proceder así?».

«Tienes razón, Zaratustra —contestó el astuto encantador—, ha sido una tontería que me ha resultado bastante cara».

«Y tú también —dijo Zaratustra al concienzudo del espíritu—, reflexiona y llévate un dedo a la nariz. ¿No encuentras que aquí ocurre algo que repugna en tu conciencia? ¿No te parece que tu espíritu está demasiado limpio para estos rezos y el tufo de estos santurrones?».

«Algo hay en este espectáculo, efectivamente —respondió el concienzudo llevándose el dedo a la nariz—, algo que hasta beneficia a mi conciencia.

»Quizá no tengo derecho a creer en Dios; pero lo cierto es que en esta forma me parece Dios más digno de fe.

»Dios debe ser eterno, según aseguran los más piadosos: quien tanto tiempo tiene se concede tiempo tan lento y tontamente como le sea posible: con esto puede ir muy lejos.

»Y quien tiene demasiado espíritu gustaría de encapricharse de la tontería y de la locura. Piensa en ti mismo, Zaratustra...

»Tú mismo, en verdad, podrías muy bien volverte un asno por exceso de sabiduría.

»¿No sigue de buena gana el sabio perfecto los caminos más tortuosos? La apariencia lo prueba, Zaratustra, tu apariencia».

«Y tú mismo, en fin —dijo Zaratustra volviéndose hacia el más feo de los hombres, que continuaba tirado en el suelo con los brazos tendidos hacia el asno (pues le daba a beber vino)—. Habla, innominable, ¿qué es lo que has hecho?

»Me pareces transformado, tu mirada es ardiente y el manto de lo sublime envuelve tu fealdad, ¿qué has hecho?

»¿Es verdad lo que dicen aquéllos, que le resucitaste?

»¿Y para qué? ¿No había sido muerto con razón para dar fin de él?

»Tú mismo me pareces muy despierto; ¿qué hiciste?

»¿Qué es lo que invertiste? ¿Por qué te has convertido?

»¡Habla tú, el innominable!».

«Zaratustra —respondió el más feo de los hombres—, ¡eres un pillo!

»Si aquél vive todavía, o si ha vuelto a vivir, o si está completamente muerto, ¿quién de los dos, tú o yo, lo sabe mejor? Te lo pregunto.

»Pero sé una cosa que aprendí de ti mismo un día, Zaratustra: el que quiere matar del todo se ríe.

»"No mata la cólera, sino la risa", dijiste un día, Zaratustra, tú, el que permanece oculto, el que destruye sin cólera, el santo peligroso: ¡eres un pillo!».

II

Y sucedió entonces que sorprendido Zaratustra de tales contestaciones de pillos, se lanzó a la entrada de su caverna y dirigiéndose a todos sus huéspedes les gritó con voz tonante: «¡Locos, tunantes, conjunto de payasos! ¿por qué disimuláis y os ocultáis de mí?

»A cada uno de vosotros os palpitaba el corazón de alegría y de mala intención por haberos vuelto semejantes a los niños pequeños, es decir, devotos; por haber podido volver a hacer lo que los niños, rezar, juntar las manos y decir: "Amado Dios".

»Pero salid ahora de este cuarto de niños, de mi propia caverna, donde hoy día toda la chiquillería se encuentra en su casa. Refrescad al frescor del aire libre vuestra cálida impetuosidad infantil y la agitación de vuestro corazón.

»Verdad es que si no os convertís en niños pequeños, no podréis entrar en el reino de los Cielos». Y Zaratustra señalaba con las manos las alturas.

«Pero nosotros no queremos entrar de ningún modo en el reino de los cielos: nos hemos convertido en hombres y por esto queremos el reino de la Tierra».

III

Y Zaratustra volvió a hablar: «¡Oh, mis nuevos amigos, dijo, hombres superiores y singulares, cómo me gustáis ahora, desde que habéis vuelto a estar alegres. Parecéis, en verdad, flores acabadas de abrir; a mí se me antoja que a flores tales les hacen falta fiestas nuevas, o una pequeña locura, un culto o una fiesta del asno, o un viejo loco, un alegre Zaratustra, un torbellino a cuyo soplo se aclaran vuestras almas.

»¡No olvidéis esta noche ni esta fiesta del asno, hombres superiores! Aquí, en mi morada, la inventasteis, lo que para mí es un buen presagio, porque únicamente los convalecientes inventan tales cosas.

»Y si volvéis a celebrar esta fiesta del asno, celebradla por cariño a vosotros mismos y también por cariño a mí y en recuerdo mío».

Así habló Zaratustra.

El canto de la embriaguez

I

Entretanto fueron saliendo uno tras otro a respirar el aire libre en la noche fresca y pensativa; Zaratustra mismo llevaba de la mano al hombre más feo para hacerle ver su mundo nocturno, la Luna llena y las plateadas cascadas cerca de la caverna. Finalmente acabaron por reunirse en silencio todos aquellos viejos de corazones consolados y valientes, admirándose en su fuero interno de encontrarse tan bien en la Tierra; la quietud de la noche se iba acercando más y más a su corazón. Y de nuevo pensó Zaratustra: «¡Cuánto me gustan ahora estos hombres superiores!», ¡pero no lo dijo, respetando su dicha y su silencio!

Y entonces ocurrió lo más extraordinario en aquel largo día tan extraordinario: el más feo de los hombres volvió a hacer ruido con la garganta y a soplar fuerte, y cuando pudo hablar lanzó una pregunta tan rotunda, profunda y clara que llegó al corazón de todos los que le oyeron.

«Amigos míos, vosotros todos los aquí reunidos —dijo el más feo de los hombres—, ¿qué os parece? Por primera vez en mi vida, y por este día, estoy contento de haber vivido toda la vida.

»Y no me basta con testimoniarlo. Vale la pena vivir en la Tierra un día y una fiesta pasados en compañía de Zaratustra, que me ha enseñado a amar a la Tierra.

»"¿Era esto la vida?", diré a la muerte. Pues bien, ¡todavía una vez!

»¿Qué pensáis, amigos míos? ¿No queréis uniros a mí para decir a la muerte: ¿era esto la vida? Pues bien, por cariño a Zaratustra, ¡todavía una vez!».

Así habló el más feo de los hombres cuando no faltaba ya mucho para la medianoche. Y ¿qué os imagináis qué pasó entonces? En cuanto los hombres superiores oyeron su pregunta se dieron cuenta repentina y simultáneamente de su transformación y curación y se precipitaron sobre Zaratustra dándole gracias, honrándole, besándole las manos y acariciándole, cada uno de la manera que le era peculiar; unos riendo y otros llorando; pero el viejo présago, bailando de placer, y a pesar de que varios narradores opinan que su estómago albergaba entonces mucho vino dulce, estaba todavía más lleno de la dulzura de la vida y había abdicado de toda laxitud. Hasta hay algunos que cuentan que el asno bailó también; no en vano le había estado antes dando a beber vino el más feo de los hombres. Puede que fuera así o no, pero si el asno no bailó en efecto aquella noche, sucedieron en cambio cosas mucho más extrañas y maravillosas que el baile de un burro. En una palabra, como dice el proverbio de Zaratustra: «¡Qué tiene eso de importancia!».

II

Mientras esto sucedía con el más feo de los hombres, parecía Zaratustra un borracho; su mirada se apagaba, su lengua balbucía y sus pies vacilaban. ¿Quién podría adivinar qué pensamientos agitaban entonces el alma de Zaratustra? Pero se adivinaba que su espíritu retrocedía al pasado y volaba adelante, que se hallaba en alejadas lejanías, en cierta manera «sobre una elevada cresta, como está escrito, entre dos mares caminando entre el pasado y el porvenir, como una pesada nube». Pero poco a poco, a medida que los hombres superiores le retenían entre sus brazos volvió un poco en sí mismo, protestando con un gesto de los honores que querían tributarle los que por él se preocupaban, pero no pronunció ni una palabra. De repente, sin embargo, movió rápidamente la cabeza, pareciendo oír algo: llevose el dedo a los labios y dijo: «¡Venid!».

Volvió a reinar el silencio a su alrededor, pero desde la profundidad llegaba lentamente el tañido de una campana, al que Zaratustra, lo mismo que los hombres superiores, prestó atención; después volvió a llevarse el dedo a la boca y a decir: «Venid, venid! ¡Pronto va a ser la medianoche!»; y su voz se había transformado. Pero seguía sin moverse de su sitio; el silencio se hizo aún más profundo y más intensa la quietud de la Naturaleza; todos escuchaban, incluso el asno y los animales de honor de Zaratustra, el águila y la serpiente, y también la caverna, la fría Luna llena y hasta la noche misma. Zaratustra llevose por tercera vez el dedo a los labios y dijo:

«¡Venid, venid, venid! ¡Vamos ya! ¡Marchemos en la noche!».

III

«Es cerca de la medianoche, hombres superiores, y quiero deciros algo al oído, algo que esa vieja campana me ha dicho en secreto, y quiero decíroslo tan secreta, cordial y terriblemente como esa campana de la medianoche, que ha vivido más que un hombre, me lo dice: campana que contó los dolorosos latidos del corazón de vuestros padres; ¡ay, ay, cómo suspira! ¡Cómo se ríe en sueños la vieja hora de la medianoche, profunda, profunda!

»¡Silencio, silencio! Ahora se oyen muchas cosas que de día nadie se atreve a decir en alta voz; pero ahora que el aire es tan fresco y en vuestros corazones cesó todo ruido, os hablan las cosas y se oyen y se infiltran en las almas nocturnas que velan largo tiempo; ¡ay, cómo suspira la medianoche y cómo se ríe en sueños!

»¿No oyes cómo te habla secretamente con espanto y cordialidad la vieja hora de la medianoche profunda, profunda?

»¡Hombre, ten cuidado!».

IV

«¡Ay de mí! ¿Dónde he pasado el tiempo? ¿Me he caído en un pozo muy profundo? El Mundo duerme.

»¡Ay, ay! El perro aulla, la Luna brilla. Prefiero morir a deciros lo que está pasando mi corazón de medianoche.

»Ya estoy muerto. Ya acabé. Araña, ¿qué tejes en derredor mío? ¿Quieres sangre? ¡Ay, ay! El rocío cae, la hora se acerca, la hora en que siento frío y tirito, que pregunta y pregunta: "¿Quién tiene bastante corazón para eso? ¿Quién debe ser el dueño de la Tierra? ¿Quién, dirá?, ¡así tenéis que correr, ríos grandes y pequeños!».

»La hora se acerca: hombre superior, ¡ten cuidado! Éstas se dirigen a los oídos sutiles, a tus oídos; ¿qué dice la profunda medianoche?».

V

«Me siento transportado a lo lejos, mi alma baila. ¡Tarea cotidiana! ¡Tarea cotidiana! ¡Quién debe ser el dueño de la Tierra?

»La Luna es fría, el viento calla. ¡Ay, ay! ¿Volasteis ya bastante alto? Bailasteis, pero una pierna no es, sin embargo, un ala.

»Toda vuestra alegría ha pasado, buenos danzarines. El vino se ha convertido en fermento, todas las copas se han ablandado y las tumbas balbucean.

»No volasteis a suficiente altura, y ahora balbucean las tumbas: "¡Redimid a los muertos! ¿Por qué es tan larga la noche? ¿No nos embriaga la Luna?".

»¡Hombres superiores, salvad las tumbas, despertad a los cadáveres! ¡Ay! ¿Por qué sigue royendo todavía el gusano? La hora se acerca, la hora se acerca: suena la campana, todavía jadea el corazón, todavía roe la carcoma, la carcoma del corazón. ¡Ah, el mundo es profundo!».

VI

«¡Dulce lira! ¡Dulce lira! ¡Amo tu sonido, este sonido embriagador de sapo! ¡Desde qué lejos viene a mí tu sonido, desde qué lejos, de los estanques del amor!

»¡Tú, vieja campana; tú, dulce lira! Todos los dolores te han desgarrado el corazón, el dolor del padre, el dolor de los abuelos, el dolor de los antepasados, tu discurso maduró; maduró como la tarde en un otoño dorado, como mi corazón solitario; ahora hablas tú: el Mundo mismo ha madurado y las uvas acentuando su color, y ahora quiere morir, morir de felicidad. ¿No lo percibís, hombres superiores? Secretamente sube un olor, un aroma y olor de la eternidad, un olor de vino divinamente dorado de añeja felicidad, una felicidad ebria de morir, una felicidad de medianoche que canta; ¡el Mundo es profundo, más profundo que lo que el día pensaba!».

VII

«¡Déjame! ¡Déjame! Soy demasiado puro para ti. ¡No me toques! ¿Mi mundo no acaba de perfeccionarse?

»Mi piel es demasiado pura para tus manos. ¡Déjame, estúpido, torpe, día pesado! ¿No es más clara la hora de la medianoche?

»Los más puros deben ser los dueños del Mundo, los menos conocidos, los más fuertes, las almas de la medianoche, que son más claras y profundas que todos los días.

»¡Oh, día, que a tientas me buscas! ¿Buscas a tientas mi felicidad? Para ti soy rico, solitario, una fuente de riqueza, un tesoro.

»¡Oh, Mundo!, ¿me quieres? ¿Soy mundano para ti? ¿Soy religioso? ¿Soy divino para ti? Pero día y Mundo, sois demasiado pesados; tened manos más sensatas, coged una dicha más profunda, coged un dios cualquiera, no me cojáis: mi infortunio, mi felicidad es profunda, día extraño, y sin embargo no soy un dios ni un infierno de dios: profundo es tu dolor».

VIII

«El dolor de Dios es más profundo, ¡oh, Mundo extraño! ¡Trata de coger el dolor de Dios, pero no a mí! ¿Qué soy? Una dulce lira embriagada, una lira de medianoche, un sapo-campana que nadie comprende, pero que tiene que hablar delante de los sordos, hombres superiores. ¡Porque no me comprendéis!

»¡Se acabó! ¡Se acabó! ¡Oh, juventud! ¡Oh, mediodía! ¡Oh, atardecer! Ahora ha llegado la tarde y la noche y la hora de la medianoche; el perro aúlla; la noche...

»¿No es un perro el viento? Gime, ladra, aúlla. ¡Ay, ay, cómo suspira, cómo se ríe, cómo padece y qué estertorosa es la medianoche!

»¡Qué secamente habla esta ebria poetisa! ¿Ha sobrepujado su embriaguez? ¿Ha prolongado su vigilia? ¿Rumia?

»Rumia en sueños su dolor la vieja y profunda medianoche y más aún su alegría. Porque la alegría, cuando el dolor ya es profundo, la alegría es más profunda que la pena».

IX

«Viña, ¿por qué me alabas? ¿No te he podado acaso? Soy cruel, sangras; ¿qué pretende tu alabanza de la embriaguez de mi crueldad?

»"Todo lo que se ha hecho perfecto, todo lo que está maduro quiere morir"; esto dices. ¡Bendita sea, bendita sea la podadera del vendimiador! Pero todo lo que aún no ha madurado quiere vivir, ¡ay!

»El dolor dice: "¡Pasa, dolor, vete!", pero todo lo que sufre quiere vivir para madurar, estar alegre y lleno de anhelos, anhelos de lo lejano, de lo elevado, de lo más claro. "Quiero herederos —dice todo lo que sufre—, quiero hijos, no me quiero a mí".

»La alegría, empero, no quiere herederos, no quiere hijos; la alegría se quiere a sí misma, ama la eternidad, la vuelta de las cosas, todo lo que eternamente se asemeja.

»El dolor dice: "Rómpete, sangra, corazón. ¡Piernas, caminad! ¡Alas, volad! ¡Id lejos! ¡Arriba, vamos! ¡Oh, mi viejo corazón!". El dolor dice: "¡Pasa y acaba!"».

X

«¿Qué os parece, hombres superiores? ¿Soy un adivino? ¿Soy un soñador? ¿Soy un borracho? ¿Un intérprete de sueños? ¿Una campana de medianoche?

»¿Una gota de rocío? ¿Un vaho y un perfume de la eternidad? ¿No lo oís? ¿No lo percibís? Mi mundo acaba de hacerse perfecto, la medianoche es también mediodía.

»El dolor es también una alegría; la maldición es también una bendición, la noche es también un sol; idos si no queréis que se os enseñe que un sabio es también un loco.

»¿Habéis estado siempre conformes con una alegría? Entonces, amigos míos, habéis estado conformes con todos los dolores. Todas las cosas están encadenadas, enredadas, enamoradas; ¿quisisteis alguna vez que una vez volviera por segunda vez; habéis dicho alguna vez: "¡Me places, felicidad, momento!"? ¡Así querríais que todo volviera! Todo de nuevo, todo eternamente, enredado, enamorado; ¡oh, así habéis amado al Mundo!; vosotros, que sois eternos, amado eternamente y siempre, decid también al dolor: pasa, pero vuelve, ¡porque toda alegría quiere la eternidad!».

XI

«Toda alegría quiere la eternidad de todas las cosas, quiere miel, quiere levadura, quiere la embriaguez de la medianoche, quiere tumbas, quiere el consuelo de las lágrimas vertidas sobre las tumbas, quiere los dorados arreboles del crepúsculo vespertino; ¡qué no quiere la alegría! Ella, que está más sedienta, es más cordial, está más hambrienta, es más espantosa y más secreta que todo dolor, se quiere a sí misma, se muerde a sí misma, la voluntad del anillo lucha en ella, quiere amor, quiere odio, se encuentra en la abundancia, da, arroja lejos de sí, mendiga para que alguien quiera cogerla y da las gracias a quien la coge. Querría ser odiada; la alegría es talmente rica que tiene sed de dolor, de infierno, de odio, de vergüenza, de todo lo lisiado, del Mundo, porque a este Mundo lo conocéis.

»¡Hombres superiores! De vosotros tiene sed la alegría, la desenfrenada, la bienaventurada: vuestro dolor, ¡oh, fracasados!, la hace languidecer. Toda alegría eterna tiene sed de las cosas fracasadas.

»Porque toda alegría se quiere a sí misma, por eso quiere también la pena. ¡Oh, dicha, oh, dolor! ¡Rómpete, corazón! Hombres superiores, sabed, pues, que la alegría quiere la eternidad, la alegría quiere la eternidad de todas las cosas, quiere la profunda eternidad».

XII

«¿Habéis aprendido mi canto? ¿Habéis adivinado lo que quiere decir? ¡Pues bien, adelante! ¡Cantad mi canto, hombres superiores, cantadlo en ronda!

»¡Cantad vosotros mismos el canto cuyo nombre es "otra vez más", y cuya significación es "¡en toda la eternidad!", cantad en ronda el canto de Zaratustra!».

¡Hombre, guárdate!
¿Qué dice la profunda medianoche?
¡He dormido, he dormido!
De un profundo sueño me he despertado;
el Mundo es profundo,
más profundo que lo que pensaba el día,
profundo es su dolor;
la alegría más profunda que la pena;
el dolor dice: ¡pasa y acaba!
Pero toda la alegría quiere la eternidad,
¡quiere la profunda eternidad!

La señal

Por la mañana después de esta noche saltó Zaratustra del lecho, ciñose la cintura y salió de su caverna ardiente y fuerte como el Sol de la mañana al surgir tras sombrías montañas.

«Gran astro —dijo lo mismo que otra vez habló—, ojo profundo de felicidad, ¡cuál sería toda tu felicidad si no tuvieras a los que alumbras!

»Y si permanecieran en sus moradas mientras estás despierto y vienes a dar y a prodigar y a repartir tus mercedes, ¡cómo se ofendería tu altivo pudor!

»Pues bien, todavía duermen esos hombres superiores mientras yo estoy despierto; no son ésos mis verdaderos compañeros. No son ellos los que yo espero aquí en mis montañas.

»Quiero ponerme a mi obra y empezar mi jornada; pero ellos no comprenden los signos de mi mañana, el ruido de mis pasos no es para ellos la señal de levantarse.

»Todavía duermen en la caverna, su sueño bebe aún en mis cantos de medianoche. El oído que me escucha, el oído que obedece falta a sus miembros».

Esto dijo Zaratustra a su corazón cuando el Sol se levantaba: su mirada interrogadora se dirigió hacia las alturas porque oía la aguda llamada de su águila. «¡Bueno! —gritó hacia lo alto—, así me gusta y me conviene.

»Mis animales están despiertos porque yo lo estoy.

»Mi águila está despierta como yo, y como yo también tributa honores al Sol. Las zarpas de mi águila hacen presa en la nueva luz. Sois mis verdaderos animales y os amo.

»¡Pero todavía me faltan mis verdaderos hombres!».

Así habló Zaratustra cuando de repente se sintió rodeado como de innumerables pájaros que revoloteaban en derredor suyo; el ruido de tantas alas y el remolino alrededor de su cabeza era tan grande que le hicieron cerrar los ojos. La verdad era que sentía caer sobre él algo como una nube de flechas lanzadas sobre un nuevo enemigo, pero en esta ocasión era una nube de amor sobre un nuevo amigo.

«¿Qué me pasa?», pensó Zaratustra en su sorprendido corazón, y lentamente tomó asiento sobre la gran piedra delante de la entrada de su caverna. Pero al agitar sus manos en derredor suyo defendiéndose del cariño de aquellos pájaros, le ocurrió algo todavía más extraño, porque sin saber cómo sumió las manos en unos tupidos mechones de pelos calientes, al mismo tiempo que delante de él resonó un rugido, un largo y dulce rugido de león.

«El signo viene», dijo Zaratustra, y su corazón se transformó. Y en verdad, cuando pudo ver claro vio echado a sus pies un enorme animal amarillento, que apoyando la cabeza en sus rodillas no quería en su cariño separarse de él, semejante a un perro que tras larga ausencia vuelve a encontrarse con su amo. Las palomas no eran menos expresivas que el león en su cariño, y cada vez que alguna paloma en su vuelo rozaba el hocico del león, sacudía éste admirado la cabeza y se reía.

Viendo esto Zaratustra sólo dijo pocas palabras: «Mis hijos están cerca, mis hijos», y en seguida enmudeció. Pero su corazón se sintió aliviado de un gran peso y de sus ojos brotaron lágrimas que cayeron sobre sus manos. Mas él de nada hacía caso, permaneciendo inmóvil sentado sin defenderse de los pájaros, que confiados se posaban sobre sus hombros, acariciando sin cansarse sus cabellos de plata, mientras el león lamía las lágrimas que seguían cayendo sobre las manos y rugía tímidamente. Esto hacían estos animales.

Todo esto duró mucho o poco tiempo, porque hablando bien hay que reconocer que para estas cosas no tiene tiempo el Mundo. Entretanto, se habían despertado los hombres superiores en la caverna de Zaratustra y se formaban en ordenada procesión que marchó al encuentro de Zaratustra a ofrecerle su saludo matinal, porque al despertarse vieron que ya no estaba con ellos. Cuando llegaron a la puerta de la cueva precediéndolos el ruido de sus pasos, se extrañó mucho el león, que apartándose repentinamente de Zaratustra saltó con poderoso empuje y rugiendo salvajemente, hasta la entrada de la caverna; al oírlo gritaron todos los hombres superiores como con una sola boca, retrocedieron precipitadamente huyendo, y en un abrir y cerrar de ojos habían desaparecido.

Zaratustra mismo, atontado y extrañado, levantose de su asiento, miró a su alrededor, y asombrado preguntó a su corazón, reflexionó y vio que estaba solo.

«¿Qué he oído? —se preguntó por fin lentamente—, ¿qué me ha sucedido?».

El recuerdo acudió entonces a su memoria, y con una mirada comprendió todo lo sucedido entre ayer y hoy.

«Aquí está la piedra —dijo pasándose la mano por la barba— en la que estuve sentado ayer por la mañana, y aquí se acercó a mí el adivino, y aquí oí por primera vez el grito de angustia, el gran grito de apuro.

»¡Oh, vosotros, hombres superiores, vuestra miseria fue la que ayer mañana me predijo este viejo adivino, y a vuestra miseria es adonde quería llevarme para tentarme y seducirme: "¡Oh, Zaratustra —me dijo—, vengo a inducirte a tu último pecado!"».

«¿A mi último pecado? —exclamó Zaratustra, riéndose con rabia de sus propias palabras—, ¿qué es lo que me ha quedado reservado como mi último pecado?».

Y una vez más se sumió Zaratustra en sus pensamientos y volvió a sentarse sobre la piedra meditando.

De repente se levantó de un salto.

«¡Compasión! ¡Compasión para el hombre superior! —gritó, y su fisonomía tornose de bronce—. ¡Pues bien, esto ha tenido su tiempo!

»Mi sufrimiento y mi compasión, ¡qué importa! ¿Aspiro acaso a la felicidad? ¡Aspiro a mi obra!

»¡Pues bien! El león ha venido y mis hijos están cerca. Zaratustra ha madrugado, mi hora ha llegado: ésta es mi mañana, mi día empieza, surge, pues, levántate, ¡oh, gran mediodía!».

Así habló Zaratustra, y salió de su caverna ardiente y fuerte como el Sol de la mañana, al mostrarse surgiendo de las oscuras montañas.

ESTE LIBRO SE TERMINÓ DE
IMPRIMIR EN EL MES DE JUNIO
DE 2024